死里逃生

从巴丹到巴拉望，美军战俘的求生史诗

AS GOOD AS DEAD

The Daring Escape of American POWs from a Japanese Death Camp

[美] 斯蒂芬 · L. 穆尔◎著　纪丽娜◎译
（Stephen L. Moore）

新世界出版社
NEW WORLD PRESS

图书在版编目（CIP）数据

死里逃生：从巴丹到巴拉望，美军战俘的求生史诗 / （美）斯蒂芬·L. 穆尔著；纪丽娜译. -- 北京：新世界出版社，2018.10

书名原文：As Good as Dead: the Daring Escape of American POWs from a Japanese Death Camp

ISBN 978-7-5104-6593-2

Ⅰ. ①死… Ⅱ. ①斯… ②纪… Ⅲ. ①长篇小说－美国－现代 Ⅳ. ① I712.45

中国版本图书馆 CIP 数据核字 (2018) 第 209571 号

死里逃生：从巴丹到巴拉望，美军战俘的求生史诗

作　　者：[美] 斯蒂芬 · L. 穆尔（Stephen L. Moore）
译　　者：纪丽娜
策　　划：中资海派
执行策划：黄　河　　桂　林
责任编辑：贾瑞娜　　吴伶伶
特约编辑：林　晖
责任印制：汪勋辽　　王宝根
出版发行：新世界出版社
社　　址：北京西城区百万庄大街 24 号（100037）
发 行 部：(010) 6899 5968　(010) 6899 8705（传真）
总 编 室：(010) 6899 5424　(010) 6832 6679（传真）
http：//www.nwp.cn　　http：//www.nwp.com.cn
版 权 部：+8610 6899 6306
版权部电子信箱：frank@nwp.com.cn
印　　刷：深圳市东亚彩色印刷包装有限公司
经　　销：新华书店
开　　本：787mm × 1092mm　1/16
字　　数：300 千字　　印　张：20
版　　次：2018 年 10 月第 1 版　　2018 年 10 月第 1 次印刷
书　　号：ISBN 978-7-5104-6593-2
定　　价：58.00 元

致中国读者信

My hope is that this book will be appreciated by Chinese readers to see that the human will to survive — even against the most extreme odds — can overpower the ill will of those who seek to oppress another race.

Stephen L Moore

你们将在这本书中看到，就算在最极端的危险之中，人类的生存意愿也将挫败那些想要压迫其他种族的恶意。我希望中国读者会喜欢本书。

斯蒂芬·L. 穆尔

曹景行

资深媒体人

巴拉望大屠杀只是二战中日军暴行的一例，千千万万的受害者已无法讲出他们的故事。阅读本书时还应该深究，为什么日本侵略者会如此凶残？

翟　新

中国日本史学会常务理事、上海交通大学国际关系系教授

本书予人最深的启示似在于：惨绝人寰的诸多故事无一不与战争伴生；倘若今后人类依旧无有根绝战争的共识和力量，那么严护死守战场人道主义就成了防止这类悲剧再现的虽非至善却是最后的屏障。

詹姆斯·M. 斯科特（James M. Scott）

普利策奖入围者、畅销书《轰炸东京》作者

《死里逃生》一书内容严谨，描写生动，震撼人心，是一个有关暴行、苦难和最终得胜的美国精神的故事。

格雷戈里·A. 弗里曼（Gregory A. Freeman）

《被遗忘的 500 人》（*The Forgotten 500*）**作者**

《死里逃生》讲述了一个有关残暴和绝望的故事，几乎令人难以置信。书里的主人公都是普通人，他们不甘心忍受命运的摆布，奋起反抗，最终成功逃生。穆尔以娴熟的文笔叙述了巴拉望幸存者的事迹，如果你想要了解太平洋战争中那些经常被人忽略的历史，他的书不容错过。

约翰·C. 麦克马纳斯（John C. McManus）

密苏里科技大学军事史教授、《已死和将死之人》（*The Dead and Those About to Die*）**作者**

《死里逃生》讲述了一个令人动容和振奋的故事，其中每一部分都叫人潸然泪下、心潮澎湃，是真正的大家之笔。穆尔的研究令人印象深刻，他拥有卓越的能力，将战争时期美国人的人性故事娓娓道来，本书正是因此而令人难以释卷。我极力推荐诸位一阅。

杰伊·A. 斯托特（Jay A. Stout）

退役的美国海军陆战队战斗机飞行员、《消失的英雄》（*Vanished Hero*）**作者**

本书讲述了 11 个意志坚定的人在命悬一线的情况下，以不可思议的决心和勇气支撑最终获救的故事，它感人肺腑，动人心弦，是非常有意义的优秀著作。

《海军史》杂志（*Naval History*）

一个关于九死一生的非常振奋人心的故事……本书给予读者十分深刻的个人阅读体验，跌宕起伏的故事情节、悲剧历史以及救赎体验将深深地吸引住读者，因为穆尔对于人物的刻画极为成功……这是一部引人入胜的作品，让人不忍释卷。

《二战史》杂志（*WWII History Magazine*）

这部新作巨细靡遗地呈现了 11 名战俘的求生努力，其作者以太平洋战争史研究而闻名于世。借助日记、信件、法庭的审判记录以及幸存者的官方陈述，穆尔写出了一个激动人心、引人入胜的传奇故事。这是一个关于人类如何在极端环境中展现惊人耐力与意志力的故事。

《达拉斯早报》（*The Dallas Morning News*）

《死里逃生》让二战史中一个几乎已被人遗忘的黑暗篇章重新焕发活力。它令人更加肯定了穆尔作为优秀军事作家所拥有的写作技巧。

AS GOOD AS DEAD | 屠杀倒计时

1942.4.9	巴丹半岛约7万名盟军士兵对日投降，包括故事中的两名幸存者
1942.5.5	美军在克雷吉多岛投降，9名巴拉望大屠杀幸存者在列
1942.5.27	战俘被日军转移到甲万那端集中营
1942.7.30	部分甲万那端战俘被转移到巴拉望建设机场
1942.8.3	第一批战俘抵达巴拉望岛普林塞萨港的10-A号集中营
1942.8.10	6名战俘逃跑
1942.8.28	2名战俘逃跑
1942.10.6	第二批俘虏抵达
1943.2.3	最后一次逃跑事件发生
1943.8.27	最后一批战俘到达10-A号集中营
1944年8月	东京作战部下令，在美军解救俘虏之前杀死所有美国战俘和平民囚犯
1944.8.22	日军有计划地减少巴拉望的劳动力，只留下150名俘虏
1944.10.20	菲律宾战役重新打响，美军开始登陆
1944年11月	日军命令战俘挖掘防空壕
1944.12.13	寺田济一中将下达巴拉望大屠杀指令
1944.12.14	下午2点，日军将150名战俘赶进防空壕，执行烧死俘虏的屠杀令

目　录 AS GOOD AS DEAD

第三部分 活着回家 159

“她只是瞧着我，就像在看一个会走的死人，”帕切科后来回忆说。

但凯蒂终于接受了这一令人难以置信的奇迹。

“阿尔贝托！”她高兴地大叫，紧紧地抱住了他，多年的苦难在那一刻烟消云散。

引 言 AS GOOD AS DEAD

“必须采取行动，而且要快”

道格·鲍格希望自己不会被人发现。

他蹲伏在巴拉望岛海滩巨大的岩石后，亲眼看着日本士兵朝着沿海岸逃跑的美国战俘开枪，有人还用刺刀劈杀他们。在他上方60英尺[①]处是俯瞰礁岩海岸线的陡峭悬崖，滚滚黑烟从那里直冲蓝天。这一画面提醒着这名海军陆战队中士，他刚刚逃离了难以言表的恐怖现场。他正是从那里钻过铁丝网，然后顺着悬崖连滚带爬地来到了下面的苏禄海。

鲍格此时已是伤痕累累。他的手和躯干在钻过铁丝网时被刮伤了，右腿因为大腿部位嵌入的子弹抽疼不止，还有他那赤裸的双脚，更是因为在粗糙的礁岩海岸上奔跑而变得血肉模糊。就在他几乎赤身裸体地躲在巨大的岩石后，想要喘口气，想想下一步该怎么办时，两名战俘从他身边跑过，试图跳海游泳逃命，但却双双倒在日本人的步枪下。

现在是1944年12月14日。鲍格作为日本帝国军的战俘已经被奴役了28个月，为建造当地第二大机场做苦力。日本人用菲律宾的这个

①1英尺约为30.48厘米。——译者注（除特殊说明外，本书出现的脚注均为译者注）

机场来攻击盟军。在此期间，他遭受了令人难以忍受的湿热、疾病，还有身体上的虐待和折磨，而且几乎饿死，曾经强壮的身躯也瘦成了皮包骨。然而，对照现在的情况来看，那些悲惨的过往似乎还算仁慈。

在鲍格周围，到处可以听到试图逃跑的美国人被杀害时的惨叫声。鲍格知道如果现在跑出去，自己很可能会像其他人一样被击毙。而如果留下来……无论怎么样，他都面临着重重危险。但他必须采取行动，而且要快。

一个念头从他脑海里闪现：他们会一直追杀我们，直到将我们赶尽杀绝。

第一部分

耻辱的投降

当销毁武器的命令传来时，斯米梯身边一位参加过第一次世界大战的老兵情绪激动起来。他热泪盈眶，哀怨地说：“我从来没有想过自己会看到这么一天，一群海军陆战队士兵就这样放下武器，束手就擒！”

1

死亡行军

那个时候，即便最乐观的人也已经心如死灰。一年前，这些美国士兵还对令人艳羡的菲律宾军旅生活满怀期盼，然而现在他们不得不质疑起自己当初的决心来。这些士兵被自己的政府抛弃，留在这里与注定失败的命运抗衡。1942 年 4 月 8 日黄昏，在他们为自由和生存而战的第五天，战役正在接近无望的尾声。阿尔贝托·帕切科（简称贝托·帕切科）仍然不打算投降。这位英俊勇猛，嘴角不时咧开闪现出一抹笑容的一等兵，现在俨然一副流浪汉的模样：原本光鲜亮丽的军装变得衣衫褴褛，鞋子也几乎磨得露出了脚趾，甚至连内衣都已经破烂不堪。他的皮肤遭受连日暴晒，被热带骄阳无情地摧残，但是与那些白色肤系的同伴相比，帕切科的西班牙和墨西哥血统至少为他提供了更为有利的天然保护。

空气里到处弥漫着死亡、灰尘、硝烟还有火药的味道。日军没完没了的炮火和空袭将地面上的植被炸得荡然无存，曾经郁郁葱葱的绿色丛林化作一片焦土。连绵不绝的爆炸声此起彼伏、震天动地。

帕切科和他的战友们操作几架勉强可用的防空炮进行顽强的反击。

银灰色的日本战机呼啸而过，投下威力巨大的烈性炸弹，并发射出密集的机枪子弹，将巴丹半岛最后两座美军机场的周遭丛林破坏殆尽。

对于帕切科来说，巴丹半岛的最后一战真正考验着他虔诚的天主教信仰。他曾感觉到上帝向他伸出过救援之手。那时他被一股强大的力量抛出战壕，耀眼的橙红色火光让他无暇分辨是否是落在附近的炮弹将他震出。但当黑色的硝烟散去时，就在那个他刚刚被抛出的战壕里，有两名战友已经永远地闭上了眼睛。

尽管身陷熊熊的战火之中，帕切科仍能感觉到腹中噬人的饥饿。军队补给早在几个礼拜前就被切断，美菲联军已耗尽了他们为数不多的干粮和罐头制品。现在，甚至附近的野生动物都被猎杀一空，成为他们的盘中餐。帕切科为了果腹学会了食用任何他能找到的生物——从棕榈树的树芯到鬣蜥、蛇、蟋蟀，甚至还有蠕虫。他本来就偏瘦，5英尺9英寸[①]的身高在战争开始时仅有160磅[②]重，现在体重更是急剧下降。到了如今这个地步，他甚至愿意为了一口野猪肉或是新鲜的芒果而付出生命，但是周边根本没有食物。

贝托·帕切科所属部队是美军第200海岸炮兵团。现在，这支队伍所面临的形势十分危急，与它的兄弟军第515海岸炮兵团一样命悬一线。他们是在菲律宾吕宋岛上抵挡日军进攻的最后一支部队。潮水般的日军将要踏平卡布卡本和巴丹机场，他们发动了一波又一波的攻击，而美军战士们则艰难地予以反击。尽管又累又饿、狼狈不堪，但帕切科仍然决心与他的战友们一起战斗到底。

然而军方却在此时宣布战争即将结束。4月9日凌晨3点，阿尔伯特·菲尔斯上尉从第一军总部返回，告诉他的参谋主任“一切都结束了”。天亮前，通信兵赶到了帕切科所在的炮兵部队，通知第200海岸炮兵团和第515海岸炮兵团于晚上10点前到卡布卡本西面的一处地点会合。但是他们首先要销毁自己的高射炮和射击装置，只能留下步枪防身。“我

① 1英寸＝2.54厘米。
② 1磅＝453.6克。

们现在降格成步兵了！”帕切科反感地想。

心灰意冷的士兵们顺从地毁坏了自己的武器，携带步枪、水壶、刺刀和一条弹药带出发。比帕切科年长许多的老兵知道自己执行了多么可怕的命令，他们迈着沉重的步伐，任泪水在自己布满灰尘、血迹斑斑的脸上肆意流淌。年轻的帕切科用手拨开自己黑色的波浪卷发，因为太长时间没有修剪，它们现在已经长得盖过了他汗涔涔的眉毛。他调整了一下装备，继续前进。现在，他只有一杆生锈的1903型点306口径斯普林菲尔德栓式步枪，但他仍然拥有自己的骄傲。

无论如何，他也会想尽办法继续战斗。他不愿意就这么向日本人投降。

1941年12月8日，帕切科所在的第200海岸炮兵团率先向掠过马尼拉上空的日本战机开火。就在七小时之前，夏威夷当地时间12月7日，日本航空母舰对美国珍珠港太平洋舰队发动了毁灭性的突袭。由于占领菲律宾对日本在西南太平洋的势力推进变得至关重要，所以在接下来的几个小时里，日本战机对马尼拉的主要航空基地和位于甲米地的美国亚洲舰队总部发起袭击。仅一天的工夫，日本就在菲律宾取得了空中优势，迫使幸存的美军舰队撤离甲米地。

成千上万名美国军事人员滞留在菲律宾的首都马尼拉及其周边地区。帕切科所在的第200海岸炮兵团被指定去保护克拉克机场上近40架B-17轰炸机。他们是吕宋岛上唯一一支美军防空部队，可用的武器有点50口径单排机关枪，21门37毫米炮和十多架3英寸高射炮。实际上就在那天之前，帕切科的队伍还从未在岛上发射过一颗实弹。但是，自12月8日首次向日本人开火以来，帕切科所在的防空团在随后的几个月里消耗了大约4万发炮弹，军方认定他们摧毁了86架日机。虽然他们成绩斐然，但并不足以拯救菲律宾。

第200海岸炮兵团于1941年8月抵达菲律宾。这支队伍的前身是新墨西哥州国民警卫队第 111 骑兵部队。它由 1 800 名炮兵组成，其中一半以上是新墨西哥州人，来自说西班牙语的边境和很少使用英语的山区。新墨西哥州国民警卫队历史悠久，最早可以追溯到 1598 年。它是美国持续活跃的老牌民兵队伍，曾经参加过墨西哥战争、南北战争和印度边境战争。新墨西哥州民兵队曾经与泰迪·罗斯福①麾下的游骑兵②进攻过圣胡安山，还在格兰德河南畔与潘丘·维拉③领导的匪军作战，并于第一次世界大战期间在法国服役。

曾经倍感骄傲的上千名士兵现在不知所措，茫然地踏上了行军之路。与此同时，其他防空炮组还在向不断接近的敌人还击，他们四处分散，在最后一点点还能坚守的地方拼死抵抗。经过吕宋岛四个月地狱般的历练后，帕切科已经迅速成长为一名战斗经验丰富的老兵，他知道，第 200 海岸炮兵团的最后一战很快就会结束。

他听到有人在窃窃私语地说着"投降"这个词。军力得到显著加强的日本军队对巴丹半岛发起扫荡式袭击，接连数日的炮火和高温让战壕中的美军惨遭重创。1942 年 4 月 7 日，日军突破了盟军防线。次日，美国巴丹半岛高级指挥官爱德华·P. 金少将认为进一步抵抗已徒劳无功，于是开始计划投降。在慌张仓促的逃亡途中，帕切科尽力给同队一些比较年轻的战士打气。其中几个跟他一样来自新墨西哥州德明市的战友在数月以前都还穿着高中毕业服，戴着高中毕业帽。他们是安杰洛·萨克拉雷斯、劳伦斯·"巴迪"·伯恩以及吉姆·胡克斯特。1941 年 8 月底，这些面带稚气、即将成年的大男孩顶着美军最佳防空团的光环被选拔到菲律宾执行海外任务。但是现在，他们一个个饥肠辘辘、衣不蔽体、满身污秽还面临着失败的厄运，这样的事放在当今任何一支现代美军身上都令人难以想象。

1941 年初，第 200 海岸炮兵团在布利斯堡接受训练。布利斯堡是

①即西奥多·罗斯福，美国第 26 任总统。
②在美国和西班牙战争期间成立于 1898 年的美国第一支志愿骑兵队。
③潘丘·维拉（1878 ~ 1923），1910 ~ 1920 年期间墨西哥革命中一名崇尚武力、杀人如麻的军事领袖。

美军第二大军事基地，总部位于得克萨斯州厄尔巴索市。在那里，帕切科遇见了 16 岁的卡塔利娜·“凯蒂”·瓦勒斯，一位拥有绿色眼睛和黑褐色长发的迷人女孩。两个年轻人很快就坠入了爱河。凯蒂是那样年轻，甚至不顾自己父亲的意愿，与帕切科一起畅想未来。然而，第 200 海岸炮兵团被选拔去执行海外任务，彻底打乱了帕切科的计划。他答应凯蒂只离开一年，等他回来后，就和她结婚并开始共同生活。

如果他引以为傲的部队现在真的向日本人投降，那么他与凯蒂的未来似乎也没有什么指望了。

巴丹半岛上的美军投降酝酿了几个月的时间。

克拉克机场位于马尼拉以北大约 75 英里①处，帕切科所在的炮兵团选取了机场附近的斯托森堡作为开战据点。1941 年 12 月，克拉克机场的 B-17 轰炸机遭到破坏。第 200 和第 515 海岸炮兵团被迫在新年伊始的前几天撤往巴丹半岛。他们在马尼拉及其周围部署了防空防御措施，保护位于卡布卡本和巴丹的简易机场。在战争的头一年，那里只有七架 P-40 战斗机还在飞行。

到了 1942 年 1 月 9 日，勉力支撑的美国炮兵团已经只能依靠缩减口粮度日，而日本人的炮火象征着巴丹半岛战役正式开始。日本陆军中将本间雅晴 1907 年毕业于日本陆军士官学院。他率领日军第 14 军登陆吕宋岛，并朝马尼拉进军。起初，他的队伍并未遇到多少阻力，因为道格拉斯·麦克阿瑟将军已经下令队伍从菲律宾首都马尼拉撤离，转入巴丹半岛。在巴丹被围的前几个月，麦克阿瑟还对总统富兰克林·德拉诺·罗斯福抱有幻想，期待他能履行他向巴丹半岛提供数百架飞机和成千名士兵的增援承诺。为了等待援助，麦克阿瑟将军将总部设到距离巴丹半岛两英里水程的克雷吉多岛上，也就是大多数人所知道的“岩石岛”。

① 1 英里 = 1609.3 米。

麦克阿瑟并不知道，早在 1941 年 12 月底，罗斯福总统和陆军部长亨利·史汀生就已经私下里放弃了遥远的巴丹战场，并向温斯顿·丘吉尔吐露了他们的决定。这样一来，连华盛顿方面也抛弃了菲律宾和它所有的守护者。

金将军手下的战士们从一开始就注定要经历四个月的苦战。因为自身的海军力量受到重创，再加上日本帝国海军对于菲律宾的封锁，驻守在马尼拉的美国军队无法得到任何物资和弹药补充。现在，也就是 1942 年 4 月 9 日，金将军穿上他最后一件干净的制服，准备带领大约 7.8 万美菲联军向本间雅晴投降，希望能够以此避免大规模屠杀的发生。

美军同意停战，但是日本人却无视投降会谈，对巴丹半岛一直持续轰炸到 4 月 9 日上午。一名炮兵军官告诉帕切科的炮兵小队，他们可以逃进巴丹附近的山岭，或者穿过海湾去往克雷吉多岛。那名军官准备上岛，于是帕切科也决定跟随前往。

除了他们两个，还有成百上千名美国士兵朝着几公里之外的海岸出发。他们不甘心就这样投降，想要寻找路线去往克雷吉多岛。海军一等兵布鲁斯·戈登·埃利奥特也是其中一员。他是一名眉毛浓密的黑发青年，用一副面无表情的扑克脸以掩饰他年仅 19 岁的羞涩。在马里韦莱斯的海滩上，帕切科、埃利奥特还有其他许多人发现了一派混乱的场面：因为没有更多的船只可以送他们过海，数百名垂头丧气的士兵在漫无目的地走来走去。

在美菲联军投降期间，包括当地医院护士在内的 2 000 名菲律宾人和美国人想要逃离巴丹半岛。他们之中有人乘上了小船，有人搭上了驳船，还有人甚至靠游泳离开了那里。然而仍有其他许多像帕切科和埃利奥特一样的士兵，因为太迟钻出丛林没有赶上任何出航的船只。他们看到海里密密麻麻都是人，成百上千名士兵试图游过海湾。一些人依附在救生艇或竹筏之上，还有人紧紧地抓住水面上的漂流物。

到达克雷吉多岛需要横穿 2.5 英里波涛汹涌的水域，其中不乏鲨鱼出没，更有危险的暗流涌动。但是帕切科和埃利奥特仍然决定加入渡海者大军前往克雷吉多岛，而不是向日本人投降。潮水把人们推进大海，但是没过多久，他们就感到筋疲力尽。布鲁斯·埃利奥特游了大约6小时，就在他感觉自己随时会被淹死时，一艘小艇将身上只剩内衣的他捞了出来。帕切科遇到路过的菲律宾渔船时才游了全程的1/3，船上的水手将他拉出水面。他和其他几人被转移到一艘更大的海军舰艇上。

帕切科安全地登上海军陆战队的舰艇后又见到了自己炮兵部队里的其他成员。他们躺在钢制甲板上，和其他船只一起，在日本飞机的狂轰滥炸下，摇摇晃晃地穿过马尼拉湾，朝着克雷吉多岛驶去。登岛后，帕切科和他的同伴们得到了新的衣服。新来的人被派去驻守猴子角的机枪掩体，因此这次的巴丹逃亡使他们远离了之后出现在那里的地狱。在猴子角，帕切科还是一个自由的人，但是他的未来并不光明。

留在巴丹半岛上的人则面临着一条异常凶险的不归路。就在他们的同胞于1942年4月9日到达相对安全的克雷吉多岛时，巴丹半岛上的成千上万名美菲士兵放下了武器。日本兵很快将他们身上的贵重物品搜刮一空，连月的苦战最终功亏一篑。麦克阿瑟将军早已逃到了克雷吉多岛，他在那里待到3月11日，然后在美国总统的命令下乘坐鱼雷艇飞快地前往澳大利亚，开启了新征程的第一站。总指挥官的离去让巴丹半岛上的官兵感到自己被抛弃了。唯一一位留在菲律宾的美国战地记者弗兰克·休利特用诗歌概括了当时留守士兵们的感受：

> 我们是巴丹半岛上的战斗垃圾。
>
> 没有爸爸，没有妈妈，没有山姆大叔；
>
> 没有叔伯，没有婶姨，没有表兄弟，更无侄儿与侄女；
>
> 没有药片，也没有飞机和大炮；
>
> 甚至没有人肯多看我们一眼。

近 12 000 名美国士兵和 58 000 名菲律宾士兵成为日军的俘虏。在本间雅晴中将的眼中，这些俘虏不过是他作战计划的绊脚石。只有克雷吉多岛等马尼拉湾岛屿上的美军全部被他杀光或俘虏，他才算彻底征服了菲律宾。为实现这一目标，他的部队需要将这些战俘北移到一个可以容纳他们的地方。

投降的人员涉及各个军种和军衔：飞行员、机械师、无线电通信员、炮兵、步兵等。他们来自不同的军队部门，有失去了舰艇的水兵，有失去了飞机的飞行员，还有失去了服务中队的地勤人员。一等兵埃德温·佩特里来自圣安东尼奥，是一名 21 岁的飞行员，他所在的第 19 轰炸机大队之前一直驻守克拉克机场。1941 年 12 月 16 日，他的战机在林加延湾上空被击毁，他逃脱了追捕并前往巴丹半岛与步兵一起战斗。另一名来自得克萨斯州的二等兵托马斯·廷斯利·“波普”·丹尼尔斯是陆军航空部队第 28 补给中队的技师兼木匠。38 岁的托马斯·丹尼尔斯是队伍中年纪最大的士兵之一，许多年纪小到可以当他儿子的伙伴都亲切地将他唤作“波普”老爹。

现在他们成为战俘，不再是士兵了。1942 年 4 月 10 日，日军将他们赶往巴丹的马里韦莱斯和塞塞角，并命令他们向克拉克机场附近的圣费尔南多行进。日军指挥官计划将这些战俘关押到吕宋岛中北部卡帕斯地区的奥唐奈集中营。包括佩特里和丹尼尔斯在内的 7 万美菲战俘被分成数百人一组，在日本守卫小队的押解下上路。摆在他们面前的是一条 60 英里的艰苦卓绝之旅，也就是后来骇人听闻的“巴丹死亡行军”。

日本人的卡车、装甲部队还有步兵队伍在前进中扬起了大片厚重的尘土，战俘们拖着沉重的身体，汗流浃背地跟在后面，同时还要忍受日本士兵的谩骂与毒打。其中很多人早已是伤痕累累，四肢受损。即使在他们终于被允许睡觉休息的时候，日本士兵也会在人群中穿梭，用钉靴狠狠地踏过他们的脸。埃德温·佩特里觉得自己能够从行军中逃脱，但是他的许多战友都病倒了，需要他的支持。这些美菲战俘们

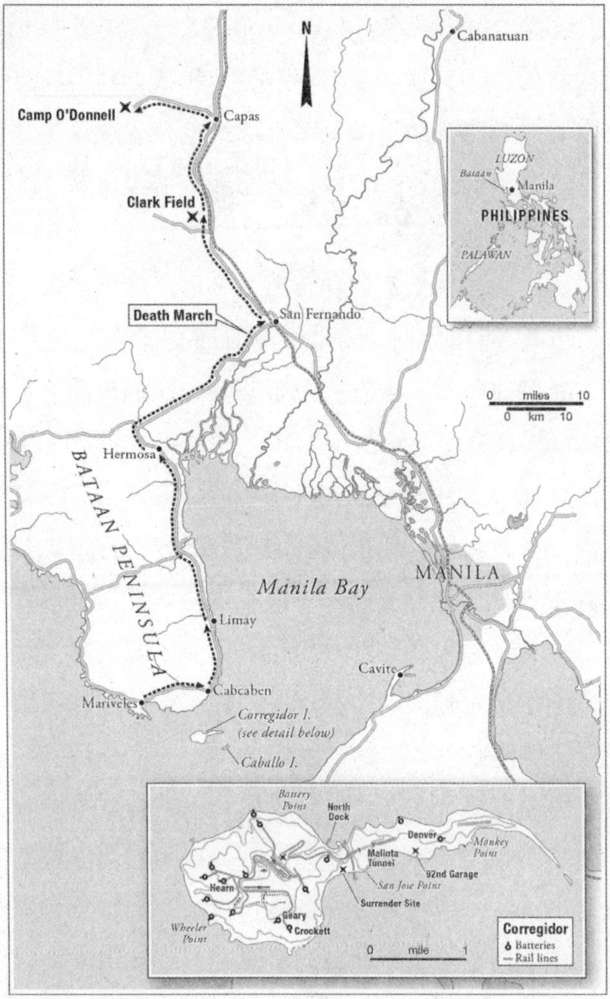

巴丹和克雷吉多

PHILIPPINES　菲律宾
BATAAN PENINSULA　巴丹半岛
Caballo I.　卡巴罗岛
Corregidor I.　克雷吉多岛
LUZON　吕宋岛
PALAWAN　巴拉望岛
Manila Bay　马尼拉湾
Cabanatuan　甲万那端
Cabcaben　卡布卡本
Capas　卡帕斯
Cavite　甲米地
Hermosa　埃尔莫萨
Limay　利迈
Mariveles　马里韦莱斯
MANILA　马尼拉
San Fernando　圣费尔南多
92nd Garage　92号机库
Battery Point　百特利角
Monkey Point　猴子角
San Jose Point　圣何塞角
Crockett　克罗克特炮台
Denver　丹佛炮台
Geary　吉尔里炮台
Hearn　赫恩炮台
Wheeler Point　惠勒炮台
Death March　死亡行军
Surrender Site　投降点
Camp O' Donnell　奥唐奈集中营
Clark Field　克拉克机场
Malinta Tunnel　马林塔隧道
North Dock　北码头
Batteries　炮台
Rail lines　铁路

之前不相信日本人会这么冷酷无情地对待他们这些战俘。现在，他们发现自己真是大错特错。日本人有一个残酷的伎俩对待这些战俘，那就是押着他们走上几英里，然后再逼着他们原路返回。他们没有给战俘们提供任何食物或水。佩特里唯一喝到的水来自满是死人和动物尸体的沟渠。等到第三天，那些落后或是因为受伤而无法行走的人无一例外地受到了日军的殴打、刺杀或枪击。

其他的美国人对此几乎无能为力，但是军医菲利普·布罗斯基仍然尽了自己最大的努力。他的医药箱里装着绷带、碘酒、吗啡、阿托品等物品，没有被日本人没收掉。每次行军停止时，布罗斯基都会四处走动，照顾受伤的战友。

日本人押解着他们的犯人在没有半片云彩的天空下行走，他们走的是波光粼粼的马尼拉湾旁边那条尘土飞扬、向西蜿蜒而去的道路。投降的美菲士兵在这一路上因为各种原因被杀害。有人只是想要解决最基本的生理需要，结果连裤子都没提上，就遭到日本人的毒手，横尸路旁。7 000 至 10 000 名美菲士兵因为殴打、被杀、疲劳或疾病死在路上。到达邦板牙省首府圣费尔南多的集结待命区时，活下来的人已经赶了 50 至 65 英里不等的路。集结待命区面积窄小，战俘们人挤人地躺在那里，等着被转移到合适的集中营。然后他们得到了五天里的第一顿饭——每人两把米和一小撮盐。

这些战俘在圣费尔南多一直待到第二天早上，然后被装进货运列车，前往大约30英里以外的卡帕斯。狭小的车厢每节都装了不下一百人，佩特里所在的车厢里有三个人被活活憋死。三个小时后，他们在卡帕斯被赶下车，步行前往 6 英里以外的奥唐奈集中营。那个地方之前是一栋为菲律宾警察部队而建的未完工的房子，日本人将其作为拘留战俘的集中营。在路上，菲律宾士兵警告美国人称，如果身上带有日本人的钱币，应该立刻扔掉，否则会被枪毙，就像那些掉队的人一样。

一到达奥唐奈集中营，这些战俘们就被列队搜查。五名战俘被发现揣有日元后当场处死。日本士兵声称他们肯定是从死在他们手里的日本人身上把钱拿走的。剩下的人则按陆军、陆军航空队、海军和海军陆战队这几个军种分开。战俘的居住条件十分恶劣：数千号人只能使用院子里一个小水龙头。很多人因为缺医少药而死亡，每天大概有50名美国人和500名菲律宾人丧生。

埃德温·佩特里、波普·丹尼尔斯还有那些曾把自己称为“巴丹战役垃圾”的人彻底沦落为绝望的阶下囚，只能依靠着一点点的面包屑存活。本间雅晴中将现在能够率领军队集中火力攻打克雷吉多岛上剩余的美军了。

2

被俘克雷吉多岛

下士鲁弗斯·威廉·“斯米梯”·史密斯（简称斯米梯）命运坎坷。当埃德温·佩特里和波普·丹尼尔斯在两英里多外的地方开始巴丹死亡行军时，斯米梯和其他大约 12 000 名美国士兵被困在了克雷吉多小岛上。面对着已经摧毁了吕宋岛上大部分美菲联军防线的日本侵略者，斯米梯和他的海军陆战队伙伴们所能拿起的战斗武器只有斯普林菲尔德步枪。这种老式的手动栓式步枪是第一次世界大战的遗留产物，在斯米梯出生那年就已经停止生产。美国政府这次似乎没有给它的战士们一次战斗的机会。

就在 4 个月前，当日本人破坏甲米地海军工厂时，斯米梯还配有一架点 50 口径机枪，其威力远非斯普林菲尔德步枪可比。那次袭击过后，这个又高又瘦的得克萨斯人花费了几天的时间搜集尸体，然后在 1941 年 12 月 20 日跟随着他的机枪组一起穿过马尼拉，顺着巴丹半岛来到了马里韦莱斯附近的另一个地点。在那里待了几天，斯米梯就接到命令称克雷吉多岛正在组建一支新的机枪连队，要求他们穿过海湾去往岛上。令人失望的是，岛上的陆军小伙子们只拥有少数几架点 50 口径机枪。于是，斯米梯加入了一支拥有一门 3 英寸高射炮的海军陆战队炮组。

1942 年 4 月 9 日上午，斯米梯看到数以万计的士兵，甚至还有护士，从克雷吉多岛登岸。其中有人乘船，还有人直接游过了宽阔的海峡。新来的人员被派往各个防御阵地协助防守。美军在岛上设置了大量火炮，但是斯米梯心里清楚，等到大规模的日本武装部队上岸入侵时，美军炮组能与之抗衡的可能性微乎其微。

麦克阿瑟将军早在数周之前就已经撤离去往澳大利亚，留下了 58 岁的中将乔纳森·M.“瘦皮猴”·温莱特担任马尼拉湾岛屿要塞的最高指挥官，他的作战总部设在米尔斯堡。除了官方已知的克雷吉多岛，温莱特还负责附近四个岛屿上的军事部署，即修女岛、卡巴罗岛上的休斯堡、埃尔·弗赖莱岛上的德拉姆堡和凯拉堡岛上的弗兰克堡。其中，克雷吉多岛是五座海岛中最大的岛屿，占地面积约 1 735 英亩[①]，外观呈蝌蚪形，距离巴丹半岛尖端 2 英里多一点，距离甲米地 7 英里。温莱特的岛屿基地将马尼拉湾入海口分成南北两大渠道，因此它不仅号称“坚不可摧的堡垒”，而且以“东方直布罗陀”闻名于世。

乔纳森·温莱特下定决心不会轻易将克雷吉多岛拱手让人。战争早已渗入他的血脉——他的父亲就是一名军官，1902 年在菲律宾遇害，而他的祖父则在内战期间执行任务时牺牲。如今，克雷吉多岛沿岸近 4 英里长的炮兵阵地成为温莱特牵制住日本帝国主义军队的关键所在，那里驻守着成千上万名美菲士兵。

一等兵吉恩·尼尔森来自犹他州的南部城市洛根，是第 59 海岸炮兵团中的一员，他所在的部队镇守着克雷吉多岛两个主要的海防炮台。自从 12 月 29 日日本发起第一轮长达两个小时的空袭以来，尼尔森和他的战友们几乎无时无刻不在接受日军炮火的洗礼。

来自芝加哥的二等兵厄尼·科布罗斯驻扎在尼尔森所在的 B 炮台以西不远的地方，被指派为 C 炮台的枪炮机械师。拥有双联 12 英寸炮

① 1 英亩 =0.405 公顷。

的C炮台又被称为惠勒炮台，由60人的炮组驻守。科布罗斯曾经一度想要留在菲律宾，但是现在他已经不那么确定了。在科布罗斯略偏西北方向的是下士埃尔莫·迪尔（简称莫·迪尔）所在的A炮台，也被称为赫恩炮台——该炮台位于呈蝌蚪状的克雷吉多岛的顶端，在马林塔的山顶高高垒起了两层楼的石头兵营，而兵营附近则单独架着一门12英寸炮。莫·迪尔拥有一支点30口径步枪和一把点45口径手枪。他是一名神枪手也是一名着弹点观察员，但在激烈的战斗中，他还负责为大炮装弹点火。迪尔对于未来的打算包括回到加利福尼亚州尤巴市找一位女朋友，如今看来那些计划的前景漆黑一片，暗淡无光。

克雷吉多岛可以划分为三个海拔地带，分别是高部区域、中部区域和低部区域。马林塔山高部区域的大型加农炮最初是在数十年前为了保护马尼拉湾免受敌方舰艇的袭击而设，按照现代标准衡量它早已过时了。岛上还活动着45架海岸炮和迫击炮，它们组成了23个炮台。72架高射炮分派给其中13个炮台，另外岛上还有大概35个地雷小组。它们共同保护着克雷吉多岛的海岸线。

现在，这几位零散分布在克雷吉多岛上的第59海岸炮兵团战士——吉恩·尼尔森、厄尼·科布罗斯和莫·迪尔彼此之间还较为陌生，但是在之后的几周以及几年里，这三名战士之间将建立起密不可分的精神纽带，共同接受血雨腥风的洗礼以及生与死的考验。

从战争开始到1942年4月，克雷吉多岛的守军始终如一地坚守在自己的阵地之上。如今，这里直接成为日本侵略者的眼中钉肉中刺，几乎每天都要遭受陆海空三方的炮弹轰炸。美国守军的生存条件也变得日趋艰辛。4月份快要过去的时候，战士们每日的口粮已经减少到大约30盎司[①]，连饮用水也只能每天分配到两次。有时候，为了填饱饥肠辘辘的肚子，他们不得不以死在日军炮火下的骑兵骡子为食。

---

① 1盎司约为28.35克。

无线电一等兵费恩·约瑟夫·巴塔（简称乔·巴塔）等人为了使自己活下来，不得不采取一些极端措施。1941 年 6 月，巴塔从甲米地无线电电台转移到克雷吉多岛，跟战友们一起负责维持米尔斯堡猴子角海军通信中心的运转。随着日军轰炸米尔斯堡的炮火日益频繁和激烈，他的工作也变得危机四伏。猴子角位于克雷吉多岛的北部海滩，战争开始后成为海军第 16 军区主要的通信枢纽，对于海军来说至关重要。

为了保证这一关键站点正常工作，巴塔的无线电小队不得不冒着生命危险去获取食物、饮用水和其他物品。他利用一辆供应卡车往返于猴子角和马林塔隧道之间三英里的路程。马林塔隧道是在马林塔山下坚硬的岩石中开凿而成，是一个庞大的地下体系。这个纵横交错的隧道迷宫容纳着拥有数千张床位的克雷吉多岛地下医院以及弹药燃油储存区、通信设施、会议室和仓库。每天都要在这条路上来回两趟的巴塔无数次与死神擦肩而过。有一次，当他从隧道里装满水往回返时，一架载有燃烧弹的日本俯冲轰炸机向他的卡车发起攻击。随着日机从低空掠过，巴塔把卡车开进壕沟隐蔽，准备应对敌人投下的三枚炸弹。巴塔和他的战友们卧倒在地，在他们前后大约 50 英尺的地方各有一枚炸弹爆炸，还有一枚在旁边爆炸的炸弹距离他们仅有 10 英尺。这些无线电兵还有他们的卡车成功逃过一劫，但是这样的运输正变得越来越危险。

还有一次，当高射炮开始发射时，巴塔恰好位于高高的天线杆上，进行无线电台的抢修工作。就在他急急忙忙地从天线杆上下来时，一架敌机俯冲而下，准备发动袭击，但是还没等到它开火，巴塔已经跑进了无线电隧道的安全地带。在日本人持续 6 个月的袭击里，巴塔成功地确保了通信线路的顺畅，这份勇气将为他赢得银星勋章。

等到 1942 年 5 月初，巴塔已经明白未来不可能再进行物资运输了。日本人对克雷吉多岛发动了最后的攻击。现在，他们已经无法通过游泳或其他途径离开这里了。

5 月 3 日晚，旗鱼号潜艇接走了克雷吉多岛上最后一批撤离者。这艘潜艇躲开了日本人的驱逐舰和扫雷艇，从马尼拉湾水下遛进克雷吉多岛，在温莱特将军的目送下，带着撤离者离开码头。

最后一批撤走的人包括陆军和海军的军官还有护士，以及一名平民女子和两名非法偷渡者，他们都将被送往澳大利亚的弗里曼特尔。海军中尉小约翰·拉格纳·詹森接受了妻子玛格丽特最后一个含泪的深情拥抱，然后将她送进旗鱼号与她告别。詹森是一名后备军人，之前在一家美国黄金矿业公司任柴油工程师时一直与妻子居住在马尼拉。这次离别之后夫妻二人再也没有相见。

第二天，大约有1.6万发炮弹像雨点一样落在了克雷吉多岛上。这个曾经枝叶繁茂的绿色小岛顷刻之间硝烟弥漫，成为一片废墟，到处都是支离破碎的树干、烟熏火燎的花岗岩还有黑烟滚滚的炸弹坑。吉恩·尼尔森所在的炮阵发起猛烈反击。几周前，他们那架12英寸大炮还只朝巴丹方向开火，因为指挥者认为这样比较安全，不会伤及友军。现在没有人在意这个问题了，因为持续的日军炮火已经让克雷吉多岛上的防御力量大受打击。吉尔里炮阵原先拥有8门12英寸迫击炮，但是等到5月4日晚，他们只剩下一门大炮未被炸毁。尼尔森的战友们轮流开炮，直到炮身滚烫到无法合上后膛。

5月5日凌晨，790人的日军先头部队抢滩登陆。克雷吉多岛上的美菲守军对第一波日军进行了激烈的抵抗，但是很快，由785人组成的第二波日本部队开始上岸。

贝托·帕切科和布鲁斯·埃利奥特现在是点50口径机枪的机枪手，随身配备点306口径斯普林菲尔德步枪、手榴弹和两箱弹药。埃利奥特一直等到登陆驳船进入射程，距离他的位置只有20码时，才和帕切科等机枪手一起开火。斯米梯和第4海军陆战队的战友们利用步枪、机关枪和手榴弹将身穿卡其布军装的日本步兵撕成了碎片。他们一直攻击上岸的士兵，直到克雷吉多岛的海岸开始泛起猩红色的血水，地上到处散落着肢体残缺的尸首。

这样的早期胜利仅仅是昙花一现。5月6日凌晨1点30分左右，更多的日本登陆驳船开始上岸。三辆日军轻型坦克也从克雷吉多岛北部海滩的猴子角附近登陆，并在数小时之内就攻下了丹佛炮阵。尼尔森等美军战士受命协助保卫海滩。他们抄起了斯普林菲尔德步枪、手榴弹、布朗宁自动步枪、3 英寸迫击炮还有机关枪等各种武器。尼尔森从海军新兵训练营起就接受了步兵培训，因此在被下令舍炮换枪时，他没有丝毫的犹豫。

负责猴子角的海军陆战队长官最终决定放弃他的无线电小队。大约凌晨 3 点，这位中尉命令乔·巴塔的小队将一架机关枪运送到海滩前线。巴塔之前从来没有见过机枪，也不知道如何使用，但是他的小队仍然顶着嗒嗒的机枪声和隆隆的炮声前进。等到他们到达目的地时，共有 4 名队员失踪。巴塔只能和剩下的无线电兵继续将机枪从一个地方送往另一个地方，直到一位海军陆战队的战士要求接管这架机枪。巴塔转而向凯斯炮台出发，那是一个高射速的 3 英寸炮台，直指遥远的休斯堡。

在日军登陆克雷吉多岛的初期，驻守阵地的美军进行了英勇的反抗。美军在海滩上一战共造成日军伤亡 2 100 人，其中 900 多人被杀。本间雅晴中将开始担心他的两栖部队将被彻底消灭。

但是 5 月 6 日上午，尼尔森、帕切科和埃利奥特等利用步枪和手榴弹作战的美菲守军已经达到了装备的极限，再也无法取得更大的进展。附近三辆日本坦克正朝着马林塔隧道的主要入口稳步碾去。温莱特将军担心，如果日军 75 毫米坦克炮在隧道内发射，可能会造成己方巨大的人员伤亡。

5 月 6 日上午 10 点后不久，温莱特告诉他的参谋不能再拖下去了，自己的部队坚持不了多长时间。他发出消息，通知身在澳大利亚的麦克阿瑟将军自己准备在中午下令停战。他还让手下的无线电通信员向罗斯福总统发送告别信息，称他将“带着破碎的心，低着悲伤的头”安排马尼拉湾岛屿上的守兵投降。他表示，“如今这个地步早已超过了人类忍耐的极限。”

“我为我们英勇的战士感到骄傲，并将怀揣着对他们的深切歉意去见日本指挥官，”温莱特在他最后的告别信息中说道，“再见，总统先生。”

乔·巴塔偷偷绕过凯斯炮台的后方，朝马林塔山走去。上午11点，他到达隧道，发现其他无线电通信兵正在摧毁所有的通信设施，他们已经发送完克雷吉多岛上最后的信息。11点至12点30分期间，温莱特将军下令投降的消息被广播了三次。在此期间，第4海军陆战队烧毁了部队旗帜和国旗，以防它们落入敌人之手。

“处死庞蒂亚克”是指示士兵摧毁武器并投降的暗号。斯米梯不情愿地放弃了自己点50口径机枪的机枪手岗位。当销毁武器的命令传来时，斯米梯身边一位参加过第一次世界大战的老兵情绪激动起来。他热泪盈眶，哀怨地说：“我从来没有想过自己会看到这么一天，一群海军陆战队士兵就这样放下武器，束手就擒！”

5月6日下午1点30分，温莱特放弃了抵抗。他和五位参谋人员很快就被带到日军指挥官面前进行谈判。温莱特主动提出放弃马尼拉湾内的四座岛屿要塞，即克雷吉多岛、德拉姆堡、弗兰克堡和休斯堡。然而，一个月前，曾在巴丹半岛上接受金将军投降的中山源夫大佐这次坚持不予和谈，除非在菲律宾的美军全部投降。

日军乘船将温莱特一行人押往本间雅晴中将位于巴丹半岛上卡布卡本的总部。温莱特在那里被告知，除非愿意无条件投降，否则日军会继续针对美军采取军事打击。温莱特别无选择，他的队伍已经很难再坚持下去了，因此只能被迫在这份投降文件上签字。午夜过后不久，眼里噙满了泪水的温莱特被日军关押起来。

事实表明，这么多人投降导致了彻底的大规模混乱。日本士兵很快进入地下医院和拥挤不堪的马林塔隧道，成千上万名销毁了武器的美菲士兵聚集在那里。一名戴着牛角框眼镜的日本士兵一边在人群中穿行，一边大声命令美国人交出他们的戒指、手表和其他贵重物品。

当天下午，乔·巴塔的无线电小队被赶出隧道。日本兵命令他们将日本登陆驳船上的火炮、弹药和物资运往海滩。任务一完成，巴塔就被押往克雷吉多岛上的金德利小型机场。在接下来四天的时间里，他都被囚禁在那里干活，让机场重新运转，以供俘虏他的日本人使用。

从5月6日下午起，克雷吉多岛上所有的守军，包括海军、陆军、海军陆战队、陆军航空队还有菲律宾士兵，都被下令前往猴子角附近的92号维修机库集合。这个小型的机库包含一条延伸入海的混凝土坡道，那是PBY卡塔利娜水上飞机的着陆区。这片区域没有任何阴凉之处可以遮阳，绝非关押这一万一千多名弃械投降的守军的理想场所。这些被日本人俘虏的士兵很快就像牲口一样，在毒辣的太阳底下忍受着煎熬。受伤的士兵因为没有任何可以补充的水或食物而饱受折磨。体格健壮的人利用战场上的废弃残骸和毯子搭建起粗糙的遮阳棚。在接下来的几天内，马尼拉湾其他投降的岛屿要塞上，还有数千名军事人员遭到围捕，被日军源源不断地押送到维修机库。

格伦·“马克”·麦克多尔是一位脾气火爆的英俊小伙。马克在卡巴罗岛的休斯堡上被迫投降时，他感到自己心力交瘁。自从日本对菲律宾发动袭击以来，这位21岁的海军陆战队战士就一直四处作战。在过去的几个月里，他曾在休斯堡帮忙坚守一个机枪工事。但是在与强悍的敌人无休止地战斗之后，在承受了每天都翘首以盼的增援从未到达的失望之后，他还要蒙受销毁自己武器的羞辱。马克所在的机枪小队排空了他们14英寸步枪里的液压油，放空了点50口径水冷式机枪里的水，然后将所有的武器付之一炬，直到枪管被烧毁。马克最后看了一眼他的海军陆战队配枪——斯普林菲尔德1903型步枪，他对它的每一处都了如指掌，包括它的编号24109，然后他亲手将它扔进了海湾。

那天下午，日本人的摩托艇抵达休斯堡，开始接管美国俘虏。马克和其他人一起双手抱头，走到海边，向日本人投降。他被赶进了一只塞满人的小艇，前往不远处的克雷吉多岛。在那里，他看到了令人震惊的一幕：在一片还没有美国都市一个街区大的空地上，大约七千名美国人和九千名菲律宾人被分开拘禁在供远程轰炸机着陆的混凝土坡道上。

日本人记下了每位俘虏的名字、军衔和编号。在记录信息的同时，还有一名日本兵逐个对他们进行搜身。因为担心自己的高中戒指被抢走，马克迅速将其塞入嘴中。他走到桌子前，把自己的基本信息报给日本守卫："格伦·W. 麦克多尔，下士，美国海军陆战队，编号 3-0-1-0-5-1。"之后三名日本士兵上来夺走了他的手表和钱包

因为钱包里装着家人的照片，马克愤怒地吼道："混蛋！还给我！"话还没说完，他就被人从背后抡了一棍，直接跪倒在地。他的第一反应是打回去，但是当他看到另外三名日本士兵正拿着棍棒朝自己狞笑，他站了起来掸了掸身上的土，走向拘禁俘虏的区域。让他多少感到安慰的是他的戒指还含在嘴里。"这些混蛋抢不走我的骄傲或精神，"他想。

吉恩·尼尔森现在最关心的是水。跟其他大多数人一样，他不仅被迫交出武器，而且还被抢走了水壶。

克雷吉多岛位于赤道附近，本来就炎热无比，更不用说俘虏还要站在混凝土坡道上。接连数周的炮轰更是破坏了岛上大部分的水管。现在，多达 1.6 万人被囚禁在这片面积大约只有 1 500 码[①]乘 800 码的区域，到了晚上，甚至没有足够的空间让他们躺下休息。而在白天，严重的口渴取代了夜间的睡眠问题。92 号机库附近有一个巨大的炸弹坑，里面装满了新鲜的雨水。起初，到达那里并不是一件容易的事，但是美国人很快就发现那是他们唯一的饮用水源。尼尔森加入了取水者的队伍，没过多久，他们就硬生生地踩出了一条取水之路。

在接下来三天的时间里，日本士兵没有给这些俘虏任何可以吃的

① 1 码≈0.914 米。

东西。汗液、人体排泄物还有腐烂尸体散发出的阵阵恶臭，在空气中弥漫。俘虏们挖出便坑以解决卫生问题，但是这些暴露在外的沟坑难掩粪便的臭气，而且很快就致使痢疾在人群中传播。日本兵用一条金属线围出他们圈禁美国人的区域，便坑也在边界之内。一天，吉恩·尼尔森正好在金属线下面方便，一时忘记了警告。就在他差点越线时，附近山岭上的一架日本机枪朝他开火，子弹就落在他身旁几码远的地方。

第 4 海军陆战队中士道格·鲍格意志坚定地想要活下去。三天过后，日本人允许保罗·D. 邦克上校派人外出寻找补给，于是他开始组织俘虏联合行动。鲍格很快报名加入，与其他 150 人一起被派出去干活，并得到了连日来的第一份食物和水。他们被迫将受伤的日本士兵从两英里以外的遥远海滩运送到马林塔隧道医院，之后还要帮忙埋葬死亡的日本士兵。而那些牺牲的美国战士却没有得到任何可以下葬的机会，他们的尸体被接连两天留在海滩上暴晒腐烂，之后有些被成堆地烧掉，有些则被毫不留情地推入浅沟。一个只能装下一具尸体的坑洞里往往会紧紧地塞上五具。即使连日后能够确定死者身份的牌子也没有一个被准许摘下。

美军战士，无论军衔高低，都无一例外地遭受了日本人残酷的虐待。日本人宣布即使是最高级别的美国军官，地位也远远不及军衔最低的日本士兵。军事协议开始变得名存实亡，一名士兵甚至让他的长官去死。后来这名长官将他举报给了日本人，结果他们将这名士兵当场枪毙。

现在的克雷吉多岛在道格·鲍格眼中简直就是地狱。从孩提时代起，鲍格就梦想着成为一名光荣的美国海军陆战队战士，但是现在这种状况根本就不是他心目中梦寐以求的军旅生活该有的样子。等到 5 月初的时候，鲍格已是憔悴不堪，满脸胡子拉碴，浑身又脏又臭。虽然当了七年海军陆战队士兵，他还是不得不去干一些日本步兵都不愿意接手的脏活累活。一天下午，当他的劳动小组接近麦金利机场时，日本士兵从队伍后面拉出了十个美国俘虏，并把他们绑到了附近的树上，作为日本兵练习刺刀和击剑的靶子。鲍格等人只能在旁边眼睁睁地看着日本人拿着刀剑在他们的同胞身上又砍又劈，又刺又捅。

热带阳光下长时间的劳作让这些原本就营养不良、极度缺水的人不堪重负。露天的茅厕臭气熏天，引来成群的苍蝇将痢疾传播给俘虏。在这样的条件下生活了 3 天，鲍格也被传染上痢疾。尽管他病得很严重，但是却没有机会进入医院治疗疾病。一名海军医师建议他帮忙运送其他病人到医院，因为至少在那里，他有机会接触到能够给他治病的人。鲍格设法找到了一位美国军医，证实自己的确患有阿米巴痢疾。在接下来的两周里，他成功留在了马林塔医院接受治疗。

在维修机库附近待了 3 天以后，马克・麦克多尔得到了他的第一份食物——一罐三花牌牛奶[①]。马克之前是名运动员，足有 185 磅重，但是等到他和其他两名士兵一起分享这点微薄的配给时，他的体重已经开始飞快地下降。

马克的心情在他发现罗伊・亨德森和威廉・史密斯（斯米梯）的那天才略有好转。这两人都是马克最好的朋友，他们之前曾一起在基地篮球队打球。跟斯米梯一样，亨德森也是在得克萨斯州东部的一个乡村里长大的。亨德森对他的朋友们诉说了放弃战斗带给自己的巨大痛苦，他这辈子做过的最艰难的决定就是放下武器投降。这 3 名海军陆战队战士很快被分配到劳动小组，将因暴晒而发胀的死尸堆积起来，并收集废金属供日本人回国熔化，重新加工后再次投入战事。

苦难与死亡在这条老旧的水上飞机起降坡道上持续了 17 天之久。5 月 23 日，日本人命令这些战俘前往克雷吉多岛低部[②]的码头区域，以便在第二天把他们转移到设施更好的马尼拉。忍饥挨饿的战俘们只能自己揣测那里的条件会有多大的改善。

---

①雀巢公司生产的一种奶精产品。

②克雷吉多岛呈蝌蚪状，地势最低的部分位于中间，相当于连接着蝌蚪头部和尾部的部分。

3

走出甲万那端集中营

下士威廉·“威利”·约瑟夫·巴丘斯急切地渴望着改变，即使他对改变后的情形一无所知。巴丘斯在混凝土的圈禁区内顶着太阳忍受了17天的煎熬之后，原本就只有5英尺8英寸的瘦弱身板愈见单薄。他作为第60海岸炮兵团的一员在克雷吉多岛之战的最后几个星期里，一直坚守在第1炮组抵挡日军的攻击。这位20岁的宾夕法尼亚人如今顶着一头长度早已超出军队规定的散乱棕色头发，和数以千计悲惨的美菲士兵一起拖着沉重的步伐向克雷吉多岛南端的码头走去。

就在3年前，部队生活对于威利·巴丘斯来说似乎还是一个不错的选择。他只读完八年级就辍学工作了。等到17岁的时候，他的父母同意他参军，希望他能够建功立业。但是现在，1942年5月24日，巴丘斯已被号码牌上的数字代替，他成了一个没有任何权利只能被大呼小叫的日本兵推来搡去的俘虏。

10艘港口作业船此时正在克雷吉多岛低部区域的南端码头待命，准备将美菲俘虏运往停靠在马尼拉湾南部海峡的3艘日军运输船上，这些船每趟大约运100人。在克雷吉多岛的医院里，所有能够走路的人都被撵回了位于维修机库的主营地。因为阿米巴痢疾而上吐下泻的道格·鲍格还没有恢复，就在一个炎热的下午被迫蹒跚着赶往低部区域。令他怒不可遏的是，日本船员和士兵一边驱赶着俘虏们上船，一边夺走了他们仅剩的最后一点贵重物品。小约翰·赖特上尉在他的日记中写道："他们（这帮日本人）扇人耳光，踹人小腿，粗暴地将一群人推倒，然后聚在一起，哈哈大笑。"

鲍格登上船后远远地看到，就在他们之前的山腰基地上，日本的太阳旗已经取代了美国的星条旗，高高地插在那里。包括鲍格、巴丘斯、厄尼·科布罗斯、布鲁斯·埃利奥特、吉恩·尼尔森、贝托·帕切科、罗伊·亨德森、莫·迪尔、乔·巴塔和威廉·史密斯（斯米梯）在内的数千名俘虏像货物一样被塞进船里。有些人被推进货舱，舱门关闭后，他们热得汗如雨下。其他人则被赶到了甲板上，挤得连坐的地方都没有。第二天，即5月25日，这些船只穿过海湾向马尼拉南部正对尼克尔斯机场的一个地点驶去。船只在马尼拉的码头不容易停靠。因此，运输船停在距离岸边大约半英里的地方，然后由LST型登陆驳船将这些战俘运往海岸，并放下舷梯让他们离开。根据舷梯放下的位置，战俘们入水的深度从齐腰到8英尺不等。

吉恩·尼尔森走到驳船的舷梯上，踌躇了一下估量水深。任何犹疑不前的人都会被日本士兵用刺刀捅，或被他们的枪托砸得头破血流。"他们简直乐此不疲，"尼尔森愤愤地想。马克·麦克多尔和斯米梯、罗伊·亨德森一起上了岸，等待他们的是一群骂骂咧咧的日本士兵。

这些战俘的身上挂着湿漉漉的衣服，他们排成4列纵队，沿着杜威大道行进，其中有人赤着脚，有人套着灌满沙子、咯吱作响的破鞋。杜威大道是一条海湾公路主干道，以1898年在马尼拉湾击沉西班牙舰队的著名美国将领乔治·杜威命名。一些日本卫兵开着车驱赶他们的俘虏前进，还有些日本卫兵则骑着马时而慢走，时而快行，时而小跑，时而又慢走地行进。结果，老兵弗朗西斯·加利根不得不一整天都加快步伐，甚至还得不时小跑，以免自己被马蹄践踏。

战俘们心里很清楚日本人押着他们在马尼拉的街道上游行，是为了宣传他们击溃盟军的“壮举”。菲律宾的民众们于心不忍，有人冲过去将食物扔给艰难行进的俘虏们，但是他们很快就被带着刀的日本卫兵打了回去。正午时分的暑热导致一些俘虏因为脱水、旧伤或疾病而掉队。马克·麦克多尔和斯米梯只要还有力气，就会尽力帮忙搀扶一些掉队的人前进，但是因为日本人在马尼拉迂回炫耀他们的人类战利品，原本六英里的行军路程比预期多花费了几个小时才走完。对于那些走不动路、只能停在路边休息的俘虏们，日本骑兵则毫不留情地举起了枪支或刺刀，杜威大道很快被鲜血染红。马克听说他们的目的地是老比利彼得监狱。这是由西班牙殖民政府于1865年建立的菲律宾第一所国家监狱。有传言说，老比利彼得监狱最初在西班牙语里是Cárcel y Presidió（管制和监督），简直等同于美国的恶魔岛[①]。现在，这些美国俘虏和他们的菲律宾战友正向着这所臭名昭著的监狱前进。马克明白，这表明在日本人眼里，他们这些战俘跟监狱里本来应该收押的那些罪大恶极的杀人犯、强奸犯及盗贼没有什么区别。

那些撑过了这次残酷行军的人最终进入了这所占地17英亩的监狱。比利彼得监狱四周耸立着坚固的砖瓦墙，中心则设有一个警卫塔，各个牢房单元区以警卫塔为轴心，像轮子上的辐条一样伸展开来。病号和伤员被带进了临时医院，而克雷吉多岛其他的幸存者则被留在外面的院子里。院子里只有两个水龙头可以出水，俘虏们不得不排成长队等候喝水或者往自己的水壶里灌水。

至少到比利彼得的第一顿饭算是一个改善。每个俘虏都得到了一个棒球大小的饭团，里面没有肉也没有任何调料。在过去两周里，他们中的大多数人只能依靠每天三分之一罐的三花牛奶维生。曾经健壮

①位于美国加利福尼亚州旧金山湾的一座岛，被美国政府当作监狱。这里曾经关押着知名重刑犯，现在已不再具有监狱功能，而是作为景点供游客参观。

的马克·麦克多尔如今已经瘦了许多磅。在比利彼得监狱大院里，他与罗伊·亨德森还有斯米梯达成协议，相互约定“我的就是你的，你的就是我的”。这些海军陆战队的战士们承诺，只要他们的战俘生涯持续一天，他们就会一起分享所有的水、食物或其他用品。

在比利彼得监狱大院里，美国俘虏们几乎无事可做，只能坐在一起唱歌聊天。那天晚上下起了凄冷的夜雨，战俘们躲进了四所古老的监狱附属建筑内避雨。雨水不时地顺着屋顶往下漏，他们只能挤做一团，蜷缩在有毯子的人旁边。比利彼得监狱没有收容他们很长时间。1942 年 5 月 27 日，这些美国人在日本卫兵的日语叫骂声中醒来。日本人将俘虏们排成一条长队，再次赶着他们穿过马尼拉向一个火车站走去。这次的长途行军使得更多的病人和伤员落在了后面，但是再一次，当地的民众自发列队走上街头，为这些俘虏递送食物：饭团、红糖块和毛蛋（已经部分孵化的鸡蛋）。

当天上午晚些时候，这支行军队伍到达马尼拉的一个火车站，并在一辆货运列车的旁边一字排开。这辆列车共有 15 节车厢，里面的空间大约只有美国火车车厢的 1/3，道格·鲍格估计，挤一挤的话，每节车厢最多能装下 40 个人左右。但是日本人却蛮横地在每节铁皮车厢里都塞进了一百多人。俘虏们被紧紧地挤在一起，任何人都无法动弹，甚至连抬一下手臂都做不到。车门一关闭，痛苦的哀号和尖叫立时响彻一片。

马克·麦克多尔还算幸运，他是最后几个被推进车厢的人，待在了车门附近。车厢里的温度很快就高得令人窒息，俘虏们发出震耳欲聋的惨叫声和诅咒声，最终迫使马克所在车厢的守卫将车门开了一个透气的缝。斯米梯、马克还有亨德森试图将更多的空气扇到挤在车厢深处的战俘那里，但是基本上徒劳无功。每节车厢中都有数十人因为中暑而昏迷，并且很快死去。中午的烈日暴晒车厢，吉恩·尼尔森现在坐也坐不下，躺也躺不了，感觉自己活像进了一个烤箱。

这趟列车从马尼拉出发，载着俘虏们缓慢地向北行驶，前往他们的下一个目的地——甲万那端。那里有一所新开的战俘集中营，距离邦板牙河大约 60 英里。这段行程因为缓慢的车速花费了大半天的时间，汗流浃背、挨肩擦膀的战俘们不得不就地方便，空气里的恶臭很快就变得令人无法忍受。幸运的是，每个村庄的铁路轨道附近都挤满了友好的菲律宾人。随着火车咣当咣当地驶过，他们将饭团、饼干、鸡蛋还有面包扔进了敞开的车厢门里。马克·麦克多尔设法抓住了一大块红糖，并信守约定和亨德森及斯米梯分享了自己的食物。斯米梯也抓住了一些饭团，他分了部分给他的朋友后，再将剩下的递给了其他俘虏。

那天傍晚，火车终于缓慢地驶进甲万那端。张牙舞爪的日本卫兵出现在那里，大声呵斥咒骂车上那些半死不活、沾着屎尿的俘虏们。就在马克想要离开车厢时，一名日本卫兵拿着刺刀狠狠地插进了他的腰部左侧位置，鲜血瞬间从他的肋下喷涌而出，给马克留下了第一个伤口。他愤怒地转过身，想要动手去揍那个卫兵。斯米梯拼命拦住了他，将他拽走。"你的脾气早晚会害死你的，马克！"他厉声说道。

马克勉强加入了行军队伍，朝着下一个拘禁区前进。在路上，另一名俘虏拿着好心的菲律宾村民给的盐，想要过来帮忙。他掀起了马克的衬衫，用盐擦拭和清理张裂的伤口。尽管疼痛难忍，但马克至少还算幸运，因为据道格·鲍格估计，这趟列车之行大约导致 130 人窒息而亡。

这支由血淋淋、脏兮兮的俘虏们组成的酸臭扑鼻的行军队伍向北穿过了甲万那端，沿着一条近 14 英里的路线蹒跚行进。他们没有水喝，只能偷偷地从沿路穿过的黑色泥巴沟里汲取一些脏水解渴。那些放慢脚步休息的人再次遭到日本人的踢踹、殴打甚至杀害。那天晚上，1 500 名俘虏被赶进了一所老旧的学校睡觉，日本人在那里支起了一口巨大的锅开始烧水煮饭。排队取食的俘虏们每人都要等候很长一段时间才能得到很少一点米饭作为当天唯一的一顿食物，还有许多人直接放弃排队，拒绝进食。

一场大雨在夜晚不期而至。对于俘虏们嘶哑干渴的喉咙来说，这不啻一个福音，但是随着气温的下降，马克·麦克多尔不得不和斯米梯挤在一块毯子下保暖，同时还要顾及背后阵阵抽疼的伤口，以防它被碰到或压到。黎明时分，他们在日本卫兵的叫骂和踢踹声中起来，继续赶路。太阳越来越热，日本兵们乘坐着卡车前进，而这些疲惫不堪、伤痕累累且患有疾病的俘虏们则步履蹒跚地行走在尘土飞扬的道路上。饱受干渴折磨的吉恩·尼尔森曾注意到路边就有一口大型的自流井。井水从一根10英寸的管子里汩汩而出，但是日本卫兵根本不允许美国人进入井池喝水或者往他们的水壶里灌水。道路因为成百上千双行军的脚的踩踏和整夜的雨而变得泥泞不堪，尼尔森就这样看着绝望的人们伏身从污浊的泥坑里饮水。

在甲万那端的市郊，俘虏们最终到达了新开的集中营门前。这所年久失修、腐朽破败的前菲律宾军队训练营被称为甲万那端集中营。长时间的徒步行军导致一些俘虏脱离了队伍，但是有一个人却似乎下定决心要忍耐到底，他的毅力让尼尔森折服。一进集中营，尼尔森就看到那个人躺到了一棵树下休息，看起来得到了极大的解脱，但从此再也没有醒来。

甲万那端集中营四周环绕着8英尺高的带刺铁丝网，中心则立着许多由棕榈叶、竹子和茅草屋顶搭建而成的尼帕村舍。较大的屋子约55英尺长、18英尺宽，每间可以容纳150到200人；而较小的屋子约40英尺长、18英尺宽，每间可以容纳100人。营地周围都设有守卫塔，由装备着机关枪、步枪和聚光灯的日本士兵负责把守，防止俘虏逃进远处的深山。

道格·鲍格睡在没有垫子的竹地板上，同时还有水从茅草屋顶的漏洞滴下来。鲍格在新甲万那端集中营吃到的第一顿饭就是肮脏的米饭和一份尝起来跟咸水没什么区别的稀汤。等到早上，鲍格就注意到同屋里有几个人死于痢疾和疟疾。之后，他那一组人又被日本人押着赶了12英里多的路，到达了另一所位于劳尔和邦阿邦畜牧场之间的集中营，而其他劳动小组则在武装守卫的看押下，被派出去收集柴火供营地做饭使用。马克在两口巨大的黑锅旁边排队，等着领取属于他的那一小份掺杂着臭虫、蠕虫等额外佐料的米饭。俘虏们每天分得一杯粗茶加上两餐只有半份的米饭。在鲍格眼中，这些口粮不仅少得可怜，而且难以下咽。被派去劳动的人要为日本人卸载物资、清扫石块或者收集柴火，而日渐流行的痢疾和疟疾每天导致数人丧生。没有分配到活干的人基本上无所事事，只能围坐在集中营的院子里，一边忍受着毒辣的热带阳光，一边聊聊自己以前的家庭琐事。

1942 年 5 月 30 日，甲万那端 3 号集中营的美菲战俘数已经增加到 6 000 余人。很多人在打仗时受的伤没有得到及时处理，伤口开始恶化。恶劣的卫生环境和艰苦的饮食条件加速了伤口的感染，每天都会有数量惊人的俘虏因此死去。集中营里屈指可数的几位医生只能为那些患有糙皮病、登革热、痢疾、疟疾、脚气病和坏血病的人提供最原始的急救措施。马克·麦克多尔、罗伊·亨德森和斯米梯很幸运，因为马克从克雷吉多岛上偷偷带出了一瓶奎宁，正是这瓶药让他们在甲万那端最初几周里保持了较为健康的身体状况，而没有像其他大多数人那样垮掉。还有一些胆子大的人冒着生命危险在日本卫兵眼皮子底下偷偷凑钱从菲律宾人那里购买物资，包括那瓶让道格·鲍格受益匪浅的药品。

集中营成为各种疾病完美的滋生地。就厕所而言，这些战俘们只有“战地便坑”，也就是大约 15 英尺长、6 英尺深、数英尺宽的原始坑厕。一群人轮流排队等着方便，但是很多病人根本等不及就拉了裤子。每次降雨都会将粪便冲进泥土，使得环境越发污秽。成群结队的绿头苍蝇驱之不尽，嗡嗡飞进了附近的厨房。

乔·巴塔被带到集中营的厨房里干了两个月的活。在那里，他能够得到的一点奢侈享受就是每天晚上可以用 5 加仑[①]的水洗澡，这样至

① 1 加仑 = 3.785 升。

少能够保持个人卫生，而不像他的战友，只有在日本人允许的时候才能到一条河里洗澡。马林·乔·杜邦则被派到一个蔬菜农场干活。等到收获的时候，他眼睁睁地看着自己的劳动果实全部归俘虏他的日本人所有。

为了防止有人逃跑，甲万那端集中营的指挥官森正夫（Masao Mori）中佐将俘虏们分成了十人一组。他的守卫随时都可以点名查人，而被点到的十人小组必须全员出现。如果有人失踪，其他九人将遭受严酷的刑罚甚至被直接处死。在道格·鲍格亲眼见证的一起事件中，4名“有罪”的美国士兵被指控在5月30日外出干活时试图逃跑。

这些声称自己在寻找食物时迷了路的美国士兵被日本人扭送回营地并遭到一顿毒打。他们的手脚被紧紧地捆绑在一起，稍有动作即可能被身上的绳子勒死。日本人就这样让他们在院子里顶着无情的烈日蹲了两天，同时还强迫当地路过的菲律宾人用棍棒和斧头柄殴打这些美国士兵。4名俘虏浑身是血，向周围的人哀求给点水喝，但日本士兵不允许任何人帮助他们。等到第3天，日本守卫命令他们在一个小土堤上为自己挖掘坟墓，而集中营的其他俘虏则在旁边列队观看。4名受到指控的美国人在拒绝了遮眼布和最后一杯茶后被日本守卫当场击毙，倒在了他们刚挖的浅坟里。一名日本军官走上前去，在每个人的头上补上了最后一颗子弹。

7月中旬，一名俘虏忍无可忍，与日本守卫打了起来。作为惩罚，日本人割了他的耳朵，然后将他的双手钉在集中营的大门上。每次有守卫通过时，这个可怜的俘虏都会随着门一起被推进带刺的铁丝栅栏里，上面的倒刺反复扎入他的腿。他就这样没吃没喝地被钉了三天，然后，日本人将他从栅栏上拖下来，埋进了一条壕沟里。马克·麦克多尔、斯米梯和亨德森从那些被派去埋葬他的人那里听说，在他身上填土时，这名被害者仍然还有呼吸。

虐杀的恐怖以及饥饿、口渴、暴晒和疾病让许多人失去了生存的意志。白色肤系的俘虏们尤其因为过度晒伤而饱受折磨。乔·杜邦又热又湿的腋下长满了被当地人称为“关岛水疱”的热带溃疡并且已经化脓。贫乏的食物供给导致俘虏们的身体日渐衰弱，甚至一些人看起来活像是行走的骷髅，皱巴巴的皮肤下只剩一副突出的骨架。马克·麦克多尔很快可以通过看一个人的脸来判断他能否存活下去。那些放弃了希望的人眼睛里黯淡无光，往往坚持不了多长时间。而那些依然想要活下去的人，他们的眼睛里或多或少总会散发出光芒。

让吉恩·尼尔森最为困扰的问题就是缺乏足够的食物。他眼睁睁地看着自己的朋友一个个地在甲万那端死去，腹中火烧火燎的饥饿感让他开始考虑以当地的草木为食。尼尔森曾经读过书，知道奶牛如何依赖青草里面的多种矿物质生存，他选择了水源附近最绿的叶片，却很快发现它们尝起来如同稻草一样，难以下咽。接着，他又从一棵小树上摘下来几片叶子，先小口尝了一点。“滋味说不上好，但也不算太糟，”他想，“有一点柑橘的味道。”

他拿着一片叶子吃了几口，想要验证一下它是否会对自己的身体造成什么不良影响。几天之内，他吃下的叶子量就从四分之一片进展到半片再到最后的整片。很快，他就开始摘下成把的叶子往嘴里塞。这种当地的树木为他稀汤寡水的饮食增添了一些补充，但是尼尔森依然很担心，因为他看到越来越多的美国人开始患上疟疾、痢疾等致命的热带疾病。

斯米梯注意到日本卫兵会定期进入集中营，寻找比较强壮的俘虏做特殊工作。7月的时候，斯米梯听闻日本人正在寻找健康的俘虏参与一个特别的项目，不愿意放过一切机会逃离甲万那端地狱的他意识到自己的运气来了。斯米梯向美国军官打探如何才能被选上。当劳动小组的名单发布时，他很高兴地在上面找到了自己的名字，以及好友罗伊·亨德森和马克·麦克多尔的名字。他们只听说这次任务关系到一个持续3个月的工程，虽然除此以外他们对其他事所知甚少，但是那并不重要。依然忍受着关岛水疱疼痛折磨的乔·杜邦也很高兴自己过了关。

1942年7月24日，数百名自愿加入苦役的俘虏携带着少量行李走出甲万那端集中营大门。离开自己的朋友让鲍勃·罗素少尉感到难过，但是他又很愿意成为这支正要去往某处的队伍的一分子。对他来说无论去哪里都好，只要能离开甲万那端3号集中营。其中很多入选的人，譬如贝托·帕切科、威利·巴丘斯、布鲁斯·埃利奥特、莫·迪尔、乔·巴塔和道格·鲍格，都是4月在克雷吉多岛上被俘的士兵。他们被押往城镇，登上了等在那里的卡车。与上次的死亡列车相比，这是仁慈的改变。

巴丘斯数了一下，离开甲万那端的劳动队里共有442名美国人。在沿着通往马尼拉的道路颠簸行驶了3小时以后，这些俘虏被暂时关进了老比利彼得监狱，其中一些身患疟疾或者太过虚弱的人遭到淘汰。等到下午晚些时候，最后一批人被赶往马尼拉港码头。在那里，巴丘斯和他的同伴们将大批的建筑物资装载到两艘小型运输船上，其中包括手推车、铁铲、镐、成吨的散装水泥还有大米、盐等食物供给。显然，他们是在为另一个菲律宾岛屿上的扩建工程做准备。

最终的劳动力队伍包括340名陆军、海军和海军陆战队士兵，以及6名军官。其中军衔最高的是海军陆战队上尉特德·欧内斯特·普洛斯。然后还有两名海军军官：少尉鲍勃·罗素和中尉约翰·詹森，后者就是在克雷吉多的美军投降前几天通过旗鱼号潜艇将妻子送走的那名军官。剩下的人包括准尉格伦·特纳和两名美国陆军医生。

高级军医哈罗德·塞缪尔·希克曼上尉是一名来自加拿大温尼伯的29岁前见习医师。他于1941年加入美国陆军医疗队并于1942年2月从少尉晋升至上尉。希克曼是巴丹死亡行军的幸存者，之前一直被关押在奥唐奈集中营。劳动队伍里的另一名军医是卡尔·路易斯·曼戈中尉。此外，希克曼还将几名初级医师选入队伍，包括经历了巴丹死亡行军的菲利普·布罗斯基和他的朋友—— 一等兵埃弗雷特·班克罗夫。

这些人在马尼拉港口的7号码头连续干了几天的体力活。在装船过程中，大多数人没有鞋子可穿，也没有多少衣服能够遮蔽毒辣的烈日。炎热的天气和鼻子里不时灌入的水泥粉尘使得甲板下面卖力干活的马克·麦克多尔几乎难以呼吸。1942 年 7 月 29 日，这些人被赶到了两艘运输船上，成为最后一批被装载的“货物”。大多数俘虏被押上了锈迹斑斑、吨位为 5 461 吨的商船三晃丸。他们挤在甲板上随着船只一起驶出马尼拉港，途中克雷吉多岛清晰可见，那里如今已经被轰炸得满目疮痍，余下无数个炮弹坑。

后来其他盟军俘虏登上了“地狱航船”，被日本人运送过海。与“地狱航船”上的经历相比，从马尼拉出发的这次航行显然没有那么恐怖。一些人被派到三晃丸的厨房工作，那里有米饭、海藻汤和绿豆。斯米梯因为伙食的改变而兴奋不已，他希望自己的未来一片光明。一位日本卫兵曾经在美国生活过一段时间，说着一口流利的英语，而且还很喜欢美国音乐。在晚上的时候他会鼓励乔·杜邦等人躺到甲板上，一起唱《星尘》等流行舞曲。在海上的第一天，这些俘虏们对自己的目的地还一无所知。日本最高负责人岸本上尉最终将两名美国军官普洛斯上尉和罗素少尉拉到一边，通过翻译告诉他们，俘虏们将被运往巴拉望岛，并被分派到那里的农场干活。岸本说，他知道俘虏们很不快活，但是他希望在目前的情况下尽可能地让他们在新营地变得愉快起来。

7 月 30 日上午 10 点左右，三晃丸抛锚停靠在巴拉望北部的菲律宾群岛中的库利昂岛。布鲁斯·埃利奥特已经准备好趁日本人不注意的时候偷偷溜掉，因为他不打算作为一名俘虏游离于战争之外。如果可以的话，他还想继续战斗。埃利奥特在船舱内找到了一条 20 英尺长的绳子，他将绳子盘到腰间并用衬衫盖好，希望停船时借助绳子从船舷滑下，然后逃到岛上。美国俘虏被组织成一个工作组将物资装上驳船，运送给岛上的居民，也就是库利昂麻风病院的患者。埃利奥特一得知岛上只有麻风病人居住，就悄无声息地放弃了自己的逃跑计划。

跟着驳船靠岸的运输队伍里有马克·麦克多尔、斯米梯和亨德森。当他们到达陆地时，日本守卫因为害怕感染麻风病而拒绝前进，直到美国俘虏用消毒剂喷洒完着陆区域后他们才敢下船。岛上的天主教牧师迎接了这些俘虏。俘虏们开始卸载驳船，同时许多麻风病患者也围了上来，中间有男有女，还有小孩。他们好奇地看着新来者并为他们祷告。马克·麦克多尔非常同情这些麻风病人，他们身上全是流脓的溃疡，有些人甚至被疾病摧残得面目全非。俘虏们从下午直到早晨都在卸载货物，然后又被重新押上驳船，再返回三晃丸。离开时，他们一边朝着岛上的牧师和麻风病人挥手告别，一边禁不住疑惑，为什么日本人宁可帮助可怜的麻风患者，也不愿善待他们这群美国俘虏呢？

下午 4 点 30 分左右，三晃丸重新起航，日本人告知俘虏们普洛斯上尉和罗素少尉早已获悉的事：他们将会去往巴拉望岛这座菲律宾较大的岛屿，并在那里成为道路施工队的一员。一名守卫告诉马克·麦克多尔，到了那里，他们不仅可以获得更好的待遇，还能得到美国食物。马克和他的朋友们开始闲聊，并朝着日本卫兵微笑，努力装作对这个消息感到高兴的样子。事实上，几乎没人相信他们会在巴拉望获得更好的对待。

第二部分

血洒死亡营

几秒钟后，C 号避难所里的俘虏们听到一声沉闷的巨响，那种隆隆的震动声与美国飞机抛下的所有炸弹的爆炸声都不一样。斯米梯后来想起就是从那个瞬间开始“天塌了下来”……A 号避难所的俘虏们瞬间陷入火海之中。随着火势的蔓延，至少 7 名美国人从洞口中冲了出来，烧到衣服上的火焰让他们发出撕心裂肺的惨叫。

4

10-A 号集中营

当囚船抵达巴拉望港口时，菲利普·布罗斯基医师看到了令人惊叹的一幕。岛上的景色美不胜收，树木繁茂，绿草如茵，澄清的蓝绿色海水环绕在海岛四周反射出宝石般的光芒，和煦的清风夹杂着热带花卉沁人心脾的芬芳。干净的海岸线甚至找不到一只苍蝇或蚊子的踪迹。“如果没有战争，这里一定会是个度假胜地，”布罗斯基想。

三晃丸及其同行货船于 1942 年 8 月 1 日中午抵达巴拉望岛，并于下午 3 点左右在普林塞萨港[1]抛锚停靠，完成了它从马尼拉到巴拉望的 334 英里航程。在接下来一天半的时间里，美国战俘陆续将船上的货物转移到驳船和码头。等到 8 月 3 日卸完货后，他们被押离港口，沿着一条尘土飞扬的道路，去往临近海湾的新集中营。现在，他们成为这个陌生岛屿上的陌生来客，对于他们在巴拉望岛上将来的命运仍然一无所知。

三晃丸抵达巴拉望的首府——普林塞萨港。菲律宾共有 7 100 个岛屿，其中巴拉望岛是第五大岛，南北相距 270 英里，中部山脉蜿蜒起伏，

①又叫公主港。

宛如一根脊柱纵贯全岛。巴拉望岛东濒苏禄海，西邻中国南海，平均岛宽只有15英里。这次，衣衫褴褛的战俘们在徒步离开码头区域时，没有遇到夹道相送的菲律宾人给他们扔食物表示慰问。大多数当地人早就为了躲避日军逃进深山，只留下一个十室九空的城镇。巴拉望岛的悠久历史可以追溯到原始的土著部落，比如塔巴努亚人和巴塔克人。他们只裹着一条缠腰布，用弓箭和瑟巴塔那（cerbatana，一种发射毒镖的吹枪）打猎。17世纪，欧洲人抵达了这里。西班牙人在1861年建立起第一个军事据点之前就在这个地方传道。巴拉望的丛林里生存着许多在菲律宾其他地方见不到的动物：棕榈猫、箭猪、臭獾、犰狳还有巴拉望熊狸。

普林塞萨港位于巴拉望岛东海岸，水下有深海洋流自北向南流淌。无数条河流汇聚成多个次级海湾，海岸因而变得犬牙交错。普林塞萨港始建于1872年，这座首府之城坐落于一片原始森林中，为澄清的蓝色海湾遮蔽东风。在城镇境内，几处山脉清晰可见，其中普林塞萨港西北方向屹立着两座挺拔的高峰：海拔4 250英尺的普尔加山和差不多同等高度的博福特山。

到1890年的时候，普林塞萨港的人口约为1 500人。西班牙对该地区的统治大约持续了20年之久，但是菲律宾在1898年12月10日签署《巴黎和约》以后就成为美国的殖民地，普林塞萨港也被置于军事管制之下。

1904年，在普林塞萨港的依望地区，一座废弃的西班牙皇家农场被改造成依望监狱和流放犯人隔离区。依望罪犯流放地原本计划作为监狱劳教所使用，监狱劳力可用于清理巴拉望的林区以拓展宅地。1907年它被重新指定为罪犯改造点，关押的犯人中包括因为触犯民法或宗教权威而被判有罪或被驱逐的平民与士兵。依望位于普林塞萨港以南大约14英里处，逐渐被开发成一个使用监狱劳力的蔗糖农场和种植园。

依望的森林里除了有各式各样的飞禽走兽，还盛产苹果木、菲律宾铁木等适于造船及细木家具制作的上好硬木。管理人员、雇工还有高级犯人负责监督居住在流放地的囚犯干活，使得这里成为著名的“无墙监狱”。这里的“居民”允许跟家人一起生活，享有与流放地以外类似的自由。

和其他 345 名美国人一起步行穿过普林塞萨港时，贝托·帕切科注意到当地居民没有在场。他们很快就会知道，在 1942 年 5 月上旬，日军登陆巴拉望岛后，大多数妇孺已经为了安全逃离家乡。当时，普林塞萨港市长一职还由韦森特·M. 帕兰卡第二次接任。检察长伊尼戈·瑞塞拉·佩纳被捕，并被迫担任巴拉望的地方长官以及后来的国会议员。佩纳一边讨好取悦日本侵略者，一边费尽心思保护自己的同胞免遭虐待和迫害，整日小心行事。到了 5 月 18 日，日本帝国军已经在普林塞萨港建立起军队驻地，1 200 多名日本士兵进驻到这座城市。许多巴拉望人因为无法忍受日本人的空袭和大规模迫害而逃进山中，在巴塔克族土著部落附近建造起简陋的家园。

一对石柱耸立在目的地的入口处，新来的俘虏们穿过这里后被押进普林塞萨港一所废弃的菲律宾警察营地。一条甬道从营地前门伸出，直通内部庭院，道路两旁则排列着十来棵椰子树。金属屋顶和木制地板构成了 U 字形的营房，虽然里面有些杂乱，但是与甲万那端的棚屋相比，其居住条件显然有所改善。

特德·普洛斯上尉与几名军官共处一室，被分配到一幢两层楼的灰泥砖建筑里。剩下的人分成 4 个小队，占用了这所废旧营地的两间大房，并在日本人的命令下准备过夜安歇。许多人选择直接睡在木制地板上，其他人则制作了一些临时寝具。少尉鲍勃·罗素利用几块木板、一张半英寸厚的金属丝筛网还有一张草席搭建了一张简陋的床，结果发现睡在上面比直接睡在地板上强不了太多。

陪同这些俘虏从马尼拉一起过来的日本长官岸本上尉很快就找到机会向他们训话。他用日语发言，中间会停顿足够长的时间让翻译传达自己的意思。岸本宣布自己现在是集中营的指挥官。“我的指挥官说，如果你们努力工作，乖乖听话，那么你们就会有一天回家和家人团聚，”翻译说道，“而那些不合作的人将受到惩罚，并且没有饭吃。”

岸本身材矮小，大概只有5英尺2英寸，但是体格健壮。他留着平头，穿着夏季的军装，带着厚厚的眼镜，站在一个小活动梯上面，这样一来，他就可以在讲话的时候俯视底下的美国人。他说如果俘虏们听从命令努力工作，日本人可以让他们在星期天休息，甚至允许他们在停工期间举行竞技比赛。

俘虏们接到的第一个命令是挖建厕所，并修建他们被正式命名为10-A号日军战俘营的新营地。他们被分为十人一队的劳动小组，每组都有一名日本卫兵负责看守。这所废弃的警察营地位于普林塞萨港海湾附近，坐落于一个60英尺高的悬崖上，底下是一片狭窄的珊瑚岩海滩。集中营南侧边界还没有垒死，但是俘虏们第一个星期的任务就是在这里竖起一张8英尺高的双排带刺铁丝网，以防有人企图逃往海岸。另一群美国人开始建造守卫塔，大小要容得下两名卫兵和一挺机枪。

布鲁斯·埃利奥特等人被派去除草，清理这个临时营地周边的灌木丛。他们把拔下来的杂草聚成堆，装上手推车，然后从悬崖边倒到下面的珊瑚岩海滩。埃利奥特决定尽自己所能地给日本人搞破坏，他让手推车从手中“滑落”，掉入悬崖。日本卫兵为此把他打得死去活来，但是这只能更加坚定埃利奥特逃跑的决心。

在持械武装的日本卫兵的看押下，马克·麦克多尔、斯米梯和罗伊·亨德森被派去打扫荒废的村庄，收集能用的工具和建筑材料。在巴拉望岛的第一个星期里，这些美国战俘们擦洗地板，加固木制台阶，修葺松松垮垮的游廊，用自己的双手改善了他们的营房。24岁的海军陆战队战士乔治·伯莱奇是加利福尼亚人，战争开始时他足有190磅重，而在成为战俘的第一个月里，他就减轻了40磅。当他和其他战俘被允许进入废弃的建筑物里搜寻物资时，伯莱奇开始快速寻找有价值的东西。他从一所空校舍里翻出一叠书，其中包括一本地理教材。但是没过一会儿，他就不得不飞快地向日本卫兵做出解释，让他们相信自己不是要用这本教材规划逃出岛的路线。

俘虏们在离营房游廊不远的地方挖厕所，以便人们前往。这一次，他们在便坑上面铺盖木板形成坑位，甚至增设一条较矮的木板作为垫脚，防止有人在雨天地滑的时候掉进坑厕。而几块砖头架着一口大黑锅就构成了集中营的厨房。俘虏们还搭建出一条茅草屋顶的茶棚，为那些在厨房高温区域做饭的人提供些许阴凉。

每个俘虏在营地里的床铺都由他们自己负责。一些人找来老旧的门板铺垫成床。马克·麦克多尔、斯米梯和亨德森选择直接睡在地板上,用他们折好的毯子当作床垫。日本人为他们提供了落地的蚊帐纱布，每一块都大得能够装下 10 个人。每天晚上，他们都会将这些蚊帐纱布从顶棚放下，并在里面一直待到第二天起床哨响起。尽管多了这层保护，但是马克偷藏的那瓶奎宁药丸早已用完，他们感染上疟疾只是早晚的事。

马克被分到十人管道小组，负责为集中营供水。他们拖着 20 英尺长 3 英寸粗的水管穿过附近的山腰，然后将管子一节一节地组装起来，一直从山间的溪流连接到关押他们的营地。马克憎恨日本兵，但是有一个人例外。那是一个矮矮胖胖的日本卫兵，三四十岁，看起来比大多数年轻的士兵更显老。他名叫苏我久田（Kuta Schugota）[①]，但是马克和管道小组里的其他成员私下叫他“笑脸哥”。久田允许他们适当地休息一下，而且当马克和同伴们偷吃在丛林中发现的椰子、番木瓜和香蕉时，久田也会故意把头扭到一边，装作没看到。

与其他日本卫兵不同，“笑脸哥”不会朝着美国俘虏大声叫嚷，也不会殴打他们，在押送战俘们干活时，他总是和颜悦色，面带微笑。有时候，“笑脸哥”甚至会鼓励马克爬上高大的椰子树给自己的同伴们敲一些椰子吃，只要他们吃的时候不要待在营地附近被他的指挥官看见。

从山上成功将水管接到营地后，管道小组的人立刻在厕坑上方放

①在日语中找不到与 Schugota 完全对应的汉字，这里使用较相近的“苏我”来翻译。

置了一个大的储水桶。利用管子里的水压，他们现在可以将厕所里的粪便排向大海，冲进位于下方海滩的营地垃圾堆里。他们每 3 天冲洗一次，帮助控制异味以及传播疾病的蚊蝇。对于这群无比想要活下去的人来说，解决个人卫生问题是他们的当务之急。有人甚至将水泥袋上粗劣的褐色包装纸作为厕纸凑合使用。

每个工作日都以同样的方式展开。起床哨在早上六点准时响起，日本卫兵会在这时闯进俘虏营房，骂骂咧咧地将这些美国人踹醒，然后赶到外面的操场上集合。在那里，俘虏们被下令用日语报数，以确保没有人趁夜逃跑。然后，他们还要做上几分钟的体操，为接下来一整天的工作舒展筋骨。让马克·麦克多尔感到恼怒的是，每天早晨他们都要立正站好，向营地旗杆上升起的日本国旗行注目礼。更让他无法忍受的是这些日本卫兵每天早上的武士道仪式，他们要向日本天皇致敬并进行剑术模拟。

美国人很快就为每个看守他们的日本卫兵起了绰号，既是苦中作乐，也是借此提醒自己的同伴们对其中一些危险人物多加留意。信号员诺瓦尔·史密斯军士和他的兄弟们开始把岸本上尉叫作“鸭子”，因为即使在最炎热的天气里，他也喜欢穿上一双橡胶靴。而那个又高又胖，镶着一颗金牙的后勤军曹则被史密斯叫作“微笑的杰克”。

比利·巴娄中士和他的朋友们也为这些日本卫兵起了各式各样的绰号。一个带着厚厚的镜片，身材瘦小的卫兵被叫作“上夜校的哈利”和“大学生乔”。另外一个在招呼美国人时，总是喜欢吹口哨并打出搭顺风车手势的卫兵被巴娄叫作“吹口哨的查理”。性格暴虐喜欢动手打人的日本兵被叫作“野牛”和“蛮鬼”，其中，“蛮鬼”曾经是名拳击手。一等兵小栗是个戴着眼镜的胖子，因为会说英语而成为岸本向美国人训话的翻译。他自称由传教士养大，因此俘虏们称他为“施洗者约翰”，但是随着时间的推移和他对俘虏们的虐待加重，小栗最终成为“混蛋约翰”。

大部分日子里，俘虏们早上分到的食物是一份米饭，偶尔还会配上红薯的藤叶。日本卫兵们吃掉了当地的红薯，只留下藤叶给美国人吃。菲利普·布罗斯基和他的朋友们很快就给这种水绿色的稀汤起了一个名字，叫作“口哨杂草”。乔·巴塔觉得这种红薯叶汤难以下咽，而且他相信就算是俘虏们日常分配到的米饭，也是质量最差的一种。日本人就想让他们靠这样的饮食再加上每天一片的维生素来维持高强度的苦役工作，巴塔差点没被气乐。

每天早上，只有病得走不动路的人才被允许留下，其余的俘虏都要组成劳动小组外出干活。斯米梯和亨德森很快意识到，病得能够被留下也就意味着他们吃不到任何东西。比起令人衰弱的皮疹或高烧，食物显然更为重要。

马克·麦克多尔变成一个囤积狂，俘虏们装药的盒子都被他收集起来。他本身并不吸烟，因此会拿着自己每周定量分配的十根香烟去交换其他物品，以供他和他的伙伴们生存所需。

作为美国高级军官，日本人允许特德·普洛斯上尉自己处理犯了小错的美国士兵。俘虏们大部分的需要得靠自己解决。海军陆战队一等兵约翰·沃伦成为营地的理发师。一名俘虏从普林塞萨港一间废弃的房屋里找到一把剪刀，沃伦很快就开始用这把剪刀替人理发。他还设法制作出一些简陋的理发工具，包括用一双旧军靴底部的钢板打磨出一把剃须刀。两名美国军医，上尉哈罗德·希克曼和中尉卡尔·曼戈负责照料病号或伤员。曼戈每天都要确定是否有人病得不能去干活。

35 岁的曼戈生于宾夕法尼亚州伊利市。他曾就读于匹兹堡大学并领取了该校的篮球奖学金，之后从西弗吉尼亚大学毕业。1936 年，他拿到天普大学医学院的医学学位，在那里，他参加过校游泳队。经过三年实习后，曼戈于 1939 年中期开始在伊利市行医。随着全美各地掀起呼吁战争的高潮，他于 1941 年秋天自愿加入美国陆军航空队。同年 11 月，卡尔·曼戈少尉抵达菲律宾，次年 2 月，他的妻子玫回到美国本土，生下了他们的女儿弗朗西斯·玛丽·曼戈。一个月后，这个小女孩的父亲在马尼拉被捕，并踏上了巴丹死亡行军之路。

1942 年 8 月 8 日，10-A 号集中营的美国俘虏完成了他们的营房改造工作，但是等待他们的却并不是劳累后的休息。第二天，在完成例行的清晨点名和体操后，俘虏们被赶进日本人收缴的菲律宾卡车，一起拉出营地。他们在坑坑洼洼的道路上颠簸行驶了接近两英里，最终抵达丛林的边缘，在那里可以眺望到一直延伸到苏禄海的卡尼加兰海滩上的林地。岸本上尉让美国俘虏在他面前列队站好。他的手里拿着一把铁铲，为战俘们即将开始的“三个月工程”新项目正式破土。作为回应，在场的日本卫兵无不高声欢呼。

岸本一边训话，一边由士兵小栗——“施洗者约翰”负责翻译。俘虏们被要求清理出这个长满树木和灌木丛的区域，以修建一条新的公路。环顾着这片临近海滩、地势相对平坦的原始林地，许多人不敢相信自己的耳朵。更令他们绝望的是，几乎没有现代化的机械工具可以利用。每个劳动小组只分配了一把斧头、一把锄头、一辆手推车，还有其他手动工具。事实证明，移除岛上的树木异常艰辛。每一棵树都需要连根挖起，有些树木甚至需要八个或更多的人一起挖掘拉扯才能倒下。

乔·杜邦的劳动队伍需要砍掉一些较大的树木。其中一组人拿着斧头砍伐树根，同时另一组人利用装在日本军用卡车上的绞盘帮忙将树从地里拔出。坚韧挺拔的椰子树最难拉倒。每棵树都有成百上千条结实的根须，纵横交错地深埋在泥土之中，俘虏们在使用机动绞车之前，不得不先把这些根茎砍掉。树木一砍倒，杜邦还有其他数十人就得把沉重的树干吊起来，拖到稍远一点的地方摞成堆。然后，他们还得把拔出树的地方用土填满。但是一些比较巨大的桃花心木只能使用炸药炸倒。

岸本上尉经常会乘着卡车和俘虏们一起过来，并且全天都留在工地察看进度。有时候，他甚至会亲自动手砍树，向他的俘虏们示范应该多有效率地干活。

有一天，弗朗西斯·加利根所在的劳动小组在假装卖力干活时，发现了一个关于他们营地指挥官的秘密。加利根和其他 4 名俘虏站在一个巨大的树坑里，高大的椰子树被拔起后留下了一团团错综复杂的凌乱根须。他们呻吟着假装使劲，慢慢把树桩往外推。岸本不满于他们的懈怠，随手卸下自己的腰带和军刀并交给一旁的日本卫兵，然后纵身跳进坑里，用肩顶着树桩，将它推到一边。

他爬了出来，呵斥道："好了，你们这些家伙，少磨磨蹭蹭的！"

加利根的一位同伴结结巴巴地问："你会说英语？"

"当然，"岸本恶狠狠地答道，"而且我的英语说得还不错，我毕业于斯坦福大学。"

干活的日子里没有丝毫自在可言。乔·杜邦觉得自己好像置身于一座动物园之中，到处都是漂亮的红蓝色鹦鹉，拖着长长的尾羽飞来飞去。无数只不请自来，叽叽喳喳的猴子并不让他的同伴们感到有趣。一些人被这群猴子吵得不胜其烦，他们一边朝着猴子扔石头，一边尖叫着让它们闭嘴，逗得杜邦哈哈大笑。还有人被巨大的蝎子蛰得疼痛难忍，它们有毒的尾巴在触及人类皮肤时会留下严重的红色蛰痕。

俘虏们每天都要干上至少十个小时的苦役，为新"路"基砍伐树木，清理灌木。只有星期天，或者偶尔有特大暴风雨席卷岛屿的日子，他们才能休息。美国人来到普林塞萨港时正值每年 6 月到 9 月的雨季时节，月平均降水量超过 15 英寸。

马克·麦克多尔、斯米梯和亨德森私下很快就找到了新朋友，一等兵埃文·邦恩和克莱伦斯·克拉夫。他们二人都是海军陆战队的成员，与马克等人分配在同一个劳动小组里，而且他们在营房睡觉的位置相距很近。马克和他的朋友们确定邦恩和克拉夫值得信赖，可以邀请他们加入自己的生存团队。

邦恩是名业余拳击手，他和克拉夫在 1940 年加入同一支海军陆战队野战排，并从那时起就成为最好的朋友。这两名在克雷吉多岛上被捕的前机枪组成员，先是进入甲万那端集中营，之后自愿加入到巴拉望的苦役队伍中。两人都很乐意成为新团体的一分子。晚上，他们五人会坐在营房外面的游廊上聊家常。克拉夫说起他在威斯康星州乡下的老家生活，他的伙伴们也聊起自己约会过的女友。但是大多数时候，他们的谈话会围绕着食物结束。

只要在一起，他们就相信能够凭借互相分享的那点小偷小摸的东西在巴拉望岛上活下来。这些俘虏们每天到了晚上才返回营地。他们在白天毒辣的太阳下和极其潮湿的环境中连续进行数小时的高强度体力劳动，因此筋疲力尽。他们的林地清理工程逐渐取得进展，但是现在已经基本没有人相信他们是在为修路清道。这些美国俘虏们很快就意识到，自己实际上是在为修建一个供日本空军使用的新机场做准备。

布鲁斯·埃利奥特心里还惦念着他的逃跑计划。不到两个星期以前，这名海员放弃了跳船登上库利昂岛，再混入麻风病院的想法。参与了两天丛林机场的建设工程后，他再次下定决心从巴拉望岛逃跑。营地四周带刺的铁丝网还没有完全搭好，这个营地的一部分被高大的石墙围绕，埃利奥特已经学会如何把一块木板靠在墙上，然后翻过墙去。一些菲律宾囚犯被押到集中营周边干活。到了晚上，他们会匆匆地爬上一根 12 英尺长的杆子，翻墙回家与亲人团聚。这一切都被埃利奥特看进眼里。

抵达警察营地不久后的一个夜晚，埃利奥特冒着瓢泼大雨翻墙而出。他跑进当地天主教教堂，找到神父并告诉他自己想要逃跑。神父给了埃利奥特一小张菲律宾地图、一个指南针还有一个闹钟。埃利奥特重新爬墙返回营房，开始和其他俘虏谈起自己的逃跑计划。詹森中尉对此并不赞成，他告诉埃利奥特根本没有办法成功实施这个方案。起初，共有七个人同意逃跑，但是最后，只有五个人加入到埃利奥特的逃跑队伍当中。

1942 年 8 月 10 日晚上 10 点 30 分，布鲁斯·埃利奥特和另外两名海军俘虏及三名海军陆战队的成员一起翻过集中营的围墙，他们分别是:

来自杰纳西号舰队拖船的海军一等兵罗伯特·莫里斯·“鲍比”·霍奇斯；来自海军第16军区的一等兵舵手罗伯特·威廉姆·凯拉姆；来自海军陆战队4团3营M连的一等兵乔治·多雷尔·戴维斯；来自海军陆战队4团的得克萨斯人，二等兵巴迪·亨德森；还有来自海军陆战队4团3营总部的下士西德尼·托马斯·赖特。赖特身高六英尺，体型瘦长，之前是名机枪手，说话带有典型的得克萨斯州长腔，是最早加入埃利奥特逃亡队伍的成员之一。

夜晚的云层还有人手不足的守卫小队让埃利奥特等人找到可乘之机，他们翻墙而出，顺着一条小径从营地南侧60英尺的悬崖一路溜到了下方的海滩。狭窄的海滩上礁岩遍布，逃生的俘虏们顺着海滩连滚带爬地赶了一英里多的路，直到发现一艘废弃的菲律宾螃蟹船——一种又细又长的桨叉架式轻舟。他们抓住一些木板当作船桨，并将小船推进普林塞萨湾，朝着澳大利亚所在的南方驶去。这条十二英尺长的小船有一张巨大的船帆，船舷上还有一个破破烂烂的用于稳定船只的船械，但是船身漏得像筛子一样，需要不断向外排水。赖特和埃利奥特等人轮流用脚踩住洞，同时利用椰子壳舀水，就这样整整划行了一夜。刚划出普林塞萨港海湾，他们就趁着天还未亮驶进一片湿地，用茂密的枝叶为自己还有螃蟹船做掩护。

第二天早上，6个人紧张地注视着一艘正沿着岸边搜查的日本巡逻艇。巡逻艇最后返回港口，但是他们仍不敢大意，一直等到天黑才重新出发。在接下来的3天时间里，这只逃生队伍一直沿着能够看见岸边的海岸划行。8月14日凌晨，他们到达10-A号集中营以南大约六十英里的布鲁克角界内。当他们踉踉跄跄地爬上海滩时，赖特注意到一群菲律宾当地居民在向他们慢慢靠拢。这些菲律宾人很快就表现出他们的善意，其中的本·阿罗斯带着这些逃亡者爬上九英里远的山坡，来到托马斯·H.“哈里”·爱德华兹的家。哈里·爱德华兹是美国人，拥有富丽堂皇的住所，过着苏丹一般的生活。

爱德华兹是一名教师，同时也是一位虔诚的基督教徒。美国－西班牙战争结束后，他来到菲律宾。现在他是布鲁克角这个普林塞萨港之后巴拉望岛第二大城镇上最大的地主。他的妻子名叫罗萨里奥，是一位来自棉兰老岛的穆斯林。爱德华兹甫一退休，就和妻子过上了悠然自得的田园生活。爱德华兹夫妇在布鲁克角和内陆山脉之间拥有一片巨大的椰子种植园，同时还经营着锯木厂、采伐加工等业务。爱德华兹的事业十分成功，足以将最大的孩子送到美国读大学。他的两个女儿仍然和家人一起住在马卡瓜，那个地方位于距离海岸八英里以外的山脚下。

哈利和罗萨里奥·爱德华兹夫妇非常同情埃利奥特等人的遭遇，并将他们安置到夫妇二人位于山里的那间用茅草和竹子搭建的避难所。这些逃生者急需休息，布鲁斯·埃利奥特更是在到达布鲁克角时不得不与严重的疟疾搏斗。他现在几乎病重不起，整日平躺在床上。爱德华兹给他带来了能治疗疟疾的黄色阿的平[①]药片和发苦的合成奎宁药丸，以及充足的食物和水。在经历了几个月生不如死的战俘生活后，这些人和爱德华兹一家相安无事地度过了几个星期的平静时光。

菲律宾当地人组织的一个高效的地下游击网络收到了他们逃跑的消息。负责运作巴拉望岛北部游击队的两名平民出身的兄弟——保罗和阿尔弗雷德·科布捎话给这些逃跑的战俘，呼吁他们北上加入起义队伍。1942 年 8 月末至 9 月初时，埃利奥特等人开始准备下一步的行动。当地人向他们保证到目前为止还没有日本人南下到如此远的地方。其中几位逃亡者开始与当地游击队合作，甚至设法为自己搞到了步枪。

埃利奥特发现罗伯特·凯拉姆对眼前无所事事的日子最为享受，而且很快就被哈里·爱德华兹一个漂亮的女儿迷得神魂颠倒。

①阿的平（米帕林）是广泛用于预防和治疗疟疾的药物。

5

“巴拉望千人勇士”

1944 年 8 月 11 日清晨点名时少了 6 名美国人。岸本上尉因此大发雷霆，但鲍勃·罗素少尉反而因为岸本的愤怒，能够更舒适地留在营地里忍受立正罚站的枯燥滋味。这位日本指挥官暴跳如雷，告诉这些俘虏，“值得尊重”的战俘是绝对不会这么对待俘虏了他们的可敬长官的。看到岸本这副气急败坏，骂起人来语无伦次的模样，乔治·伯莱奇努力抑制住自己的笑意。

一些俘虏后来从看守他们的卫兵那里听说，岸本致电马尼拉请示上级应该采取怎样的措施。对方的回答是将俘虏们限制在营地，口粮削减 2/3。因此，在接下来的 3 天里，每个俘虏每天只分到一份米饭。现在，铁丝网内外都有全副武装的日本卫兵昼夜巡视。机场工地的进度暂时中止，任何人不得以任何理由停留在铁丝网外面。马克·麦克多尔现在饥肠辘辘地躺在营房里，梦到入伍前和姐妹们常常一起享用的煎饼早餐。

因为有俘虏逃跑，日本卫兵的神经高度紧张。文书军士休伯特·德怀特·霍夫就为此吃足苦头。8 月 11 日下午，这位 22 岁的艾奥瓦州小伙路过集中营大门附近，没有注意到一名日本卫兵在等着他致敬。结果，日本卫兵愤怒地动起手来，将霍夫打晕在地。日本人的殴打让霍夫头上的一处旧伤崩裂，血流不止。因此，他被送进集中营病房，由高级军医上尉哈罗德·希克曼替他缝合伤口。等到第二天一位从马尼拉来的日本少佐视察营地时，霍夫还没有好转。这名日本军官建议霍夫在养伤期间不要到工地干活，但是要求他以别的方式为日本人效力。

在克雷吉多岛上被俘时，霍夫已经在海军部队待了近四年时间。他是一位经验丰富的文书军士，对于打字机的操作非常熟练。因此，日本人派他去干营务员，协助翻译，以及整理美国俘虏的花名册并打印各种文件。一段时间以来，霍夫都坚持在一本包装着黑色皮革封面的日本期刊小册子里写下简短的个人日记。他如今发现，未来几个月里他都可以更加轻松地保持自己的秘密记录而不会引起怀疑。

视察的日本官员直接挑明，美国俘虏要努力建设新的机场。“他跟我们说，任何生病并且无法干活的人都会被送回马尼拉，”霍夫在他的日记里写道，“这个飞机场注定要建在我们的骸骨之上。”

经过三天的囚禁后，美国俘虏们来到操场，列队站好。因为有俘虏想要逃跑，岸本上尉表现得非常气愤。“我可以把你们铐起来，带到工地，让你们带着镣铐干活，”他怒斥道，“或者我可以让我的人现在就毙了你们，或者我也可以忘记这件事。”最后，这位指挥官用严厉的警告结束了他的训话：“现在，我准备再给你们一次机会。”

机场工地从那天开始复工——砍伐盘根错节的树根，凿开坚硬多石的土地，还有用肩膀扛起倒下的树干，这一切都在无情的烈日下进行。机工军士长小亨利·亨德森被俘之前曾经在潜艇供应船俄托斯号上就职，他偷偷在严加禁止的私人日记里描述了俘虏们清理丛林的情景。“因为从事苦力劳动，我们的手上被镐和铲子磨出了血泡，”他写道，“我们几乎是赤身裸体地在炙热的阳光下干活，身体虚弱得几乎无法工作。”

在巴拉望这片狭长的海岛上，普林塞萨港的降雨量普遍低于其他地区，而且天气越来越热。8月中旬的时候，战俘们接受了预防伤寒和霍乱的疫苗注射，但是基本上没有得到过任何针对疟疾传染的药物治疗。斯米梯学会通过窃取大量的芒果、番木瓜、香蕉和椰子来补充饮食，但是如果有人被逮到偷带水果回营地，则会遭到日本人严厉的惩罚。

一些卫兵不会干涉俘虏们偷吃他们在工地上找到的食物。所有东西都可以成为这些俘虏的盘中餐，从各种水果到岛屿上的各种动物，比如蜥蜴、蛇、鸟，甚至猴子。只是有些人见不得这种小小的灵长类动物被吃，在火上烤时，它们的皮肤看起来宛若婴儿。蛇被证明是一个大麻烦，尤其是在大蚂蚁土丘里清理桃花心木时偶尔会冒出的黑色眼镜蛇。令海军陆战队战士比尔·科尔感到不可思议的是，没有一个美国俘虏被致命的毒蛇咬伤。而任何被俘虏杀死的毒蛇都会被交给一个靠吃眼镜蛇心强壮起来的日本士兵。有一次，一等兵埃拉克利奥·阿里斯佩突然像疯了一样大喊大叫，吵醒了同房的伙伴。原来，一条十英尺长的蟒蛇顺着缝隙钻进营房，游过阿里斯佩的身体。几个忍饥挨饿的俘虏不打算浪费掉任何食物，美美地饱餐了一顿。

逃跑的诱惑对于一些俘虏来说难以抵挡。布鲁斯·埃利奥特和他的5名同伴早在18天前就已经逃得无影无踪，尽管对于他们的命运知之甚少，其他俘虏仍在盘算着将逃亡计划付诸行动。接下来这样做的两个人是海军一等兵查尔斯·奥斯卡·沃特金斯和航空军械员三等兵乔帕·“乔”·利特尔。

接连几个月的微薄口粮让身高5英尺8英寸的沃特金斯瘦到只剩120磅，但是在那头蓬松杂乱的黑色卷发下，沃特金斯的脸上仍然随时带着笑容。20岁时，他在克雷吉多岛和甲万那端见识了很多人终其一生都难以见到的残酷画面。乔·利特尔和查尔斯·沃特金斯在战前一起加入PBY卡塔利娜水上飞机VP-102中队，并从那时起就成为朋友。

埃利奥特等人成功出逃后，他们也开始秘密筹划着如何逃出普林塞萨港集中营。他们第一次尝试是在夜间偷偷溜出营房，但他们的行动因为警惕的卫兵而受挫，最终在千钧一发之时返回床铺。

沃特金斯和利特尔后来决定放弃夜间逃跑的计划，因为没有举报他们的美国同胞将会成为他们的替罪羊。利特尔注意到日本人会在清晨点名、吃饭以及他们爬上卡车准备到机场干活时清点俘虏的人数。日军在午饭休息期间核查一次人数之后，一直到下午工作结束，他们才会再次查点人头，因此午后点完名应该是逃跑的最佳时机。

8 月 28 日午饭后，利特尔发现 3 辆卡车载着卫兵离开机场去向当地人售卖大米，他知道他们的机会来了。沃特金斯和利特尔一起拿着砍刀在林中砍伐灌木，他悄悄地移动到砍伐小组的前方，察看驻守在他们干活区域周边的卫兵，结果发现无人看守。沃特金斯和利特尔两人钻进茂密的灌木丛中，携带的物品除了干活用的砍刀，就只剩下身上穿着的衣服。他们在丛林中快速地穿行了几个小时，直到下午 5 点 30 分才停下。沃特金斯和利特尔知道日本卫兵会在此时核查俘虏的人数，并发现他们二人失踪。他们轻松穿过一片泥泞的沼泽地，爬进一处林木茂盛的高地，在那里躲了一个半小时的大暴雨。然后，他们开始在没有月光的夜里摸黑赶路，跌跌撞撞地穿行于灌木丛中，直到月亮升起照亮了附近的道路。

沃特金斯和利特尔一路沿着小径逃跑，直到 8 月 29 日凌晨 4 点左右才看到一条公路。他们推测自己现在已经远离普林塞萨港，应该不会遇到日本士兵，因此沿着公路走了几英里，等到破晓时又钻回丛林。在丛林里，两名逃亡者凑巧发现一个菲律宾的避难营地。当一名当地人从小屋里伸出头时，利特尔问道："嘿，伙计，给点吃的好吗？我们快饿死了。"这名菲律宾人主动提出带他们去找巴拉望所有游击组织的高级指挥官佩德罗·马尼格克少校。马尼格克之前是位教师，后来成为反抗日本人的菲律宾武装组织成员。沃特金斯和利特尔很快被引见给马尼格克。他带领这两名美国人进入丛林深处，在一条小溪附近找到隐蔽的藏身之所，并让他们在接下来的 11 天都躲在那里，一直等到日本人搜捕他们的风声过去。

之后，马尼格克又带着他们找到另外一个当地人，希望能用帆船将他们送往巴拉望岛北端。但是，他们发现这个人大部分时间醉醺醺的,没法成功弄到船。不过这个人却说服利特尔放弃了想要南行的念头，因为南面有摩洛人，一个富有侵略性的穆斯林土著部落，这些人会让利特尔他们陷入更大的危险之中。

1942 年期间，游击队与其他岛屿联络的无线电通信设施还非常落后，而建立美国救援基地的努力也遭遇诸多不顺。沃特金斯和利特尔很快找到一艘破旧的马达艇，但是他们既没有启动发动机的燃料，也找不到电机为已经报废的电池充电。

最后他们终于弄到了一条小船，趁着夜色划行了将近 25 英里到达塔纳贝戈村，并在那里和 5 名菲律宾警察士兵一起待了一个星期。两名美国逃亡者不停地从一个村庄转移到另一个村庄，就这样在布鲁克角附近的黎刹地区停留了大约 5 周时间。他们的食物主要是大米，但是偶尔也会有士兵用步枪杀死牛等动物给他们改善伙食，其中 3 次还拿猴子作为食物。不久后沃特金斯和利特尔被介绍给保罗和阿尔弗雷德・科布兄弟。这两位北方游击队领袖专程南下给予他们援助。沃特金斯和利特尔就这样保持着自由之身，一直逃亡到 1942 年底并开始向巴拉望岛的北部区域转移。与此同时，另外 6 名 10-A 号集中营的逃俘也在四处潜逃。他们的命运还未可知，但是巴拉望岛上强大的抗日网络大大增加了他们的生存概率。

对于那些依然被日本人囚禁的战俘和少数从集中营中逃脱的灵巧之人，门多萨、克拉克、马约尔、劳登、爱德华兹等姓氏的家族都对他们伸出了援助之手。

伊希尼奥・阿科斯塔・门多萨医生是巴拉望岛游击网络最早的领

导者之一。门多萨1898年在普林塞萨港出生，曾于20世纪20年代前往美国留学，并考入艾奥瓦大学。获得医学博士学位后，门多萨回到菲律宾行医济世，成就斐然。直到1931年，他才开始在他人的鼓励下竞选巴拉望省长。1934年，门多萨再次当选省长。他在任职期间推出多项有利民生的重大举措，例如扩建道路，在普林塞萨港安装供水系统，在路旁植树，以及修建植物园。

日本人甫一占领普林塞萨港，门多萨就将他的妻子特立尼达·“特里尼”·门多萨和他们的4个孩子转移到巴布延和塔纳贝戈之间更为安全的山区地带。随着战争的推进，门多萨很快就建立起自己的游击队伍，并将总部设在蒂尼天这座沿海小镇上。他的家人藏身于内地深处一个叫霍洛的地方，那里靠近当地的一条河流。日本侵略者的暴行惹得巴拉望岛民怨沸腾，门多萨的抗日队伍也因此不断壮大。

自1901年起，菲律宾的警察队伍取代了前西班牙国民警卫队，负责维持菲律宾群岛的法律与治安。日本人入侵之后，常备警察士兵形成了游击运动的核心力量。1942年2月9日，门多萨最先在普林塞萨港组织起游击队伍，那时距离日本人入侵甚至还有3个月的时间。岛上支持联盟抗日的情绪高涨，而且据后来统计，巴拉望岛在战争期间有多达1 154名菲律宾游击队战士与日本人斗争。这些地下游击者自豪地称自己为“巴拉望千人勇士”。

巴拉望游击队网络的其他突出人物还包括在当地颇有威望的商人托马斯·F. 劳登以及他的大家族。劳登在岛上居住了近40年，是巴拉望家喻户晓的人物。20世纪初，他在巴拉巴克拥有并掌管着戴拉温海湾公司。他的公司在当地开设店铺，而劳登和他的家人就依靠经营公司生活。1913年7月18日，悲剧降临劳登一家。一大群摩洛人带着长矛和巴龙刀闯入劳登家。劳登成功逃出求救，但是等他回来后却发现自己的家被洗劫一空，他的妻子和尚在襁褓中的女儿以及其他6人惨遭杀害。1918年，他把自己的生意迁移到布格苏克岛并和家人一起在那里定居，在第二次世界大战中他们一早就对日本怀有敌意。

劳登的两个女儿在 1913 年她们的母亲还有妹妹被害时已经离开了马尼拉。20 世纪 20 年代，大女儿玛丽·劳登去往美国留学，并遇到一个名叫纳萨里奥·贝尼托·马约尔的年轻人。纳萨里奥·马约尔就读于堪萨斯大学，他也是菲律宾人，1901 年出生于巴拉望的罗巴兰岛。回到父亲在布格苏克岛上的家后，玛丽和纳萨里奥·马约尔于 1928 年结婚。之后纳萨里奥·马约尔跟他的岳父一起经营木材生意，而小夫妻也很快开始生儿育女，组建起一个大家庭。当日本人入侵时，托马斯·劳登恰好在马尼拉做生意并且很快被捕。日本人怀疑他为岛上的新游击队提供支援，在接下来的 3 年里，劳登被日军羁押，无法与家人团聚。

纳萨里奥·马约尔在马尼拉逃过追捕并乘船回到他在布格苏克岛上的家。日本人将菲律宾人民置于水深火热之中，还囚禁了他的岳父，所以纳萨里奥·马约尔有充分的理由憎恨他们。因此，1942 年初，纳萨里奥·马约尔离开玛丽和他们的孩子，加入到巴拉望游击队伍当中。他们的大儿子罗伯特于 1930 年出生于普林塞萨港。他在 12 岁的时候就成为家中的男子汉，外出做事以供养自己的弟妹。

马约尔的队伍在布鲁克角一带活动。1942 年 8 月，埃利奥特等 6 名美国俘虏最先逃离普林塞萨港集中营时，门多萨医生已经指挥其他地域的游击队在巴拉望岛的各个区域展开行动。在战争最初的几个月里，门多萨的游击队辗转出没于数个村庄之间，但最终选择在蒂尼天落脚，而门多萨也在那里成立了自己的固定指挥部。

在菲律宾反抗日军侵略期间，劳登、门多萨、马约尔等家族都做出巨大的牺牲。他们的名字终将被一些关押在巴拉望岛上的美国战俘永远铭记。

6

杀一儆百:“咸牛肉罐头事件”

乔·利特尔和查尔斯·沃特金斯的失踪最终在下午4点机场建设停工后不久被发现。岸本上尉再一次勃然大怒。不到3个星期的时间，他的名誉就被辖下逃跑的美国俘虏侮辱了2次。10-A号集中营的战俘名册从最初的346人减少到了如今的338人。8名美国人就这么不见了，消失在巴拉望岛的丛林中。

岸本再次将剩下的俘虏关在集中营里囚禁3天，口粮依然削减2/3。现在俘虏们每天分配的口粮为早饭半条小面包半杯豆子，晚饭半份米饭半杯汤。这3天时间里，俘虏们接种了天花疫苗，同时有关沃特金斯和利特尔下落的谣言也传得沸沸扬扬。过了一段时间，在他们被允许回到建筑工地干活以后，一名菲律宾人偷偷溜到机场工地附近，悄悄告诉其中一些美国人，他们两名逃跑的同伴正在一名菲律宾向导的带领下穿过丛林。

然而就目前来说，剩下的美国人只能替沃特金斯和利特尔祈祷，希望他们能够继续躲过日本人的追捕。8月30日，岸本命令俘虏集合，就他们在日军卫兵面前表现出的不忠倾向训话。“我这里有三条路让你们选择，”岸本咆哮道，“要么你们继续老老实实地干活，要么我们在你们的腿上带上镣铐，再不然你们也可以留在自己的营房里等着饿死。”

最后，岸本宣布他们将在新的监管措施下重新开工：所有美国人都将分成十人一组，每组都由一名日本卫兵负责监督，任何人逃跑都会给身后其他人带来严重的后果。尽管大多数美国人现在已经因为营养不良太过虚弱，根本没法认真考虑逃跑的问题。

第二天，战俘们再次回到机场工地干活。炎炎烈日之下，9 月漫长得似乎没有尽头，数以百计骨瘦如柴的俘虏们拿着镐、铁锹还有斧子辛苦地劳作，在令人生厌的灌木丛里清理高大的椰子树、桃花心木还有乌木树。美国战俘们接种了更多预防热带疾病的疫苗，但是不到两个星期就有许多人感染上各种严重的疾病。

8 名俘虏的逃跑使集中营的气氛跟酷热的天气和飞扬的尘土一样令人窒息。战俘与守卫之间的关系达到了前所未有的紧张程度，日本兵变得更为暴虐，俘虏稍有过犯就会遭到他们的拳打脚踢。马克·麦克多尔发现自己很难控制住暴躁的脾气，他好斗的个性让自己无法被动地接受虐待。

有一次，当他正在砍伐一棵椰子树时，一名卫兵用日语朝他厉声呵斥。马克听不懂他在说什么，只是嘟囔着应道：“好吧。”日本人粗重的棍子立刻狠狠地砸到他的嘴上。马克怒火中烧，他往后踉跄一步站稳，满嘴是血，一颗牙齿也松动了，还被斯米梯告诫要保持冷静。

但是冷静不是马克的个性。他是在经济大萧条期间长大的孩子，那个时代的男孩子们从小就知道，即使在最好的环境中生活也是艰辛的。马克的父亲是一名商业广告牌的画师，为了讨生活，他不得不带着一家人从内布拉斯加州搬到得克萨斯州，再从得克萨斯州搬到加利福尼亚州再到科罗拉多州，然后又辗转回到内布拉斯加州。

马克·麦克多尔一家最终在艾奥瓦州定居，在那里，马克度过了他的高中时期，并成为校橄榄球队和篮球队的明星球员。马克刚刚参军时身高有 5 英尺 10 英寸，体重达到 185 磅。他渴望从海军陆战队退役以后能够成为一名艾奥瓦州的公路安全巡视员。

马克知道自己不能直接还击，但是至少他可以用其他方式进行反抗。他开始偷懒，铲起半铲子的土，漫无目的地乱扬。有一次他懈慢怠工时，斯米梯警告他有一个愤怒的日本卫兵正朝他们走来，但是马克只是笑了笑，依然一副漫不经心的样子。日本卫兵抡着警棍砸向马克和斯米梯的头，好在他们戴着木制遮阳帽，头骨没有受到严重伤害。虽然被打，但是看到日本卫兵气急败坏的样子，马克·麦克多尔还是感觉很痛快。而且在之后的日子里他也没有就此屈服，虽然这种消极反抗也让他和斯米梯挨了不少日本卫兵的打。

为了保证机场跑道的修建进度，岸本上尉要求上级分配更多的美国俘虏来替代那些逃跑或生病的人。1942 年 10 月 6 日，在距离最初的俘虏到达 9 周后，第一批共 100 人的新俘虏也来到了这里。10-A 号集中营现在的美国俘虏数量达到了 438 人，但是受伤、疾病以及死亡将使俘虏花名册上的人数永远不会超过这个数字。

新来的人包括 98 名士兵和 2 名军官，即美国陆军上尉弗瑞德·托比亚斯·布鲁尼和一级中尉弗朗西斯·泽维尔·戈尔登。布鲁尼体格魁梧，圆圆的脸上戴着一副椭圆形眼镜。他是一位后备军人，来自威斯康星州，曾在第 192 坦克营的营部担任指挥官。弗郎西斯·戈尔登现年36岁,来自弗吉尼亚州里士满市,之前在美国国税局的酒税部工作,后加入海军。布鲁尼上尉是巴丹死亡行军的幸存者，参军之前在通用汽车装配厂担任工长一职。少尉鲍勃·罗素怀疑，布鲁尼粗犷豪放的处事风格能否让他与集中营里内敛克制的高级美军军官特德·普洛斯上尉和谐相处。

一等兵厄尼·科布罗斯是巴拉望岛上新来的俘虏之一。过去 4 个月里，他在吕宋岛拥挤的甲万那端集中营受尽折磨。这位 24 岁的青年来自芝加哥，1940 年 1 月第一次来到菲律宾时就爱上了这片土地。“我喜欢待在菲律宾，”他在给父亲的信里写道，“我想在这里安家。”感受到自己每月 21 美元的工资难以维系生存，科布罗斯很快就自愿来到老式布雷艇哈里森号。那里的薪资较高,他在机房担任二级加油工。最后,他回到米尔斯堡的炮兵部队，直到日本人的入侵摧毁了他无忧无虑的生活。

现在科布罗斯被押进普林塞萨港集中营。他没有得到被褥，也没有换洗的衣服。日本人不给他分发肥皂，他也无法定期洗澡。他的鞋子在很久之前就被没收了，只能赤脚干活。在之后的几个月里，科布罗斯都将穿着来时那套破破烂烂的衣服在木制地板上睡觉。

就算这样，他离开甲万那端集中营这个地狱的愿望也无比强烈，具有同样想法的还有一等兵吉恩·尼尔森。尼尔森在甲万那端见够了死亡,能够履行其他任务对他来说求之不得。在普林塞萨港这个新营地,他被分配到十人一队的劳动小组，每天辛苦地劳作，不是清除林地的灌木丛，就是砍伐高大的椰子树。能用的工具原始粗糙，干活的环境也危机四伏，尼尔森很快就了解到哪些日本卫兵最为狠毒。如果有人被抓到休息，就会有日本卫兵恶狠狠地拿着木棍戳他的腰，抽他的腿肚子，或者用力敲他的头，把他打翻在地。

尼尔森很小的时候就学会如何生存。他的父亲在他 12 岁那年去世,留下一家人在大萧条期间的饥饿岁月里苦苦挣扎。1941 年 1 月参军之前，尼尔森跟许多年轻人一样，进入民间资源保护队挣钱，为犹他州的工程项目服务。他选择到菲律宾驻扎，希望在海风和摇曳的棕榈叶中完成兵役，但是惨烈的克雷吉多岛之战粉碎了他的梦想。被俘以前,尼尔森一直在克罗克特炮组负责火炮瞄准装置的操作。

尼尔森从经验丰富的巴拉望岛俘虏那里得知，日本人不允许他们将水果偷带回营地。他发现跟卫兵请假到自己工作的跑道以外的丛林里方便时，可以很容易地寻获一个椰子或香蕉。但是，有天晚上他无法遏制塞几根香蕉在衬衫底下带回营地的冲动。警觉的日本卫兵注意到他的腹部异常隆起，喝令他立正站好，双臂高举过头，两个日本士兵拿着木制镐柄朝他打去。沉重的棍子像雨点一样落在了他的臀部、腿部还有腰部，痛得他几乎站不住。日本人说要打他五十下，但是他撑了几十棍后，终于两腿支撑不住，跪倒在地。令他难过的是，那些卫兵并没有就此罢休。他们对他又踹又骂，非逼着他站起身来继续挨打。

第二天早上，尼尔森被送到医务室，下半身全是紫黑色的瘀痕。军医曼戈劝告他不要在任何人面前显露伤痕。让一个只受皮肉之伤的人留在医务室会被日本人看作是妇人之仁，因此曼戈只给了尼尔森一天的休息时间，然后就将这个满是瘀青、流着血的士兵送回工地。

与二等兵理查德·麦克莱伦相比，尼尔森所受的惩罚显然还不算太过严重。当理查德被发现偷拿水果回营地时，一名日本卫兵狠狠地打了他几个耳光。他以为“携带禁果”事件到此结束，但是在第二天早上点名时，岸本上尉找到美军军官普洛斯上尉，要求知道麦克莱伦的名字。这个日本指挥官坚持要处死麦克莱伦，但是普洛斯为他努力从中斡旋。于是，麦克莱伦最后被绑到旗杆上，他的双脚被捆在旗杆底部，双手则用绳子牢牢地固定在背后。麦克莱伦就这样在旗杆上顶着毒辣的太阳晒了 12 小时，中间没有得到任何食物或水。他的脚被绳子勒得肿胀起来，花了两天时间才恢复正常。

日本人对美国俘虏的虐待和折磨在十月份不断加重。一个身材矮小，眼角上留着一道丑陋疤痕，外号叫“烂嘴”的伍长专门以殴打俘虏为乐。一天下午晚些时候，“烂嘴”又展现出他暴虐的一面，拿着木板无情地殴打 3 名正在挖掘树桩的美国人。杰拉尔德·斯克里普斯基中士被打倒在地，“烂嘴”击中他的前额，并在他的右眼上方留下永久性伤疤。一等兵约瑟夫·维特纳的胳膊被打伤,而海军俘虏弗朗西斯·帕里什更是被“烂嘴”一棍子打在头上，失去了意识。

10 月下旬，军医曼戈和希克曼上尉的医务室名单上已经列出几十个病重需要休息的人。许多人感染上疟疾，要么全身寒战牙齿打战，要么高热不断浑身虚汗。而那些痢疾患者则猫腰蜷缩在苍蝇遍布的便坑上，在身体还没有获得任何维持生命的营养物质之前，他们的肠子就已经将所有吃下的东西排泄一空。曼戈为参谋军士雷蒙德·穆林斯制作了一条吊带，后者在争论太平洋的美军部队是否会吃败仗时，被一名日本卫兵打断了胳膊。第二天，穆林斯费力地使用一只手铲土，但是当同一名卫兵再次用美国即将崩溃的言论向他挑衅时，他依然没有选择让步。

10月26日，日本人用运输船将病得最严重的21名俘虏运回马尼拉，而断了胳膊的穆林斯军士则继续与其余417名美国人一起留在巴拉望。其中一名返回比利彼得监狱的俘虏曾因为与一些日本卫兵来往过密而遭到同伴们的怀疑。他们给他起了一个绰号叫“靴子”，因为其他大多数人赤脚干活时，这名俘虏的脚上却可疑地穿着一双黑色的靴子。

当马克和斯米梯看到“靴子”往他珍贵的靴子里塞进一张潦草的便笺时，马克便产生了好奇。几天之后，当“靴子”钻进机场工地的灌木丛方便时，马克和斯米梯找到他当面对质。马克将“靴子”放倒在地并牢牢按住，而斯米梯则从他身上摸出那张纸片。纸上面是用日语写的文字。当天晚上回到营房后，马克和斯米梯找到一个精通日语的俘虏，确定这张便笺是一纸声明，上面写着如果“靴子”能够加入日本军队，他就会放弃自己美国公民的身份。马克和斯米梯与这个叛徒随即在集中营的院子里爆发了一场混战，并惊动了日本卫兵。有意思的是，当岸本上尉得知便笺一事时，他表示任何背叛自己国家的人都是可耻的，并把“靴子”塞进了第一艘启航前往比利彼得监狱的运输船中。

美国俘虏之间形成一条不成文的规定，那就是绝对不可以与敌人合作。但是与菲律宾人联系却完全是另一回事。马克·麦克多尔第一次遇到友好的游击队员时正在丛林里洗澡，当时突然有一个声音响起：“嗨，伙计。别看过来，我给你留了点东西！”等到马克回头找人时，声音的主人已经消失在丛林里，但马克在附近的珊瑚岩上发现了一片面包。其他俘虏也与菲律宾游击队有着类似的邂逅，他们后来了解到，当地游击组织从美国战俘踏入巴拉望起就一直密切地关注着他们。马克等人开始与岛上的地下组织取得联系，收集有关战争进展的零星消息：6月，美国海军在中途岛之役大败日军，取得重大胜利。另外，自海军陆战队第1师登陆瓜达尔卡纳尔岛和图拉吉岛以来，他们的敌人就在所罗门群岛遭受重创。

美国人并不清楚巴拉望人有多么憎恶这些日本侵略者，但是只要想到有人能够偷偷地溜进丛林为他们送来食物和外部情报，他们就有理由保持乐观。除此之外，吉恩·尼尔森发现这里简直令人生无可恋。俘虏们被迫在感恩节干活，但日军提供的食物令人半点也感恩不起来。尼尔森学会了吞咽那些黏糊糊的发霉米饭，也学会了忽视一直夹杂在其中的蠕虫，它们大约有米粒大小，白色的身躯上面扭动着黑色的脑袋。

期间有两顿饭特别令人难以忘怀。一顿是尼尔森小组的杰作，他们想方设法从垃圾桶里扒出几片扔掉的卷心菜，放进自己的米饭里。贝托·帕切科觉得自己这样从垃圾堆里找吃的比肮脏的猪好不了多少，但是他需要给自己日渐消瘦的身体补充能量。尼尔森在这里吃过的第二顿美餐是日本人杀掉的驯鹿残骸。日本人允许俘虏们用大锤将日军吃剩的骨头在砧板上砸碎。骨头碎片上的肉屑所剩无几，但是加盐煮沸后，那似有若无的肉香似乎也足以令人垂涎。

许多俘虏彼此联盟，结成“生存小组”，约定相互照料生病的成员并一起分享违禁物品。当有人违反日本卫兵的规定时，生存小组的成员也会互相掩护。

多亏小组同伴的随机应变，斯米梯才侥幸逃过一劫。在经过几个月的战俘生活后，由于疏于打理，这个高高瘦瘦的得克萨斯州人脸上长满了又密又长的胡须，性格也变得分外敏感，尤其是如果有人从后面戳他的屁股，他会受到很大的惊吓。当一些无聊的家伙得知这个秘密时，斯米梯的麻烦就开始了。一个美国人设法怂恿一名年轻的日本卫兵偷偷溜到斯米梯身后去捏他的屁股。这名卫兵觉得好玩，趁着斯米梯不注意时一把抓住他的臀部。可怜的斯米梯受到惊吓，一跃而起，在空中转过身，本能地给了那个恶作剧的日本卫兵一记猛拳。

在还没有意识到自己都干了些什么时，斯米梯的拳头已经和日本卫兵的下巴来了个亲密接触，并把他打晕在地。旁边几名俘虏大惊失色，他们一起抓住斯米梯，把他拖进营房，找到营地理发师约翰·沃伦，告诉他如果不能替斯米梯改头换面，斯米梯很可能会被杀死。沃伦不给斯米梯的胡子上水就飞快地用自己简陋的剃刀把它们剃掉了，其他俘虏则在斯米梯苍白的脸上涂抹泥巴，进一步遮掩他的相貌。

不出所料，挨打的日本卫兵恼羞成怒，很快和其他士兵一起出现，寻找那个打过他的人。斯米梯的新面孔帮他躲过了搜查，但是那个日本卫兵并没有息事宁人。第二天早上，他专门跑到营地门口等候，而且之后的每天早上都是如此，趁着战俘小队出发干活时寻找斯米梯。幸运的是，集中营的医生卡尔·曼戈很长一段时间都将斯米梯的名字放进病号名单，让他裹着床单躲在其他重病患者旁边，直到风头过去。斯米梯真的非常幸运，“捏屁股”的玩笑很可能让他付出生命的代价。有一个俘虏因为担心所有人都会受到牵连，打算把斯米梯这个当事人交给日本人。但这个想法很快就被海军军士长蒂多尔·麦克纳利给打消了。麦克纳利从他的餐盒里掏出一把小刀，抵在那个俘虏的喉咙上，并警告他说，如果斯米梯被发现，他会亲手要了告密者的命。

经过此事之后，曼戈医生凭借自己的行动赢得斯米梯发自内心的尊重。除了高超的医术，其他俘虏也因为各种原因对曼戈赞赏有加。必要的时候，曼戈并不反对以武力解决问题。许多人曾见证过以下这件事。有一次，年轻的海军陆战队战士一等兵弗雷德里克·卢茨认为自己不能去干活，但曼戈拒绝将他放进病号名单，卢茨提出要和这名军医单挑。曼戈起初并不愿意和一个美国同胞动手，但是卢茨紧追不放。他们摆好架势，最终曼戈医生在 20 秒之内放倒了自己的对手。看到自己的伙伴被人用一记迅猛的右勾拳打在头上，然后应声倒地，海军陆战队的成员们都惊呆了。值得称赞的是，卢茨自己爬了起来，和曼戈医生握手和解。此后，两人都获得彼此的谅解，而曼戈医生制定病号名单的权威也无人再敢质疑。

吉恩·尼尔森认为曼戈是集中营里最勇敢和最富有同情心的人。因为敢于反抗日本军官和卫兵,曼戈医生深受患者的爱戴。尼尔森相信,即使是日本人，在某种程度上也会为曼戈坚强不屈的意志所折服。

然而，无论是生存小组，还是军医曼戈都无法阻止日本人的暴虐。马克·麦克多尔干活时依旧延续他的拖沓作风，惹得日本卫兵对他拳打脚踢。一天下午，正当他铲起一铲子土，然后又慢悠悠地将它们扬回到原地时，一名日本士兵拍着手上的棍子向他走了过来。马克毫不在意，这样的事以前也不是没有发生过。他依然一副吊儿郎当的样子，直到日本卫兵一棍子砸向他的遮阳帽，将他打得跪倒在地。

“你伤不了我，你个狗杂种！”马克一边费力地站起身，一边朝着日本卫兵怒吼。

日本卫兵再次抡起棍子，砰的一声砸向马克的头。这一次，马克彻底摔倒在地，他被打得头晕目眩，在地上躺了好一会儿。但是他依然挣扎着爬起身，愤怒地瞪着打他的卫兵，挑衅地说道:“你依然伤不了我，你个狗娘养的!”

日本卫兵只是摇了摇头就走开了，旁边的斯米梯却着实为马克捏了一把汗。他警告马克这样下去迟早会害死自己,但是在之后的日子里,马克依然懒散拖沓地干活，以此来激怒看管他的卫兵。还有一次，马克因为不小心用锤子砸到埃文·邦恩的手而遭到攻击。邦恩被砸伤的地方血流如注，但是看到日本人愚蠢地以为马克砸掉了他的拇指而对马克动手时，他依然禁不住笑出了声。等到邦恩解释说他的拇指是在很久以前就断掉时，日本卫兵火冒三丈，拒绝让邦恩在当天返回营地处理手上的伤口。

皮肉之痛对于马克·麦克多尔和埃文·邦恩等海军陆战队的战士来说都可以忍受，真正让马克感到痛心的是他的高中戒指被抢。马克的戒指之前曾在营房里丢失过一段时间，后来马克发现它就夹在自己毯子附近的两块地板缝之间。再次看到这个从家里带出来、至今还留在身边的物件时，马克非常高兴。那天晚上睡觉时他特意把戒指戴到手指上，结果忘了摘下来，直到第二天在机场工地被一个日本卫兵发现。日本卫兵要求马克交出戒指，马克假装戒指卡得太紧，摘不下来。最后，这个日本卫兵威胁要用刺刀割下马克的手指，马克才不得不愤愤不平地交出戒指。马克心里非常难过，几个星期以前，已经有人偷走了他的小圣经，现在他连最后一件从艾奥瓦州带出来的东西也没能保住。

这样的损失只会让马克更强烈地想要激怒日本卫兵，具有同样想法的并非他一人。乔治·伯莱奇也在尽其所能地拖慢日本人的工程进展。他没有像马克那样公然挑衅，但是总能确保他们小组的人差那么一点完成目标。一直以来，伯莱奇都对现实情况有着非常清醒的认识："就算我们按时完成工作量，他们也会在第二天派给我们更多的活做。"

日本宪兵队是一个特别的日本军事警察组织，也是这些美国俘虏后来的噩梦。宪兵队总部位于马尼拉。他们于 1942 年 10 月首先派出一小队人马前往巴拉望岛。从菲律宾游击队的抵抗活动到美国俘虏的反抗，这支小队无论遇到什么问题都有权不择手段地解决。

在 10 月份到达普林塞萨港的日本宪兵小队由陆军中尉渡边忠吉（Tadayoshi Watanabe）[1]负责指挥。他与 8 名下属乘坐着一艘运输船抵达港口，包括军士长小仓（Ogura）和矶野四郎（Shiro Isono）；军曹加藤进（Susumu Kato）、泽田善太郎（Zentaro Sawada）、宫原宗一（Munekazu Miyahara）和中谷立夫（Tatsuo Nakaya）；伍长黑岩幸彦（Yukihiko Kuroiwa）和楠本武雄（Takeo Kusumoto）；翻译上原金德（Kintoku Uehara）和厨子伊藤义胜（Yoshikatsu Ito）。

军士长矶野对他的新派遣地丝毫不感兴趣。这个大部分已经被居民废弃的首府城市似乎是一个荒凉的所在，不具备任何娱乐消遣设施。他的指挥官渡边中尉觉得普林塞萨港的稀疏人口对日本帝国军队来说毫无意义，但是渡边的宪兵小队仍然在美军战俘营入口处的一所废弃

①本书的日本宪兵队成员名和参与巴拉望大屠杀的尉官及尉官以下的日本士兵名均为音译。

的两层混凝土楼里设立了站点，这座建筑还被用来关禁闭。

10-A 号集中营的指挥官岸本现在可以将俘虏的惩处问题交给新来的宪兵队负责，而美国人也发现渡边等人似乎非常乐意效劳。中尉渡边等人在抵达后不久就遇到第一个挑战，岸本得知一些俘虏从营地的厨房里偷盗食物。据营务员休伯特·霍夫的日记记载，11 月 8 日是"咸牛肉罐头事件"开始的日子。当俘虏们在机场工地干活时，日本卫兵们搜查了他们的营房，并翻出几罐失窃的咸牛肉罐头。霍夫、二等兵比尔·布拉格和另外一名俘虏在那天晚上被拖到宪兵小队的禁闭室。一等兵小栗，也就是被他们叫作"施洗者约翰"的日本翻译用磕磕巴巴的英语对他们进行审问，而他们的回答显然没有让渡边感到满意。"我们遭到严刑拷打，"霍夫写下自己受到的毒打。

霍夫三人后来被确定与罐头失窃事件无关，并于第二天早上放出禁闭室，由曼戈医生替他们治疗身上新添的刑讯伤口。然而，调查只是刚刚开始。副水手长查理·韦斯顿上士也因为涉嫌偷窃咸牛肉被关进禁闭室。韦斯顿和海军陆战队的卡门·迪莫在牛肉失窃的那周一直担任伙食执勤员。实际上，迪莫在行窃时被厨房管事铃木当场发现，但是他平素深受铃木的喜爱，因此和铃木说好话逃过了一劫。韦斯顿显然没有这样的运气，日本人将他在宪兵队的禁闭室里关了 3 天，没有给他任何食物，试图以此逼迫他承认偷窃。

那段时间里，有关其他失窃物品的搜查变得越来越频繁。日本卫兵将俘虏们的营房翻了个底朝天，而且很快就发现 A 营房的地板下藏了一大堆肉制罐头。海军陆战队的尼尔·克雷尔愤怒地指出这些日本人口里的失窃食物实际上是专门捐助给美国战俘使用的红十字会救助品。然而，渡边中尉仍然让整个营房的人站了好几个小时的军姿，直到有人承认偷窃。最后在晚上 9 点前，6 名俘虏站了出来，为保护自己的同伴担下了罪责。

A 营房其他的人就地解散回房，而 6 名犯人则与查理·韦斯顿一起被扔进禁闭室，其中包括 4 名海军士兵和 2 名海军陆战队战士。他们每人每天只能分到一个咸饭团，日本人想通过这样的惩罚让他们变得更加口渴。

因为在机场干活时与菲律宾游击队接触，来自底特律的海军陆战队一等兵吉米·巴纳也遭到囚禁。岸本上尉得知一些俘虏在工地附近的丛林中发现一所废弃的棚屋，他们往一个空罐子塞入便条甚至钱币，并把它放置在屋里。一个菲律宾人每天都会偷偷溜进小屋，取出俘虏们藏下的东西，同时，他也会留下食物或信息作为交换。1942 年 11 月中旬，正当日本人严加调查食物失窃事件的时候，这个菲律宾人在棚屋里留下一张纸条说日本人已经开始注意到他，因为害怕家人遭受牵连，他以后不能再为他们提供帮助了。想要寻求更多信息的巴纳留下了另一张纸条询问日本人在岛上的数量还有具体位置。11 月 18 日，日本卫兵发现巴纳的纸条，并将此事告知岸本。

岸本决定让宪兵队杀一儆百，先拿这 8 名美国俘虏开刀。星期天其他俘虏不用干活，可以在旁观看他们的同伴受刑，因此岸本召集全体人员列队站好，并特地挑选出手底下两名卫兵来执行判决。首先是富冈金一军曹，一个被战俘们私下里称为“蛮牛”的 30 岁左右的日本士官。富冈会说一点英语，长着一张圆脸，身高 5 英尺 11 英寸，体重 210 磅，与其他日本人相比算是一个大块头。从旁协助富冈的是营地厨师长西谷万一（Manichi Nishitani），他比富冈矮一些，但是更加结实。俘虏们称西谷为“龅牙”，因为他的下颚凸起，使得上排 4 颗镀金的大门牙格外显眼。

海军士兵克莱伦斯·弗里曼首先被拖出宪兵队的禁闭室，带到“蛮牛”和“龅牙”面前接受惩罚。他的双臂被绑在集中营院子里一棵高大的椰子树上，富冈挥动起两股金属线制成的、长 8 英寸的小鞭子，狠狠地抽打弗里曼赤裸的背部。查理·韦斯顿通过禁闭室小小的囚窗向外张望，心里默默数着，弗里曼挨了一百多鞭。因为疟疾，韦斯顿还发着高烧。他决心成为下一个受刑的人，因此当卫兵开门放出第二个被罚的俘虏时，他抢先走了出去。弗里曼被带回禁闭室，而韦斯顿则被绑到椰子树上，西谷坐在旁边，手里拿着一把上了膛的鲁格尔手枪。他露出自己镶了金的龅牙，一脸狞笑地看着韦斯顿，用磕磕绊绊的英语说："如果你敢抵抗，我直接毙了你。"鞭刑结束后，韦斯顿被打得血肉模糊。

第三名被带上前受罚的俘虏是下士杰克·泰勒，一个金发碧眼身体健硕的海军陆战队战士。靠着抬举大石头和自制的杠铃，泰勒依然保持着一身结实的腱子肉。马克·麦克多尔和其他俘虏列队站在旁边，能够看出这些日本人似乎对于折磨一个如此强壮的美国人感到格外兴奋。"他们可能巴不得他会反抗逃跑，"马克心想。

但是泰勒并没有做出任何逃跑的举动。西谷恶毒地笑了起来，金属小鞭子一下接一下地抽打在泰勒壮实的身躯上，直到他赤裸的背部被打得体无完肤，好像一块血淋淋的生制汉堡肉。同是海军陆战队战士的查尔斯·诺里斯被泰勒的勇气所打动，而更让鲍勃·罗素感到震撼的是泰勒自始至终没有在日本人面前退缩或哭着求饶。

日本人对泰勒的鞭打如此歹毒，让仍然被绑在附近树上的韦斯顿不忍再看。他将头稍稍扭向一边，但是此举却激怒了"蛮牛"。富冈军曹命令另一名手下拿起一根3英尺长的菲律宾硬木木棍，开始毒打韦斯顿。第一棍重重地砸向韦斯顿的后腰，用力之大让韦斯顿不禁惨叫出声。"蛮牛"似乎对此非常满意，他朝自己的手下点了点头，示意他继续殴打韦斯顿。韦斯顿又挨了15棍，最终昏了过去。然后，这些日本卫兵开始继续抡棍砸向泰勒的肩部、背部、臀部还有头部，直到泰勒彻底倒下不省人事，富冈军曹才命人将他拖走，换上下一名受刑者。

罗伯特·莱德劳、吉米·巴纳、德尔伯特·赫夫林、鲍比·培根和约翰·约德都受到了鞭刑和杖刑。当一名日本卫兵累得打不动时，"蛮牛"会命令另一名卫兵接手继续打。

"龅牙"西谷不停地敦促手下竭尽全力痛打俘虏，甚至在不满意时会拿起鞭子和棍棒亲自上阵。除了"蛮牛"和"龅牙"外，至少还有6名日本卫兵参与了这次血腥暴行，其中大多数卫兵美国俘虏并不认识。

尼尔·克雷尔只知道其中一个卫兵的绰号叫“奶奶”，因为他很胖，而且说起话来声音又尖又细，就像一个老太太。

剩下的5名俘虏都被打得晕死过去。巴纳几次被日本人用冷水泼醒，然后拽起来继续挨打。当这些美国俘虏的背部被打得皮开肉绽，踉跄跌倒时，旁边的日本卫兵就会放声大笑。海军士兵约德在挨打时手臂没有被绑到椰子树上，但也被一记重击打得昏迷不醒。当一名日本卫兵往他的脸上浇冷水时，约德跳了起来，本能地摆出对打的架势。其他俘虏朝他大喊起来，试图告诉这个晕头转向的海军战士他不是站在拳击台上。约德很快清醒过来，继续忍受日本人的毒打。

这次公开惩罚持续了两个小时，但是，岸本上尉后来却声称他当时并不知道存在虐俘行为，而且在得知消息后立刻派出卫兵制止。8名浑身是血的美国俘虏被拖回日本宪兵队禁闭室，富冈军曹在那里抡起拳头，挨个朝他们的脸上挥去，直到将他们打得瘫倒在地。查理·韦斯顿已是半昏迷状态，下巴上只挨了一拳就倒地不起。然而，坚韧的泰勒却在昏迷前多挨了富冈好几拳。

受迫害的俘虏们被关进牢房，仍在那儿承受疼痛的折磨。杰克·泰勒能够感受到背后破损的皮肤火辣辣地疼，从膝盖后边往上，他身体的每一处都被疼痛席卷。在接下来的三天里，中尉渡边减少了这些浑身是伤的俘虏们的口粮，但是鱼雷军士长约翰·奇克等俘虏冒着极大的风险往牢房窗户里塞饭团，给这些受刑的人送去食物。

1942年11月21日，岸本上尉下令将8名遭受毒打的俘虏运回马尼拉，与他们同行的还有另外6名病得干不动活的美国俘虏，其中就包括身患疟疾的中尉约翰·詹森。14名俘虏被运出巴拉望，集中营里的美国俘虏数量减少到404人。巴纳、弗里曼、赫夫林、莱德劳、泰勒、培根、韦斯顿和约德被带往运输船时，看到他们的俘虏无不感到震惊和愤怒。在营房里挨着莱德劳睡了几个月的唐·托马斯，几乎认不出那个变得瘀青发黑而且肿着脸的朋友。

其中5名俘虏被遣回比利彼得监狱。普林塞萨港集中营的人后来听到传言说，吉米·巴纳和罗伯特·莱德劳在抵达马尼拉后不久就被处决，但是官方信息显示，他们两人的名字只是从档案本中消失了。第二次世界大战结束时，巴纳和莱德劳被列为战斗失踪人员，后来两人均被宣布死亡，且遗体下落不明。

7

逃跑与躲藏

斯米梯发现这里的感恩节和圣诞节跟他在得克萨斯州东部度过的快乐节日相差甚远。当他忍受着繁重枯燥的苦役时，思绪经常会飘到种着棉花的朴素社区。他在那里上了得克萨斯州那不勒斯市的一所高中。斯米梯的学校位于他家以北大约 10 英里远的地方，邻近休斯斯普林斯。他的同学都叫他威利，他喜欢大家这样叫他，比叫他的原名鲁弗斯还让他感到快乐。1937 年从那不勒斯毕业后，这个蓝眼睛的得克萨斯州男孩在他的家乡以及新墨西哥州和亚利桑那州四处游荡，过了两年多无忧无虑的生活。

1939 年 12 月，斯米梯回到自家农场过圣诞节，并告诉父母自己准备加入美国海军陆战队，展开全新的生活。从新兵训练营出来后没多久，这个高高瘦瘦的乡下男孩就登上了亨德森号运输舰，向着菲律宾美丽的沙滩和蓝色的大海进发。经历了战争爆发、被俘还有悲惨的战俘生活之后，简简单单回家过节已经成为斯米梯的奢望。

1942 年 11 月巴拉望岛上发生的一切让斯米梯怒火中烧。即使亲眼看见 8 名美国俘虏惨遭毒打，斯米梯和其他俘虏也没有就此畏惧、停止偷窃干粮、罐头或其他新鲜果蔬等。11 月 20 日，中士埃尔温·毕格罗、下士罗伯特·法默尔和约翰·博斯韦尔溜出营房摘番木瓜。厨师长西谷恰好出现，当场抓住法默尔在树上扔水果给博斯韦尔。毕格罗未被发现，其他两人则被带到岸本上尉面前，后者批准西谷对这两个违反规定的人进行惩罚。整个集中营的俘虏再次被带出营房，见证日本人的野蛮暴行。西谷朝着他们大声嚷嚷，并开始用一根沉重的铁棍连续殴打法默尔和博斯韦尔的背部和臀部。两人都本能地举起胳膊进行防卫，结果左臂全被打断。等到西谷觉得自己打过瘾后，他没有立即让法默尔和博斯韦尔去医务室固定断臂，而是强迫他们先立正罚站 15 分钟。

11 月 23 日是日本人的第二个丰收节，也是这些美国俘虏唯一可以休息的节日，岸本上尉宣布那天所有的人都不用干活。两天以后，休伯特·霍夫等人被派出去为营地采摘水果。据霍夫的日记记载，那天是他首次有机会和一名菲律宾游击队队员接触，后者为他带来了外面自由世界的消息。美国俘虏继续在机场工地上埋头苦干，而恶劣的饮食条件还有更为恶劣的卫生条件使得他们的人数因为疟疾肆虐而不断减少。12 月 22 日，第 3 批被遣回马尼拉的人乘船出发，这次有十几名囚犯离开，包括手臂被打断的法默尔和博斯韦尔。战俘集中营的人数进而下降到 392 人。

12 月 23 日对于文书军士霍夫来说是一个“大日子”。岸本上尉住在集中营附近的“大房子”里，霍夫被带到那里，在他之前从未有美国俘虏造访过那个地方。在营地翻译的协助下，霍夫为岸本打印出一篇演讲稿，供他午饭后到依望罪犯流放地讲话。为了应付这个场合，日本人给了霍夫一碗米饭、一件新衬衫还有裤子。在依望流放地，这位日本指挥官慷慨激昂地发表了关于节假日不工作的演讲，然后和翻译还有霍夫一起返回他的大房子，并命令霍夫交回他的新衣服。“于是我又穿回了自己的兜裆裤，”霍夫在日记中写道。

圣诞节期间，岸本大发慈悲地给俘虏们放了三天假。另外在 1942

年的最后两天，俘虏们也得到了新年假期。然后在 1943 年 1 月 1 日，他们又回到机场工地干活。1 月 6 日，一艘运输补给船抵达普林塞萨港，并带来一名新的俘虏——中尉亨利·奈特。奈特是一名海军牙医，他到了以后很快就开始为日本卫兵还有他的同胞俘虏们诊治牙疾。

几天后，岸本上尉下令俘虏把营地整理得井井有条。有小道消息称红十字会的官员要来视察，因此需要美国俘虏擦洗营房，清理庭院。平时身上只穿兜裆布、自制短裤或破破烂烂的粗布工作服的俘虏们突然分到了蓝色牛仔衬衫和裤子。为了迎接这次检查，日本人甚至允许他们沐浴剃须。通常情况下，俘虏们洗澡就是每周一次被允许下海游泳，而且还是在武装卫兵的监视下进行。

1 月 9 日，乔·巴塔笔直地站在院子里，满心期待这次红十字会视察能为他们带来新的转变。红十字会的官员进入营地，察看了营房，并在一排排干净整洁、身穿蓝色衣服的俘虏面前来回走动。但是他们几乎没有在任何人面前停留，或仔细地看上这些俘虏一眼，巴塔乐观的情绪也随之一落千丈。俘虏们不允许说话，仅仅半个小时之后，红十字会的人就从前面的石拱门鱼贯而出，没有留下只言片语。

红十字会的人一走，日本卫兵就冲进营房，命令俘虏们交回借给他们的衣服。战俘们很快就意识到，整个检查不过是走走过场，应付一下流程。除了收到红十字会提供给他们的第一批爱心包裹外，俘虏们的处境根本没有得到任何改善。巴塔和他的朋友罗布·哈伯特一起翻查自己的包裹时，翻译小栗走了过来。“施洗者约翰”从哈伯特的包裹中拿起一包香烟，顺手塞进自己的口袋，然后随意地说了声“谢谢”就扬长而去。

1943 年新年的头几个星期里，俘虏们厌烦了没完没了的机场苦役，开始想办法消磨时间。一天晚上，斯米梯在营房里向马克·麦克多尔提及自己很想玩扑克。马克突然想起他一直在囤积的那些空维生素纸盒，他觉得可以把它们剪裁成小纸牌。因此第二天早上，当俘虏们被赶上干活的卡车时，马克向卫兵表示自己要方便。于是队伍停止行进，马克跑进普林塞萨港一所废弃的校舍里。

他火急火燎地在这所老旧的房屋里翻找着，在一堆垃圾里四处搜寻，直到找到三支不同颜色的旧墨水笔。马克把笔塞进口袋，然后又急急忙忙地返回俘虏队伍。那天晚上，马克兴奋地开始行动，把剪掉的纸板盒子加工成一整套扑克牌。他在上面仔细地画出方块、红心、梅花还有黑桃，并给每一张牌都编上号。小丑画得像日本卫兵，而国王则是美国海军陆战队战士。随着俘虏们押上自己的口粮、香烟等物品作赌注，扑克游戏很快开始认真起来。马克从最高的赌博收益中抽取一定提成，并让他的伙计斯米梯存下不少香烟。

战俘们每人每周获得的十支香烟是私下交易中最受欢迎的物品。烟草的稀缺使它价比黄金，能够交换衣服、鞋子、毯子等种类多得惊人的物品。但在特德·普洛斯上尉和鲍勃·罗素少尉眼中，赌博完全是另一回事。赌博导致盗窃，俘虏们很快学会随时将有价值的东西带在身上。在万不得已的情况下，高级美国军官只能夺走同胞俘虏的食物或香烟，对严重的盗窃行径进行补救。

有些俘虏仍然在悄悄计划逃跑。菲利普·布罗斯基医师在药房里碰到过好几个这样的人，他们都想在逃跑前跟他求些药带走。布罗斯基每一次都努力说服他们打消逃跑的念头。"你们没有地方可去，"他说道，"你们现在是在一个岛上。这个岛完全被日本人占领，而且你们也无法确定是否所有的菲律宾人都是友善的。"

逃出普林塞萨港集中营的8个美国人此时仍在逃亡途中。

1942年8月10日，海军文书军士布鲁斯·埃利奥特和他的五名同伴，罗伯特·凯拉姆、鲍比·霍奇斯、巴迪·亨德森、乔治·戴维斯和西德尼·赖特最先从集中营逃走。划着小小的螃蟹船到达布鲁克角后，他们隐藏在附近的深山中，在哈里·爱德华兹一家的陪伴下度过了几个星期。

另外两名美国逃亡者于 9 月 5 日左右到达布鲁克角，此时，埃利奥特依然忍受着疟疾的折磨。中尉戴蒙 · J. “洛基” · 高斯是一名陆军航空飞行员。他在 1942 年 4 月乘船逃出克雷吉多岛，并于几个月后和中尉威廉 · L. 奥斯本一起来到巴拉望。他们在爱德华兹的家里待了一个星期，同时修理他们那艘漏水的逃生小艇。在去往澳大利亚之前，这两名美国逃亡者为爱德华兹和当地游击队提供了一些步枪。他们的小艇无法再多乘坐六名美国人，因此西德尼 · 赖特只能借着这个机会给自己的家人写了一封长信。高斯和奥斯本最终于 1942 年 10 月 11 日到达澳大利亚，并将一摞信件转交给麦克阿瑟将军的手下，让他们帮忙送给六名巴拉望岛逃俘的家属。

赖特、埃利奥特等人带上武器，乘坐螃蟹船离开布鲁克角，顺着海岸一路南下，来到普林塞萨港大约 70 英里以外的地方。在当地摩洛族首领达图 · 约尔基普利酋长的帮助下，他们侥幸从一支接近摩洛人村庄的日军的眼皮底下逃脱。埃利奥特杀死一名日本军官，而他的同伴们则制服了一名混血通敌者，但是他们也受到连累，不得不再次踏上逃亡之路。约尔基普利酋长派出手下最好的两名战士作为向导护送他们出发。

一群日本士兵驻扎在布鲁克角灯塔附近的一栋校舍里。1942 年 10 月初，这些美国逃亡者和他们的两名摩洛向导以及一小群菲律宾游击队战士对那批日军发动了突袭。他们大约歼灭了二十名敌方战斗人员和一名通敌者，并用猛烈的炮火报废了敌人的一艘摩托艇。只有大约七名日本士兵成为漏网之鱼。他们乘坐另一艘摩托艇狼狈地逃往普林塞萨港。

确信日本人不会对他们再次发动袭击后，布鲁斯 · 埃利奥特等人在布鲁克角附近又多待了几个星期。巴迪 · 亨德森决定前往北边的阿多兰村，也就是他们逃离集中营后不久的登船地点。巴迪 · 亨德森遇到一个菲律宾人，此人自称是友军，实际上却与日本人互相勾结。几天后，西德尼 · 赖特收到消息，亨德森死在那个菲律宾叛贼的枪下。

赖特与这个菲律宾人的两个表兄弟一起北上搜捕，终于在七天后消灭了杀害他战友的叛徒。

埃利奥特意识到他们的处境十分危险，随时都有可能被发现，为了活命必须继续转移。身患疟疾的罗伯特·凯拉姆被留在爱德华兹家养病。而埃利奥特、赖特、戴维斯还有霍奇斯则打算与他们的两名摩洛向导一起出发，在11月初逃往巴拉巴克岛。

巴拉望岛上对这些美国逃俘施以援手的菲律宾人都冒着极大的风险。

1942年春，日本入侵巴拉望岛后不久，佩德罗·马尼格克少校无可争议地成为岛上所有游击队的最高指挥官。马尼格克得知他的敌人屠杀了数十名无辜的菲律宾民众之后，矢志要报仇雪恨。他手下的队伍训练有素，不仅传播扩散最新情报，而且努力破坏日军的行动。1942年年底，日本士兵抓到一名游击队军官，并将其活活烧死。作为报复，巴拉望的反抗义军消灭了六十几名日本士兵，阻断了日本人重要的物资运输，并为未来的反抗活动拿到了宝贵的弹药武器和粮草储备。

总部位于布鲁克角的巴拉望南部游击队最初由军士长埃米利奥·图姆巴加指挥。1942年，纳萨里奥·马约尔在这片地区负责招募新人、训练他们从事丛林战和收集物资等活动。约尔基普利酋长从旁协助，不仅提供财政支持，而且派出部分手下加入当地的游击队队伍。附近依望监狱的负责人佩德罗·帕杰帮忙为马约尔和图姆巴加的义军提供食物、衣服、药物，以及从普林塞萨港美国战俘集中营收集而来的情报。

1942年秋，日本军方向巴拉望岛的政府官员施压，要求他们交出岛上游击队的高层领袖。作为抗日运动的最早组织者之一，伊希尼奥·门多萨医生被单独挑了出来。为了抓住这个前任省长，日本人愿意拿出一千多美元作为赏金。门多萨一直号召人民行动起来，反抗敌人，但大多数菲律宾人为了自保，仍选择在日本人的虐待和禁锢下忍辱偷生。

瓦伦丁·马卡塞特是巴拉望岛上的居民，据说与门多萨关系密切。他在11月22日被普林塞萨港的日本宪兵队逮捕。中尉渡边将马卡塞特关进禁闭室，对他实施了72天的严酷刑讯，想要获取门多萨游击队的信息。马卡塞特受尽日本人的毒打和折磨，还经常双手反绑着被吊到天花板上。最终他在1943年2月1日被日军释放。

想要抓捕门多萨医生的日本宪兵队这次白忙一场。门多萨手下的战士以及埃米利奥·图姆巴加和纳萨里奥·马约尔领导的游击队意志坚定，没有因为被捕甚至死亡的威胁而产生丝毫动摇。

1943年初，8名从普林塞萨港集中营逃出的美国战俘有7人仍在寻求自由的路上。乔·利特尔和查尔斯·沃特金斯是第二批出逃的俘虏，1942年年末，他们一起穿过巴拉望。这一路上，他们得到保罗·科布领导的游击队的协助，甚至还在巴拉望北端的丹尼格遇到另一名美国人——下士小罗伯特·T.约翰斯顿。后者在日本入侵菲律宾时，从民都洛岛上逃走，并于1942年9月来到巴拉望。

1943年1月，利特尔与沃特金斯分手，选择在接下来的几个月里继续于其他岛屿之间航行。1943年4月至6月，利特尔加入班乃岛上的游击队，并于7月前往内格罗斯岛。1944年2月7日，利特尔和其他27人最终乘坐着独角鲸号潜艇从内格罗斯岛的巴拉通角撤离。

沃特金斯在与一名亲日分子搏斗时险些被俘，腿部被刀刺伤。他在巴拉望岛一直待到1943年6月，之后获得一艘帆船，开始前往其他岛屿。沃特金斯是从日本集中营逃脱并离开巴拉望岛的第六位美国战俘。1943年初，乔·利特尔在他之前离开巴拉望岛，而埃利奥特等最初逃出普林塞萨港的4名俘虏早在1942年11月就已离开了那里。

布鲁斯·埃利奥特、鲍比·霍奇斯、乔治·戴维斯和西德尼·赖特以及他们的两名摩洛向导朝着巴拉巴克岛航行了几个星期。他们一行人在婆罗洲最北端的古达对日军展开突袭，而后又返回巴拉巴克。

1943 年初，从疟疾中康复的罗伯特·凯拉姆带上一名陆军上尉，驾驶摩托艇自布鲁克角出发，一起加入埃利奥特的队伍。

这些逃亡者后来听说一些美国人在塔威塔威岛建立了无线电发报站，能够与身在澳大利亚的麦克阿瑟将军取得联络。1943 年 8 月 1 日，他们扬帆往东南方向驶去，途中使用一张小地图做指引，并利用指南针进行航位测算。普林塞萨港的神父送给埃利奥特的闹钟被他用来当作抢风航行的计时器。定好闹钟后，他们会航行一段固定的时间，等到闹钟响起时，再把闹钟往回拨相同的时间，调整风帆朝着另一方向行驶。经过卡加延岛时，埃利奥特等人还对驻扎在卡加延的一个摩洛人渔村的日军发起突袭，将敌人全部消灭后才继续前往塔威塔威岛。

1943 年 8 月 10 日清晨，埃利奥特一行抵达目的地，此时距离他们逃出普林塞萨港集中营正好一年。埃利奥特发现塔威塔威岛占地面积只有 20 英里 ×9 英里，简直是大海里一颗不起眼的小沙砾。埃利奥特觉得自己很幸运，他那粗浅的航海技术刚好能够应付这片水域。从 10-A 号集中营逃出的 8 名美国俘虏中有 7 人离开巴拉望来到菲律宾的其他岛屿上。他们是否能够再次见到自己的祖国只能留给时间去证明。

岸本上尉试图控制美国战俘的那点心思一直持续到 1943 年年初。2 月 2 日晚上，被羁押在普林塞萨港集中营 6 个月后，第三批出逃的俘虏开始行动。这些人包括：海军陆战队成员威廉·杜威·斯威夫特、海军机械师雷·谢尔曼·普雷尔还有陆军战士唐·汤姆森·施雷特和理查德·查尔斯·汉森。

在克雷吉多岛上时，威廉·斯威夫特曾是海军陆战队第 4 团的机枪手。因为受够了巴拉望岛上日本人的暴虐行径，他和另外十几个俘虏一起开始计划从集中营逃走，但是最后除了他和另外三个人以外，其余的人都退出了。斯威夫特和普雷尔从一个窗户爬出营房，然后伏身钻过带有铁刺的铁丝网。施雷特和汉森则在夜色的掩护下，小心翼翼地从集中营后面的铁丝网底下爬出，并沿着悬崖来到下面的海滩。

第二天早上点名时，日本卫兵发现有人失踪，立刻展开严密的搜捕。他们在沙滩上发现一连串的脚印，直通附近的椰子林。于是，2月3日当天，全副武装的日本卫兵跟在逃亡者身后钻进林中搜寻，直到发现他们的身影。斯威夫特和普雷尔躲过追捕，逃向丛林的更深处，但施雷特和汉森落到了日本人的手里，并被押回营地。

日本宪兵队拒绝给施雷特和汉森任何食物，并强迫他们从晚上站到第二天。当被问到其他逃亡者的下落时，施雷特因为无法给出让日本人满意的答案而遭到毒打，还被他们举起来摔在禁闭室的水泥地板上。在另一段审讯期间，日本人强迫他跪在一名卫兵面前，并不停地抽他耳光。施雷特和汉森遭受了一个多月非人的折磨，直到3月22日，日军才将他们押出禁闭室。他们把两人装上船，遣送回比利彼得监狱。

因为有人逃跑，剩下的俘虏又在营房里关了两天。灰头土脸的日本人继续对另外两名逃俘进行搜捕，而2月4日一整天，营房里的俘虏们都不停地被集合解散，清点人数。他们只能从友好的菲律宾游击联络网那里获得一星半点的消息，了解到这四人可能的遭遇。他们听说施雷特和汉森重新被捕并被送往马尼拉。后来还有地下情报显示，雷·普雷尔也遭到逮捕，并被日本人割下头颅，挂到巴拉望北部的一个村庄里示众。而第四名逃跑的俘虏威廉·斯威夫特钻入丛林后，就再也没有消息了。

斯威夫特和普雷尔在逃跑后没多久就被一场暴风雨困住了。他们在暴雨和黑暗中找不到方向，就直接穿过普林塞萨港，并于2月3日上午继续向北移动。两天后，他们联系上两名当地人，后者为他们提供了食物，并指引他们去找伊希尼奥·门多萨医生和当地的科布兄弟寻求庇护。在接下来的一个月里，他们在门多萨医生的帮助下向南缓慢行进，前往布鲁克角。

在哈里·爱德华兹一家的照料下，斯威夫特和普雷尔在布鲁克角待了些时日，并遇到了逃跑的海军战俘罗伯特·凯拉姆。1943年4月

23日，斯威夫特和普雷尔留下凯拉姆，乘船离开巴拉望岛，沿着东北方向穿过菲律宾列岛，直到6月抵达塔布拉斯岛。普雷尔在岛上搞到一只30英尺的摩洛族划桨帆船，而且还和斯威夫特一起遇到其他逃亡者。其中军衔最高的人是美军第26骑兵营的上尉A.肯尼思·怀特海德，他在班乃岛投降后，日本人曾派他向其他美国人传递放弃抵抗的命令。怀特海德决定利用普雷尔的划桨式帆船前往澳大利亚，并且欢迎其他人一起同行。

8月22日，怀特海德等人扬帆从塔布拉斯岛出发，而普雷尔还有其他几人，包括航空机工军士威廉·F.扬和一等兵乔治·E.李尔则选择留在岛上。塔布拉斯岛上的美国人不久便被日军发现，其中大部分人惨遭杀害。1943年这个时候，从民都洛岛逃出的美国俘虏鲍勃·约翰斯顿正从巴拉望岛前往科伊岛，并在途中听说普雷尔和李尔等人被日军斩首。

与怀特海德一起远航的除了从巴拉望逃出来的威廉·斯威夫特，还有四位成员，其中包括两名美军士兵、阿尔弗雷德·科布游击队的一名菲律宾成员，还有一名37岁的美国农场主。最后一位混血儿，母亲是巴拉望人，父亲是得克萨斯人。怀特海德等人划着船在巴拉望岛附近的岛屿里穿行，期间险些在一场台风中丧生。这一路上，他们设法搞到了航海图、指南针，斯威夫特甚至还用猎枪交换了一个气压计。1943年11月28日，他们到达塔威塔威岛上的巴都巴都地区。

斯威夫特经历了太多海上冒险，因此当怀特海德的队伍再次向澳大利亚进发时，他和下士麦克维奥·维戈罗斯决定留下来与菲律宾游击队并肩作战，碰碰运气。将近3个星期之后，即1944年1月6日，怀特海德的帆船在靠近澳大利亚海岸时被一架美国飞机发现，他们传奇般的海上航行至此圆满结束。最后他们搭上一艘扫雷艇，被人送往布里斯班向麦克阿瑟将军汇报。

逃离巴拉望并不意味着能够安然无恙地活下去。岛上的“千人勇士”尽其所能帮助那些从普林塞萨港集中营出逃的美国战俘。到1943年底，已经有 12 名俘虏逃出集中营，其中巴迪·亨德森和普雷尔在逃亡途中被害,施雷特和汉森被日本人重新抓回。施雷特和汉森遭到严酷的刑讯，并被遣返比利彼得监狱。

剩下的 8 个人依然披荆斩棘迎难而上，为巴拉望后面逃跑的俘虏做出榜样，让他们相信自己能够逃出日本压迫者的魔掌。

8

新守卫，新折磨

每次有人逃跑时，日本人都会将其他美国俘虏的口粮减少到原先的1/3，并加重对他们的虐待。俘虏们的健康状况本来就已经不容乐观，营养的缺失更使他们雪上加霜。长时间的日晒让他们的皮肤变得黑黢黢，薄得像纸一样，一碰就破。任何裸露的伤口都会导致感染的发生。马克·麦克多尔的大腿还有臀部都出现皮肤溃疡，只能用海水处理疮口。还有人利用雨水冲洗掉身上的污垢和疾病。他们在雨中刷洗身体，就像在自己家里淋浴一样。来自得克萨斯州路易斯维尔市的雷蒙德·西格雷夫曾经是一个矮壮结实的男人，集中营粗劣的伙食让他迅速瘦了下来，身上的皮肤活像一条毯子，松松垮垮地耷拉在体侧。他甚至能从自己的肚子上拉起一大块松散的皮肉，像面团一样揉搓。同伴俘虏们给西格雷夫起了个绰号叫“橡胶人”，但是日本卫兵则管他叫白痴或是疯子。

日本人需要他们的俘虏修建新机场，但却几乎没有为希克曼上尉和曼戈中尉提供什么医疗用品来保证病人的健康。曼戈有为患者缝合伤口的肠线，还有医用镊子、钳子、听诊器、温度计、剪刀和解剖刀，但是他对日趋盛行的疟疾等热带疾病束手无策，唯一能做的就是将身患疾病的俘虏名字写进病患名单，让日军把他们送回马尼拉。

海军陆战队的罗伊·亨德森也成为其中一员。1943 年初，由于疟疾的反复发作无法继续干活，亨德森身体愈加虚弱，只能躺在营房。春天是干燥的季节，也是普林塞萨港最热的时期，当气温突破 90 华氏度[①]时，亨德森的病情仍然没有缓解。生存小组的伙伴们说服他每天早晨坚持出去干活，但是亨德森有一天与另一名俘虏因为吃饭排队的问题打了起来。较为强壮的俘虏占了上风，重创了亨德森的头部。他再次上了曼戈医生的病患名单，重新回到营房。

亨德森的同伴们为他偷偷带来了香蕉和面包果，让他能够坚持到被送走的那天。一天晚上，斯米梯和马克溜出营房，想要摘些椰子。马克在底下放风，瘦高的斯米梯则爬上高大的树干，准备抖落些果实。当斯米梯爬上树时，正好赶上日本哨兵换岗。马克发出信号，示意他的伙伴耐心等待，不要轻举妄动。不幸的是，斯米梯在往上爬时惊动了一个马蜂窝，结果只能在树顶上默默忍受马蜂把他全身叮了个遍的痛苦。

等日本卫兵一走，他就摇下数十个椰子。马克和斯米梯带回那么多椰子，埃文·邦恩和克莱伦斯·克拉夫不得不帮忙将它们藏进营房自制的储物柜里。然而，也多亏这些椰汁，亨德森才挺过许多时日，一直坚持到运输船的到来。斯米梯已经与亨德森建立起深厚的友谊，和这个得克萨斯州东部的伙伴说再见让他感到非常伤心。3 月和 4 月间共有 26 名俘虏被遣回比利彼得监狱。与亨德森、马克、斯米梯和克拉夫结成五人联盟的邦恩也被运走。他感染上严重的疟疾，差点一命呜呼。邦恩高烧至 108.6 华氏度[②]，达到美国医生在菲记录中的最高体温。克拉夫不得不用毯子将邦恩盖住，控制住他不停打战的身体。

海军陆战队的乔·杜邦感染上严重的脚气病，视力也开始受到影响。

---

①即 32.2 摄氏度。
②即 42.6 摄氏度。

在4月19日被运回马尼拉之前，杜邦一直从事货车司机的工作。奈特医生认为杜邦需要被送走，但是日本人并没有采纳他的意见。为了将杜邦送上下一条病号运输船，希克曼上尉要了一个小花招。他让杜邦用毯子裹住自己，并在日本军医进来前将脸放到厨房烤箱附近烤热。看到杜邦滚烫的皮肤，以及他发挥好莱坞级别的演技所装出的浑身战栗，日本军医不得不相信杜邦需要被和其他病得没法干活的人一起被送走。

事实证明，岸本上尉是巴拉望岛上的战俘在战争期间遇到的最为宽容的集中营指挥官。岸本意识到即使是俘虏也需要从繁重的苦役中获得片刻喘息，于是宣布战俘在大多数星期日可以停工休息，并允许他们在这一天洗衣物，参与运动、游戏或其他形式的娱乐项目。一些战俘甚至凭借自己的聪明才智创造出闲暇时弹奏的乐器。克莱伦斯·克拉夫在废弃的建筑里搜索物品时，发现了一架破旧的钢琴。他扯下琴弦，利用旧木箱制作出简陋的班卓琴。克拉夫和中士道格·鲍格一样，天生就有一副唱歌的好嗓子，他们二人很快成为营地晚间的热门歌手。

马克·麦克多尔在普林塞萨港搜寻物资时，找到一些老旧的运动器材，包括球、球拍还有篮球筐。到了晚上，那些还没有累到动不了的俘虏往往会选择球类游戏作为消遣。一些日本卫兵也曾尝试和他们打篮球，但是当这些日本人发现自己轻而易举地就被美国篮球好手灵巧地击败时，他们很快便放弃了这项运动。对运动颇感兴趣的岸本有一次还组织了田径比赛，但是最后却败在一名俘虏的手里，感到颜面大失的日本指挥官从此再也没有举办过类似的比赛。

来到巴拉望8个月后，马克穿烂了他的工作服还有鞋子。他现在全部的衣服只包括一件平时很少穿的破衬衫，一条由旧帆布包改制的短裤，还有一双从废轮胎上切割下来的拖鞋。

3月17日圣帕特里克节[①]那天，马克醒来时感到身体不适。就在他硬撑着起身去穿自己的橡胶拖鞋时，腹部右下方突然传来一阵剧痛，让他不得不缩回身子躺到自己的毯子上。腹部的疼痛越来越厉害，一

①起源于爱尔兰的节日，纪念爱尔兰的守护神圣帕特里克。

颗颗豆大的汗珠顺着马克的脸颊还有胸膛流淌下来。

当日本卫兵咆哮着让俘虏们列队干活时，斯米梯不得不扶着马克起身穿鞋。马克蹒跚着走到集合场地，挨过了晨练，并勉强咽下早上配给他的饭。他用铲子当拐杖，在日本卫兵棍棒的督促下干活，但是等到中午的时候，马克的肠子犹如刀绞，痛得他几乎没法把铲子插到土里。

最后，终于有一名卫兵开口问道："你怎么了？"

"我病了，你这蠢货！"马克没好气地回道。

日本卫兵的棍子迅速砸向马克的头，将他打得跪倒在地。但是，马克挣扎着站起身，坚持干完了中午的活。等到下午，马克晕倒在地，腹部又红又肿。几名同伴将他带回营房，由曼戈医生迅速为其诊治。

"我看是阑尾问题，搞不好要穿孔，"曼戈说，"恐怕我们需要马上手术，否则你撑不下去。"

曼戈向日本卫兵解释马克需要立即手术。但是，普林塞萨港集中营没有可以进行这种手术的地方。于是，马克被抬进一辆卡车，准备前往依望罪犯流放地治疗，斯米梯只能跟他最好的朋友挥手告别。依望监狱距离巴拉望集中营将近 14 英里，几乎正好位于普林塞萨港的对面，在崎岖难行的白色珊瑚碎石路上前进的卡车需要行驶一个小时左右才能到达那里。曼戈守在马克身边，卡车在路上每颠簸一次，后者就会发出呻吟，而旁边三名日本卫兵则指着这个生病的美国俘虏发笑。

马克被抬进临时手术室，曼戈发现他的阑尾很可能已经穿孔。情况更为复杂的是，日本人告知曼戈没有药物可以作为麻醉剂使用。曼戈对马克说，为了保住他的命，自己只能在不用止痛药的情况下给他开刀。

"看在上帝的分上，动手做吧，"马克气喘吁吁地说道，"再疼也疼不过我现在受的罪！"

五名日本卫兵围在手术台旁，分别按住马克的手臂、腿和肩膀，让曼戈在这个海军陆战队战士的肠子上割开第一刀。马克一直强忍着疼痛，直到曼戈的刀划到他的阑尾部分，灼烧的疼感袭遍全身，让他立刻尖叫起来。围观的日本卫兵哈哈大笑，马克诅咒着他们，几次痛得昏死过去又清醒过来。

曼戈花了大约三小时替马克割掉穿孔的阑尾，清洗腹腔，并从自己的医疗包里拿出肠线进行缝合。马克因为病情严重，在依望卫生室里待了两天，直到在日本人的命令下被送回普林塞萨港为止。到了战俘集中营之后，他的伙伴们把他抬进营房。曼戈发现马克的手术切口出现感染征兆，他拆开缝线，用热水清理感染的伤口，然后再次替马克缝合。

对于马克来说幸运的是，他遇到一名医术精湛而且擅长在简陋环境中做手术的外科医生。一等兵约翰·奥列斯卡也有过同样的遭遇，在没有麻醉药的情况下完成了两个半小时的手术。当奥列斯卡的阑尾穿孔并需要日常护理时，曼戈灵机一动，用竹笋和厕所里的胶球替他清理感染区域。和奥列斯卡相似，马克也在手术后的几天里垂死求生。

斯米梯偷偷给他送来配发的米饭，甚至在另一个俘虏的帮助下杀死了一只鸡，把它煮熟。新鲜的鸡肉非常有助于马克恢复元气，但是两天后，缝合的地方再次感染。曼戈重新替他拆线清理切口，并决定不再缝合，以免感染恶化。

曼戈利用开水消毒，并请其他俘虏帮忙，每天替马克在拆线的地方清洗三次。马克现在只能成日仰躺在营房里，终于尾骨处长出了疼痛的褥疮。因为无法行动，马克唯一的饮水来源只能靠斯米梯提供。他会避开日本卫兵小队爬进营房，带来装在自己水壶里的水。

那天晚上，马克肠道内部破裂。就在他陷入沉睡的时候，腹部伤口处开始渗出一些浓稠、恶心的脓液。第二天早上，曼戈用热水替他清理伤口，发现感染的位置已经干了。

渐渐地，他的患者似乎开始好转。

曼戈又坚持为马克清洗了一个星期的伤口，直到最终决定用他唯一能找到的东西为马克缝合肚子，也就是马克衬衫上的扣子。曼戈拿着线在手术切口两边各缝了六粒扣子。

马克身上缝合的纽扣在集中营内招来了人们极大的兴趣。甚至连日本卫兵也忍不住进入营房，对着这个顽强的海军陆战队战士啧啧称奇。没有人会错过这么一个讨价还价的好机会，马克坚持要日本卫兵给他几根烟，才肯展示自己的伤口。他自己并不抽烟，但是可以分给好友斯米梯一些，还可以用剩下的香烟去交换食物。

马克的身体慢慢开始恢复。等到能够下地走动时，他也敏锐地察觉到普林塞萨港的变化。

1943 年 3 月 23 日是岸本上尉担任普林塞萨港集中营指挥官的最后一天。他被派遣到马尼拉执行其他任务。他所管辖的集中营在过去 9 个月里有十多名俘虏逃跑，这次调动很可能是对他的惩罚。

有时候，岸本也会对俘虏们表现出他的同情来，甚至他的手下无端殴打俘虏时，他会大声喝止。有一次，岸本一把拉开一名日本卫兵，并一耳光扇到他脸上——当着美国人的面受罚，是对那名日本士兵的极大羞辱。

在俘虏们修建的新机场跑道上着陆的第一架飞机是前来迎接岸本的日本俯冲轰炸机。在登上驾驶舱的后座时，岸本与俘虏们见了最后一面，他鼓励俘虏们继续努力干活，争取早日回家。然后，他敬了一个军礼，在引擎的轰鸣声中沿着颠簸的黄土跑道飞向下一个派遣地。

岸本的继任者是年纪较大的中尉——木下。木下已经接近六旬，头发灰白，还留有一撮小胡子。他身材偏瘦，体重 120 磅左右，身高大约只有 5 英尺 6 英寸。他不是喜欢发表长篇大论的人，也很少像岸本一样会经常出现在营地里。木下带来了新的卫兵，其中有些人比先前的卫兵还要狠毒。木下的纵容使得集中营里殴打战俘的行为变得越加张狂。在遭受了几次拳头和步枪托的攻击后，贝托·帕切科很快学会不去看日本卫兵的眼睛，即使在被询问时也一样。木下的到来让俘虏们的苦役变得更加艰辛和漫长，每一天都有美国俘虏受到殴打。通常用来打战俘的都是硬木制成的棍子。

在木下的监督下，新机场的工程顺利推进。来到巴拉望岛近一年的时间里，俘虏们没有得到过新衣，所有人身上穿的都只是刚上岛时那身破烂的衣裤。当日本人终于为他们提供衣服时，斯米梯收下了任何扔给他的“新”服装，无论尺寸是否合适。如果合适，他就穿上，如果不合适，他就拿来剪开，做补丁修补自己破烂的旧衣服。

四月中旬的时候，马克·麦克多尔已经恢复得差不多了，能够干一些轻活。他被分配到木下的办公室，负责记录俘虏们的日常情况，以及登记病得无法干活的人。在调查美国俘虏的姓名和家乡时，马克每天都在脑海里默记他们的名字，试图以字母表的顺序记住俘虏花名册，以期自己的记忆力有一天能够派上用场。

等到4月底，战俘们已经清理出一块大约690英尺宽、7 200英尺长（接近1英里半）的机场空地。这些胡子拉碴，骨瘦如柴的俘虏们硬是在奴隶般的待遇下使用手工工具完成了这项工作。日本人对于工程的进展非常满意，立刻开始机场跑道建设的第二阶段。一艘货船载着两台机动水泥搅拌机和满满一船的干水泥抵达普林塞萨港，准备铺设机场跑道。

战俘们组成的卸货队从早到晚地从船上卸下搅拌机和数千袋水泥。货舱里的炎热对日本人来说无法忍受，他们都躲在阴凉通风的地方，而美国俘虏们则转动绞盘，将货物吊运到码头上。就在乔治·伯莱奇的小队在闷热的船底货舱里忍受苦役，把一袋袋沉重的水泥往上递时，他们发现几箱马尼拉出产的生力啤酒。这些美国俘虏迅速安排了半小时的轮班，让每个人都能喝上几口暖啤。等到所有的啤酒都被喝光后，他们仔细地将盖子拧好，重新将瓶子打包入箱。之后，这些装着空瓶的箱子被拖出船舱装上卡车，运给了普林塞萨港的日本卫兵。

两台机动搅拌机运到工地后，一次就可以混合出一码半的水泥，同时还有俘虏在木制独轮车里手动混合出更多的水泥。他们将8英寸厚的混凝土浇筑成大约 4 600 英尺长的跑道，足够飞机着陆使用，而其他俘虏则继续清理丛林，腾出更多空间，供跑道两端的转台以及空袭时将飞机隐藏在丛林的岔道所用。弗朗西斯·加利根趁日本卫兵不注意时一直在暗中搞破坏，他偷偷地往水泥混合物里多倒了好几桶沙子。加利根知道，这样一来，频繁的热带雨水很快就会将新铺的路面冲成烂泥。

特德·普洛斯上尉已于 1943 年 4 月 19 日被送走，剩下弗瑞德·布鲁尼上尉成为负责美军战俘的高级军官。布鲁尼还有准尉格伦·特纳每天都忙得不可开交，尽力避免他们的人惹怒木下。五月份的时候，他们得知弗兰克·金中尉（初级）[①]与一等兵哈丁·斯塔茨、二等兵詹姆士·拉德还有比尔·布拉格密谋逃跑。布鲁尼和特纳威胁他们称如果不放弃计划，就把他们交到木下手上，但是这个威胁只让金等人把计划推迟了一个星期，之后他们又开始计划新的逃跑方案。

过了几晚后，金和其他两人携带着很少一点随身用品准备溜出营房，但是刚好被特纳撞见。为了阻止他们，特纳费尽口舌。直到最后特纳说，他会让他们先跑上几分钟，然后拉响警报，金等人才不得不放弃计划。等到布鲁尼把斯塔茨和金的名字放进病患名单，这场风波才算彻底平息。他们两人都很健康，但布鲁尼告诉日本人金发疯了。6 月 9 日，金和另外 13 名俘虏被运往马尼拉。

随着 1943 年的夏季慢慢过去，美国俘虏竭力忍耐，避免冲突，但是他们依然遭到日本人的野蛮虐待。在给卡车加油时，下士沃尔特·迪托因为溢出汽油而被日本兵小栗拖了出来。作为惩罚，此时已经被称为“混蛋约翰”的小栗和另外一个日本兵对着迪托拳打脚踢，一直持续了 15 分钟。6 月屈指可数的亮点之一是伙食上的一次意外改善，一只 14 英尺长的鲨鱼被冲上海滩，进入了俘虏们黑色的晚餐锅。

普林塞萨港的战俘们不知道的是，1943 年期间，他们交给红十字会的一些信件开始陆续抵达家乡。在红十字会第一次来访前的几个月，

①此军衔比少尉高，但是比中尉低。

日本人曾允许他们填写简短的明信片，当时大多数战俘并不重视。马克·麦克多尔远在艾奥瓦州的家人于1943年6月16日收到战争部的第一封电报。而厄尼·科布罗斯的父亲则在更早的时候（即2月11日）于芝加哥接到通知，他的儿子在菲律宾成为日本政府的战俘。收到信息的家庭都得到了红十字会的通信地址，以便他们能够给自己的亲人寄送一些信件或包裹。

巴拉望岛上让人畏惧的军事警察组织——日本宪兵队，在木下接管普林塞萨港集中营后不久就出现了人事变动。1943年5月23日左右，渡边和他的五个下属被派遣到马尼拉，但是不久后，渡边又重新回到普林塞萨港，成为日本宪兵队的高级长官，他在这个职位上做到1944年初。之前一直在马尼拉日本宪兵队分部任职的曹长出口太一（Taichi Deguchi）于6月初抵达巴拉望，成为岛上日本宪兵队的第二负责人，但他很快就变为美国俘虏最憎恶的人。

出口太一体格健壮，目露凶光，经常会像疯子一样无缘无故地发怒，并以殴打俘虏为乐。他在宪兵队担任代理指挥官时，有两名美国人试图逃离巴拉望岛。他对此事的处理骇人听闻，是战俘们经历过的最恐怖的战争罪行。

当时是1943年6月23日，普林塞萨港发生了第四次战俘逃跑事件。海军陆战队一等兵谢顿·T. 怀特和海军机工军士一等兵厄尔·万斯·威尔逊在机场工地干活时溜进丛林。日本卫兵一发觉他们失踪，就将剩下的俘虏列队赶回集中营，并罚他们站了三个小时的军姿，直到木下确认逃跑的两名俘虏得不到其他同伴的协助。

木下召集菲律宾保安队，命令他们搜查丛林，直到找到逃跑的美国人。怀特两人在丛林里待了五天后，好运终于用光了。6月28日下午6点左右，一辆由卫兵押解的卡车隆隆开进营地，两名逃跑者被带下车。

日本卫兵对着他们拳打掌掴，而其他俘虏只能在旁边眼睁睁地看着。威尔逊双手被捆，朝着其中一个殴打他的日本人扑去，但是日本卫兵用手中的步枪结束了这场混战，并将威尔逊和怀特押进宪兵队的禁闭室。

那天傍晚，俘虏们从机场工地返回时，发现威尔逊和怀特双手被绑在背后，屈蹲在警卫室附近。前三批从集中营逃脱的美国人大多数没有再次被捕，对于岸本和渡边来说，这不是什么好兆头。作为集中营的新任指挥官，木下从没想过手下留情，因此他将两个重新被捕的战俘交给曹长出口太一，令他全权负责此事。

等到战俘们被组织观看威尔逊和怀特受刑时，这两人已经被打得鼻青脸肿、头破血流。日本人将他们绑到椰子树上，然后轮流殴打两人，同时还用刺刀往他们身上戳。一些日本卫兵拿着滚烫的尖针去扎怀特的眼睛。在此期间，木下多次从旁经过，没有做出任何制止酷刑的举动。

第二天早晨 7 点，俘虏们集合点名，而威尔逊和怀特仍然倚靠在椰子树上，继续忍受着日本人的折磨。等到傍晚，机场工地的劳动小组收工返回时，已经找不到两名俘虏的身影了。出口太一早已叫人把他们解了下来，拖回禁闭室。他们在禁闭室里被关了三天，没有得到任何食物和水。跟他们关在一起的还有下士乔治·克拉夫特。因为涉嫌协助俘虏逃跑，克拉夫特在 6 月 29 日凌晨 2 点被拖出营房，并且一整个星期都被关在禁闭室中。

1943 年 7 月 5 日，威尔逊和怀特被出口太一的宪兵队卫兵带出集中营，押上一辆卡车。最终相关证词显示，木下在六名卫兵的陪同下，进入机场工地东部的一片椰子林，解决了这两名身受重伤的美国人。后来，他召集其他俘虏并正式宣布他们的朋友因为逃跑被处死。在接下来的日子里，俘虏们通过菲律宾联络人还有日本卫兵得知了更多的细节。一名卫兵表示，两名美国人都非常勇敢，行刑时拒绝蒙上眼睛。

威尔逊和怀特被处决后，木下制定了一条新的政策。除了保留前任指挥官岸本的十人小组制外，他还进一步提出，如果小组里有人逃脱，其余的人都将被处死。马克·麦克多尔一组的人彼此郑重承诺，除非十个人全部同意逃跑，否则任何人都不得单独采取行动。木下的新命令下达后不久，下士查尔斯·斯特里特就在从机场返回营地时走失了。日本人以为他企图逃跑，将斯特里特劳动小组里的其他九人全部抓进禁闭室，让他们等待命运的安排。

海军俘虏弗兰克·金是九人中的一员，他听说天亮时整组人都会被枪毙。等到第二天早晨，日本人将他们带出去毒打时，他反而因为没有被杀松了口气。那天晚上，“蛮牛”军曹富冈走进禁闭室，将金拖了出来，强迫他立正站好并开始对其大肆折磨。富冈先是用拳头砸，而后又抽出自己随身携带的马鞭，直到金被打得皮开肉绽，体无完肤，“蛮牛”才心满意足地放过这个俘虏，让他滚回牢房。“我的背上全是血，”金说，“我能先去洗一下吗？”另一名卫兵拿着两英尺长的铁管猛地砸向金的脑袋，将他打得不省人事。

金和他的同伴们一直遭受着类似的虐待，直到斯特里特重新找到方向，自己返回集中营。木下没有落实他的处决威胁，但是作为惩罚，他让宪兵队将金等人关了两个星期，并且每天只提供给他们一个咸饭团和一杯水。对于这种严酷的刑罚，其他俘虏并非无动于衷。当听见三名俘虏在讨论自己的逃跑计划时，马克·麦克多尔变得怒不可遏。他威胁称自己会在他们将其他俘虏的性命置于不顾前，赤手空拳了结他们每一个人。马克最终成功打消了他们的计划。

在走投无路的情况下，有些人认定受伤不能工作是离开巴拉望的唯一出路。海军陆战队的乔治·伯莱奇被称为“断臂制造者”，只要给他些额外的食物或香烟，他就能用镐柄将同伴抵在原木上或压在石头之间的那条常用手臂打断。然后，胳膊被打断的人如果能够让日本人相信自己是意外受伤，就可以在曼戈医生接好并用吊带加固他们的断臂后，被日本兵用船送走。

木下仍然没有对“蛮牛”和西谷等日本卫兵的虐俘行为进行任何约束。1943 年 7 月初，道格·鲍格等几名战俘被派去为机场干活的人煮茶送水。西谷问海军俘虏科德尔·宾汉姆是喜欢日本食物还是喜欢红十字会带来的美国食物，宾汉姆随口答道，鱼和米饭在美国并不受欢迎，他们国家的人更喜欢肉和土豆。西谷大发雷霆，劈手夺过一个五加仑的沸水罐子，扔到宾汉姆的腿上。

宾汉姆痛苦地跑开，鲍格和另一名俘虏从后面追上他。他们替他脱下鞋子，发现红肿的皮肤已经开始脱落。宾汉姆被带到曼戈医生那里，后者为他重度烫伤的脚和小腿缠上绷带。在接下来的几天里，宾汉姆遭到烫伤的地方出现严重的浮肿和感染，以至于曼戈担心他可能不得不进行截肢手术。最终，曼戈还是通过切除大面积的死皮、排出大水泡的脓水，帮宾汉姆保住了他的腿。大约一个星期后，宾汉姆又被迫回去干活，拖着他的跛脚，一瘸一拐地运送着更多滚烫的茶水。

1943 年 8 月，一等兵埃德温·佩特里终于离开了甲万那端。

这个出生于得克萨斯州的美国士兵在经历巴丹死亡行军之后，已经忍受了整整一年地狱式的折磨。在甲万那端的前三个月里，他亲眼看见自己的许多同胞遭受残暴的殴打甚至是杀害。

日本卫兵专以折磨高大的美国人为乐，发觉到这一点的佩特里不禁自私地为自己只有 5 英尺 4 英寸的身高感到庆幸。他学会了穿上衬衫，尽可能地掩藏自己前胸上巨大的美国鹰和五角星文身，以免引起敌人不必要的注意。佩特里曾经因为疟疾一病不起，他在医院里待了七个月，直到 1943 年 1 月才有所好转，重新回到农场砍伐木头。8 月 15 日，佩特里和营房里的其他俘虏一起被选中，乘着火车来到马尼拉，然后再被运往巴拉望成为机场工程的替补人员。1943 年 8 月 27 日，佩特里还有其他 69 名俘虏一起抵达普林塞萨港，成为最后一批输送给巴拉望岛的新鲜劳动力。

那天抵达普林塞萨港的还有二等兵托马斯·丹尼尔斯（波普·丹尼尔斯）。从巴丹死亡行军中活下来以后，丹尼尔斯在接下来的一年里都待在甲万那端一号集中营忍受煎熬。这个皮肤红润的蓝眼睛得克萨斯州东部人看起来非常符合完美建筑工人的标准。虽然身高只有 5 英尺 7 英寸，但是丹尼尔斯体重 185 磅，身体结实，胸部健阔，体态犹如斗牛犬。

这位陆军航空队的老兵于 1923 年参军，想要以此摆脱自己坎坷的乡村身世。在正规军里待了三年后，丹尼尔斯回到自己的家庭农场，帮他的母亲做事。这个妇女带大了她和不同的男子生下的 8 个孩子。当母亲在 1929 年去世时，丹尼尔斯重新入伍，并在接下来的十年里陆续在得克萨斯州和路易斯安那州的机场以及夏威夷的军需部门里工作。从来没有父亲般的男人陪伴过丹尼尔斯。当他在 1941 年 6 月前往菲律宾时，他最近的亲人、同母异父的兄弟——沃尔特·布拉洛克仍然在红河兵工厂担任守卫。丹尼尔斯在得克萨斯州塔尔科附近的布莱洛克糖山社区农场长大，在学校只念到四年级，不会读也不会写。

丹尼尔斯到达巴拉望时，他的 40 岁生日也快到了。悲惨的战俘生活让他原本沙棕色的头发很快变成灰白一片。丹尼尔斯是部队里年纪最大的士兵之一，很多小到可以当他儿子的年轻战友亲切地称其为“波普”老爹。继几名年纪更大的俘虏被遣回马尼拉后，40 岁年龄段的人除了准尉格伦·特纳和上尉弗瑞德·布鲁尼两名军官，就只剩下波普·丹尼尔斯和其他两名士兵。在之后的日子里，丹尼尔斯将证明自己比许多小他一半的人都更有韧性。

这批新来的人中有不少熟悉的面孔。马克·麦克多尔又见到了他在海军陆战队的老伙计理查德·帕克。他们二人曾一起在新兵训练营接受训练，一起乘坐着肖蒙号美国军舰越过太平洋，而且在檀香山短暂逗留时，他们还一起冒过险。抵达巴拉望岛后不久，帕克就因为疟疾命悬一线。他被留在营房，躺在破旧的毛毯下瑟瑟发抖。帕克高烧不退，马克别无他法，只能孤注一掷，把他的朋友带往营房附近盛雨水的大桶。他不顾曼戈医生的反对，将帕克浸在凉水里泡了 10 分钟。令曼戈医生意外的是，帕克不再打战，体温也开始下降，并最终彻底康复。很快,将高烧不退的俘虏浸泡到水箱里降温就成为集中营的惯例。

1943 年 9 月 1 日发生了第一宗引起战俘死亡的意外。当时一架日本俯冲轰炸机在毗邻机场工地的一条新开的土道上被迫紧急着陆，飞行员让飞机侧滑出跑道，撞进了一座临时搭建的棚屋。来自得克萨斯州康罗市的杰克・伯顿・弗林正在小屋里休息，没有在飞机迎面冲上来之前及时撤离，结果被螺旋桨斩杀，身体飞出 50 英尺之外。

弗林的葬礼在当天下午 5 点举行，美国军官曼戈、哈罗德・希克曼、弗瑞德・布鲁尼还有鲍勃・罗素被找来做见证。在弗林被下葬到镇上的墓地前，普林塞萨港天主教堂的雷耶斯神父为他举行了简短的仪式并进行祷告。几人用餐具制成了一个简单的木制十字架，还在上面贴上一个带有弗林名字的军籍号码牌。

马克・麦克多尔所在的十人小组再次被派去半山腰的溪流处铺设水管，但是这次是为了引入更多的水以供机场混合水泥使用。马克借此机会得以从水泥的粉尘里获得短暂喘息。看管他们的守卫是一个年纪较大但很少说话的日本卫兵，他的一只眼睛总是不停抽搐，因此被战俘们戏称为“眨眼”。

“眨眼”并不是很聪明。他特别热衷一个猜手指的游戏，即其中一个人猜另一个人会用几根手指拍打他的手腕。每次“眨眼”被迎战的美国人戏弄，输得手腕通红时，乔治・伯莱奇都会被逗得哈哈大笑。当“眨眼”猜想是 3 根手指时，伯莱奇插嘴道:“抱歉，我看是 4 根。”一些俘虏得知“眨眼”曾是坦克兵，在林加延湾登陆战期间受过伤。在他们眼里，“眨眼”就像是一个吉祥物，可爱得如同小狗一样。

“眨眼”的愚蠢无知让这些美国人觉得有机可乘。一天，当他们干活的卡车翻过山边时,几个美国俘虏开始窃窃私语。营地理发师约翰・沃伦觉得他们可以轻松干掉“眨眼”，然后偷走卡车，远走高飞。他们想了一会儿，之后斯米梯抓住这个日本卫兵，并扼住他的脖子。“眨眼”

被吓得魂飞魄散，眼睛快速地抽动，没有做出丝毫抵抗。斯米梯掐着他，直到他想起克莱伦斯·克拉夫和其他小组成员已经回到了营地。斯米梯知道如果他们失踪，他的朋友肯定会被日本人杀害，于是他松开手，放过了这个老实温和的日本卫兵。斯米梯说："你最好从现在起小心一点，因为我们随时都可以要你的命！"

俘虏们继续完成他们的工作，没有再想过逃跑的事。而"眨眼"显然很高兴自己捡回了一条命，也没有向集中营的长官提起这件事。

9

“红手帕”夫人

乔·巴塔没想到即使是洗澡也会为自己招来严重的惩罚。在过去一年里，日本人允许他和普林塞萨港的俘虏们每周下海洗澡一次。但是在1943年秋天，他们的这一权利也突然被木下剥夺了。巴塔松弛的皮肤开始因为水泥粉尘、身上的污垢还有汗水中的积盐而长出溃疡。受到困扰的远不止他一人，于是9月的一个晚上，包括斯米梯和马克·麦克多尔在内的31名俘虏决定在黑暗的掩护下溜出营房去洗澡。

他们悄悄地钻入营地专门用于做饭和饮水的镀锌钢制雨水槽，洗下接连几周积聚在身上的污秽和恶臭，水槽表面也随即浮起薄薄的一层渣滓。但他们洗到一半就被西谷发现了，他愤怒地举起枪，命令他们从水槽中爬出来。巴塔等一大群人被带到宪兵队的禁闭室，一队日本卫兵用棍子或木棒重重地殴打他们的脊背。没吃没喝地在漆黑的小囚室被关了两天是他们为这次洗澡付出的代价。

一些日本卫兵喜欢变着法子折磨人。当下士李·摩尔所在的劳动小组有人拖慢进度时，整组人都被日本人用板子打遍双腿。在上午和下午的停工休息期间，他们被迫做俯卧撑，任何累得做不动的人都会遭到狂风骤雨般的殴打。其中一个美国士兵，因为无法连续做上45分钟的俯卧撑，直接被一名叫“黑杰克”的卫兵打得脊椎骨断裂。他在病床上瘫痪了两个星期，期间“黑杰克”还不时现身找他麻烦。

9月时，另一名俘虏被日本兵小栗发现从工地偷藏香蕉回营地。“混蛋约翰”用一根凳子腿连续毒打那名俘虏的腿，结果不到两周，该俘虏腿上的伤就形成感染性溃疡。这名俘虏最终被曼戈医生放进转移名单，并于12月15日跟其他59人一起被运走，这时候巴拉望10-A号集中营里的美国俘虏减少到了354人。其他包括疟疾反复发作的乔治·伯莱奇在内的俘虏于秋天的时候就已经被送回吕宋岛。

1943年末最严重的虐俘行为发生在11月初，也就是日本卫兵收到风声有人要密谋逃跑以后。海军陆战队的沃尔特·迪托和鲍勃·梅计划在3名友好的菲律宾人的帮助下，乘坐一艘独木舟逃走。迪托已经迫不及待地想要离开这里，6月时，他仅仅因为洒了点油就遭到一顿毒打。8月时，这种事情再次上演。因为他所在的十人小组有人点名迟到，日本卫兵小栗和渡边再次对他拳脚相向。

迪托跟自己的朋友梅讨论逃跑计划。有一天，当迪托担任卡车司机前往马加如瓦的军用采石场时，他遇到了装卸石头的文森特·皮佩瑞，并请求皮佩瑞协助自己逃跑。皮佩瑞是一名17岁的菲律宾人，他答应了迪托的请求。在接下来的10月份，为了与迪托保持联系，皮佩瑞都将相关信息写在纸上，然后揉成一团扔到路上。有时候，皮佩瑞也会将写着消息的纸条塞进一个空烟盒，然后将烟盒掉到路边，或者在经过迪托的劳动小组时，从卡车窗口扔出去。皮佩瑞找来了另外两名菲律宾工人。11月7日晚，他们联系上迪托，一起计划出逃方案。菲律宾人告诉迪托他们会在11月15日晚上将一艘螃蟹船划到普林塞萨港集中营后面，然后与迪托和梅这两名美国俘虏一起逃往巴拉望的北端或南端。

然而没过几天，这个计划就夭折了。1943年11月10日下午，皮佩瑞给迪托送来一张便笺，上面写道：“非常遗憾，我不能在采石场与你见面。普通公民现已不允许进入依望监狱区。如果可能的话，在马加如瓦见，不行的话，保持联系。”迪托明白，他必须再次见到一起谋划出逃的伙伴，进一步商讨计划。当晚 9 点 55 分左右，集中营的卫兵一等兵梶井发现迪托迅速将一张纸条塞入左鞋下方。当梶井提出要检查他的鞋子时，迪托只伸出右脚，并在梶井检查他的左鞋之前，设法将纸条交给了鲍勃·梅。

梶井把梅逼进角落盘问。当梅被命令脱掉衣服时，梶井发现纸条藏在他的衬裤里。两名美国俘虏被带到禁闭室，由出口太一负责审问。出口太一将他们的手腕吊起来严刑拷打。第二天早上，出口太一的宪兵队顺藤摸瓜，逮捕了 3 名密谋帮助他们逃跑的菲律宾人。

当着美国俘虏的面，两名海军陆战队战士遭到日本人的毒打，并被拖回宪兵队的禁闭室。接下来的 92 天，他们都将被关在那里。期间日本人几乎每天都将他们拉出来虐打。迪托和梅经常被双手反绑着吊在一根椽子上，两只脚无助地悬荡在空中。日本卫兵轮流用棍棒和铅芯软管抽打他们，踹他们的肚子和腰，朝他们吐口水，用军刀砸他们的头。迪托和梅是巴拉望岛上遭受折磨时间最长的两个俘虏，日本人每天都对梅说他会被枪毙或斩首。在这种缺粮少水而且基本上天天挨打的情况下，几乎没人知道他们是如何顽强地挺过来的。

无论如何，他们被宪兵队一直关到 1944 年 2 月 14 日，之后被拖出禁闭室，扔上了一艘运输船。迪托和梅被运回比利彼得监狱，后来又被赶上去往日本的地狱航船，在煤矿里熬过剩下的战争岁月。迪托的小腹被踢伤，数日无法排尿。此后一年的时间里，他都只能坐着小解。

巴拉望岛第二起战俘意外死亡事件发生在 1943 年 12 月 10 日。来自得克萨斯州克罗克特市的陆军二等兵奥尔顿·康拉德·伯森从一辆行驶的卡车上摔了下来。他先撞到一根柱子，接着又被反弹到车身底下，最终被卡车后轮当胸碾过。10 点 55 分，营地医生宣布伯森死亡，当天下午，雷耶斯神父为他主持了简单的下葬仪式。

在接下来的日子里，日本卫兵肆无忌惮的虐待使得岛上有用的劳工俘虏数量进一步减少。两艘小型岛际渡轮定期从马尼拉出发为巴拉望集中营运送物资，美国战俘装卸工偶尔会发生打斗，因为总有些人想要窃取红十字会的包裹，夺取他们同伴的物品。但是集中营以外的大部分装卸人员将囚禁在巴拉望岛的人看成是自己的兄弟，经常会在供应的物资里偷偷塞入些鼓励他们的小纸条。有时候，他们甚至能够收到巴拉望岛俘虏的回信，帮助这些被隔离的美国人相互联系。

1943 年的圣诞节还是值得庆祝的，一些普林塞萨港的俘虏通过红十字会收到家人寄给他们的包裹。马克·麦克多尔的母亲给他寄来了高露洁牙膏还有崭新的白色 T 恤。马克知道如果穿着这些 T 恤衫去工地干活，很快就会把它们弄脏。他将 T 恤藏进自己营房的小床下面，只是偶尔拿出来观赏，借此怀念一下自己的家人。俘虏们发现他们的爱心包裹已经被人搜过，日本卫兵盗走了其中一些物品，包括所有药物。斯米梯收到的得克萨斯州东部的圣诞包裹里只有白色的新床单和一条闪闪发亮的蓝色泳裤，他忍不住自嘲道：“他们到底以为我们是在哪儿，参加一星期的童子军吗？”旁边的俘虏听到后哈哈大笑。

理发师约翰·沃伦的包裹里含有几个空猎枪弹夹，里面装着的是他这几个月在集中营一直朝思暮想的咀嚼烟草。日本卫兵看着沃伦满足地往嘴里塞上一大口，不禁好奇地想要尝一下，沃伦给了他们每人一块，并告诉他们用嘴咀嚼，等到嚼得满嘴是汁时再咽下去。日本卫兵按照他的说法开始尝试，结果没过多久就弯着身子呕吐。沃伦假装吞咽烟草汁，逃过了一顿毒打。他告诉日本卫兵他们只是还不适应烟草的口味而已。

其他俘虏收到的红十字包裹里面装着牛肉罐头、鹅肝酱、午餐肉、美国香烟等等。这些包裹大大鼓舞了俘虏们的士气，而且还给他们带来大量的交易机会。日本卫兵们愿意用双倍数量的香烟从他们手里换取一些美国牌子的物品。俘虏们还被允许写些明信片寄给家人，但是许多人以为这些卡片根本不会送出去，于是将收件人写成了秀兰·邓波儿或米老鼠。

斯米梯的新床单有了好去处。他把它们撕开，用旧钢丝绳缝制成4条短裤，给自己和他最好的朋友马克每人各两条。圣诞节后不久，马克收到红十字会转交给他的第一封也是唯一一封家书。他的妹妹德洛丽丝在信里写道，她在为他祈祷，而且等马克回到艾奥瓦州的家，她会用煎锅做薄煎饼给他。

1943年全年，巴拉望岛上的游击网络都在密切关注着普林塞萨港的美国战俘。其中，纳萨里奥·马约尔被推选为布鲁克角D连的指挥官，这支部队的前任指挥官、军士长图姆巴加在挽救一名战友时溺水身亡。

马约尔游击队的名望迅速在当地人和日本人之间传播开来。1943年8月29日和9月2日，日本人对卡拉马伊镇实施了两次轰炸，而且还发放传单，要求游击队的最高领袖马尼格克少校、马约尔上尉还有他们的手下全部弃械投降。马尼格克将自己的队伍转移到巴拉望北部，而马约尔则带领手下的人暂时在普林塞萨港以北的蒂尼天落脚。即使日本军方下令悬赏另一位巴拉望岛的反抗运动领导人伊希尼奥·门多萨博士的首级，他也像其他两名领袖一样，继续不屈不挠地与敌人斗争。

日本人的威胁并没有阻止马约尔或门多萨继续帮助关押在岛上的战俘。1943年2月2日，最后一批美国人成功逃离巴拉望集中营。到了夏天的时候，那些还活着的逃俘开始去往其他岛屿。布鲁斯·埃利奥特等5人，即1942年8月10日第一批逃离集中营的俘虏，于1943年8月10日到达塔威塔威岛。在那里，他们遇到了上尉乔丹·A.哈姆纳，8名或9名澳大利亚军官还有1名美国陆军军官。

哈姆纳在战前是一名采矿工程师，1943年1月逃到澳大利亚，同年3月又带着一支六人小队乘坐潜艇返回塔威塔威，并建立起海岸观察站，通过无线电向澳大利亚方面传递敌军的航运情报。霍奇斯和戴维斯决定前往澳大利亚，他们很快就备好水粮，接着两人独自乘船出发，之后再也没有人见到过他们。凯拉姆选择留在岛上，而埃利奥特和赖特则在 1943 年 11 月 2 日左右乘坐一艘小船和几名菲律宾人还有两名澳大利亚人一起离开了塔威塔威。他们最终驶过霍洛岛，前往三宝颜省西端。

那里的游击队有电力供应还有一台无线电通信设施，埃利奥特等人受到他们的欢迎并很快接到命令去向罗伯特 · V. 鲍勒上校报道。鲍勒上校是一名美国人，他一直未曾投降而且坚守在棉兰老岛上。赖特、埃利奥特还有他们的澳大利亚战友驾驶着一艘 7 英尺长的双桅小船，排除万难，最终于 1944 年 1 月抵达棉兰老岛北部海岸。在那里，他们向当地游击队讲述了自己长期以来的逃亡经历。赖特和澳大利亚的雷克斯 · 布洛还决定加入抵抗组织。赖特见到了美国指挥官温德尔 · 费尔蒂希上校，并请求对方让自己留在岛上，为被害的海军陆战队战友巴迪 · 亨德森报仇。西德尼 · 赖特被任命为美军少尉，这对于一名海军陆战队的二等兵来说是极大的提升，之后的日子里，他将与费尔蒂希的游击队一起并肩作战，直到 1945 年取得战争胜利。

1944 年初，布鲁斯 · 埃利奥特和几名澳大利亚人待在一起，希望能够找到救兵。第一批从巴拉望集中营逃离的俘虏如今只剩下布鲁斯自己在一艘美国潜艇上苦苦等待救援。现在，他只希望这两年遭受的折磨可以尽快结束，而自己那看似无尽的好运也能够再延续一段时间。

1944 年 1 月 7 日，在普林塞萨港以北约 30 英里的丛林中，伊希尼奥 · 门多萨医生和他的家人一起坐在霍洛岛的小据点里共进早餐。这是一个难忘的日子，因为当日是他的第 11 个结婚纪念日。

1943 年年底的霍洛还相对较为平静。当地居民尽力积蓄米粮，而且学会去吃“屈罗”，那是一种有毒的植物根茎，在椰子汁中煮熟之后就是当地的一道特色美食，但是烹饪之前人们首先需要费时费力地仔细去除其中所含毒素。1943年期间，霍洛岛上不时有人造访，躲避日军的追杀。其中就包括巴拉望岛的逃亡者雷·普雷尔和比尔·斯威夫特，此外还有乔治·马尔克斯和鲍勃·约翰斯顿等人，他们之前从菲律宾其他的岛屿上逃出，之后又在不同时期穿过巴拉望岛。

尽管日本人出重金换门多萨的首级，门多萨和他的A连游击队依然竭尽全力地为这些逃亡者提供帮助。1943年期间，日军使尽浑身解数追捕门多萨，但依然被他逃脱。日本人甚至找来了门多萨的朋友多纳托·曼加去说服他投降，但门多萨让手下的人把曼加扣押下来，之后又将他放走。"我永远不会向日本人投降，"他对曼加说。

1944年初，这位好医生的运气走到了尽头。在塔拉邦干的一次交火中，日军捕获了一名叫纳米亚的游击队队员，并将他带到普林塞萨港拷问。从纳米亚口中，他们得知了门多萨的下落。1月6日，日军派出一支大约由60人组成的武装军去抓捕他。这支部队乘坐一艘拖着两只驳船的汽艇，从蒂尼天北边的沿海地带图拉里奎登陆，并在那里捉拿了当地博洛大刀①营的守卫。日军靠塔利姆和纳米亚等游击队成员带路，前往门多萨的住所。另一名叫顶叮的大刀营卫兵逃了出来，赶在日本人之前向门多萨一家报信。

特里尼·门多萨竭力劝说她的丈夫马上离开。但是门多萨并没有那样做，反而邀请顶叮在自己的家里过夜。1月7日一早，门多萨照旧开始自己的日常活动，一边收听收音机，一边草草地写上几句战争随笔。他还致信中尉菲利克斯·拉夫尔斯，提醒他该地区有日本士兵出现，而特里尼则花费了清晨的几个小时时间为庆祝他们的结婚纪念日做准备。正当门多萨上尉举起一勺早饭送到嘴里时，一声枪响打破了清晨的宁静。

接二连三的枪声随后响起。门多萨跑进卧室，取出他的长枪和博洛大刀，之后高举着武器走出卧室的门，而此刻他的家人被日本人用枪团团包围，无助地看着他。门多萨只有两颗子弹，他平静地放弃了

①博洛大刀是菲律宾、印度尼西亚和古巴地区常用的砍刀。

抵抗，希望他的家人可以幸免于难。当日本人将他押下楼时，他的妻子特里尼凄凉地问道："我们该怎么办？"

"亲爱的，勇敢些，"门多萨说，"我们可以为自己的祖国献身。"

几名日本士兵一边押着他走，一边对他拳打脚踢，还拿着步枪托往他身上砸。当特里尼想要冲上前时，日本人拿步枪托砸她的胳膊，再踹她的肚子。她和她的4个孩子被绑在一起。日本人将他们与门多萨分开，并把这家人从霍洛押到蒂尼天。门多萨的妻子和孩子随后被丢下，接着追赶撤退日军的游击队在蒂尼天将他们救走。

门多萨在蒂尼天接受了几天审讯，然后又被赶上一艘摩托艇，前往普林塞萨港。一路上受尽日本人的毒打后，门多萨最终被关进渡边的日本宪兵队。普林塞萨港留守的市民都很高兴能见到他们尊敬的游击队队长，甚至向他献舞致敬。日本人允许门多萨与普林塞萨港的其他家人相见，其中就包括与大儿子约翰的短暂会面。老门多萨对他的儿子说的最后一句话是"照顾好你妈妈"。

为了假意安抚巴拉望人，日本人允许门多萨在普林塞萨港的公共广场发表演说。门多萨的妹妹阿古斯蒂娜还有她的儿子们从阿多兰赶了近45英里的路，只为能够离他更近一些。

"那是一个幸运的日子，因为他们来抓我的时候，我和家人一起待在屋里，"门多萨对聚集在自己面前的一小群人说，"如果我当时是和我的战士们一起待在营地里，那肯定会有一场激战，因为我永远不会投降。"

门多萨坚守自己的信仰。日本指挥官承诺只要他投降，就让他担任巴拉望省长一职，但是门多萨一口回绝，表示自己不能背叛国家。1944年1月24日上午，日本中尉中原忍带着电报出现在宪兵队总部，通知渡边及其副指挥出口太一自己奉命来处决门多萨医生。渡边表示反对，但是中原称没有什么可以改变日本高层总部的指示。

中原将门多萨从普林塞萨港带走，同行的还有另外两名被日本人逮捕的菲律宾人雷纳托·马塞洛和布鲁诺·罗德里格斯。门多萨的家人在等待消息时一直努力保持冷静。2月1日，特里尼·门多萨找到当地的日本指挥官山崎上尉，要求对方告知丈夫的关押地点。山崎告诉特里尼，门多萨医生已经飞往马尼拉的圣地亚哥堡，但是特里尼不相信他的话，因为没有一个当地人看见她的丈夫被带上哪架飞机。6周后，被日本人释放的雷纳托·马塞洛重新出现在霍洛岛据点，身上携带着香烟、糖果还有抗疟丸。门多萨医生仍然无处可寻，他的家人只能继续从日本官员们那里听到自相矛盾的信息。一名日本官员对门多萨的小姨子伊丽莎白·克拉克·阿尔巴说，门多萨被带去为卡尼戈瑞村附近的病人治病，而另一名官员又说门多萨被带到日本进行医学研究。

后来的证据表明，中原已经按照第22航空旅的命令，以从事游击活动的罪名处死了门多萨。大约6至7名士兵乘坐卡车押送着门多萨来到卡尼戈瑞海滩附近的一角，并将他带进一个椰子园里。这个园子归门多萨的姻亲克拉克所有。当日本人的卡车接近时，几名塔巴努亚当地人恰好在海滩附近捡贝壳，其中一人名叫蒂莫德。他们蹲伏在灌木丛中看到了以下这一幕。日本人松开捆着门多萨双手的绳子，命令他为自己挖坟墓。之后，门多萨被行刑队开了3枪。日本人解下他身上的编织腰带，那上面装饰着艾奥瓦大学的皮带扣。这条腰带是门多萨的小姨子在战前送给他的礼物。日本人将它挂在门多萨浅坟旁，作为粗略的标记。而后，他们谋杀伊希尼奥·门多萨一事被掩盖了一年之久。

就目前来说，特里尼·门多萨和她的孩子们对门多萨的命运还一无所知，全家都陷入绝望之中。但是门多萨夫人并没有自怨自艾，反而下定决心要支持游击运动，并且帮助普林塞萨港附近被关押的美军俘虏。

在巴拉望岛，菲律宾游击队反抗日本人的决心也没有因为门多萨上尉的失踪而受到丝毫动摇。

博尼法上尉是岛上指挥菲律宾警察部队的高级督察，他主张以毒打和虐待来逼迫巴拉望当地人合作。为了进一步铲除岛上的游击力量，他将目光落到著名的反日商人托马斯·劳登身上。博尼法让军方强迫劳登前往巴拉巴克，带回纳萨里奥·马约尔的家人。马约尔是他的女婿，也是整个布鲁克角地区的游击队领袖。日本人企图通过软禁马约尔的妻子玛丽来迫使他屈服。

马约尔上尉的“巴拉望特战营”D连游击队自1943年10月正式成立以来，就一直与日本人交火不断。目前，马约尔的D部是最大的游击队地盘，包括从普林塞萨港南到巴拉巴克岛的所有区域。虽然人手不足、装备匮乏，但是马约尔的队伍在1943年和1944年初却表现得十分活跃并且高效。他们几次发动突袭，歼灭了数十名日本士兵，而己方全程只有一人受伤。马约尔的游击队员从日本人那里夺取了武器与弹药，而且是第一支与支持抵抗运动的美国潜艇取得联系的队伍。

因此，日本军方有充分理由除掉马约尔，就像他们对付门多萨那样。他们将托马斯·劳登送到巴拉巴克岛，要求他叫女婿投降时，劳登没有照办。他之前接到游击队的消息，得知他的女儿玛丽、女婿马约尔以及外孙们已经离开巴拉巴克岛藏到其他地方，因此倍感欣慰。日本人事后以怀疑劳登协助巴拉望游击队为由将他逮捕。劳登在普林塞萨港被关押了好几个月，但他因为年事已高，获得了一定程度的人身自由。劳登没有被关进禁闭室，他在这所荒废大半的首府之城四处走动，而且会在那些美国战俘往返机场工地之时对他们进行观察。只要可能，他总会为菲律宾游击队传递情报。日本军方不断怂恿劳登强迫自己的女婿投降，但是每次都被他斩钉截铁地拒绝。

劳登悄悄计划着，准备在时机成熟时逃离这座城市。

在劳登失去自由的这段时间里，两名前巴拉望岛的战俘正在奔向他们的自由之路。

海军文书军士布鲁斯·埃利奥特在1942年8月逃离普林塞萨港，并于1944年2月到达北部的棉兰老岛。3月2日，他搭上救援船只——

由船长弗兰克·拉塔指挥的美国独角鲸号潜艇。拉塔开着他的船在海岸附近游弋，为游击队提供弹药和物资，而且接走了20名军人和包括2名妇女在内的8名平民。与埃利奥特一起登船离开菲律宾的美国人中，还有另外两名退伍的海军老兵，他们一直在费尔蒂希上校总部的医疗队工作。埃利奥特被带上潜艇，吃到两年以来第一顿真正的美国食物，并开启了幸福的归家之旅。

仅仅2天后，拉塔的独角鲸号就在3月5日再次靠岸，向塔威塔威岛的游击队运送物资。8名乘客登上潜艇，包括上尉乔丹·哈姆纳和巴拉望的逃跑俘虏比尔·斯威夫特。就在独角鲸号的船员和乘客卸载弹药时，4艘日本驱逐舰和2艘巡洋舰突然靠近，让措手不及的他们陷入惊慌。在刺耳的潜水警报声中，所有人都手忙脚乱地爬进船舱，甚至两名计划之外的菲律宾游击队员也一起逃进潜艇。

独角鲸号潜入海底，数枚深水炸弹在它周围连番爆炸，激起大片的水浪，剧烈地摇晃着船身。船舱内船灯爆裂，保险丝崩断，木屑如同雨点般散落，布鲁斯·埃利奥特一度觉得自己乘坐潜艇逃生是个错误的决定。其中一枚深水炸弹落在甲板上却没有爆炸，拉塔的独角鲸号侥幸逃过一劫。

独角鲸号携带它的乘客继续出发，沿路还对几艘敌舰发动攻击。两个星期后，独角鲸号于3月11日抵达澳大利亚，成功与澳大利亚的舰队拖船会合。船上的38名乘客，包括从巴拉望逃出的埃利奥特和斯威夫特，都登上了去往达尔文港的船只。斯威夫特和埃利奥特随后乘坐C-47运输机飞往布里斯班，并被转移到9号流动医院。经过这么多年颠沛流离的逃亡生活，埃利奥特已经不习惯睡在医院柔软的床铺上，他躺到坚硬的地板上，迷迷糊糊地进入梦乡。

在澳大利亚养好大部分的伤后，斯威夫特和埃利奥特乘坐着泛美航空公司的中国快机飞往珍珠港，后又前往华盛顿，领取补发的薪资，并且做了任务报告。最终他们被送回家休养。虽然斯威夫特和埃利奥特被当作英雄对待，但是他们心里仍然隐隐地有些失落，因为从未有人想过为他们所经历的一切颁发奖章。日本人在菲律宾关押了大约25 000名战俘，其中能够从集中营逃出的不过寥寥几十人。

从巴拉望岛上逃出的另一名战俘乔·利特尔早在1944年2月初就已经从内格罗斯岛登上独角鲸号。跟他一起从集中营逃出的同伴查尔斯·沃特金斯一直到1944年初都在逃亡中。

沃特金斯曾划着帆船在海上航行了6个月之久，希望能到其他岛上碰碰运气。库约岛是他第一个停靠的地点。在那里，沃特金斯遇到另外两名美国军人乔治·马尔克斯和威廉·"雷德"·威格菲尔德，他们于1942年4月从巴丹逃出。库约岛上的日军越来越多，这群美国人不得不再次扬帆入海，并在其他菲律宾岛屿之间流亡至1943年秋。或许是造化弄人，1943年12月，他们又回到巴拉望岛的布鲁克角。对于沃特金斯来说，这相当于被直接打回原点。"感觉我好像只是一直在转圈圈，"他想。

1944年1月，沃特金斯患上了恼人的疟疾，但是他受到爱德华兹一家的悉心照料，而且马约尔的游击队员还为他带来了有助于康复的奎宁。沃特金斯从来没有想过放弃，但是他开始觉得自己将来有一天不是死在巴拉望岛上，就是会被日本人杀害。随着时间的推移，沃特金斯只能祈祷自己像比尔·斯威夫特和布鲁斯·艾略特一样奇迹般地获救。

菲律宾的游击网络无力阻止巴拉望岛上的日军虐待美国战俘。一名日本卫兵逼迫海军俘虏哈罗德·麦基爬上高大的椰子树去抖落椰果，结果麦基从30英尺的树上摔下，摔断了脊椎和一条腿。他残喘了一个礼拜，最终于1944年1月2日停止呼吸。当地的菲律宾公墓里为死去的美国战俘而竖起的临时十字架多得惊人。

长期艰辛的劳作和粗劣的饮食令俘虏们身患重疾。营地中的理发师约翰·沃伦的视力开始逐渐模糊，他的伙伴们试图利用寻找到的废旧材料为他制作出一副线框眼镜。

另一名俘虏在自己的水手袋里偷偷藏下一面美国国旗，他每晚都拥着这面国旗入眠，只有这样才能让自己得到精神慰藉。私自藏有珍贵的美国纪念品很可能会被处死，因此这名俘虏总是小心翼翼，只向那些信得过的人展示他的国旗。

沃尔特·迪托和鲍勃·梅从 1943 年 11 月 10 日起就被囚禁在普林塞萨的禁闭室里，直到 1944 年 1 月 5 日，日本宪兵队才将他们放出来。很快，他们两人就和其他 5 名俘虏一起被运回比利彼得监狱。1944 年 2 月值得高兴的一件事是俘虏们收到了红十字会寄给他们的第二批包裹。海军陆战队下士查尔斯·诺里斯无比厌恶地看到布鲁尼上尉为了对日本人示好，向木下和他的翻译递送香烟、罐装牛奶、巧克力棒和牛肉罐头。

一位挨饿的美国士兵对布鲁尼说："你有什么权力把我们的东西送给日本人？"布鲁尼把他的话转述给日本人，翻译角田（Sumida）和小栗当即抡起棍子殴打这名俘虏，还强迫他站了一夜的军姿，然后第二天继续干活。诺里斯以及其他许多人都对布鲁尼满怀厌恶，这种反感进一步加剧了美国军官阵营的分裂。

俘虏们日复一日地在不断延伸的混凝土跑道上干活，忍受着普林塞萨港集中营地狱般的折磨，疾病和虐待更是加重了他们的苦难。1944 年 3 月 21 日，两名俘虏因为偷摘集中营后院的椰子而遭到毒打。日本人似乎对于这项工程分配到的俘虏数量感到满意，1944 年都没有新的俘虏再被送来。5 月 10 日，5 名生病的俘虏被运往马尼拉，接着在 6 月 16 日又有 30 名俘虏被送走。10-A 号集中营最初的美国俘虏人数为 346 人，但截至那时，集中营的俘虏数量已经减少到 309 人。这是战俘营自 1942 年 8 月成立以来，花名册上人数最少的一次。

1944 年夏天，俘虏们与游击队的联络变得更加频繁和活跃。海军文书军士休伯特·霍夫、一名日本卫兵，还有特里尼·门多萨成为 3 个关键的联络点。霍夫被日本人分配到集中营总部，干些打印报告、记录俘虏花名册等的文字工作，比起一般的美国俘虏更为自由。而且霍夫发现新来的日本卫兵“矮子”角田对美国俘虏也抱有友好和同情的态度。

霍夫决定信任角田，因为他渐渐成了战俘集中营和外界的主要联络点。他发现角田会将集中营的信息传送给特里尼·门多萨，而后者又会将这些情报转交给菲律宾游击队。特里尼现在对她丈夫的命运还一无所知，但是日本官员准许她和孩子待在城里，甚至还给门多萨的孩子送来糖果。在之后的几个月里，门多萨一家还有他们的姻亲克拉克一家都与翻译角田结为好友。角田说他和一个俘虏的关系特别好，并称他为“我的兄弟霍夫”。

霍夫很快就收到特里尼·门多萨通过角田送来的爱心包裹，每个包裹都被小心放置在俘虏们能够发现的地方，外面包着门多萨夫人的红色大手帕。没过多长时间，门多萨的 30 岁遗孀就以独特的包裹赢得了“红手帕”的地下绰号。1944 年 5 月 29 日，霍夫与特里尼第一次见面交换信息。此后，二人也多次会面，但是在第一次见面时，霍夫就将一个包裹交给特里尼，里面包含他收集的中国钱币、个人照片，还有他被关押在各个战俘集中营时创作的诗歌和短文。霍夫请求特里尼替他保管好这些财物，并在战后把它们邮寄到他艾奥瓦州的家。

有一次，弗兰克·勒罗伊中士和霍夫一起与“红手帕”夫人见面。在角田的陪伴下，他们二人于 7 月 7 日晚间溜出营地，前往附近距离新机场大约 1/3 英里的门多萨种植园。放眼望去，种植园里长满了香蕉树、椰子树和其他诱人的果木。特里尼很高兴能暗地里为美国俘虏们送去一些水果和蔬菜。

1944 年夏天，普林塞萨港的“三个月”工程已经持续了两年之久。美国俘虏的新机场也取得显著进展，日本人开始带进小批的战斗机和轰炸机。战俘们用自己的双手从原始丛林中清理出一块 2 400 码长、225 码宽的区域，铺垫上 8 英寸厚的岩石地基，并浇筑出一条 1 530 码长、75 码宽的跑道。他们在跑道尽头铺设了水泥回转场地，并且开辟出紧急岔路，让飞行员能够将他们的飞机滑行到巨大的树木下隐蔽。有时候，在滑行土道上陷入泥地的飞机甚至需要吉恩·尼尔森等人帮忙推出。

布鲁尼上尉作为高级军官，每隔一天就会和留在集中营的海军少尉鲍勃·罗素换班出去监管工地进度。他们二人相处得并不愉快，罗素最好的朋友是军医哈罗德·希克曼。等到1944年中期的时候，罗素和布鲁尼之间几乎不怎么讲话。布鲁尼上尉因为说话嗓门大、给日本卫兵送红十字会的礼物、向日本人报告其他美国俘虏的违禁行为而失去了一些美国士兵的尊敬。7月11日，军官之间的紧张气氛演变成一场激烈的争吵，希克曼、罗素还有曼戈全部卷入其中。最后，罗素与曼戈打了起来，并把这位医生的眼睛打黑了。

1944年6至8月期间，文书军士霍夫继续与“红手帕”夫人秘密见面，弗兰克·勒罗伊、丘吉尔·沃恩或汤姆·帕多克经常会陪他前往。霍夫在那段时间里向外传送出各种文件，包括已知的被日本人关押的美国人姓名。7月23日，霍夫开始担心特里尼·门多萨的安全受到威胁，因为他发现日本军官之间以及集中营里面，流传着太多她和游击队的传言。霍夫让角田那天去找她，并对角田说“通知门多萨夫人动身离开”。

门多萨夫人并没有立即离开自家的种植园。8月初的时候，矮子角田引起了巴拉望日本宪兵队代理负责人出口太一的怀疑，他手下的宪兵队也开始调查角田是否与美国人勾结。在接受完审讯后的当天晚上，角田成功溜出营地，赶到门多萨的家，告诫“红手帕”夫人该如何应付出口太一等人的审问。总之，他们二人最终设法说服日本宪兵队相信自己的供词，没有直接遭受任何刑罚，但是他们也意识到自己的日子不多了。

1944年夏天，日本宪兵队将它在普林塞萨港战俘集中营西边和北边的总部迁移到伊拉宛驻地。最高指挥官庄司常治中尉在1944年2月就抵达了宪兵队，但是他的作用微乎其微，因为他很快就病倒了，之后几乎不怎么露面。他的属下出口太一也将在1944年底被调遣到伊拉宛宪兵站，留下加藤进担任继续留在普林塞萨港的宪兵队的代理指挥官。

霍夫知道如果三人继续见面只会引火上身，因此再次向门多萨夫人捎话，告诉她日本人将威胁到她的生命安全，请她必须尽快离开。8月15日，在与角田和帕多克交换完最后一次情报后，特里尼让帕多克代她向她的朋友霍夫、勒罗伊还有沃恩告别。

4天后的黎明时分，特里尼带着4个孩子、管家还有长工登上了停泊在普林塞萨港31英里以外的一艘帆船。日本官员给了她两个礼拜的时间去帮家人收割粮食，但是门多萨夫人带走了她的全部财产，根本没打算在两个礼拜以后回来。她的目标是继续北行，直到能够联系上岛上的游击队。1944年8月底，门多萨夫人离开普林塞萨港，但是她对巴拉望岛上美国战俘的支援并没有就此结束。

10

黑鲈号与日鲈号遇险记

对逃离普林塞萨港集中营的美国俘虏施以援手的地下组织并非只有巴拉望游击队以及"红手帕"这样的情报传递者。澳大利亚方面派遣的美国潜艇和1944年夏天秘密潜入巴拉望岛的两支海岸监视员[1]小队同样发挥了关键性作用。

1944年6月8日，由6名特遣队员组成的第一支海岸监视员小队乘坐着海军中校马歇尔·H."雷德"·奥斯汀指挥的红鳍号潜艇，在离开澳大利亚弗里曼特尔9天后顺利抵达巴拉望。特遣队员从拉莫斯岛东侧登上陆地。拉莫斯岛是一座小岛，位于巴拉望南端，环抱群山起伏的巴拉巴克岛的北部海岸。军士长阿曼多·科尔普斯、中士卡洛斯·A.普拉西多及其他4名战友用橡皮艇将物资和装备运上海岸。然后，红鳍号就像出现时那样，无声无息地潜入漆黑的苏禄海中。

科尔普斯和他的队员是拥有菲律宾血统的美国人，隶属于秘密特务机构第978号通信兵团。他们是间谍人员，奉麦克阿瑟将军之命，

①海岸监视员（coastwatchers），二战时期盟军的情报组织，主要任务是监视敌情，救援盟军人员。

定期向澳大利亚传送有关日本船只、飞机、部队和物资动向的无线电情报。7 月中旬，海岸监视员小组听取了纳萨里奥·马约尔上尉的建议，转移到巴拉望南部，在马约尔的布鲁克角游击队的保护下行动。科尔普斯小队在马卡瓜设立了无线电站，具体位置就是美国人哈里·爱德华兹的山中密室。在那里，他们还很高兴地遇到了另外 3 名躲避日本人的美国士兵，即乔治·马尔克斯、雷德·威格菲尔德和从普林塞萨港集中营逃出来的查尔斯·沃特金斯。

普拉西多在 7 月 24 日通过无线电与澳大利亚方面取得了联系，并定期发送有关天气和日本航运的情报。8 月 8 日，海狼号潜艇携带另一队无线电人员从巴拉望岛北端的皮拉塔角登陆，那里靠近沿海城镇蒂尼天。军士长尤狄奎奥·B. 卡拜斯和 5 名美国游击队成员乘坐橡皮艇上岸，成立了他们的无线电通信站点。到了 8 月 27 日，该站点已经能够有效地进行信息通讯。

澳大利亚方面通过部署美国潜艇的行动，使科尔普斯、卡拜斯等由海岸监视员组成的无线电小队成功登陆菲律宾。从巴拉望逃出的战俘布鲁斯·埃利奥特、比尔·斯威夫特和乔·利特尔也乘坐着独角鲸号潜艇重获自由，他们绝不会是最后一批逃离巴拉望的美国战俘。但是，此类由“潜艇部队”执行的特别行动也让盟军付出了生命代价。1944 年夏天，两艘美国潜艇在巴拉望岛附近失事，在此次事故中丧生的海员数量显示了这一特别任务将带来多么重大的伤亡。

8 月 2 日，埃德温·佩特里在经过日本宪兵队的双层混凝土砖房时，里面一名俘虏引起了他的注意。一条伤痕累累的胳膊从一楼牢房窗户的黑色铁栏杆中伸了出来，来回摆动，同时还有一个微弱的声音在叫佩特里过去。

佩特里警觉地靠近窗户，迅速接过眼前挥动的折纸，然后悄悄地溜走了。纸上写着四名美国水兵的姓名、军衔、家庭住址还有编号，这一切都表明他们因为参与了游击队活动而被日本人关进禁闭室，而并非是作为战俘来到那里。纸条上说，美国黑鲈号潜艇的后电池发生剧烈的爆炸，之后不久潜艇就沉入海底，而他们是潜艇上仅有的幸存者。佩特里将纸条交给集中营的文员休伯特·霍夫。霍夫当时正在与特里尼·门多萨进行最后几次会面，他在其中一次见面中将这一信息传递给她。而特里尼·门多萨又让刚刚到来的海岸监视员通过无线电将情报以及美国幸存者的姓名传送给澳大利亚的麦克阿瑟将军和拉尔夫·克里斯蒂海军上将。

1944 年 7 月 2 日晚，黑鲈号潜艇在穿越巴拉巴克海峡时不幸触雷失事。剧烈的爆炸将 10 名官兵抛出指挥塔，而剩下的 79 人则在不到两分钟内全部随船一起葬身苏禄海。被甩进大海的 10 个人中有 3 人很快溺亡，只剩下 7 名幸存者向远处的科米兰岛游去。黑鲈号的船长、海军少校曼宁·基梅尔是海军上将赫斯本德·基梅尔的儿子，也是海军上将托马斯·金凯德的外甥。7 月 3 日上午，7 人中的 4 人挣扎着爬上科米兰岛的海滩，他们确认自己的船长已经遇难。

海军少尉塞缪尔·塔克和其他 3 名士兵——弗洛伊德·劳克林、华莱士·马丁，还有梅森·波斯顿依靠喝雨水、吃椰子维持生命，他们用了两天时间制作出一张木筏。7 月 7 日上午 9 点左右，4 名黑鲈号的幸存者将简陋的木筏推进大海，开始向巴拉巴克划去。但是他们在第二天因为两名菲律宾人的告密而被日本巡逻队截获。出口太一、河村武男（Takeo Kawamura）和巴拉望的宪兵队中的 4 名士官乘船来到巴拉巴克，将几个潜艇兵拽回普林塞萨港审讯。这几名黑鲈号的幸存者被关进日本宪兵队的禁闭室，遭受了两个星期的折磨和虐打，而其他美国战俘对此毫不知情，直到其中一人设法将纸条交给佩特里。那张纸描写了他们的处境。

1944 年 8 月中旬，一名日本海军准尉携军令从吕宋岛抵达巴拉望宪兵队，要求他们将黑鲈号的人用船送往马尼拉，等候下一步的处理。8 月 19 日，塔克、马丁、劳克林和波斯顿被日本人押上相田作太郎

（Sakutaro Aida）指挥的运输船高雄丸，跟他们同行的还有顺路去为宪兵队领取薪水的出口太一以及河村武男。8月22日，高雄丸将黑鲈号的人送上日本巡洋舰鬼怒号，后者于8月25日抵达马尼拉。自此以后，这4名美国水兵就失去了消息，他们在马尼拉接受完审讯后就失踪了。可能日本人已经将他们秘密处决，也可能他们后来被赶到“地狱航船”上，但是没有活着抵达日本。

战争结束后，美国战争罪调查人员从各种渠道打听这4名幸存者的下落。他们在文件中写道：“我们听说1944年8月或9月期间在马尼拉举行了一次公开处决，被杀者中有4名潜艇兵。我们怀疑他们就是当年黑鲈号的幸存者。”

1944年夏天，巴拉望岛附近的水域对于美国潜艇兵来说可谓险象环生、危机四伏。

8月13日，就在黑鲈号出事5周后，海军中校约翰·丹尼尔·克劳利率领的日鲈号美国潜艇也在穿过巴拉巴克海峡时触雷，失事地点距离黑鲈号的沉船地点还不到50英里。不到一分钟，日鲈号就沉入海底，剩下14名官兵在海里苦苦挣扎。最后，只有克劳利和其他7人游过大约12英里的水程，在18小时后到达最近的拜恩小岛。

克劳利的人制造了一张简陋的木筏，从一个岛屿划行到另一个岛屿，直到最后抵达布格苏克岛，在纳萨里奥·马约尔废弃的房子里避难。8月21日，当地大刀营的成员（1942年普林塞萨港组织起来的海岸监视员只能使用博洛大刀作武器）将这些潜艇兵转移到巴拉望岛海岸最南端的布利卢延角。约翰·克劳利和他的人被引见给当地游击队的指挥官，也就是身为上尉马约尔连队一员的帕斯夸尔·德·拉·克鲁斯中士。德·拉·克鲁斯告诉克劳利，自己最近听说有美国人在巴拉巴克岛被捕，因此特地去那里侦察了一次。他说有4名美国潜艇兵在科米兰岛的海滩上被日本人抓获。有意思的是，克鲁斯给出的4名被捕者身份分别是少尉塔克、三等兵信号员华莱士·马丁、潜艇指挥官以及一位身份不明的水兵。克劳利马上意识到就在他的日鲈号失事前不久，另外一艘美国潜艇也同样遇难。

克鲁斯在巴拉巴克的线人告诉他，日本人枪毙了潜艇指挥官和身份不明的第四名水兵。既然塔克、马丁和另外两名水兵被活着带往普林塞萨港，那么克鲁斯的情报说明另外两名黑鲈号幸存者是单独被捕的。据此可以推测，基梅尔和另外一个人——可能是海军少校查理·费尔或者雷达兵霍利·艾维，在某时被日本人枪毙。克鲁斯已经无从确定这两名美国人是在试图逃跑时被杀害的，还是之后才被杀害的。

幸运的是，命运和巴拉望岛上的游击队对日鲈号的 8 名幸存者友善许多。克劳利等日鲈号的艇员在布利卢延角留宿一夜，然后坐上一艘商船沿巴拉望海岸线航行。他们的船是一艘长 16 英尺的土著螃蟹船，巨大的船帆高高悬挂在桅杆顶部。8 月 23 日，8 名幸存者到达伊波洛特湾的南端。马约尔上尉接待了他们，并邀请他们到自己家中做客。马约尔的家隐藏在丛林深处数百码的地方，克劳利等人在那里见到了哈里·爱德华兹、玛丽·马约尔还有马约尔的孩子们，并在接下来几天里受到他们的悉心照料。马约尔将克劳利等人转移到爱德华兹夫妇在马卡瓜的家，也就是军士长阿曼多·科尔普斯运转海岸监视员的无线电小组的地方。

日鲈号的幸存船员受到科尔普斯海岸监视员和另外 3 名美国避难者沃特金斯、马尔克斯和威格菲尔德的欢迎。无线电接线员特奥多罗·“布奇”·拉罗杰伊向澳大利亚发送密报，汇报日鲈号的失事经过以及幸存者的姓名。澳大利亚的总部人员回复，他们将在伊波洛特湾布鲁克角附近的海滩安排潜艇前去救援。8 月 23 日，海军上将克里斯蒂向雷德·奥斯汀的潜艇红鳍号下达特遣令，命它立即前往巴拉望岛东海岸的救援点。

麦克阿瑟将军总部关于日鲈号失事的无线电答复让科尔普斯和他的海岸监视员队员感到痛心疾首。“我们因为没有报告沉船海域布有水雷而遭到训斥，”卡洛斯·普拉西多在他的日记中写道，“我们非常沮丧，潜艇幸存者自己也承认他们知道那里可能布下了水雷，但是依然心存侥幸地经过那里。”由于科尔普斯对于日鲈号的事故过分悲痛，他在3天以后的8月26日，用一把点45口径的手枪结束了自己的生命。

被派去营救日鲈号幸存人员的美国潜艇——雷德·奥斯汀率领的红鳍号，正是在1944年6月载着科尔普斯等海岸监视员从拉莫斯岛登陆的那艘船。准备离开的人于8月30日下山，前往纳萨里奥·马约尔在海滩附近的家，等待日落时分的到来。撤离巴拉望的17人中包括8名日鲈号的幸存者、从巴拉望逃出来的沃特金斯、从巴丹逃出来的马尔克斯和威格菲尔德，以及被当地游击队救下的6名平民。

在普拉西多中士等无线电通信兵的指引下，红鳍号与载着17名撤离人员的两艘小船顺利会合。他们在8月31日将近凌晨1点时完成人员交接。指挥官奥斯汀将一大批弹药和物资装上那两艘船，让船员运回去提供给海岸监视员和马约尔手下的游击队使用。

海岸监视员的人撤离潜艇后，红鳍号很快就消失在黑暗之中。奥斯汀的船员们在出发时还冒险将甲板上的炮弹射向一艘停靠在布鲁克角的日本船只。船舱内，成功出逃的人个个兴高采烈、满心欢喜地向安全地带驶去。查尔斯·沃特金斯在船上的第一餐吃到了全熟牛排、炸薯条、玉米棒、蔬菜沙拉、馅饼还有冰激凌。

红鳍号在6天后抵达澳大利亚的达尔文市。自从逃离集中营后，沃特金斯已经度过了两年零两个月东躲西藏的逃亡生活。乔·利特尔先他之前回到祖国，而沃特金斯最终也在10月3日与母亲团聚。直到数月之后，沃特金斯才在美国海军的许可下，向报纸的记者们提起自己那段不可思议的传奇经历。

继乔·利特尔、布鲁斯·埃利奥特和比尔·斯威夫特之后，沃特金斯成为第四个从普林塞萨港日本集中营成功逃出并回到家中的美国战俘。

11

麦克阿瑟的回归

辛苦的一天结束后，厄尼·科布罗斯被卡车运回普林塞萨港集中营的大门。当他从车上爬下来时,科布罗斯注意到有许多士兵站在附近,这与平时很不一样。他立刻意识到有事情发生了。22个月艰辛的苦役让科布罗斯觉得生不如死，但是即使是现在，在身心都饱受摧残的情况下，任何能改变他日常生活的风吹草动都会引起他的高度警惕。科布罗斯和他的战俘同伴们列队穿过高大的石拱门，朝着营房走去，但是他们并没有像往常一样进入营房，而是在木下的命令下被分成A队或B队，排成10步间距的两行队列。

3天前，即1944年8月19日，4名黑鲈号俘虏被带走之后,集中营名册上的人数下降至309人，其中9人因为上了曼戈医生的病患名单而暂时不用干活。当一名俘虏被查出尿血时，曼戈医生坚持自己的立场，要求将他送到日本医院进行进一步治疗。日本人对此表示质疑,曼戈厉声说道:“把你们该死的日本医生带来!”结果，日本人真的带来了自己的医生。他们确认了曼戈的诊断，把这名士兵的名字放进病患名单。

8月22日，剩下的300人被分成人数相等的两队。其中蹊跷只有少数人知道：日本人正在计划减少他们在巴拉望岛上的劳动力。机场建设的进度正在有条不紊地推进，如今木下用一半的俘虏就可以维持现状，而其他“工人”可以运回日本，更好地为他的祖国“服务”。那些分配到 A 队的人将会被运往马尼拉的比利彼得监狱。

休伯特·霍夫负责帮忙整理将要离开集中营的战俘的名单。哈罗德·希克曼上尉在他被指定离开后，从自己的医疗队里挑选出菲利普·布罗斯基和拉塞尔·拉什一起带走，只留下另外 3 位医师，埃弗雷特·班克罗夫特、查尔斯·巴特尔和查尔斯·舒伯特。跟他们一起留在巴拉望解决医疗需要的还有曼戈中尉和牙医亨利·奈特。鲍勃·罗素也将加入希克曼等人的队伍。霍夫试图让准尉格伦·特纳跟他们一起走，因为特纳跟曼戈医生以及布鲁尼上尉矛盾尖锐，但日本人不允许还有美军军官离开，于是翻译矮子角田答应下一次将特纳送走。霍夫本想留下来，但是有一些事情促使他不得不将自己的名字写到巴拉望岛离开者的名单上。

分派到A队的人被命令返回营房收拾东西，然后前往码头。马克·麦克多尔和自己艾奥瓦州的朋友、营地的补鞋匠唐·托马斯告别，后者出现在离开营地的战俘名单上。从 1942 年 8 月起就一直待在巴拉望岛上的弗朗西斯·加利根很想留下来，和他马萨诸塞州同乡的一群好友在一起，但是日本卫兵拒绝了他的请求。加利根急匆匆地说完再见，就跟着队伍一起向海边出发。

159 名离营的俘虏登上锈迹斑斑的八公丸。这艘运输船刚刚靠岸，跟船同来的还有身着卡其布新装的日本士兵。美国人没有立即乘船出发，而是被充作码头工人开始卸载船只，并重新装填部分货物入船。船只前舱装入了 20 辆卡车，此外还有数以百计的空金属桶和几百根 25 英尺长的原木被装进船尾上层的后舱。八公丸只装载了半数货物，完全能够再搭载 159 名俘虏。

这群即将离开的俘虏接连几个星期的晚上都在船上睡觉，而白天则在码头干活，不知道自己究竟会不会出发。与此同时，过去两年里一直与菲律宾游击队协力经营地下通信系统的休伯特·霍夫也心焦如焚。他通过无线电向外传递过大量文件给盟军，八公丸迟迟不肯启航让霍夫担心日本人会发现他的间谍行为。每当有小船接近时，霍夫都胆战心惊，害怕上面坐的是过来抓他的日本卫兵。

1944 年 9 月 22 日，八公丸终于启航。船上的日本海员和看守俘虏的卫兵因为担心潜艇袭击，从巴拉望到马尼拉的一路上都没有脱下救生衣。尽管存在被潜艇偷袭的危险，但是对于霍夫来说，只有当巴拉望岛上的绿色树梢渐渐从闪闪发光的蓝色海平线上消失时，他才呼吸得更为顺畅。

几天之后，集中营的卫兵告诉剩下的美国俘虏，八公丸被鱼雷击沉，所有的人都不幸遇难。接连数天，集中营都笼罩在一片愁云惨雾之中，直到菲律宾线人带来的消息戳穿了这个谎言：他们的战友确实已经安全地回到了马尼拉。

空了一半的营房让斯米梯心情低落。普林塞萨港集中营留下的 150 名美国俘虏中，只有 36 人是海军陆战队的成员，包括他最好的朋友马克·麦克多尔，还有道格·鲍格。海军俘虏的数量现在只有 15 人，包括斯米梯的南方朋友 C.C. 史密斯和通信兵乔·巴塔。剩下的人是美国陆军士兵和一些陆军航空队成员。亲密的朋友还有小团体成员的离去让剩下的俘虏感觉就像失去了家人一样难受。

9 月 8 日，离营的俘虏还在港口停留时，日本集中营发生了重大的人事变化。监督普林塞萨港机场工程的原 111 地面勤务中队被日本第 4 航空军第 11 飞行师团下属的 131 机场大队替换下来。

让巴拉望岛上的战俘难以置信的是，每个新来的集中营指挥官都比他的前任更为残忍和嗜杀。木下在比较仁慈的岸本离开之后接任集中营指挥官一职。在他接管集中营的近 16 个月时间里，3 名美国俘虏因为工作事故死亡，另外还有两名俘虏因为试图逃跑被处决。不幸的是，事实证明木下的继任者更加凶残。

即将到来的日军第131机场大队司令官小岛长义（Nagayoshi Kojima）上尉成为巴拉望10-A号集中营的新任指挥官。对于折磨他们的人，美国战俘总是能够很快地给出带有贬损意味的绰号，狡猾好斗的小岛也不例外，战俘们私底下将他叫作“鼹鼠”。小岛加入日本步兵前曾在小学教过书，而他的俘虏们很快就会发现这个新来的指挥官完全将他虐待成性的校长做派贯彻到新任职位当中。“鼹鼠”带领他的342人队伍于8月抵达巴拉望，并在几周内就开始对俘虏推行铁腕政策。

10-A号集中营的二把手是被称为“秃鹫”的中尉佐藤良和（Yoshikazu Sato），他个头矮小，目光锐利，好像能看穿人一样。佐藤身材瘦削，体重不超过120磅，但是作为负责营地警卫力量的副指挥官，“秃鹫”绝非善类。佐藤下面还有中尉吉原翔（Sho Yoshiwara）负责指挥内含三个小分队的驻防中队。中尉小泽良治（Ryoji Ozawa）是普林塞萨港新任的物资供应管理官员，而中尉小川居（Oru Ogawa）的连队主要负责车辆维修、机场维护和飞机加油等工作。

老实的“眨眼”跟着木下一起离开，而前一批看管集中营的日本卫兵中最凶残的两名成员却留了下来——负责宪兵队的出口太一，还有专以残酷殴打美国人为乐的营地厨师长“龅牙”西谷万一。新来的日本士兵中，格外突出的是几个特别阴险毒辣的人。二等兵川上武雄（Takeo Kawakami）是一名前拳击手，经常喜欢运用拳击技巧把俘虏打得不省人事。还有一个叫作秀马椿（Shubakii）的矮个子日本兵，他的指节上带着的铜环专门用来打俘虏的嘴。

美国俘虏们能够感觉到空气中的变化。他们通过游击队的“丛林电报”，接到了盟军逐渐临近的消息。1944年8月9日，美国海军舰载飞机对达沃市的日本驻军发起轰炸。

没过几天，成群的美国战机又袭击了维萨亚斯岛。9月11日，就在“鼹鼠”和“秃鹫”到达后不久，美国飞机炸毁了停靠在马尼拉湾的日本船只以及城市中的简易机场。由于这些袭击事件，日本扶植的傀儡政权领导人、所谓的菲律宾第二共和国的总统何塞·P. 劳威尔为保护生命财产安全发布了戒严令，那时美军进军菲律宾的军事行动已近在眼前。

贝托·帕切科感觉到自己的身体在日渐消瘦。9月22日，159名美国俘虏乘船离开后，小岛上尉削减了普林塞萨港剩余俘虏的口粮。干活时间从黎明一直持续到黄昏。每周7天都要工作，没有惯常休息的星期日，也没有遮阳纳凉的午休时间，甚至连中午饭都只能在15到20分钟之内囫囵解决。帕切科本就单薄的身板现在已是骨瘦如柴。在巴拉望岛两年的时间里，帕切科掉了30多磅。他的父母是西班牙和墨西哥混血，得益于他们的强健体魄，帕切科天生就是一个能够幸存下来的人。帕切科最早的美籍祖先伯纳多·德·米耶拉·Y. 帕切科是一名军事工程师和制图员，曾绘制出现在的新墨西哥州地区第一批地图，那里也是帕切科家族自1734年起就世代繁衍生活的地方。帕切科的家庭教育让他具备了吃苦耐劳的优秀品质，但即使在以前家境艰难、生活困顿之时，帕切科所经历的一切也比不上他在巴拉望岛上受到的折磨。

在小岛上尉的新令下，帕切科和他的伙伴们每天只能分到四分之三份的米饭还有一份水绿色的稀汤，里面是用盐水煮的红薯藤。帕切科的同伴吉恩·尼尔森对这种被称作“口哨杂草”的汤感到反胃。“口哨杂草”汤不仅稀薄，而且苦涩，许多俘虏喝下后患上腹泻。红薯是菲律宾的一种番薯类作物，藤茎呈空心状，幼嫩时较宜食用。随着植物的成熟，藤茎也越长越大，形成中空的内部形态，因此被美国俘虏们称为“口哨”。大概每月一次，日本人会分给俘虏们一些驯鹿骨头，让他们煮成肉汤分着喝，但是上面的精肉早已被日本卫兵剔除干净。能量的减少只会促使尼尔森等人铤而走险，趁着日本卫兵不注意时，偷偷溜进丛林寻找番木瓜和椰子充饥。

9月下旬，管理菲律宾所有战俘的洪思翊将军下令，要求将巴拉望岛剩下的150名美国俘虏遣返马尼拉。虽然交通方面可以完成运送俘虏的任务，但是这条命令却并未落实。小岛上尉的手下仍然居住在普林塞萨港废弃的营地中。随着盟军不断逼近菲律宾，日本士兵开始沿着海岸线挖掘堑壕、建造火炮工事，并在码头和机场附近设置了高射炮。

马克·麦克多尔很快注意到一个新的菲律宾叛徒——与日本卫兵似乎过于亲近的佩德罗·帕杰。帕杰是一个41岁的小个子男人，负责管理附近的依望罪犯流放地。他的脸上有一条大疤，从左颧骨一直延伸到下巴。帕杰几乎每天为日本卫兵带来清酒和米饼等礼物，当他走出集中营时，总会对着美国人露出狰狞的笑容，并朝他们吐唾沫。

马克本能地怀疑帕杰的行为很可能涉及一个更大的计划。

10月19日上午，距离半数战俘被运往马尼拉还不到一个月的时间，一场暴雨倾盆而下，打断了机场工地的进度，干活的俘虏们也被赶回营地。下午3点左右，正当斯米梯和马克·麦克多尔在营房里等着日本人给他们分配口粮时，空中突然传来一个奇怪的声音，而且由远及近越来越大。

“听起来不像是日本飞机，”斯米梯说。

马克表示同意。随着轰鸣声的增大，斯米梯朝海湾望去，只见一架四引擎的轰炸机冲出云层，掠过低矮的水面朝着集中营的方向飞来。斯米梯和马克发现这是一架外国战机，双尾翼闪闪发光，庞大的机身装满了炸弹和机关枪。当它呼啸着掠过普林塞萨港集中营时，斯米梯和马克可以清楚地看到机翼下方蓝白色的美国海军星形徽标。

整个集中营都沸腾了，俘虏们欢呼雀跃，甚至高兴地将他们凹陷了的木髓制太阳帽抛向天空。当美军的B-24解放者重型轰炸机在仅有300英尺的低空摆动机翼时，有人笑着，还有人激动地掉下了眼泪。这些美国俘虏看着飞行员重新冲上高空，调整飞机进入备战状态。

机长贾斯汀·阿尔伯特·米勒情不自禁地向底下的美国俘虏发出问候的信号。米勒是101巡逻轰炸机中队（VPB-101）的队长，VPB-101总部位于马鲁古群岛的摩罗泰岛。当天早些时候，他和机组人员驾驶着他的美乐好生活号轰炸机在中国南海1 000英里的上空巡视。在返回摩罗泰时，米勒改变航向去轰炸普林塞萨港的日本水上飞机基地。他俯降至100英尺的高度袭击码头，那里停泊着两艘来往于小岛之间的小型船只和6架水上飞机。

米勒抛下10枚100磅重的炸弹，摧毁了码头上的船只，同时也让日本人的水上飞机葬身火海。当他驾驶着轰炸机盘旋升空，准备再次发起冲刺时，普林塞萨港的战俘们能够清楚地听到B-24轰炸机下面4台普惠引擎的轰鸣声。美乐好生活号轰炸机沿着跑道正中央呼啸而下，对着地面上停放着的大约40架日本飞机发起进攻。据米勒导航员所述，当时的飞行高度低到连挡风玻璃都溅上了泥土。

斯米梯和马克看着这架B-24“解放者”式轰炸机投放出一枚枚炸弹，看着美国飞行员引发出一连串的爆炸、大火和混乱，内心感到无比自豪。其他许多战俘虽然暴露于弹片之下，但仍待在户外亲眼见证这场袭击，其中就包括埃德温·佩特里。他津津有味地看着日本士兵们惊慌失措地到处躲藏寻找隐蔽地点。

但米勒的机组人员却没什么好庆祝的。他们的“解放者”从普林塞萨港上方的低空撤离时，被日本人的高射炮打中。飞机的一个引擎燃烧了起来。米勒和他的副驾驶拼命想要重新掌控飞机，但是几分钟后即宣告失败，B-24轰炸机一头扎入距巴拉望岛大约10英里的海洋中。驾驶员米勒从挡风玻璃后面弹出，但仍固定在座椅上。3名机组成员在撞击中死亡，剩下的7名幸存者也身受重伤。他们紧紧攀附在一个炸弹舱的燃油箱上，随着洋流漂到距离普林塞萨港约7英里的拉姆萨梅小岛上。第二天，他们遇到一个同样遭遇坠机的日本军官。在寡不敌众的情况下，那名日本飞行员纵身跳海，抓住“解放者”废弃的燃油箱当作漂浮工具，仓皇而逃。拉姆萨梅小岛周长大约只有3 000码，幸存下来的美国飞行员担心他们在这座小岛上迟早会被日本人发现。

许多菲律宾人亲眼看见了米勒对普林塞萨港发起的袭击，其中就包括特里尼·门多萨。尽管仍然面临着被日本宪兵队逮捕的风险，门多萨夫人还是回到了已故丈夫的种植园。那天，她在自己的家里望向海湾，看到一架冒着火光的轰炸机坠入大海，她确信那是美国人的飞机，并找来两个人划船前往拉姆萨梅岛寻找幸存者。他们沿着海岸划行，但是最后无功而返，向门多萨夫人报告说他们没有见到任何人。这位遗孀只能不情愿地相信这批英雄飞行员已经死了。

继米勒的袭击之后，美军战机成为一道常见的风景。从那天起，越来越多的 B-24 轰炸机开始突破日本人的高射火力投放大量炮弹，巴拉望岛的俘虏们几乎每天至少能看到一架美军轰炸机从空中飞过。其中一架“解放者”开始将普林塞萨港作为例行报到点，每天中午都会准时出现，致使日本人一窝蜂地钻进防空掩体。美国俘虏为此特意给它的飞行员起了一个绰号，称他为“歇斯底里的哈里”，以此对他每天到来时引发的混乱场面表示赞赏。

普林塞萨港的俘虏们不知道的是，随着菲律宾战役重新打响，美军部队开始于 1944 年 10 月 20 日从莱特岛登陆。当天下午，麦克阿瑟将军从莱特岛最大的城市塔克洛班的南部红海滩上岸。摄影师在现场捕捉到他成功登岸的一幕。麦克阿瑟将军和参谋人员，还有之前流亡执政的菲律宾总统塞尔吉奥·奥斯米纳踏着海浪登上陆地。麦克阿瑟通过无线电宣告:“菲律宾的人民，我回来了。”

莱特岛的主要机场被地面部队攻下之后，还有更多岛屿将在未来几个星期至几个月内受到美军进攻。看到越来越多的美国战机从头顶飞过，巴拉望岛的日本人意识到，他们跟美国战斗部队正面相逢只是时间的问题。麦克阿瑟将军警告日本驻菲律宾的总指挥官、日本帝国元帅陆军大将寺内寿一要善待俘虏，否则他必须承担全部责任。11 月

25 日，飞机将宣传此类内容的传单撒到菲律宾群岛的各个敌军驻地。

日本飞机开始向更为安全的场地转移，而能够容纳 200 架飞机的巴拉望机场也在慢慢清空。10 月 28 日上午 10 点左右，美军对普林塞萨港发动了到那时为止规模最大的一次袭击。当时的俘虏们数了一下，共有 17 架 B-24 型飞机在空中徘徊。埃德温·佩特里再次跟其他许多俘虏一起刚好待在户外。在日本卫兵狼狈躲进防空掩体前，他们都不能寻找藏身之处。日本人逃走后，佩特里才和其他人利用仅仅几秒钟的空隙，冲到跑道边上的排水沟隐蔽，那里是附近唯一一处掩护点。

B-24 轰炸机投下的第一批炸弹在距离集中营不远的地方爆炸。其中一枚炸弹直接落在可停放 4 辆车的车库和润滑坑上，爆炸波及了一辆油罐车以及上面正准备发动引擎的日本士兵。机场跑道被炸得满目疮痍，数十架停放在上面的日本飞机也被摧毁，甚至连许多隐蔽在丛林堑壕中的飞机也没有逃过一劫。这次大规模袭击以及随后几天美军陆续发动的小型空袭给日本人的空中力量带来毁灭性打击，同时也为美国俘虏们增加了大量的人工修护工作。

一天下午，乔·巴塔和他的朋友约翰·斯坦利跟着队伍去填补炸弹坑。不远处，被炸毁的飞机残骸仍然冒着直冲天际的滚滚黑烟。军士长出口太一走到斯坦利跟前，咆哮着让他加快步伐。这个可怜的俘虏只说了一句路上石头太多走不快，就被出口太一用镐柄打倒在地。坚硬的遮阳帽被砸得粉碎，但也幸亏有这顶木制太阳帽，斯坦利才没有一命呜呼。他被送进医务室，头上顶着一道三英寸长的伤口。

每天轰炸机出现时，日本卫兵都连滚带爬地寻求掩护。但是空袭者一离开，他们就会反过来毒打俘虏发泄怒火。从某种程度来说，马克·麦克多尔甘愿忍受他们的这种虐待。能看到美国轰炸机将日本人炸得屁滚尿流对他来说是一大幸事，因为这说明曙光就在眼前。但是上尉小岛进一步削减了他们的口粮，而且纵容自己的士兵肆意虐待战俘，甚至晚上也会把他们从营房中拖出来随意殴打。

空袭开始时，美国俘虏通常会躲进附近的椰子林中隐蔽，因此很

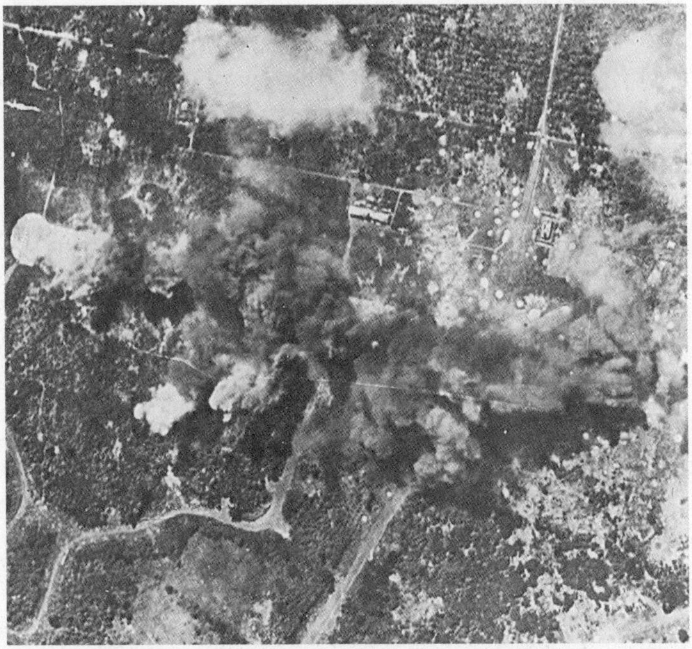

1944年年末，美国轰炸机频繁袭击巴拉望机场。在机场上干活的战俘不得不快速寻找任何可以隐蔽的地方躲藏。（美国国家档案馆）

每次空袭过后，俘虏们都面临着修理破损跑道的艰巨任务。分布在机场跑道和丛林地面的白色椭圆形是炸弹坑，里面还有一些积水。（美国国家档案馆）

少受伤。但凡事总有例外，在一次扫射攻击中，一颗子弹从树上反弹出去，正中海军陆战队士兵厄尔·乔伊纳的右肩。曼戈医生替他包扎了伤口，但是没有合适的医疗设施能够在不危害病人身体的条件下去除乔伊纳身上的子弹。

这种地空轰炸加重了许多日本卫兵的报复心理。21 岁的士兵沙河富三郎（Tomisaburo Sawa）来自北海道，之前是个渔夫。他十分害怕美国人在巴拉望岛登陆，于是把这种焦虑发泄到俘虏身上。他会用步枪托狠狠击打毫无防备的俘虏，甚至有时直接拳脚相向。虽然已经结婚生子，但沙河表现得就像一个令人恐惧的虐待狂，他经常会让一个俘虏双膝跪地，然后拿着刺刀划开那个俘虏脸上软绵绵的皮肤。

埃德温·佩特里尽其所能地分散日本卫兵的注意力，为同伴争取一些休息时间。日本人命令他开着运送石土的卡车到附近的据点。于是，佩特里每天都在一个日本卫兵的监视下开车前往采石场，让依望罪犯流放地的菲律宾囚犯们将他的车装满，然后再返回美国战俘的机场工地卸下那些石头。

佩特里本来可以每天往返 5 次，但是他在靠近加速器的地方设置了一个点火开关。这样一来，佩特里在驾驶时可以轻松用脚关闭引擎。而当卡车熄火停下时，佩特里就会跳出来，假装修理发动机，以此耗费掉一段很长的时间。监视他的那个日本卫兵对机械方面一窍不通，只能闷闷不乐地看着他笨手笨脚地摆弄电线和火花塞。等到佩特里觉得时间差不多了，只需悄悄地打开秘密的点火开关，就可以宣布问题得到解决。日本人从未识破他的伎俩，而佩特里也很骄傲，自己可以让那些在机场干活的同伴们，于下一车砾石送到前获得一些难得的休息时间。令佩特里感到惊讶的是，那个日本人居然一点也没有发现，他在中午开运输卡车为同伴送饭时，他的这辆车从未出现过故障。

“歇斯底里的哈里”为普林塞萨港机场制造的混乱一直持续到 11 月。俘虏们每一次都要忍受疯狂的棍棒殴打，而且还要花费无数时间去填补炸弹坑。10 月 19 日第一次空袭后，布鲁尼上尉就替俘虏们请求，在他们营房屋顶的四条飞檐上标记“战俘集中营”几个字，以免房子遭到误炸。小岛上尉愤怒地拒绝了这一请求，直到10月28日发生大规模轰炸后，他才允许俘虏们在屋顶涂上“10-A号美国战俘集中营”几个大字，但只能标记在日本人储存大米和其他食物的那个房间的屋顶翼角上。

整个集中营传遍了日本的统治即将结束这一言论。马克·麦克多尔如今已经学会不少日语，能够听得懂日本人的部分谈话。有一天，他听到两名卫兵在谈论意大利投降以及德国也将退出战场的事。马克将自己听到的话传了出去，而且为了提高士气，还特意补充说日本将成为下一个投降的国家。

日本人知道这件事后，很快将他带到宪兵队的禁闭室。马克认定，他被经常鬼鬼祟祟和日本卫兵勾结在一起的帕杰出卖了。马克试图向出口太一的宪兵队解释，这只是一个玩笑，目的是想要给俘虏们鼓劲，但是宪兵队并不买账。他们审问他如何从当地的游击队那里获得情报，而且还威胁要一直打到他坦白为止。马克双手被绑在身后，像皮纳塔陶罐[①]一样被吊到椽梁上。日本卫兵轮流用皮带和3英尺长的棍棒殴打他，就像在打皮纳塔陶罐一样。

日本人的拷打从中午持续到深夜，但是浑身是血的马克依然没有松口。这名海军陆战队士兵坚持说，这只是一个玩笑，自己没有和任何外界的菲律宾人联络。出口太一的人最终砍断绳子，让他掉了下来。马克在肮脏的地面上躺了几分钟，试图让自己清醒起来。他让僵硬的四肢动了动，挣扎着想要站起来，这时禁闭室进来了一个新卫兵。小川居中尉又矮又胖，脖子粗大，还镶着金牙。“他看起来似乎没有什么幽默感可言，”马克想，“简直像一个相扑运动员。”

“哼，玩笑！”小川咆哮道。

他猛地挥出一拳，正中马克的下颚。马克被打得接连后退，撞翻

①这是一种纸糊的容器，里面装满玩具和糖果。它会在节日或生日宴会上被悬挂起来，人们可以用棍棒打它，打破之后玩具和糖果就会掉下来。

了后面的桌椅，晕倒在地。当他再次从昏迷中醒来时，已经被拖回营房了。日本卫兵把他扔在地上，就踏着地板出去了。斯米梯急忙赶上前去，把他的朋友扶到睡觉的垫子上。

目睹这一切的俘虏们忍不住想到，马克关于日本灭亡的言论或许多少是真的。

12

“将他们全部消灭”

美乐好生活号战机坠海两天后，少尉赫克托·莫克丹尼尔站在拉姆萨梅小岛的海滩上，下定决心要游往巴拉望岛。这架坠毁的B-24战机上共有10位航空兵，活下来的只有7人。但如果继续困在这片食物和淡水都极其匮乏的荒岛沙滩上，他们存活的希望只会越来越小。巴拉望距离这里只有7英里远。或者说7英里的水程，上帝知道会发生什么，但是至少他可以在那里找到食物，并设法与菲律宾游击队取得联络。莫克丹尼尔踩着海浪进入水中，开始向巴拉望岛游去。但是没过多久，他就感到体力不支，不得不掉头返回。

飞行员贾斯汀·米勒没有因为组员的失败而气馁，反而吸取教训动手制作了一条简陋的木筏。袭击过后的一个多星期，他和莫克丹尼尔在10月27日将5位战友留在岛上，然后向着普林塞萨港划去。航行途中，二人被迫在另一个荒岛上停留了几天，之后他们终于在11月2日抵达巴拉望岛。历经几天的风吹日晒后，两名憔悴的美国人在海滩上遇到一位菲律宾渔民。很快，两个星期前以为他们已经遇难身亡的特里尼·门多萨通过地下网络得到了他们抵岸的消息。那天晚上，门多萨夫人为了营救仍然困在岛上的其他5名飞行员（包括几位走不动路的重伤员），专门安排人手划着独木舟去往拉姆萨梅小岛。

受伤的飞行员很快就躺在竹制担架上，被抬上巴拉望岛。在接下来的 4 天时间里，门多萨夫人收留了这 7 名飞行员并为他们医治伤口。之后，几名飞行员由雅辛托·库塔兰中士的菲律宾战士护送着沿海岸向北转移。等到11月下旬，米勒的机组成员仍然在巴拉望岛上等待救援，不过此时，他们的队伍已经增添了另外 4 名新成员，即无畏号舰队的海军飞行员，他们在 9 月 24 日的行动中坠海。

巡逻轰炸机——“卡塔利娜”被派去营救他们，但是途中遭到了日本人的伏击。于是麦克阿瑟将军的属下向拉尔夫·克里斯蒂上将的潜艇部队寻求帮助。12 月 1 日，海军少校盖伊·E. 奥尼尔的鳗鱼号军舰接到命令，前去营救 11 名海军飞行员。

次日黄昏，鳗鱼号悄悄穿过巴拉望岛弗莱克斯角附近 10 英里的水域。与此同时，几名美国飞行员也在两名游击队领袖的安排下，乘船来到库塔兰那里。库塔兰的人还为前来营救飞行员的美军送上了冰激凌、馅饼和巧克力蛋糕等他们已多年未曾享用过的美食。作为对游击队盛情款待的回报，美军送给他们两把点 50 口径的机枪，还有大量的弹药、手榴弹、衣服、双筒望远镜、罐头食品和医疗用品。

此次成功的巴拉望作战营救，使得鳗鱼号的指挥官奥尼尔后来能够获得一枚海军十字勋章。贾斯汀·米勒、赫克托·莫克丹尼尔还有他们的副驾驶员比尔·里德中尉，也将因为袭击普林塞萨港机场以及炸毁两艘敌船而荣获海军十字勋章。虽然事实上巴拉望的游击队在 11 名美国飞行员获救过程中起到了关键的协调和守卫作用，但是他们没有获得任何奖章。

而仍然关押在普林塞萨港的美国俘虏却将面临更加坎坷的命运。

1944 年 11 月，美国战机继续携带炸弹轰炸普林塞萨港机场。每次袭击过后，战俘们都会被赶上跑道，填补炸弹坑。小岛上尉还押着他的俘虏在集中营的中心位置挖掘防空掩体，据说是为了保护他们免受扫射和弹片的波及。其中最大的3条壕沟宽约4英尺，长约150英尺。在挖到4英尺深时，日本人就命令俘虏们用椰子树的树干和旧木板在壕沟上搭建顶棚。然后，他们沿着顶棚在每条壕沟上面都堆上泥土，进一步抵挡碎弹片的袭击。3个最大的防空洞分别被指定为避难所A、B和C。

避难所C位于俘虏营房的西侧。壕沟一直被挖到矗立在悬崖边缘的铁丝网附近，底下就是崎岖多石的海岸线。避难所B与避难所C相平行，直通绝壁，因此一个入口也在铁丝网附近。营地东侧的避难所A比其他两个避难所略大一些，大约可以容纳50人。除此之外，俘虏们还挖了5个较小的防空掩体，分散在营地各处。每个洞都比深一些的散兵坑大不了多少，狭小的空间里最多能挤进3到4个人。美国俘虏试图说服日本卫兵在每条大壕沟里再多挖一个入口，以防止主入口被炸弹直接封死，但他们的请求并没有得到重视。后来，布鲁尼上尉多次抗议，日本人才终于允许他们在其中一些避难所里挖出次要入口。

马克、斯米梯还有其他几人决定偷偷在避难所C里挖一个紧急出口。他们选择从铁丝网附近距离次要入口几码远的壕沟侧壁入手。挖掘过程中，一块巨大的珊瑚岩阻断了他们的工程，他们不得不费劲将它挖出。斯米梯等人一路挖到悬崖边缘，最后壁面仅剩下6英寸厚，而中间多余的泥土都被他们装进一个大沙袋。为了不被日本人发现，他们把沙袋推进洞中，并用那块巨大的珊瑚岩堵在外面，而且上面还用树枝和瓦砾做了伪装。斯米梯等人心里清楚只要移开岩石和沙袋，就能凿穿最后一点土，然后顺着60英尺的斜坡通往下方的礁岩海岸。

在11月的一次空袭中，马克正在机场填补炸弹坑，他数了一下，美军共发动了7波攻击，每波都有7架轰炸机在海面上方低空飞行。他躲进丛林寻找掩体，看着这些战机摧毁了机场，然后掉头攻击港口的船只。俘虏们已经逐渐习惯了这样的袭击，基本不会担心，因为他们的营地从未遭到过正面轰炸。在所有这些空袭中，第二次被误伤的美国人只有一等兵奥布里·约翰逊一人，10月28日，一枚点50口径子弹的碎片击中了他的右肩。

后来，另外两名战俘在11月29日的空袭中受伤。罗伯特·史蒂文森被击中左肩，头皮也惨遭撕裂，而中士詹姆斯·斯蒂德哈姆的伤势则更为严重。他被炸弹炸飞的石头砸中了脑袋，导致全身瘫痪。因此，斯蒂德哈姆就像被定住一样，只能躺在担架上，一动不动地盯着营房的天花板。

美军的B-24“解放者”战机大多数时候会在中午时分对普林塞萨港口发动攻击，给日本人的作战行动造成很大的破坏和阻碍。少数时候，美国轰炸机也会趁午夜没有空中敌手的时候出动。一天下午，两架日本“零”式战机在袭击了美军的轰炸机之后着陆。看到这一幕的马克·麦克多尔和约瑟夫·尤巴尔忍不住讨论起从日本人那里偷出一架战机的可能性，但他们很快就放弃了这一等同于自杀的想法，重新投入到永无止境的炸弹坑填补工作中。

麦克阿瑟将军这次重返菲律宾的英勇之举引起了日本指挥官的注意。美军的莱特岛登陆以及他们对其他岛屿的持续空袭，迫使日本人开始将他们的战俘向日本本土转移。

1944年9月和10月期间，数以千计的美国、英国还有澳大利亚战俘被赶上了从菲律宾启航的运输船只。他们被锁进货舱，日本人只提供给他们丁点儿的食物和水。

缺少新鲜的空气，也没有适当的如厕设施，他们在船上忍受着非人的折磨，并因此将这些船只称为“地狱航船”。一些运输船出现故障以至于俘虏们不得不长时间滞留途中，在关押他们的货舱里痛苦挣扎。还有一些航船因为没有标记自己是运送战俘的船只而遭到美国潜艇的袭击，在去往其他基地的途中沉没。

10月1日，1 100多名美国人被日本人赶出吕宋岛的比利彼得监狱，塞进北山丸（Hokusen Maru）货船的两个货舱。这艘货轮的名字被涂黑，因此许多人将它记成了“恐怖丸”(Horror Maru)。一些上周被遣返马尼拉的巴拉望岛俘虏也包括在内，其中就有营地补鞋匠唐·托马斯和海军陆战队战士乔治·伯莱奇。北山丸的前舱堆积着煤炭，闷热的黑色粉尘弥漫在空气之中，让人难以呼吸。但是，伯莱奇很快发现这些煤炭至少能帮助他的同伴们吸收尿液和粪便等污秽之物。

北山丸与其他8艘地狱航船还有几艘军舰一起开启了去往日本的长途之旅。10月6日，两艘战俘运输船被鱼雷击沉，之后舰载飞机和潜艇继续伺机袭击船队。等到10月11日那天，只剩下4艘战俘运输船安全抵达香港，它们在那里停靠了5天。越来越黏滑的舱室和恶臭的空气让一些在押的俘虏神志恍惚。等到10月24日抵达日本时，船上已有数十人死亡。

与其他地狱航船上的俘虏相比，北山丸上的幸存者们还算幸运。日本人正在计划清空菲律宾群岛上的所有外国俘虏。10月11日，1 782名战俘被塞进货船阿里山丸。其中27人来自普林塞萨港的10-A号集中营，包括哈罗德·希克曼上尉和他的两名医师菲利普·布罗斯基及拉塞尔·拉什。阿里山丸从马尼拉出发，但是很快就不得不停靠到巴拉望岛海岸，以躲避美军的空袭。之后，这艘船又返回马尼拉，并在那里花费了些时日与其他船只结成船队。直到10月21日，它才和船队一起向着日占台湾大港——高雄港进发。

然而，9艘美国潜艇此时已经埋伏在途中。10月23日下午，它们的鱼雷击中了日本船队。翌日午后，7艘地狱航船被击沉，数以千计的盟军战俘死于非命。剩下的船只四处逃窜，行驶缓慢的阿里山丸被独自留在了后面，并最终被名字起得恰如其分的美国鲨鱼号瞄准。

3颗鱼雷击中了阿里山丸的船身。就在船体开始慢慢下沉之时，绝大多数日本兵选择弃船跳海，但是他们首先割断了货舱的绳梯，想让关押在里面的战俘被活活淹死。俘虏们设法修复了绳梯，许多人在即将沉没的船只上四处搜寻物资，以备他们从海难幸存之后维生。有的人一次抽上两支烟，有的人喝下整瓶番茄酱，还有的人往嘴里送上一大把糖，看到这一切的菲利普·布罗斯基感到啼笑皆非。他和其他没有被鱼雷炸死的数百名俘虏一起坐在甲板上，直到阿里山丸慢慢被 15 英尺的海浪所吞噬。

在接下来的几天里，大多数人被溺死、晒死，或被冰冷的海水冻死，但布罗斯基设法爬上了一块漂浮的残骸。他和另外一名俘虏就这样在海上支撑了几天，直到被拖上一艘日本护航船。布罗斯基是阿里山丸仅有的 9 名幸存俘虏之一。大约 1 770 名美国人葬身海底，其中包括 24 位前巴拉望岛战俘。

布罗斯基被带到高雄。经过审讯后，他和其他前巴拉望岛俘虏一起被赶上北三丸，并于 11 月 8 日启航前往另一个被日军控制的港口。在战争结束前，还有更多的美国战俘丧生。12 月 13 日，前往日本的鸭绿丸从马尼拉出发，船上共载了 1 620 名战俘，其中包括很多之前被关押在巴拉望的美国人，还有 3 名来自普林塞萨港集中营的军官：菲尔·金、约翰·詹森和鲍勃·罗素。

在靠近苏比克湾奥隆阿波的海军基地时，由于鸭绿丸没有任何战俘船的标记，它遭到了大黄蜂号航空母舰上的战机袭击，身受重创。12 月 15 日，更多的舰载飞机重新返回，堵截这艘地狱航船。最后近 200 名战俘死亡，其中有人被炸死，还有人试图逃命时，被日本人击毙于水下。活下来的人被押送到奥隆阿波市海军基地的网球场，那里的卫生条件极其恶劣，之后他们又被转移到另一个港口继续启航。其中 15 人因为伤势严重或太过虚弱无法从事苦役而被日本人斩首，弃尸于乱葬坑中。

大约 1 000 名原鸭绿丸的俘虏被押上另外两艘地狱航船——榎浦丸和巴西丸，前往台湾的高雄港。1945 年 1 月 9 日，榎浦丸被炸毁，350 多名战俘丧生。

鸭绿丸原来携带的 1 620 名战俘中只有 403 人随着他们的地狱航船平安抵达日本并进入后面安置他们的战俘营。少尉罗素以及二等兵弗雷德・路德维希都是鸭绿丸的幸存者，但是还有10名前巴拉望岛俘虏未能幸免于难。

对于巴拉望岛上剩下的美国战俘来说，不会有任何地狱航船的旅行在等着他们。

这些俘虏们并不知道，日本最高指挥部已经给出了针对战俘的处理意见。1944年8月，日本东京作战部下令，要求战俘集中营指挥官在美军解救俘虏之前杀死所有的美国战俘和平民囚犯。俘虏们将被单独或成群消灭。只要情况允许，毒杀、斩首或大规模轰炸屠杀等任何手段都可以使用。指令上表明："不要放过任何一个人，将他们全部消灭，不留任何痕迹。"

到了12月的第2个星期，巴拉望岛美国俘虏的处理问题已经迫在眉睫。管理普林塞萨港10-A号集中营的是小岛长义上尉的第131机场大队，现在这支部队由日本第4航空军第2飞行师团指挥官寺田济一中将负责指挥。寺田的总部位于巴拉望东南方的内格罗斯岛。12月9日，寺田与富永恭次中将的一个高级参谋就巴拉望岛等问题进行了讨论，后者在10月20日以前，一直领导菲律宾群岛上的所有机场建设单位。

第2天，也就是12月10日，位于棉兰老岛北端苏里高市的一个日本瞭望哨发现300多艘美国舰艇朝着内格罗斯岛的方向驶来。日本侦察机汇报称，西边出现大批的美国部队运输船、战舰和航空母舰。

因为不确定美军的进攻地点，寺田派出了更多侦察机查明情况。他的飞行员回来报告称，美国舰队已经改变航线，沿着西北方向进入苏禄海。认为美军打算从巴拉望岛登陆的富永中将向所有下属部队发送了以下信息："今天早上的侦察结果显示，敌军舰队正在沿着苏禄海的西北方向前进，预计很可能从巴拉望岛登陆。师部将集中莱特岛区域的力量对付敌军。"

1944年12月12日，就在美国舰队抵达库约群岛的南部海域时，寺田中将接到小岛上尉从巴拉望岛发来的密电。之后，寺田与第 4 航空军少将隈部正美就管辖治理巴拉望营地的人选问题进行了会谈。一条他们正在研究的信息表明，巴拉望当地人对日本持有一种“敌对态度”，而且最近几个星期屡次对机场区域展开游击突袭。

有人向寺田请示，如果美军登陆该如何处理岛上战俘。不管上面是否针对相关行动下达了正式指令，寺田都决定依照自己的意思行事，于是他批示稍后再议此事。在与隈部少将讨论完公务后，寺田于 12 月 12 日傍晚向富永派去一份急件，并于当晚收到对方回复。12 月 13 日，寺田中将向巴拉望下达了自己的指令：“你方部队管辖权问题目前正由陆军总参谋长和第 2 飞行师团研究解决。现就你方的无线电请示答复如下：①关于剿灭当地人的问题，时机成熟时即可对他们动手。②敌军登陆时，如果战俘怀有敌对情绪，伺机将其处决。上述行动方针全部基于军事命令做出。”

寺田就这样批准了下级杀害所有关押在巴拉望岛上的美国俘虏。

俘虏们能够感觉到事有蹊跷。营地守卫喋喋不休的讨论让他们得知附近出现了美国舰队。机场跑道上的工作仍在继续，瘦骨嶙峋的俘虏们吃力地拿着铲子，推着手推车，将泥土逐一填埋到新炸的坑洞里。一些日本卫兵觉得自己很快就会离开集中营，于是他们残忍地告诉战俘，如果美军攻打巴拉望，所有俘虏都将被处死。

12 月 13 日，集中营的日本厨师向威利·巴丘斯提出了一个奇怪的问题。他说自己在日本的时候是一名游泳冠军，问巴丘斯信不信他可以横穿大约 4 英里的普林塞萨港海湾。巴丘斯说他相信。这位厨师又问巴丘斯自己能花多长时间。“大概半个小时，”巴丘斯调侃道。厨师接着就说，如果美军登陆巴拉望岛，日本人就会杀死所有的战俘，然后自杀。很久之前就觉得此人疯疯癫癫的巴丘斯当时并未将这次奇怪的对话放在心上。

那天傍晚，集中营指挥官小岛收到寺田发来的指令，于是召集了手下几位高级尉官，包括小泽良治、吉原翔、千野春雄（Haruo Chino）、山本祐一（Yoshiichi Yamamoto）、阿部功（Isao Abe）和小川居。他解释说上级相信美军的进攻部队正朝着巴拉望岛前进，而且需要立即采取行动。他们决定截断所有的逃生路线，并设置火力带，以防有人逃脱。为了保险起见，小岛命令中尉小川带领一艘炮舰在普林塞萨港的海岸水域巡逻，防止有俘虏逃出屠杀区域，逃往海滩。他们将使用机关枪、手榴弹、步枪、棍棒或任何必要的手段将所有美国人赶尽杀绝。

从 1942 年 8 月 1 日第一批美国战俘登上普林塞萨港到现在已经过去了 27 个多月。在这段时间里，近 600 名俘虏从这所集中营里押进押出，而在剩下的 150 名美国陆军、海军还有海军陆战队的士兵中，很多人从一开始就在巴拉望岛忍受着噩梦般的折磨。

普林塞萨港营房肮脏的地板上搭着俘虏们简陋的床铺，巴丘斯和他的 149 名同伴们一起蜷缩在上面入眠，准备跟往常一样在第二天躲避空袭，然后继续修补炸弹造成的破坏。

13

“天塌了下来”

1944年12月14日半夜2点左右，日本卫兵闯进黑漆漆的营房，大声嚷嚷着催促睡梦中的俘虏起床。疲惫的俘虏们完全不知道发生了什么事，困惑地穿上了破烂的工作服。他们昨天干活干到很晚，一直填补机场上的窟窿，如今距离天亮还有很长一段时间，又被赶着出去干活。

埃德温·佩特里载着一大卡车的俘虏来到机场，在一片黑暗中，他们又开始重复日常没完没了的弹坑填补工作。当新的一天来临时，佩特里总算能够趁着清晨的曙光看清周围的情况，他发现附近出现了比平时更多的日本卫兵。更奇怪的是，戴着头盔的日本炮兵在跑道上的所有高射炮炮位上严阵以待。甚至连马克·麦克多尔和斯米梯也能感觉到空气中弥漫着的紧张气氛。也许美军正在准备大举进攻。

吉恩·尼尔森已经习惯在干活时被日本人刁难，但是今天却有所不同。他注意到一个年纪较大、因为头发花白而被俘虏们戏称为“银子”的日本卫兵始终坐在一个小土墩上，双眼直直地看着前方。“银子”一直没有转头，也没有跟任何人说话。尼尔森从未见过看守如此平静。

上午 11 点左右，中尉“秃鹫”佐藤良和带着一个小箱子抵达机场。他将箱子放到地上，跟手下的人耳语了几句，而其余的日本卫兵则在这时连推带搡地将俘虏们赶到一起。然后，佐藤爬到箱子上，对俘虏们说：“美国佬，你们的工作结束了！”

就这样，没有冗长的演讲，也没有进一步的详细说明，“秃鹫”迈下箱子，日本卫兵则开始赶着俘虏们向卡车走去，准备返回营地。同伴们爬到车上后，埃德温·佩特里也钻进他的驾驶室。等到卡车沿着尘土飞扬的公路向普林塞萨港集中营颠簸行驶的时候，俘虏们依然在琢磨这一连串蹊跷的转变。

等到他们到达营地后，尼尔森发现集中营里的守卫明显比平时要多，但是他以为日本人只是在加强防守。日本人不允许俘虏们离开主要营区，因此大多数人坐在他们防空避难所附近的地上等待食物或进一步的命令。

斯米梯饥饿难耐，因此向马克·麦克多尔提议，一起溜进营房去拿一些他们最近偷偷藏起来的番木瓜。他们刚刚进入营房就听到普林塞萨港古老教堂的钟被敲响。这是在宣布营地进入空袭戒备状态。日本卫兵在持续的钟声里将俘虏们赶进了他们的防空洞，此时正午刚过。

埃德温·佩特里和萨米·格洛弗溜回卡车，去取他们藏在驾驶座底下的一些橡胶条。两人之前偷偷地从机场的一个飞机轮胎上割下了部分橡胶，希望以此制作新的凉鞋。他们刚刚伸手往座位下面掏，就听到钟声警报响彻整个营地。佩特里和格洛弗急忙赶回集中营，出口太一看到他们吃了一惊。当他们冲向避难的壕沟时，出口太一用军刀的刀面猛打佩特里。

骚动开始时，道格·鲍格中士正和一群朋友坐在他的小避难所附近。没过几分钟，他就听到飞机引擎的轰鸣声。鲍格眯着眼睛往天上看，发现两架 P-38 闪电战斗机正在接近巴拉望岛。在日本卫兵的高声催促下，他们老老实实地钻进壕沟，等待着警报解除的信号。

P-38 战机在集中营的高空上转了几圈就飞走了。大约半小时后，日本卫兵敲响教堂的钟声，通知美国战俘钻出避难所。佩特里从避难所 B 中爬了出来，排队领取中午的米饭和口哨杂草汤。就在他刚刚开始吃饭时，空袭警报声再次叮当响起，这一次距离他第一回听见警报声只有 35 分钟。

俘虏们再次被催逼着躲进避难所，但是这次，佩特里只看到一架日本水上飞机嗡嗡地在集中营上方盘旋。他们一直在原地待到教堂的解除警报钟声响起。斯米梯和马克爬出 C 号避难所，希望能够溜回营房去拿木瓜。但是“秃鹫”佐藤显然另有想法，他朝着战俘们大吼，叫他们不要返回营房。

“你们必须待在避难所附近！”他下令道。

尼尔森注意到大约60名日本卫兵荷枪实弹地镇守在营地各个角落。步枪手和举着机关枪的士兵零散地分布在集中营的双股铁丝网外围以及战俘营房游廊的东南角。而其他武装人员则驻守在厨房和营房之间，以及避难所 A、B 和 C 附近。另外还有日本士兵沿着围栏聚集。

日本人告诉俘虏们更多的美国轰炸机正在进攻的途中，他们没什么可做的，只能坐在地上静静等待。

大约下午 2 点钟的时候，普林塞萨港教堂的钟声第 3 次敲响。

中尉佐藤和他手下的日本卫兵大呼小叫，要美国人回到他们的避难所。他们称，数以百计的美国飞机正在飞来的路上。一些俘虏厌倦了这种防空演习，慢吞吞地留在了后面。要说数十架飞机，他们还相信，但是数百架？！

斯米梯知道事有蹊跷。在过去多次空袭中，这位年轻的海军陆战队士兵一度滞留在户外，甚至还曾经留在营房里，很高兴有机会看到日军被炸的好戏。

但是他现在没有选择，凶神恶煞的日本士兵推着他向避难所走去。还有一些美国俘虏也在借故拖延时间，想要在进入避难所之前看一眼飞机。“秃鹫”火冒三丈，一把拔出自己的佩剑，厉声催促俘虏们滚下去。

慌乱之中，一些战俘跳进了错误的避难坑道。第一次空袭警报响起时，尼尔森大部分时间都坐在外面。而第三次警报响起时，他已无法钻过挥刀舞剑的卫兵进入自己通常待的防空壕，只能在一片混乱之中，来到离他最近同时也是离海岸悬崖最近的C号避难所。尼尔森从马克·麦克多尔、C.C.史密斯、埃弗雷特·班克罗夫特和斯米梯附近的入口钻了进去。他注意到查尔斯·斯特里特、乔·巴塔、道格·伯内特和约翰·莱昂斯等人就蹲在他附近。尼尔森不知道接下来会发生什么，只能蜷缩在入口旁边，将脸深深地埋进膝盖。

埃德温·佩特里还留在户外，没有进入防空洞，这时一名愤怒的日本卫兵朝他走来，大声吼着让他下去。“我情愿留在这里，”佩特里说。

日本卫兵举起他的步枪托，朝佩特里的头骨砸去，同时还嚷着叫他滚下去。佩特里的头被砸得生疼，他适时地爬进了自己一贯躲藏的B号避难所。进洞前，佩特里刚好看到令人不安的一幕：中尉小川喝令他的士兵装弹上膛。B号避难所里大约塞进了40个俘虏，75英尺长的壕沟从头挤到尾，佩特里无法看到所有的人，但是他能够在黑暗里闻到人挤人时散发出的汗臭味。佩特里只能认出陆军炮兵肯尼思·史密斯、德尔伯特·托马斯和萨米·格洛弗，陆军步兵的约翰尼·迪亚兹和罗伯特·安德森，海军陆战队的奥兰多·莫里斯和罗伯特·阿德金斯，还有第28补给中队的约瑟夫·尤巴尔。此外，佩特里还注意到约翰·哈里斯，一位战前在海狼号潜艇服役的鱼雷兵。而在入口处，两个星期前因为轰炸而瘫痪的詹姆斯·斯蒂德哈姆中士则躺在担架上被留在了外面。

日本兵之所以会那么紧张，只是因为“鼹鼠”小岛已经向他们下达了“必杀”令。

第一次空袭过后不久，小岛就召集更多的卫兵前往战俘营。被美国人视为最狠毒哨兵之一的沙河富三郎注意到营地突然发生骚乱，然后他所在的太吉原（Yoshiwara Tai）部队就被召集到卡尼戈瑞海滩参加紧急会议。12 月 14 日午后，沙河的副队长山本祐一准尉进入兵营，宣布接到上级处死战俘的命令，并下令手下带好步枪、刺刀还有机关枪。包括沙河、山本以及队长篠田滝彦（Takihiko Shinoda）军曹在内的 40 多人排队登上了运输卡车的后部，一路颠簸着向集中营驶去。在去往行刑现场的 15 分钟车程中，沙河检查了他的刺刀还有已经为步枪备好的 30 发子弹，内心十分紧张。

下午 1 点左右，卡车停在普林塞萨港指挥部门前，60 多个士兵背东朝西排成两排，小岛走上前去，开始讲话。他说美军即将大举进攻巴拉望岛。“我很遗憾这么讲，”小岛说道，“但是现在必须处死所有的战俘。”

他简单地和部队指挥官吉原说了几句，接着，后者就命令手下的士兵给每支步枪都装满 5 发子弹，并安上刺刀。这些日本士兵们荷枪实弹严阵以待，准备在空袭警报响起时，跟随吉原迅速冲入集中营。

随着教堂钟声再次敲响，吉原带领他的卫兵穿过大门，进入集中营两所主要建筑物之间的中心场地。在他的指挥下，日本士兵分成不同的小组，驻守到营地各个角落。沙河被派去把守集中营的营房游廊，就位地点在茅厕方向的长廊东南角。而门廊上已经架起了一挺机枪，日本卫兵们将奉命朝任何逃出避难所的战俘开火。沙河注意到其他士兵从汽车维修库以西的仓库里拿来了火把和汽油桶。

此时刚过下午 2 点。

第 3 次警报响起时，日本卫兵们大声叫嚷着威胁俘虏，而防空壕里的美国俘虏却面面相觑，他们之中没有人能听到飞机引擎的声音。

斯米梯挤在避难所 C 的入口处，紧挨着被称作 C.C. 史密斯的二等信号兵查尔斯・卡莱尔・小史密斯。查尔斯・小史密斯曾在休斯敦号巡洋舰上服过役。他和没有亲戚关系的同姓斯米梯一样，都是南方人。在巴拉望岛一起度过的日子让两个史密斯之间结下了友谊。斯米梯可以觉察到他的朋友 C.C. 史密斯已经厌烦了待在地下。他从避难所的洞口探出头去，想要看看发生了什么。中尉佐藤将佩剑高举过头，四处挥舞，并用日语嚷嚷道："下去，不准看！"吉恩·尼尔森就蹲在斯米梯的附近，他亲眼看到佐藤之后跨过洞口，抡起佩剑，然后使尽全力朝 C.C. 史密斯的头部斩去。C.C. 史密斯随之脑袋开花，身体向后跌倒在坑中。

其他人从他们的掩体里向外张望时也目睹了这一惨案。B 号避难所里的埃德温·佩特里震惊地缩回了身。不一会儿，他就听到步枪开火的嗒嗒声。待在一个三人散兵坑的道格·鲍格也看到了 C.C. 史密斯被杀。就在佐藤的剑砍下去时，鲍格蹲下身去，将自己看到的一切告诉了他的两名同伴加布里埃尔·塞拉和斯蒂芬·科祖希。

"看开点，"其中一人告诫道，"我们现在不能去刺激日本人。"

几秒钟后，C 号避难所里的俘虏们听到一声沉闷的巨响，那种隆隆的震动声与美国飞机抛下的所有炸弹的爆炸声都不一样。斯米梯后来想起就是从那个瞬间开始"天塌了下来"。地面上的日本卫兵仍然在疯狂喊叫，而在那一瞬间，斯米梯希望这场混乱是由菲律宾游击队袭击营地引起的。

但是美国人的尖叫声还有汽油的刺鼻气味很快让人认清了真相：小岛已下令处死所有 150 名美国战俘。5 名日本士兵拎着几桶汽油来到 A 号避难所附近，把它们倒在棚顶上以及洒到入口处。另外两名士兵将燃烧着的竹火把扔到了壕沟前。汽油与火相遇就立刻在一阵狂风中燃烧起来，火焰从壕沟的洞口窜出。

就像是堵在管道里的老鼠一样，A 号避难所的俘虏们瞬间陷入火海之中。随着火势的蔓延，至少 7 名美国人从洞口中冲了出来，烧到衣服上的火焰让他们发出撕心裂肺的惨叫。

"打死他们！"中尉吉原尖叫道，"打死他们！"

一架机枪应声响起，咆哮着撂倒了这些从地下防空洞中挣扎着爬出来的美国人。

埃德温·佩特里在B号避难所的入口处再次探出头。他看到的是熊熊大火，还有着火的俘虏跌跌撞撞地往外跑，但最后只是重重地摔在地上。中士亨利·阿劳霍的衣服和皮肤都被烧着了，他只踉跄着逃出很短的一段距离，就倒在游廊上日本人的机关枪下。

佩特里惊恐地看着日本卫兵端着步枪朝着燃烧的A号避难所入口开火。在他旁边，德尔伯特·托马斯大喊道，“他们要杀死我们！”几乎就在下一秒钟，一对手榴弹从他们隧道的洞口里飞了进来。

托马斯迅速操起手榴弹，将它们用力投回集中营的空地上。佩特里再次向外看去，发现一个卫兵正用步枪瞄准他的脑袋，佩特里迅速弯下身，这时密集的子弹像雨点一样朝他的壕沟入口处射来。

C号避难所里，斯米梯蹲伏在C.C.史密斯的尸体旁。尽管有风险，但他还是从壕沟上方悄悄地探出了头。斯米梯看到A号避难所里的俘虏正在疯狂地往外逃，刺眼的火焰在他们沾满汽油的衣服上剧烈地燃烧。伴随着步枪和机枪的疯狂扫射，这些美军士兵和海员一个一个以扭曲的姿势倒地。其中一些人，浑身着火，惨叫着求日本人发发慈悲，直接给他们一枪来个了断。但是日本卫兵们只是大声哄笑，或者提着刺刀往他们身上猛戳。斯米梯缩回身去，大声警告他的四十几个同伴：日本人正在接近B壕，马上就要轮到他们的C号避难所了。

马克·麦克多尔也忍不住向外偷看：日本士兵们将更多的燃油倒入避难壕，并将点燃的火把扔了进去。里面的俘虏发出痛苦的惨叫，而任何从壕沟里逃出来的人都被日本人的子弹射倒在地。

“马克，低下头！”斯米梯喊道，“小心中弹。”

一阵猛烈的机关枪声逼着马克潜回壕沟。他向斯米梯喊道：“把墙上的沙袋拖出来！”

斯米梯费力地挤开人群，调头朝壕沟尽头走去，想要到达通往海滩的逃生洞口。他现在所要做的就是清理掩盖着洞口的树枝，然后移开珊瑚岩和沙袋，这样一来他们至少有机会不被活活烧死。等他走到后面时，斯米梯发现还没有人在清理洞口。他的警告显然没有成功说服自己的同伴们着手行动。

“他们要把我们全部杀光！我们走！”斯米梯高喊道。他将树枝和碎片扔到一边，使劲拖出大岩石，然后又将沙袋提起来。其他几个人也开始帮忙，和斯米梯一起挖凿最后几英寸的土壤。先是手指穿了过去，接着拳头击穿了洞口，日光照射了进来。斯米梯等人疯狂地挖掘出更多的泥土，试图将洞口开得更大一些，好让他们营养不良的身躯从中钻过。

而在他们的壕沟之外，数十名俘虏正惨遭日本人杀害。

日本卫兵从 A 号避难所移动到 B 号避难所，再次实施他们的虐杀暴行。佩特里蜷伏在入口下方，清楚地听到日本人正在接近。他感到自己被步枪托打伤的头一阵阵发紧。随着脚步声越来越大，佩特里退回到壕沟更深处，航空燃油的辛辣气味刺激着他的鼻孔。当燃油从洞口往下淋时，他转身用手肘抵着壕沟壁，朝着壕沟另一端，也就是更为靠近悬崖和铁丝网围栏的地方爬去。

日本卫兵倒完燃油就开始朝着入口开枪。壕沟里的美国俘虏挤得严严实实，佩特里知道他们逃不掉了。点燃的火把还有油布从他刚刚挪开的洞口扔了进来，随着身后的爆炸声响起，橙红色的火球瞬间横扫整个 B 号避难所。入口附近的人被烈火吞噬，痛苦地摔倒在地，挣扎着扭动身躯。躲在壕沟深处的厄尼·科布罗斯不知道该如何是好。当火球从他身边掠过时，他看到一名俘虏从他面前的洞口冲了出去。科布罗斯知道，如果他还留在地下，很快就会变成一具尸体。

只是眨眼的工夫，火苗就烧到了他的屁股，科布罗斯从壕沟尽头蹿了出来，拔腿就朝不远处的铁丝网跑去。数发子弹奇迹般地从他的头上呼啸而过。当他爬过铁丝网时，科布罗斯犹豫了一下，想要帮助自己的同伴一起逃跑。他回头瞥了一眼，看到后面的俘虏在步枪和机关枪的火力下纷纷倒地，他知道自己什么都做不了。

科布罗斯突破铁丝网，越过悬崖，顺着陡峭的石壁连滚带爬地逃到了底下遍布岩石的海岸线。科布罗斯是第一批到达海滩的俘虏之一，但是他完全不知道接下来该怎么办。科布罗斯在浅水处奔跑，寻找可以隐蔽的地方。最后，他在礁岩边缘处发现了一个小洞穴，连忙跑过去躲藏。

B 号避难所里聚集在靠近游廊一端入口的俘虏们没有任何活命的机会。五六个衣服和身上都着了火的俘虏绝望地冲了出去。吉原命令站在游廊上的十几名日本士兵停火，以防伤到他们自己人。但是另一名士官却高声叫着让他们继续开枪，很多人也听从了。二等兵沙河端着步枪连开 3 枪，而且确信自己的子弹全部击中要害。

游廊上由上等兵山口策（Hakaru Yamaguchi）和一等兵绪方启一（Keiichi Ogata）支配的机枪将前两个避难所的主要入口彻底封锁，确保无人能够逃离。A 号和 B 号避难所里逃出的十几名美国俘虏中，大多数人没跑几步就惨遭杀害。吉原和一个士官最后向燃烧着的避难所里扔了两枚手榴弹，结束了他们的杀戮。

还有的日本卫兵不惜亲自动手，采取各种手段残杀战俘。上等兵大贯稔（Minoru Onuki）和山田浩（Hiroshi Yamada）站在两名因中弹和烧伤而倒地的美国人身旁，用刺刀结果了他们的性命。被美国人用电影明星“罗伯特·杨”起绰号的日本中尉千野春雄似乎彻底因为这场杀戮兴奋起来，高声鼓励着他的人大开杀戒。

埃德温·佩特里到达 B 号避难所靠近悬崖的那一端时，科布罗斯已经逃走了。佩特里在那里遇到了几个认识的人：约翰尼·戴兹、朱利奥·史密斯，还有贝托·帕切科。他们开始讨论逃生方案。几人心里都很清楚一分钟之内就会有更多日本卫兵向他们这端的壕沟泼油放火。

“等点火爆炸时，他们肯定要后退。”帕切科说，“我们就趁那时冲出去逃跑。”

入口处一开始有燃油溅入，戴兹就率先冲出去，朝着铁丝网跑，希望能够逃到悬崖那里。紧接着就是佩特里，当他感到整个避难所被热浪包围时，他从洞里一跃而起，冲向了带刺的双股铁丝网。一颗子弹击中他的左脚踝，让他扑倒在地。在咆哮的机枪声和尖叫声中，周围的子弹将地上的沙子和石块溅得四处飞扬。帕切科从佩特里身边冲了过去，后者也连忙跳起身，一瘸一拐地跑到铁丝网那里。锋利的铁刺撕扯着佩特里的皮肉，但他顾不了那么多。在挣扎着钻过铁丝网之后，佩特里就冲向悬崖边。他试图顺着峭壁滑下去，但却重重地跌到了一边。

帕切科和佩特里连滚带爬地翻下60英尺的陡坡。他们一到达海滩，就发现身后还有另外几名俘虏跟了过来。日本卫兵们很快就聚集到悬崖边，朝逃跑的俘虏开火。就在帕切科和佩特里奔跑时，一颗子弹击中帕切科的左上臂，距离他的心脏只有几英寸。他完全暴露在开阔的海滩上，子弹呼啸着从周围飞驰而过。当另一颗子弹击中他的左大腿时，帕切科感到钻心的疼痛，但他没有停下脚步，而是和其他战俘一起顺着海岸线呈“之”字形移动，疯狂地寻找掩护。

C号避难所里，俘虏们聚集在壕沟一端，这里离游廊上的日本卫兵最近。马克·麦克多尔和乔·巴塔都从洞口探出了头，他们看到A号和B号避难所已经陷入一片火海，还有几个人身上着火在跑。马克发现了一名海军陆战队成员——下士罗布·哈伯特，他浑身是火地从附近的一个掩体里冲出来，但是没跑几步就倒在日本人的机枪下。巴塔已经看够了，现在是时候离开了。顺着长长的地下掩体，他艰难地爬到壕沟尾部。就在隧道尽头，他看到了正在挖开紧急出口最后几英寸土的俘虏们。

马克依然停留在壕沟的主入口处，被眼前上演的这场屠杀惊呆了。

从不同掩体里逃出的俘虏们都往悬崖边的铁丝网跑去。他注意到道格·鲍格、佩特里、帕切科、唐·马丁、道格·伯内特及杰西·辛普森全部成功逃生。而那些被火烧得在地上不停翻滚的俘虏们则一个一个地被日本士兵用剑和刺刀杀害。

马克看到，几乎没有俘虏能在日本人的扫射下跑出去多远。他们手无寸铁，毫无反击之力。许多人受伤倒地，而即使是那些成功逃出避难所的人恐怕也是凶多吉少，因为他们正身处于一个被日军占领的岛屿上。

“我们现在和死了没什么区别了，”他想。

道格·鲍格知道如果还留在小防空壕里，自己迟早难逃一死。他和旁边的加布里埃尔·塞拉还有斯蒂芬·科祖希现在蜷缩藏身的这个避难所，是他们在悬崖边缘的铁丝网附近挖出来的，位置就在 B 号避难所的正南面。防空壕的上方是盖着的，只留有一个出口，每次只能容得下一个人进出。

日本人开始大肆屠戮之时，鲍格起身偷瞄了几眼，并向塞拉和科祖希讲述外面的动静。就在不远处，他看到詹姆斯·斯蒂德哈姆躺在靠近 C 号避难所入口的担架上。这个瘫痪的人一动也不能动，只能任由日本卫兵拿着刺刀戳穿他的身体，然后再朝他开枪。

在鲍格的避难所靠右再往南一点的建筑是一座小地堡，专门留给剩下的 4 名美国军官——上尉弗瑞德·布鲁尼、中尉卡尔·曼戈、中尉亨利·奈特及准尉格伦·特纳。鲍格看到日本士兵将燃油倒进地堡，并将火把扔入其中。曼戈医生从入口冲了出来，衣服着火燃烧着。他高举双臂，蹒跚着向日本士兵走去，乞求他们放过俘虏。一个日本卫兵用轻机枪将他打成了马蜂窝，而包括佐藤中尉在内的其他士兵往曼戈身上泼洒汽油，用火把将他点燃。

一名俘虏从避难所冲了出来，赤手撂倒一个日本卫兵，从他手中夺下步枪，然后开枪打死了他。但是这名美国人很快就被背后插入的刺刀放倒在地。鲍格已经彻底看够了。在避难所的出口上方，日本卫兵用密集的子弹铺设了一张火力网，想要将俘虏们封锁在地下，直到每个洞口都倒进燃油。鲍格连忙弯下腰，迎面而来的子弹嗖嗖地打进了他头部周围的木头和土壤之中。

“他们要杀死所有的人！”他向塞拉和科祖希喊道，“逃跑是我们活命的唯一机会，一次一个。如果能够穿过铁丝网，我们或许还有机会躲到沙滩上！”

鲍格把心一横，率先从拥挤的散兵坑里冲了出去。他两个箭步窜向6英尺高的铁丝网，并用力穿过。锋利的铁刺撕裂了他的手、皮肤以及原本就破破烂烂的衣服，但是鲍格一下子就突破了铁丝网上。他在悬崖边上停下来，回头朝他的两个朋友大喊。

“来吧！现在轮到你们了！”

接着，他感到锥心的疼痛，一发子弹击中了他的右腿。鲍格看到科祖希冲出散兵坑，塞拉也紧跟其后。他们的身体因为中弹而剧烈颤抖。塞拉最后成功穿过铁丝网，但科祖希瘫在最上面的一排铁丝网上，不幸身亡。

塞拉迅速消失在悬崖那一边，鲍格却停在那里，回头看了最后一眼。他腿部的枪伤一阵阵地抽疼，而集中营里的其他俘虏正在拼命向悬崖方向跑来。是时候离开了，他翻过崖顶，跳着脚，跌跌撞撞地沿着荆棘遍布的山路朝下方的海滩赶去。

不远处，莫·迪尔、威利·巴丘斯以及利奥·兰普希尔、欧文·埃文斯和迈克·朱菲达紧紧地挤在一个五人散兵坑里。周围机枪声和爆炸声大作，此时一只手榴弹扑通一声落进他们所在的洞里。趁着手榴弹还没有爆炸，巴丘斯及时将它扔了出去。当他起身扔手榴弹时，恰巧看到日本士兵将燃油倒入另一个避难所。

"他们想要把我们全部杀光！"他高声喊道。

兰普希尔跳出散兵坑，拔腿就朝铁丝网奔去。巴丘斯紧随其后，跟着他冲向最近的大避难所。他们刚到壕沟，一颗子弹就从后面击中兰普希尔的头。巴丘斯将他推进C号避难所的洞口，自己也跟着跳了进去。

但是，兰普希尔还是死了，因此巴丘斯又从避难所里跳了出来，费劲地钻过铁丝网向悬崖跑去。朱菲达和埃文斯就在他身后冒着枪林弹雨前进。莫·迪尔留在掩体里，直到日本卫兵用火把点燃了他的藏身之处。当坑内爆出的火苗灼伤他的皮肤时，迪尔也爬出掩体，顶着枪火与朱菲达和埃文斯一起朝着铁丝网冲去。一颗子弹击中迪尔的肩膀，但是却没有让他停下逃命的步伐。在越过日本卫兵的防线时，迪尔、朱菲达和埃文斯三人都中了枪，但他们最终还是翻下悬崖，踉跄地向底下的海滩跑去。

巴丘斯一行分散开来，各自寻找隐蔽的地方。其中，迪尔和巴丘斯在四周奔跑了一会儿，最终躲进海岸附近一个小小的岩洞里。

避难所C是最后一条被点燃的壕沟。在距离海滩最近的一端，几名俘虏已经成功凿开通往壕沟外的秘密逃生通道。一个俘虏扭动着身体从通道中钻了出去，并朝着近在眼前的铁丝网冲刺。然而，就在其他战俘开始爬出逃生通道时，数十名日本士兵正在C号避难所靠近游廊一侧的入口处聚集。一些幸存者快速冲到悬崖顶端，但是其他人却在蠕动着身子穿过铁丝网时被日本人开枪击倒。

医师埃弗雷特·班克罗夫特试图穿过日本卫兵，从主入口逃出。他只跑了几步，身上就被日本人泼上汽油并放火点燃。班克罗夫特跳回C号避难所，试图扑灭已经烧着的衣服。他发出凄厉的惨叫，提醒每一个人他们快要被杀死了。

乔·巴塔看够了也听够了。他刚从马克·麦克多尔与班克罗夫特的身边撤了回来就赶往逃生出口。几名俘虏先他之前挤出洞口，巴塔也紧跟了上去。他用力钻出洞，和身后的人一起急忙从铁丝网下面跑过，并穿过一条经悬崖通向下方海滩的扩建排水沟。在到达铁丝网底下时，巴塔下意识地往回看，只见一个日本士兵将几桶汽油倒在了C号避难所的棚顶和入口处；另一个卫兵则将点燃的火把从壕沟洞口扔了进去，随着一声巨响，C号避难所陷入了火海。在不绝于耳的惨叫声中，巴塔翻过悬崖，向下方60英尺处的海滩逃去。

马克只比巴塔在C号避难所的入口处多待了那么一会儿。日本卫兵朝这里接近时，他已经推挤着人群向海边出口的方向走去。其中一个卫兵在汽油倒入前就将火把扔了进去。其他卫兵开始将一桶桶的燃油洒向避难所的顶棚还有入口。由于之前的烧伤，医护兵班克罗夫特身上还冒着烟，现在又被刚刚倒入的航空燃油淋湿。马克前往秘密洞口时，背部和短裤也溅到部分燃油。在隧道末端，他发现只有两个人还留在侧面出口附近——斯米梯和波普·丹尼尔斯。

就在这时，日本人将火把扔进避难所的入口。烈火沿着整条隧道燃烧，瞬间将惊慌失措的俘虏们吞噬。被燃油浸湿的班克罗夫特开始全身冒火，尖叫着摔倒在地。马克溅上燃油的短裤也被点燃，他迅速扯下燃烧的布料，为了保命而赤身裸体。

吉恩·尼尔森在撤向悬崖边的出口时闻到了汽油味。当火球扫过整条壕沟时，他在马克的前面，没有被点着。尼尔森跃过斯米梯和其他扭动着身体钻出洞口的人，停在了离他们较远的壕沟一端。在他身后，两只手榴弹从隧道的另一个入口被扔了进来，发出巨大的爆炸声。

尼尔森不知道该怎么办。左边，几码远以外的地方就是带刺的铁丝网；而右边，数十名日本人正端着步枪杀死他们所遇到的所有美国人。他看到自己的朋友们有的被烧死，有的在逃命时倒在了日本人的子弹和刺刀下。查尔斯·斯特里特率先采取行动。他从旁边跃过尼尔森，再跳过铁丝网。尼尔森也在助跑后一跳，从缺口俯冲而出，腹部朝下摔落在集中营的院子里。他将手脚缩至腹下，像牛蛙一样跃过附近的铁丝网，然后将身体贴近地面，匍匐着穿过刀片刺网，爬到悬崖边。尼尔森回头瞥了一眼，看到另外两个人——道格·伯内特还有严重烧伤的埃弗雷特·班克罗夫特也和他一起逃了出来。

尼尔森再次纵身一跃，翻过悬崖，朝着下方多石的海岸跳下去。他就像一只坠落的猫，双手在空气中不停地挥舞，终于在下坠几英尺之后挂到了一棵柔韧的树上。树木在他的重量下被压弯，也因此分担了冲击力，使他没有受到严重伤害。尼尔森爬到下方海滩，六神无主地沿着海岸线来回奔跑。

在隧道这边，马克决定利用他们挖的紧急出口逃生，而不是跟随尼尔森等人从尾部洞口逃出。就在他和斯米梯准备钻出洞时，马克注意到蹲坐在地上的波普·丹尼尔斯。这个头发灰白的空军士兵已经被吓得一动不能动了。

“来吧，波普！”马克喊道。

丹尼尔斯依然没有行动，马克一把抓住他，将他塞出洞口。他托着丹尼尔斯的臀部，将他推出壕沟并借势让他滚向下面的海滩。马克跟在丹尼尔斯后面也赶紧跳了出去。

现在就剩斯米梯了。斯米梯这时只穿着一条破烂的短裤，费劲地钻出洞口，沿悬崖冲向下面的大海。他确信自己是最后一个离开C号防空壕的人，但马克也同样确定自己身后再没人跟上来。这一点可以迟些再讨论，如果他们能够活下来的话……

随着巴丹半岛的沦陷，成千上万的美国人退守到被称为岩石岛的克雷吉多岛，他们在那里奋力抵抗日军的袭击，直到1942年5月6日才投降。对于许多巴拉望俘虏来说，这是他们战俘生涯开始的地方。（美国国家档案馆）

大约7万名留在巴丹半岛的菲律宾和美国军事人员被日本人强行赶上了残酷的行军之路，数千人在途中死亡。（美国国家档案馆）

普林塞萨港10-A号集中营新来的俘虏最先看到的是营地入口处一对高大壮观的石柱。（美国国家档案馆）

集中营内的日军营房。（美国国家档案馆）

大屠杀时曹长出口太一在伊拉宛驻地的办公总部。（美国国家档案馆）

10-A号集中营的俯视图。中间的四座大型建筑是战俘营。右上角是日军营房。左上角的白色建筑是小岛上尉居住的宿舍。后期的防空避难所将在战俘营左侧靠近悬崖边的地方挖掘。(美国国家档案馆)

上图:1942年8月到1944年12月期间,普林塞萨港的美国俘虏顶着毒辣的太阳,忍受着热浪侵袭,在巴拉望丛林中开凿出这条飞机跑道。(美国国家档案馆)

右图:陆军中尉卡尔·路易斯·曼戈。他在战前是名医生,后来在普林塞萨港拯救了许多人的生命。(美国国家档案馆)

1. 海军陆战队下士格伦·“马克”·麦克多尔。（凯西·麦克多尔·帕金供图）

2. 海军陆战队下士鲁弗斯·“斯米梯”·史密斯。（妮塔·史密斯·亚历山大供图）

3. 海军陆战队中士道格·鲍格。（凯西·麦克多尔·帕金供图）

4. 陆军一等兵厄尼·科布罗斯。（杰克和费利斯·科布罗斯供图）

5. 海军无线电通信兵约瑟夫·“乔”·巴塔。（琳达·乔·耶尔供图）

1. 陆军下士埃尔莫·“莫”·迪尔。（莎伦·斯皮尔斯供图）

2. 陆军下士威廉·“威利”·巴丘斯。（美国国家档案馆）

3. 陆军一等兵吉恩·尼尔森。（洛娜·莫里供图）

4. 陆军下士埃德温·佩特里。（美国国家档案馆）

5. 陆军一等兵阿尔贝托·“贝托”·帕切科。（美国国家档案馆）

1. 海军文书军士布鲁斯·埃利奥特为了逃脱被日本人俘虏的命运，曾试图从巴丹半岛游到克雷吉多岛。后来他在1942年8月率先从巴拉望岛成功出逃。（詹妮弗·梅克斯纳供图）

2. 海军陆战队下士西德尼·赖特与埃利奥特等人一起逃出。几个月后，当他得知逃出的同伴被一个与日本人勾结的菲律宾叛徒杀害后，他一路进行追捕，最终亲手杀死那个叛徒为自己的伙伴报仇。（戴维·赖特供图）

3. 海军文书军士（上士）休伯特·霍夫遭到日本卫兵的毒打后无法到机场工地干活，被日本人指派保管战俘集中营的文书记录。（休伯特·霍夫的女儿林亨·斯托特和敏弘·雷登纳供图）

4. 海军陆战队下士乔治·伯莱奇，被戏称为“胳膊粉碎者”，因为只要给他些格外的食物或香烟，他就能用镐柄将同伴的常用手臂打断，从而让其免于机场苦役。（乔治安娜·伯莱奇供图）

1. 上尉弗瑞德·布鲁尼，集中营的高级美国军官。他处境尴尬、身不由己，一边要维持俘虏之间的纪律，一边要安抚俘虏他们的日本人。(美国陆军)

2. 少尉鲍勃·罗素，高级海军军官，经常与布鲁尼发生冲突，还曾与曼戈医生打架。(美国海军)

3. 海军陆战队一等兵唐·马丁，1944 年 12 月 14 日晚试图游过普林塞萨港海湾逃生，从此再也没有上岸。(林亨·斯托特供图)

4. 海军陆战队一等兵罗伊·亨德森和几名俘虏结成生存联盟小组。在感染疟疾时，他的朋友为他偷偷送来水果，帮助他活下来。(埃特·亨德森·胡克供图)

1.“苦刑树”,俘虏们在这里被日本卫兵用鞭子和棍棒毒打。(美国国家档案馆)

2.1944 年中期曹长出口太一担任普林塞萨港日本宪兵队的代理指挥官。(美国国家档案馆)

3. 被俘虏们称为“秃鹫”的佐藤良和中尉，于 1944 年 12 月担任 10-A 号集中营的副指挥官并领导了普林塞萨港大屠杀。(美国国家档案馆)

4. 小川居中尉负责汽车修配车间和机场维修的工作。在大屠杀期间，他专门带领一艘机枪驳船狙杀试图游过海湾的美国人。(美国国家档案馆)

从大屠杀逃生的俘虏沿着营地边缘这处陡峭的悬崖冲到下方岩石遍布的狭窄海滩上。(美国国家档案馆)

集中营下方的海边一景。注意小帆布帐篷下方那个狭小的洞穴入口，它是逃生者们曾经躲藏过的一个地方。(美国国家档案馆)

另一张关于集中营下方悬崖和礁岩海岸的图片。大屠杀期间，许多试图逃命的战俘在沿着海滩逃跑或冲入海里时，成为日本人的靶子。（美国国家档案馆）

C号避难所出口下方的悬崖俯视图，马克·麦克多尔、斯米梯及丹尼尔斯等人正是从这里逃到下方的礁岩海岸线。（美国国家档案馆）

从悬崖上眺望普林塞萨港海湾。（美国国家档案馆）

游了一个晚上后，乔·巴塔从这里登上海湾另一边。6名美国逃俘沿着巴拉望海岸线划行时使用的是桨叉架船，其样式可以参见图中停泊在海边的这只螃蟹船。（美国国家档案馆）

左上图：从10-A号集中营逃脱出来的美国人因为两年多奴隶般的苦役和营养的缺乏而变得骨瘦如柴。这5名俘虏是从吕宋岛圣托马斯集中营中解救出来的俘虏。巴拉望大屠杀幸存者的证词加速了救援行动的实施。（美国国家档案馆）

右上图：佩德罗·帕杰坐在依望罪犯流放地的办公桌前。虽然一些战俘怀疑他是亲日派，但实际上在战争期间，帕杰暗中组织了巴拉望地下游击力量。（美国国家档案馆）

一些大屠杀的美国幸存者在依望罪犯流放地偶然碰到这些菲律宾住民，并得到了他们的热心帮助。（美国国家档案馆）

左上图：塞莱里诺·波亚托斯中尉将9名巴拉望幸存者送达安全区域。（美国国家档案馆）

右上图：乔斯·米兰达救下了埃德温·佩特里和贝托·帕切科（美国国家档案馆）

上图：米兰达指出佩特里、帕切科和吉恩·尼尔森游过普林塞萨港海湾后暂时藏身的村舍。（美国国家档案馆）

左上图：托马斯·劳登被日本人拘禁了3年。他在1945年1月和6名大屠杀幸存者一起从岛上获救。（玛丽·安妮·马约尔·安切塔供图）

纳萨里奥·马约尔上校负责指挥普林塞萨港区域的游击队。在大屠杀发生后，他们一家热心地将幸存者接到自己家中。前排，从左到右依次为：托马斯、罗琳、抱着罗琳的玛丽、纳萨里奥、科妮莉亚和玛丽·安妮；后排：弗兰克、罗伯特和内莉。（玛丽·安妮·马约尔·安切塔供图）

左图：伊希尼奥·阿科斯塔·门多萨医生，巴拉望特营A队队长，1944年1月24日因为参与游击队活动被日本人杀害。（伊希尼奥·“巴迪”·门多萨和巴特·达夫供图）

特利尼达·“特里尼”·克拉克·门多萨。在她的丈夫被害后，门多萨夫人向10-A号集中营的美国战俘伸出了援助之手，被称为“红手帕夫人”。（休伯特·霍夫的女儿林亨·斯托特和敏弘·雷登纳供图）

一名士兵在检查马克·麦克多尔、斯米梯和波普·丹尼尔斯等人逃离的防空壕沟。请注意悬崖边上的铁丝网，有些俘虏在逃到下面的海滩时不得不挣扎着破网而出。(美国国家档案馆)

左上图：士兵们在挖掘被日本人放火烧死的美国俘虏的遗骸。(美国国家档案馆)

右上图：1945 年 3 月，被杀害的俘虏遗骸仍然留在凿开的防空壕中。(美国国家档案馆)

1948 年，10-A 号集中营的日本卫兵因为战争罪受审。（美国国家档案馆）

埃德温·佩特里等巴拉望幸存者在日本审判庭作证。（美国国家档案馆）

1945 年返回美国之后，巴拉望大屠杀的幸存者乔·巴塔、马克·麦克多尔和道格·鲍格在地图上向一名情报官员指出巴拉望的位置。（凯西·麦克多尔·帕金供图）

第三部分

活着回家

“她只是瞧着我，就像在看一个会走的死人，”帕切科后来回忆说。

但凯蒂终于接受了这一令人难以置信的奇迹。

“阿尔贝托！”她高兴地大叫，紧紧地抱住了他，多年的苦难在那一刻烟消云散。

14

猎 杀

在与 10-A 号集中营毗邻的悬崖下方，狭窄多石的绿色海岸线上到处分布着锯齿状的黑色岩石，只有一条不过数码之宽的细长的沙带铺在岸边。蓝绿色的海水将延伸到普林塞萨港湾的岩石悬崖侵蚀得坑坑洼洼。参差不齐的灌木丛、矮树林，还有蜿蜒缠绕的藤蔓覆盖在这座足有 60 英尺的断崖之上。

从悬崖顶部到集中营下方荒芜的海滩，一路上危机四伏。对于那少数几十个幸运地冲下山的美国人来说，他们甚至面临着更大的死亡威胁。约翰·斯坦利和另外一名美国俘虏逃到海边，然而悬崖上方的日本兵沿铁丝网站着朝他们开火。最终，他们从背后中枪，双双瘫倒在浅水之中。

另外两人——乔治·艾尔和沃尔多·黑尔在海边附近碰到道格·鲍格。鲍格告诉他们，自己计划以西南方向的大块礁岩为掩护，顺着海滩逃到码头区域。运气好的话，鲍格希望能够钻进灌木丛，然后迂回进入丛林。艾尔和黑尔对此并不赞同，他们认为游泳逃跑的活命概率更大，于是两人都纵身入海。

艾尔没游出几码远，就被上方日本卫兵的弹雨打中。黑尔大概又游出去 30 多码远，鲍格能够看得到他周围的水面被铅弹搅动着。他根本就没有机会脱身。“他们打到我了！”黑尔喊道，日本人的子弹击中了他。他翻过身子仰面朝上，死在了海里。

鲍格右侧的大腿因为中弹而疼痛不已，他没有穿鞋，赤着脚一瘸一拐地在锯齿状的珊瑚岩上跋行，被锋利的石头划得鲜血淋漓。但是，他现在没有时间去为伤口烦恼。他就像一个受伤的野外赛跑者，左闪右避地在海滩上巨大的岩石中行进。

他朝着码头区域前行，但是只走出 100 英尺，就碰到 3 名身穿白色制服、带着锚状徽章的日本水兵。他们正支起一挺“刘易斯”机枪——一种盛行于第一次世界大战的轻型机枪，其上插式弹鼓盘可以发射出点 30-06 口径的子弹。鲍格的去路被封死了。如果他现在转身往回跑，肯定会被这几个日本兵用一连串的子弹击毙。

鲍格别无选择，只能放手一搏。他猛地朝 3 名日本人撞了过去。四人登时乱作一团，彼此扭打拉扯着，跌跌撞撞地摔进浅滩的海水里。鲍格紧紧地抓着他们的制服，试图把这些日本人的头按进水里。两名吓坏了的日本兵松开他们紧抓鲍格和“刘易斯”机枪的手，踩着水狼狈地窜上沙滩，害怕自己会被这名疯狂的美国人给淹死。

第 3 名日本兵依然牢牢地抓着机枪。鲍格夺下机枪，连带着从背后抱住他的日本水兵一起跌倒在浅水滩上。鲍格挣扎着爬起身来，拉开驱动装置，架好机枪，开始射击。他将装有 97 发枪弹的弹鼓发射一空，杀死了离他最近的那名日本水兵还有其他两个冲上岸逃命的日本人。“刘易斯”机枪自动射击的迅猛火力暂时保住了鲍格的性命，但是上面的弹鼓也掉了下来，宣布报废。

鲍格朝下往海滩看了一眼，发现还有更多的日本士兵在架置另一挺轻型机枪。现在没有时间可以浪费了。他扭身往回跑去，同时四处张望，寻找合适的藏身之所。鲍格在海边发现一处岩隙，但是那里太小，无法同时容下他和手中的机枪。鲍格把枪扔进海水之中，用力挤进锯齿状的岩隙深处，并尽可能地将自己早已伤痕累累的身子压低。

在鲍格周围，到处充斥着震耳欲聋的哀号声、惨叫声、嗒嗒作响的机枪声，还有步枪的射击声和时而穿插的爆炸声。随着壕沟里的美国人被成群炸死，炸药爆破的气味逐渐飘散到海岸上。肉体烧焦的气味令鲍格干瘪的胃无法忍受，几欲呕吐。一些日本卫兵的哄笑更是让他深恶痛绝，然而，鲍格知道自己无能为力。

接下来的时间对于藏身岩隙的他来说格外漫长。鲍格一直压低着头，看着血液一点一点地从他的腿脚渗出。

大约下午 3 点的时候，也就是大屠杀实施后的一个小时，鲍格听到有日本卫兵朝他走来。其中一个人距离鲍格的藏身处如此之近，鲍格甚至能够闻到他身上散发出来的体臭。那人别在腰带上的水壶近在眼前，伸手可及，但是他心跳不止，不敢轻举妄动，后来这个手持步枪的日本兵从他旁边走过。

他还不能跑，附近还有太多全副武装的日本士兵在四处搜寻。但是，继续待在岩石中也支撑不了多久。一个念头从鲍格的脑海闪过，让他感到不寒而栗：“他们会一直搜查这些岩石，直到抓到我们，然后全部杀光，一个不留。”

至少 9 名俘虏从 C 号避难壕的秘密洞口逃了出去。B 号和 C 号避难所的主要洞口以及一些较小的散兵坑中也有人钻了出来，并以冲刺的速度穿过铁丝网。现在大约有 30 名美国人翻下悬崖，在沙滩上四处逃命。埃德温 · 佩特里和贝托 · 帕切科都被子弹打伤，他们沿着多礁的海岸线一路疾奔，直到佩特里在海边发现一处狭小的洞穴。他和帕切科迅速钻进洞中，尽可能地将身子往里挤。而在洞外，尖叫声、哭喊声还有机枪的开火声不绝于耳。厄尼 · 科布罗斯原本躲藏在海边的一处沙坝后面。在大混乱开始时，埃弗雷特 · 班克罗夫特、罗伯特 · 史蒂文森和福雷斯特 · 林赛都互相拥挤着藏在他附近。

科布罗斯认为沙洲所能够提供的掩护有限，因此决定和林赛两人冲往附近两块巨大的岩石处。科布罗斯顺利抵达，但是在逃离避难所之前，已经被汽油严重烧伤的林赛却中弹身亡。科布罗斯爬上岩石，与其他几人一起挤入一个小石洞中，他决定等到天黑以后再继续出发。

乔·巴塔半滚半爬地跑下了悬崖，一直冲到海边，庆幸自己还活着。他心里明白，处死美国人的命令必定来自马尼拉。现在，身边的伙伴惨遭杀害，但巴塔感觉得出日本人的这次行动准备得并不充分。“如果他们计划周全，就不会只在海滩上安排机枪手，而会同时点燃 3 个大防空壕，而不是一次一个，”他想，“他们有充足的人手这么做。”

巴塔在海滩上四处张望，他看到还有美国人越过铁丝网跌跌撞撞地往悬崖下冲。过了一会儿，上方的日本卫兵就开始在悬崖上朝着下面逃窜的俘虏开火。下士戴恩·哈姆瑞克从巴塔身边跑过时，左臂被一颗子弹击穿。巴塔拦下哈姆瑞克，用止血带帮他固定受伤的胳膊。

“今天是我 24 岁的生日，竟然要如此悲惨地死去！”哈姆瑞克说，巴塔替他缠紧绷带以减缓流血的速度。

哈姆瑞克继续冲出去寻找掩护，而还不确定该如何脱身的巴塔很快就碰到了另外两名幸存者，即二等兵约翰·莱昂斯和海军陆战队的唐·马丁。他们三人发现一处潜在的藏身之所，并弯身躲到岩石的一处缝隙里。这处缝隙能够为他们的头部提供足够的遮挡，但是还不足以保证任何靠近的日本卫兵不发现他们。巴塔认为游泳不是一个好主意——那些以身犯险的俘虏纷纷倒在了日本人的枪下。

巴塔透过岩缝向外看，发现另一名俘虏正在朝他们的方向跑来。巴塔认出那是二等兵肯·史密斯，肯·史密斯之前曾被日本人当作运送特勤连的卡车司机使用。史密斯沿着沙滩狂奔，直到在附近找到一块可以藏身的岩石。一名在岸上搜索的日本士兵发现了史密斯，直接开枪将他杀害。

等到日本兵走远后，巴塔、马丁还有莱昂斯立刻沿着海边附近的岩石小心翼翼地向南移动，寻找更好的隐蔽点。他们恰巧发现一个老旧的污水管出口，专门用于疏导上方营地的废物。如今，恶臭的气味已经算不了什么了，他们三人都将身体深深地挤入这个洞穴般的出口里，直到从外面完全看不到为止。

吉恩·尼尔森到达海滩还算顺利，没有受到重伤，他和其他人一起沿着海岸寻找最佳的隐蔽地点。尼尔森看到厄尼·科布罗斯等人躲避在岩石底下。就在他们上方，日本人的步枪子弹像雨点一样射了过来。那些跑入大海的人还没开始游泳就死在日本人的枪下。尼尔森从未见过如此恐怖的景象，沙滩和浅水区都被鲜血染红了。

他大概数了一下，至少还有其他十几名幸存的俘虏在努力寻找掩护。日本人的巡逻队正在向这边靠近，他们的枪声牢牢阻挡住想要继续沿着海岸线逃跑的俘虏们。

尼尔森没有跑太远，一直留在集中营下方的悬崖底部附近。他很快就决定留在岸上。尼尔森向上看了一眼，注意到上方的垃圾运送槽中伸出的铁丝网。集中营里所有的垃圾，包括食物残余、树枝、椰子壳等，都会顺着这个滑槽倾倒出来，然后让普林塞萨港的海浪将它们冲走。

尼尔森并不想和其他人一样躲藏到海边的岩石之间，因此他纵身钻进垃圾堆，希望暂时藏身于此，直到能够想出更好的计划。他不停地往垃圾堆底下钻，直到整个身体被完全覆盖。在距离他不到10码远的地方，仍然有十几名战俘暴露在岩石之间。感觉自己彻底藏好身后，尼尔森就一动不动地躺在那里竖耳聆听，等着日本卫兵靠近，准备静观其变。

斯米梯注意到有两艘日本巡逻艇在沿着海岸线巡逻，并朝着任何试图逃跑的俘虏开火。在海滩上，他暂时停下逃跑的步伐，向马克·麦克多尔望去。两人都意识到将来可能永无再见之日，因此都伸出手，紧紧地握在一起。

“就到这儿吧，伙计，好吗？”马克说。

斯米梯最后看了一眼他的朋友。“好的，马克。我们还会再见的！”

两人再次拔腿狂奔。斯米梯迈着灵活的长腿敏捷地从悬崖底部向右拐去，朝着西面的方向移动。驻守在沙滩上的日本士兵开启了自动步枪，而同时悬崖顶部还有其他日本兵在不停地射击。斯米梯钻进一片珊瑚岩中藏身，却发现早已有几名俘虏躲在了那里。

“你们最好分散开来！”斯米梯对他们发出警告，“这里一次藏不下四五个人！”

其他人仍然想要待在一起。斯米梯跳起身来，往回冲上悬崖，一边移动一边利用凸出珊瑚岩作掩护，一直爬到顶部。就在他停下时，刚好注意到两名日本卫兵就在距离他不到30英尺的地方。高高的草丛挡住了他们的视线，也让斯米梯逃过一劫。他平卧在地面上，开始慢慢地从悬在上方的灌木丛底部匍匐前进。低垂的草叶还有矮树枝形成了小隧道，让斯米梯努力地往深处钻去。那里一片黑暗，斯米梯朝外看得很清楚，但是他不认为外面站在阳光下的人能看到里面。

斯米梯在胳膊和脸上都涂抹了泥土，进一步伪装自己。到目前为止，他还感觉自己非常幸运，只有右侧的身躯在穿行珊瑚岩时被划伤。斯米梯从他的藏身处这一有利位置向外窥探，看到底下海滩上的其他俘虏正在惨遭杀害。他决定继续留在这里，直到天黑。

就在马克·麦克多尔拼命奔跑时，步枪子弹把他附近的珊瑚岩崩飞。其中一发枪弹将尖锐的礁岩碎片崩入他的右腿中。马克停下来打量周围的环境以寻找掩护。此时，斯米梯已经跑得不见踪影，消失在悬崖上的一处小壑中。

马克看到周围其他逃下悬崖的美国人正蹲伏在石洞里或者礁岩间。

马克知道他们这样很难逃脱一死。“我去哪儿才不会让日本人发现？”马克灵机一动，想到了集中营的垃圾场。他朝着巨大的垃圾堆跑去，在他被关押在集中营的这些年里，那里的垃圾越堆越高。

垃圾堆的气味臭不可闻，但是马克毫不犹豫地一头扎了进去，用力将自己赤裸的身体挤入污秽之中。腐烂的恶臭让他的胃感到阵阵收缩，他极力克制着自己不要吐出来。马克朝里爬去，他一边将垃圾往身上盖，一边扭动着身体尽力往深处钻，直到垃圾堆的重量阻断了继续深入的可能。蠕虫、蛆等生物开始在他的身上爬来爬去。

马克不知道吉恩·尼尔森也钻到了垃圾堆下面，而且就在他附近。马克静静地躺在那里，紧绷着神经，努力控制自己不要呕吐。他唯一的希望就是在这里待到天黑，也许他可以趁那时溜出去，跑到海里。

但是没过几分钟，马克就能感觉得到附近有人。那是另外两名逃亡者——查尔斯·斯特里特和欧文·埃文斯，他们正扒拉着附近的垃圾，希望挖出一个可以藏身的洞穴。马克能够听到一些抵达海岸的日本卫兵在叫喊。远处开始有噼噼啪啪的枪声响起，马克躺在那里，一动也不动。

埃文斯正好钻到他身边，说：“马克，我们该怎么办？”

“就这么安静地待着，”马克说，“或许他们不会发现我们。”

藏身在附近的尼尔森听到上方的集中营里传来了枪声，还有美国人遭受折磨和杀害的惨叫声。他听到日本兵高喊着万岁，发出巨大的欢呼喝彩声，愉快得就像美国人在参加足球比赛一样。

凄厉的哀号声此起彼伏、惨不忍闻。枪声还有惨叫声最终让斯特里特精神崩溃，他跳出垃圾堆，朝着大海跑去。然而快到海边的时候，他就被日本人的步枪放倒了。

马克、埃文斯和尼尔森现在吓得连大气也不敢出，全身僵硬地待在那里。从垃圾堆现身的斯特里特让日本兵注意到了这里，他们开始向垃圾堆走去，想要看看是否还有人躲在里面。欧文·埃文斯似乎已经失去理智，开始向着垃圾下面蠕动。

“不要动，该死的！”距离他只有几英尺的马克低声说道，“他们会看到我们在这儿的！”

埃文斯突然一跃而起，身上的垃圾也随之洒到一边。“够了，日本杂种！”他喊道，“老子在这儿！来啊，你们这群狗娘养的！”

日本人的枪声响起，埃文斯抽搐着滚倒在地，他的身体正好压在马克身上的垃圾上。尸体的重量把马克紧紧地压到垃圾里，几乎不能呼吸。他感到一名日本士兵爬到垃圾上。几秒钟后，马克感觉到埃文斯的尸体被拖走了。

日本人倒油焚尸的时候，马克再次闻到了熟悉的航空燃油味。尸体焚烧的恶臭几乎令人无法忍受，但是马克依然一动不动地躺在那里。而在几码远之外，尼尔森也同样如此。

很快就有其他人与杀死埃文斯的日本卫兵会合，而蹲伏在附近岩石间的十几个美国人也没有藏太久。日本卫兵一离开垃圾堆，就发现其他暴露在外的逃跑者。

一名美国人抓起一块珊瑚岩，朝这些日本人厉声咒骂，并将石头砸向一个卫兵，结果被一连串的步枪射击撂倒。日本士兵们冲上前去，其中一名士兵拿着刺刀戳向一名逃跑者的腹股沟。受伤的俘虏滚倒在沙滩上，失声痛叫，而其他卫兵则举起他们的步枪朝着俘虏们的腹部开火。日本人不是将他们痛快地杀死，而是让他们瘫在地上。这些日本卫兵们高声哄笑，一边四处走动，一边拿着钢刺刀刺俘虏的大腿、臀部还有腹部，而这些人曾经还给他们做过苦力。

透过垃圾的缝隙，尼尔森将一切尽收眼底。他眼睁睁地看着日本士兵虐杀他的同胞，又惊又怒但也无能为力。在遍布岩石的海岸边遭到折磨的俘虏中，尼尔森认出了医师班克罗夫特和约瑟·马斯卡雷纳斯。“上帝，他们为什么不行行好，直接杀死他们呢？”尼尔森心想。

一些俘虏不堪折磨，乞求日本人直接给他们一枪，但是日本士兵只是哈哈大笑，并再次举刀戳向他们的臀部还有腹部。这种刺刀酷刑持续了将近一个小时。

马克极力遏制着自己想要动一下身的欲望，尤其是想要一巴掌拍死身上的蠕虫还有臭虫的冲动。最后，他总算找到可以向外偷看的时机，小心翼翼地用手指在垃圾堆中戳着直到有一团新鲜的空气从小洞中涌入。就在 25 码以外的地方，6 名日本卫兵将 1 名美军士兵团团围住，肆意戏弄。他们拿着刺刀往他身上戳，每戳一下都令这个可怜人的下肢增添一处新伤。

“拜托，杀了我吧！”这名俘虏哀求道。

马克看到另一个日本士兵提着一桶航空燃油走了过来。

“不要烧我！”美国俘虏哭喊道，“给我一枪！我不想被烧死！”

几个日本人用刺刀将他困住，而提着桶的人则将汽油倒在他脚上，然后用火把点燃。这名可怜的美国人被火烧得到处乱跳，发出痛苦的惨叫。

“杀了我，你们这群混蛋！”他吼道，“你们这群畜生，杀了我！”

日本人将他的另一只脚也泼上汽油，并放火点燃，接着又往他的手上泼洒汽油，同样点上了火。

“哦，上帝！求求你！求求你！”这名美国人的皮肤被火焰灼伤，不停地哀号。最后，他摔倒在地。日本人提着桶走上前去，把燃油洒满他全身，然后用火把点燃。马克看到那名美国俘虏浑身是火，一边惨叫一边在地上翻滚。日本士兵就在旁边等着火焰慢慢熄灭，然后将烧焦的尸体拖到附近的一棵树前。他们将这名受害者绑到了树上，当作练习刺刀的靶子。

马克堵上垃圾堆中的窥探孔，一动不动地躺在那里，最终忍无可忍地吐了出来。

几码远之外的吉恩·尼尔森估计时间大概到了下午 5 点。

他已经在垃圾堆里埋藏了几个小时，俘虏们遭受折磨时发出的惨叫早已平息。他偷偷向外看去，发现大多数俘虏已经死去，剩下的人似乎也是奄奄一息，痛苦地扭动呻吟着，而几名日本卫兵正蹲坐在不远处的沙滩上，挖掘一个巨大的坑。等到坑挖得足够大时，他们就开始将美国人的尸身踢进洞里。有些俘虏还没死，就被扔到坟坑中，一个叠着一个。等到洞里填满已死和将死的美国人时，日本卫兵开始拿着铁铲往他们身上填沙，想要掩盖他们的屠杀罪行。

等到尸体被掩埋后，一个日本士兵走到垃圾堆这边，开始收集树枝、椰子壳等废物堆放到墓穴上面。当他扒拉开一大把垃圾时，赫然发现一个美国人的白色小腿和下部大腿，它们都光着露在外边。尼尔森知道他被发现了。他屏住呼吸，一动也不敢动，听着那个卫兵叽里呱啦地跟他的同伴们说话。尼尔森如今学会的日语已经足够听懂这个人的话："他的朋友已经将他埋了！"

他们以为我死了！

离他最近的士兵站在那里盯着这个美国人看了一会儿。"现在太热了，"尼尔森想，"他不会愿意为了埋我再另外挖一个洞，我肯定。"日本卫兵们似乎正在讨论如何处理这个突如其来的被害者。尼尔森的身上到处有恼人的虫子爬来爬去，还有些东西在叮咬他裸露的背。一旦他们刺他，看到他还有活着的迹象，那么一切就都完了。或许被一枪毙命？那还算仁慈，更糟的是还可能被刺刀捅上无数下，或者被泼上汽油活活烧死。

此时悬崖上方传来一阵喧闹，一个日本人的声音响起，宣布现在是晚饭休息时间。卫兵们顺从地将铲子扔到一边，抓起他们的步枪，开始爬上悬崖回营吃饭。他们可以稍后再处理这个死去的美国人。

吉恩·尼尔森知道自己的好运不会持续太久。等到这些卫兵爬上山，从视野中彻底消失时，他就必须马上离开。

在集中营的院子里，美国人的尸首成堆地摞在一起，他们在逃跑时被日本人用枪或刺刀杀害。而在三个大避难所和其他较小的散兵坑还有尸体在闷烧着。一些俘虏在以防护的姿势挤在坑道里的时候就死了，烟熏火燎的空气里到处弥漫着浓郁的皮肉焦味和溢出的燃油味。

佐藤中尉的手下四处走动，寻找生命迹象。山本准尉发现一个美国人尚未死绝，他面部朝下地躺在地上，但是仍在呼吸。山本拔出佩剑，高高扬起，然后用力挥下，一剑砍下了那个人的脑袋。

普林塞萨港集中营院内的大屠杀结束了。在屠杀开始的一个小时里，没有逃出营地的美国人都被斩尽杀绝。小岛上尉传令手下最后清点一下尸体的数量。他要确保所有的美国俘虏都被处理掉了。如果最后的数目少了，他也已经准备好下令继续追捕，抓住那些逃到下方礁岩海滩上的漏网之鱼。

战俘们的衣服和头发都被烧光了，只留下尸身暴露在外，露出通红的鲜肉。那些尸体的表情以扭曲狰狞的形态凝固着，让人无法识别，十分悲惨。吉原中尉和山本准尉命令十几名站在营地游廊上的卫兵填埋壕沟。许多美国人的尸体被堆积到一起，日本人在上面洒满汽油并放火付之一炬，然后再将烧焦的骸骨扔回避难壕，填土掩埋。二等兵沙河富三郎在接下来的半小时里都负责 A 号避难所和一个较小的散兵坑的善后工作，之后他被下令朝着下方的海滩进发。

现在是去解决那些幸存者的时候了。

15

夺路而逃："我还能走运多久？"

斯米梯仍然藏身在悬崖顶部附近的杂草丛中。噩梦开始到现在已经过去了将近两个小时，斯米梯密切注视着附近的一个日本兵。紧接着又有另外两个日本兵走了过来。其中一人顺着山路慢慢向上爬，距离斯米梯藏身的位置越来越近。他沿路拨开杂草，从浓密的灌木丛一片片地检查过去。

现在那个日本兵就在斯米梯周围6英尺以内的范围活动，不时翻动附近的草丛，眯着眼睛在黯淡的光线下搜索。对于斯米梯来说，这几秒钟漫长得犹如几个钟头，因为他随时可能被日本人用一颗子弹结果了性命。他能够闻到那个人身上的汗味，甚至能感觉到他的呼吸。

"三年地狱般的折磨就换来这个！"斯米梯心想。现在，像死亡一样冰冷的钢刀随时可能插入他的肋骨。斯米梯默默地祈祷，只希望这个日本兵能在发现他的第一时间刺下去，让他死得痛快点，少受点罪。

但是日本兵最终放开杂草，继续向前走去。

空中的太阳渐渐西移，日本人的追捕继续进行。接近日落时，另外一群日本士兵再次靠近斯米梯的藏身之所。他们一边走，一边每隔几英尺就拿插在枪上的刺刀戳一下地面。其中一个卫兵停在斯米梯附近，端着刺刀往沙土里捅，落下的刀刃有许多次距离斯米梯仅数英寸。后面的一个士兵直接从右边踏进了斯米梯躲藏的杂草地，斯米梯顿时僵住了。

一只穿着靴子的脚重重地落在斯米梯右肩上。日本士兵打了一个趔趄，差点摔倒。他停下脚步，但是昏暗的光线让他无法看清是什么东西差点绊倒了自己。斯米梯屏住呼吸，直到这个卫兵不再深究，慢慢地穿过多石的悬崖。他在那里趴了几个小时，不知道下一步该怎么办。一些四处搜捕的日本卫兵在兴奋地闲聊。如今斯米梯的日语水平已经能够听懂这些日本人的部分谈话。其中一人提到共有149名美国人被杀。

“难道我是唯一的幸存者吗？”斯米梯心想，“在统计到150具尸体之前，他们肯定不会就此罢休。”

日本卫兵继续搜索礁岩海岸的石头缝隙，还有烧焦的防空壕下方那片悬崖斜坡上的灌木丛。有一次，两个日本兵走近斯米梯的藏身之所，并一屁股坐到了附近的岩石上休息，距离斯米梯还不到10英尺。这时的情况危急万分，斯米梯拼命抑制住自己想要咳嗽和伸展四肢的冲动，努力不去发出任何声音。过了一会儿，斯米梯听到有什么东西爬下悬崖，而且正穿过草丛朝他爬来。没过多久，一张布满鳞片的蜥蜴脸就出现在灌木丛下。

这只巨蜥越爬越近，它可能把斯米梯当成了尸体，于是把嘴朝斯米梯的左手伸过去。斯米梯害怕自己被咬时会忍不住叫出声，于是轻轻地挥了挥手指。巨蜥钻过灌木丛，长长的尾巴晃动着，在它笨拙地朝附近日本卫兵的方向爬下山时发出了可怕的沙沙声。日本兵吓了一跳，连忙蹦到一边，为这只爬行动物让路，惊慌得完全没有想到去察看这个畜生受惊的原因。

“现在已经是第三次差点被发现了，”斯米梯暗暗地想，“我还能走运多久？”

随着太阳下山，其他可怕的担忧也钻入斯米梯的脑海中，“如果他们开始放火烧毁整片灌木丛的话，我该怎么办？”

这种想法并非毫无根据。日本人可能真的会顺着陡峭的斜坡用燃油点燃所有的灌木丛、岩屑和杂草，然后把幸存的美国人熏出来。“也许他们会因为草木过多选择不这么做，”斯米梯想，“再或者他们不会愿意为了寻找一个美国人而如此大费周章。”

他确信自己上面没有人还活着。整个下午，他都听到集中营里不时有步枪的射击声响起，很显然是日本人在处决俘虏。他后来还听到爆炸声，明白是日本人在用炸药把现场伪装成美国人被友军炸弹炸死的模样。斯米梯看不到海滩上发生的事，但是那些受害者被处死时发出的凄惨叫声却真真切切地传到了他的耳朵里。

斯米梯下方是一块巨大的岩石，正好位于海边，几名美国人躲在岩石后面。斯米梯小心翼翼地观察四周时，一艘日本巡逻艇正从海上向这里靠近。岩石后的一位美国人因为腿伸得太长而被远处巡逻艇上的日本兵发现，斯米梯看着船上的枪手扣动了扳机。受伤的美国俘虏显然是想掩护自己的同伴。他踉踉跄跄地从岩石后面走出来，被日本兵数枪击毙。日本巡逻艇继续行驶去寻找其他目标，没有发现岩石后面剩下的战俘。

“那人是真正的英雄，”斯米梯想。

吉恩·尼尔森一动不动地躺在垃圾堆里，裸露的双腿暴露在外，等着日本兵撤回到断崖上。他的命保住了，哪怕只是暂时的。现在没有时间可以浪费了。他小心地爬下垃圾堆，抖落掉用来掩盖身体的最后一些椰子壳，在傍晚的阳光下眯起了眼。尼尔森看着那群日本卫兵翻过悬崖，然后他就沿着沙滩跑了起来。

他来来回回地寻找藏身之地。日本卫兵很快就会回来，他知道自己如果被他们抓住，会面临什么样的下场。但是，他并不认为潜入海中的活命概率更大。日本巡逻艇仍然沿着海岸线徘徊，上面的步枪手随时都可能向他们看到的俘虏开火。尼尔森沿着海边跑去，努力让自己不要暴露在他们的视野内。就在不远处，尼尔森在海滩边上发现了一个狭小的浅水洞穴。

当他爬进洞里时，尼尔森才发现早有其他美国俘虏躲在那里，他们是莫·迪尔、厄尼·科布罗斯、波普·丹尼尔斯、加布里埃尔·塞拉、比尔·威廉姆斯、威利·巴丘斯和约翰·沃伦。8名美国人试图完全藏到珊瑚岩后面，但是没过多久，他们听见日本驳船正顺着靠近他们躲避地点的另一条路径返回海滩。所有人都尽可能压低身子，蹲伏在缝隙中。

尼尔森试图隐藏到一簇灌木丛后。驳船发动机的嗒嗒声越来越近，几名美国俘虏之间互相叮嘱着不要发出任何声音，但是塞拉此刻剧痛难忍。他全身上下都被烧伤，连头发也烧焦了，任何礁岩表面的触碰都会让他受到脱皮剥肉之苦。塞拉不断发出痛苦的呻吟。随着驳船的靠近，尼尔森注意到距离海水最近的沃伦正蹲藏在一片珊瑚岩后面，那里足以遮挡住他的上半身，但是却将他的腿暴露在外。

小川居中尉的人发现了沃伦从岩石下方伸出来的腿，于是开始袭击他。一连串自动发射的子弹铺天盖地地涌向洞穴入口，然后又向四面八方反弹。沃伦惨叫出声，一颗子弹正好击中他的脚踝。沃伦的脚几乎被打断，只剩下肌腱和骨块相连。他一瘸一拐地从岩石后面走出来，彻底暴露在日本人面前，一片枪声瞬时响起，沃伦身中数弹而亡。

当日本巡逻艇突突地驶过去搜捕更多的幸存者时，尼尔森瞄准机会溜了出去，沿着海边寻找更好的藏身之所。现在已经临近日落时分，但是天还不会马上就黑。在岸边的悬崖高处，尼尔森能够看到日本的地面巡逻队正在朝着枪声刚刚响起的地方靠近。离他最初的藏身处大约50码以外，尼尔森发现了一小片珊瑚礁突出在水面上，于是他躺到这片礁岩下的海水中。

厄尼·科布罗斯和其他几人穿过草丛，向着伸入海湾的一角走去。科布罗斯决定穿过草丛爬回到悬崖顶部。但是到达那里时，科布罗斯看到日本人的巡逻艇正沿着海岸往回行驶，同时还有更多的卫兵正从集中营向下移动。科布罗斯意识到自己从高处逃脱的机会少之又少，于是重新回到海滩，溜进一个积水的洞穴，将脖子以下的地方全部浸入水中，静静地等着天黑。

当日本兵们踏着水经过尼尔森的藏身之地时，尼尔森便确定这片突出的小珊瑚岩不足以保护自己。尼尔森发现附近漂浮着一个巨大的椰子，并伸手抓住了它。他躲到水下，一只手拽着上面的椰子，就这样游了起来。尼尔森离岸没多远就听到后面传来叫骂声。日本卫兵注意到水里面的动静还有漂浮的椰子。步枪子弹嗖嗖地打了过来，在他周围激起阵阵水花。尼尔森回头瞥了一眼，深吸一口气潜入水下，扎向海水更深处。

尼尔森还是一个孩子时，就经常和他的朋友们骑着自行车去离家几英里、位于犹他州洛根市的一个大型社区游泳池游泳。这段经历让尼尔森学会了长时间在水下憋气游泳。

他现在能否保住自己的性命完全取决于他能在水下待多久。当他急忙钻出水面换上一口气时肺部都快要炸了。然后他再次扎入水下，用力游离海岸。每次尼尔森的头冒出水面时，他都能听到日本兵的喊叫声和步枪开火声。当他潜到水下时，也能听到子弹划破周围海水的声音。

斯米梯仍然躲藏在悬崖高处，他看到尼尔森每次出水换气时，都至少有 10 个日本卫兵端着步枪朝他不停地射击。斯米梯看着这些士兵射空弹匣，重新装弹，然后再次开火。

尼尔森离岸大约 75 码的时候，被第一颗子弹击中了腋窝。海水的缓冲力让这发子弹没有穿破他的皮肤，但是仍然疼得要命。当他再次浮上水面时，另外一颗子弹擦着他的额头右侧飞了过去，瞬间将他击晕。尼尔森醒来之前差点被淹死。他大口大口地喘着气，四肢不停地在水里扑腾。

尼尔森还没来得及游多远，第三颗子弹就砰地一声射入他左腿膝盖的上方位置。子弹没有击中他的腿骨，但却冲破他的皮肉，最终嵌在了臀部附近，距离弹着点 1 英尺左右。尼尔森的腿被打麻了，他发现自己可以把整个大拇指都插进子弹的孔眼中。

无论怎样，尼尔森仍然拼尽全力在 80 华氏度[①]的水中游泳，直到觉得自己已经游出射程之外。

尼尔森知道现在不能返回了，因此开始平行于海岸游动。他听到日本士兵的喊叫声从海那边传来，也看到他们在海滩上跟着自己的游泳路线移动。

钻入岩缝没多久，埃德温·佩特里和贝托·帕切科就认为他们应当挡住入口，防止日本卫兵找到他们。他们在积水洞穴的主入口处堆满珊瑚岩块，只留下延伸入海的那一侧出口，这样一来，想要进入洞穴就只能从海中涉水而入。

接连几个小时，两名美国俘虏都在极度的痛苦中听着附近的杀戮声，他们不知道自己还有多久会被日本卫兵发现。之后，他们惊慌地听到有人朝着洞穴的入口处走来。

佩特里和帕切科连忙压低身子，试图隐藏起来。有人扒开阻挡在海边入口处的石头，开始强行挤入洞穴。

那是另一个美国人。

佩特里认出来人是下士戴恩·哈姆瑞克，他一边挣扎着入洞，一边小心翼翼地抱着自己血淋淋的手臂。哈姆瑞克的状况很糟，日本人的一枪几乎打断他的手臂。而且，他的精神似乎也受到了不小的刺激，因为疼痛而大声呻吟。帕切科和佩特里狠狠扇了他好几下，督促他保持安静，免得把上面四处走动、察看岩缝的日本卫兵引来，导致他们被集体发现。

三人安全地藏到下午 4 点半左右。之后他们突然听到有人窸窸窣

①大约 26.7 摄氏度。

窣地靠近他们的藏身处。海水此时已经退去，他们躲藏的洞穴原本浸在水下的海边入口也彻底暴露出来。他们听到好几个人踏着水朝这边走来。

道格·鲍格整个下午都躲在悬崖底部的洞穴，距离海边仅有数码之远。凭借着有利的地势，鲍格把眼前的态势看得很清楚，知道此时逃跑并非明智之举。日本卫兵在岩石间搜寻躲藏起来的美国人的时候，鲍格常常能听到他们兴奋的喊叫声和枪声。看到自己的同伴被一个个地折磨杀害，鲍格倍感厌恶，但是他仍然选择继续忍耐，一个下午都在那里等待着。时间正在一分一秒地流逝，鲍格因为自己还活着而松了一口气。

下午5点左右，鲍格终于决定冒险一试。太阳渐渐落到地平线以下，一些日本士兵也爬上悬崖往回走去。潮水开始悄悄涌入，冲刷着鲍格蹲伏的岩穴，没过了他的脚踝，水面上还泛着白沫。现在是时候动身了。由于几个小时都藏身在狭窄的岩石缝隙里，鲍格变得浑身僵硬。他钻出洞穴，俯身爬行于海边的礁石之间，并在这时碰到了另一位幸存者。

鲍格认出那是海军无线电兵乔·巴塔。除他之外，还有另外两个人现身——二等兵唐·马丁和约翰·莱昂斯。他们三人之前一直藏身在老旧的污水道出口处，直到潮水上涨。巴塔和他的同伴们担心他们会被淹死在低浅的污水池里，于是钻出下水道，冲向附近的海湾。现在，鲍格加入到他们的队伍，和他们一起沿着海岸线悄悄移动，直到找着一小群岩穴。莱昂斯首先趟水钻入洞口，马丁、鲍格还有巴塔也相继进入。

进洞之后，他们惊奇和欣慰地发现埃德温·佩特里、贝托·帕切科和戴恩·哈姆瑞克也藏身在此。7名劫后余生的美国俘虏凑到一起，低声商量着接下来要怎么做。鲍格告诉他们日本人在海岸展开的搜捕变得越加严密，而且载着武装卫兵的驳船就在附近的海面上巡视。那些日本兵遇到任何逃跑的俘虏都会毫不留情地开枪射杀。七人最后决定什么都不做，一直等到夜幕降临。但是，他们也意识到事情或许会在几个小时后发生变化，因为涨潮时不断上升的海水很可能让他们无法继续留在这里。

巴塔在马丁身旁蹲伏于深水中，上方珊瑚岩缝隙处传来的日本兵的声音让他焦躁不已。一个日本军官打开手电，一边探照缝隙处，一边仔细窥视着下方的空间。马丁和巴塔在手电光束朝他们扫来时迅速躲到水中。巴塔捏住自己的鼻子，坚持待在水下，直到肺部憋得生疼、光束消失时，他才重新冒出水面。

然而，危险并未过去。莱昂斯身患疾病。虽然拼命克制，但他还是不住地咳嗽，干咳声很快就引起日本兵的注意。随着日本卫兵聚集到上方，莱昂斯的同伴们竭尽全力捂住他的嘴，但是日本兵却开始叽叽喳喳地讨论，确信刚才听到了什么动静。他们继续拿着灯探视，并用刺刀往下戳，但没有人下到海边去寻找岩穴的洞口。他们注意到帕切科之前堆起的石头屏障，认为自己没法进入到这些岩石里面，最终还是走下海滩离开了。

7 名美国人暂时可以松口气了。他们差点被发现，但是现在日光还太亮，他们不能离开藏身之地。佩特里、帕切科、莱昂斯和哈姆瑞克挤进距离海水最远的一处小岩隙中，而鲍格、马丁和巴塔待在相邻一个离海较近也相对较大的洞穴中。帕切科和佩特里在天一全黑时就决定把握时机，调查一下外面的情况。莱昂斯则留下来照顾受伤的哈姆瑞克。

“潮水就要上来了，”佩特里说，“我们必须出去。我和帕切科先上去探探情况。如果没问题，我们再回来接你们两个。”

帕切科和佩特里潜入水下，游到相邻较大的洞穴中，与鲍格、马丁和巴塔商量对策。还没等帕切科和佩特里再次溜出去，头顶上又传来日本卫兵的声音。上方的日本兵在兴奋地交谈，脚步声发出阵阵回响，而鲍格等人一动不动地趴了大约半个小时，连话也不敢多说一句。现在从海边的洞口出去就只有一死，绝无生还的可能。

5 名美国俘虏紧张不安地看着彼此。潮水正在慢慢渗入，这个较大洞穴里的海水已经没到他们的胸前。

斯米梯一整天都处于极度恐慌的状态，随着太阳渐渐消失在地平线下，他感到自己的神经已经麻木了。他疲惫不堪地爬出藏身地，悄悄地溜下悬崖，朝着最初隐蔽的珊瑚岩逃去。斯米梯轻车熟路地顺着之前踏过的途径往回走，原先在他身边坐了很久的日本卫兵早就离开了，而他也没有看到其他任何人在附近。

就在斯米梯靠近海边时，他发现一个日本士兵正站在一处高大的珊瑚岩上。斯米梯立刻悄无声息地猫下身，一直等到那个人背朝海湾看向悬崖才慢慢地下到海中。潮水就在那里冲洗掉斯米梯血红的足印，他悄悄潜入温暖的海洋中，将整个身体都躲到海面以下，并努力地划动海水，游离岛屿。

斯米梯过去也曾考虑过游泳逃跑。就在上个星期，他无意中听到隶属于陆军的兄弟休·哈伯特和罗布·哈伯特在讨论游泳逃跑的事。当时他还走上前去对他们说："你们只会连累我们全部被杀。"他告诉他们，自己的身体状况要比他们好得多，但他却不认为自己可以战胜汹涌的洋流，顺利游过港湾。斯米梯就这样说服哈伯特兄弟放弃了他们的想法，但他现在却要面对可怕的泅渡。

斯米梯从来就不是一名杰出的游泳健将。他之前唯一的泅水经验还要追溯到他在得克萨斯州老家的时候。他在那段时间里帮忙家人将百英尺长的渔网布置在深深的溪水中，然而仅仅为了让自己在水上浮起来就花费了他大部分的时间。但是，在接受海军陆战队的生存训练课期间，斯米梯还是以优良的成绩通过了游泳测试。

斯米梯冒出水面，换了一口气接着又潜下去。等到离开海岸线一段距离后，他才敢回头看一眼。日本卫兵还没有注意到他逃跑，因此他开始更加努力地在平静的海面上游泳。据他所知，最近的海滩在 5 英里之外的海湾对面。斯米梯身上只有一条破烂宽松的短裤，这条裤子在游泳时给他造成了额外的阻力。后来，短裤不知在何处脱落，让斯米梯完全赤身裸体地泡在海里。

现在，斯米梯游起来至少能够轻松一些，在接下来的一个小时里，他时而游水，时而停下来休息一下。渐渐地，巴拉望集中营和它附近的悬崖消退在视野中。斯米梯希望游泳的时候海岸线能够一直留在自己的视野内，但是潮汐却将他推进自己不想去的普林塞萨港湾深处。当他彻底看不到岸边时，斯米梯的心里感到一阵恐慌，但是他仍然继续向前游着。

大约游到一半的时候，温暖的蓝绿色海水中出现了一大群鱼，它们在磷光闪闪的水下若隐若现。斯米梯继续游泳,努力让自己保持镇定。突然，一片黑鳍划破鱼群附近的水域，像鱼雷一样带着尾流直冲斯米梯而来。斯米梯几乎没有时间做出反应。他估计撞到自己身上的这条鲨鱼大约 6 英尺长，有力的两颚像老虎钳一样狠狠地钳住他的右前臂。鲨鱼锋利的牙齿不停地撕扯着他的皮肉，斯米梯用左臂死命抽打鲨鱼，疯狂地又踢又踹。他拼命挣扎，努力甩开鲨鱼，终于让它猛地一下松开了口。鲜血从斯米梯被严重咬伤的右臂上喷涌而出，但是他继续拍打着海水，想将鲨鱼吓跑。

他做到了，鲨鱼游走了，但是鱼群仍然围绕在他附近。斯米梯忍着手臂上的阵阵抽痛，再次游水出发。他的动作将散发着磷光的海水搅动得如同霓虹灯一般，这使他能够清楚地看到下方盘旋的鱼群。他游了一小会，然后翻过身来仰躺着做短暂的休息。每当他这样歇一会儿时，斯米梯都会匆匆地察看一下四周，以防鲨鱼再次出现。

斯米梯附近的鱼群在接下来的半个小时里一直护送着他。附近的海面上不时有大型生物的黑色背鳍冒出，每一次都令斯米梯心跳如雷，随时准备迎接鲨鱼的再次进攻。当他意识到这些生物并非鲨鱼，而是尾随他而来的好奇的鼠海豚时，斯米梯才稍稍感到安心。

海豚们似乎在斯米梯周围形成一个防护罩，让他生起希望：或许它们可以赶走有可能会前来攻击他的鲨鱼。

斯米梯依稀可以辨认出依望罪犯流放地海岸附近的山峰，北极星此时正高高地悬挂在山顶上空。他调整了一下方向，朝着那里游去。泅渡的途中，他一头扎进漂浮在海面上的一个旧渔棚里，但是斯米梯什么都没看到，直到自己的脑袋撞到了笼子。此时的斯米梯已是疲惫不堪，身上还流着血，他抓住捕鱼的竹笼，让自己休息片刻。

现在距离罪犯流放地的海岸还有很长一段水程，而斯米梯几乎已经筋疲力尽。他紧紧地抓住渔棚，直到自己沉重的呼吸渐渐平复。他需要保存气力。距离天亮还剩好几个小时，而他仍然有很远的一段距离要游。

威利·巴丘斯和莫·迪尔藏身在海边的一个洞穴里，之前从五人散兵坑里一起逃出来的美国俘虏就剩他们俩了。在过去的一个小时里，他们看到约翰·沃伦被日本的巡逻艇射杀，吉恩·尼尔森悄悄溜走去寻找其他活命的办法，而厄尼·科布罗斯和其他几人随后也分散开来，隐藏到岩穴石缝之中。

莫·迪尔除了烧伤，肩膀上还挨了一枪。眼看着自己的同伴被一个个杀死，迪尔开始回顾自己的一生。他身高 6 英尺，体型又瘦又长，从小在堪萨斯州克劳德县的一个乡下农场家庭长大。他的父亲带着一家人四处移居寻找工作，从堪萨斯州到内布拉斯加州，然后又到加利福尼亚州的萨特县。

迪尔在少年时期是一个淘气包，经常让自己陷入各种麻烦之中，但是没有一个麻烦可以与他如今的困境相提并论。在 1940 年参军以前，迪尔在莫德斯托一家汽车修理铺干了四个月的活，主要负责一些车身和挡泥板的维修工作。

在太平洋无情的烈日下忍受了多年苦役后，在看到朋友们变得日渐衰弱或惨遭杀害后，现在他愿意倾尽自己的一切回到加利福尼亚州，回到莫德斯托的那个汽车修理铺劳作。太阳逐渐从巴拉望岛落下，对两个战俘来说死亡及其阴影无处不在。现在，巴丘斯和莫·迪尔决定是时候逃跑了。

不远处，仍然有5个日本卫兵在沿着海滩搜索。四周一片寂静，巴丘斯知道现在如果跑过丛林会制造出太多噪音，以至暴露自己。而海湾看起来又太过宽阔,并不适合泅渡。他和迪尔商量对策。巴丘斯说:“如果我们可以杀死几个日本人，夺走他们的步枪，那么我们的胜算会更大些。”

迪尔表示赞同。他们两人都知道附近有菲律宾的游击队在行动，如果他们能够武装自己，或许可以成功北上寻找友军支持。迪尔和巴丘斯开始慢慢爬出狭小的洞穴，并朝着前方匍匐行进，直到他们发现有一队日本兵在海岸上搜寻俘虏。这群日本兵很快就进入到两名潜伏着的美国人的听力范围内,然后又突然停住。凭着自己有限的日语水平，巴丘斯能够听到他们在兴奋地谈论一个椰子。就在他想要弄清楚这是什么意思时，两个日本士兵正好在他和迪尔所蹲伏的茂密的灌木丛前停下。

这群日本兵朝着海面上一个不停游动的美国人开火。最近的卫兵距离迪尔和巴丘斯的头部还不到12英寸。巴丘斯他们一动不动地趴在那里数着枪声。步枪大约响了20下，然后几个卫兵匆匆离去，与其他人一起沿着沙滩追击平行于海岸线游泳的逃跑者。就在日本卫兵把注意力集中到海上那名美国人身上时，迪尔和巴丘斯重新溜回海滩。

大概在晚上8点以后，他们碰到了另外两名美国人——比尔·威廉姆斯和波普·丹尼尔斯。这两人逃出避难所，翻下悬崖，然后整个下午都躲在海滩附近。四名美国俘虏躲藏起来，开始商讨对策。

几人很快发现他们无法就最佳逃跑方案达成一致。迪尔和巴丘斯仍然希望干掉一个日本卫兵，然后穿过丛林夺路而逃，但威廉姆斯和丹尼尔斯更愿意留在海边附近，因此四人在12月15日凌晨2点左右决定分头行事。迪尔和巴丘斯在月光下前往悬崖底部，想要抓住一个独自站岗的日军士兵。他们隐蔽起来，然后开始大声喊叫吸引日本兵的注意。最早现身的卫兵是日本海军哨兵，他高声呼叫同伴前来增援，转眼就有另外4个水兵跟上了他。

事情显然没有按计划发展。迪尔和巴丘斯现在面对的是5个荷枪实弹向自己走来的日本士兵，而不是预想中以二敌一地空手对付一个落单的卫兵。两个日本兵留在悬崖较高处，而其他三人则举着火把，急匆匆地往下赶。巴丘斯他们决定迅速转移到山上，以免被前面三个卫兵发现。他们躲到一块巨大的珊瑚岩后，努力隐藏身体不被明亮的火光照到。

前两个卫兵直接从岩石旁边经过，没有发现异常。第三个卫兵往下冲时，火把的光恰好照到两个美国人。就在他张开嘴巴想要叫喊时，巴丘斯一跃而起，手里拿着一大块礁岩狠狠地砸向他的头，将这个日本卫兵砸倒在地。另一个卫兵原路折回时，已经做好准备的巴丘斯同样把他击晕了。两个日本兵自始至终都没有机会举起自己的步枪。

迪尔手里拿着一大块粗糙的礁岩向第三个卫兵扑去。巴丘斯在黑暗中抓起一支掉在地上的步枪，然后叫了迪尔3次，却没有得到任何回应。巴丘斯能够听到另外两个卫兵在朝这里靠近，他们一边咒骂一边大声地嚷嚷着。巴丘斯不知道自己的同伴出了什么事，但他现在也没有办法去一探究竟。他手里握着枪，冲下悬崖，再也没有见过莫·迪尔。

迪尔成功放倒那个日本卫兵，但是肩上的枪伤让他无意游过海湾。他希望偷偷溜过悬崖，然后神不知鬼不觉地消失在附近的丛林中，但是他并没有走多远。混战之后，其他卫兵在他逃跑时开了火，迪尔很快被逼入悬崖顶部附近。

他发现自己又中了一枪，但是此时闻风而来的日本卫兵却不准备直接杀了他，而是要像对待其他被捕的美国人那样，采用血腥的手段折磨他。迪尔在日本兵的刺刀下连连求饶，同时发出凄厉的惨叫。他的腿部、臀部还有躯干上有 20 多处部位被严重刺伤，一时之间皮开肉绽血流不止。迪尔试图抵挡日本兵的攻击，结果右臂再度受到重伤。

没过几分钟，迪尔就被折磨得不成人形，因为日本兵的连续袭击和失血过多而神志不清。

突然，悬崖下方响起枪声，日本卫兵的注意力被吸引了过去。其中一个士兵认定迪尔必死无疑，于是往他身上戳了最后一刀之后将其推落悬崖。正当日本兵冲下山去的时候，迪尔也跌落到下方很远的灌木丛中。

巴丘斯匆匆忙忙爬下陡峭的山坡，一路冲向海边，然后才敢回头看上一眼。此时，悬崖上方的另外两个日本卫兵正举着火把，明亮的火焰在漆黑的夜里把他们照得十分显眼。

巴丘斯举起他缴获的步枪，毫不迟疑地瞄准开火。令他气恼的是，步枪里只有 3 发子弹，而且更糟糕的是，枪筒中喷出的火焰已经清楚地暴露了他的位置。

巴丘斯现在别无选择，只能靠游泳脱身。他将枪支砸毁在珊瑚岩上，然后踏着水进入海湾。就在他离开岸边时，巴丘斯发现了一架在 10 月 19 日的突袭轰炸中被摧毁的日本水上飞机。

它离海岸大约 100 码远，部分机身浸入水中，于是巴丘斯游了过去并抓住它的一侧。沙滩上的日本卫兵一边四处搜寻，一边高声呼喊舰船上小川中尉的卫兵。

此时日本兵的炮舰正沿着岸边在海上巡查。它靠近被炸毁的飞机残骸，然后绕着它转了一大圈。巴丘斯灵活地围绕着破损的机身移动，让自己一直隐藏在日本兵的视线之外。

最后炮舰离开了，但是海滩上却响起一阵枪声，巴丘斯知道自己并非子弹的目标。日本兵肯定是发现了莫·迪尔、波普·丹尼尔斯或比尔·威廉姆斯。巴丘斯只能期望他们交到好运。

这场骚动成功地转移了日本兵的注意，巴丘斯推开水上飞机的残骸，将目光投向普林塞萨港湾远处的海岸。经过将近3年的战俘生活后，威利·巴丘斯终于开始朝着自由生活渡海而去。

吉恩·尼尔森承受着钻心的疼痛。日本兵的子弹击伤了他的太阳穴和腋下部位，万幸的是这两处都没有被穿透。还有一发子弹射入他的左腿，留下了一个炸裂的弹孔。随着太阳渐渐在巴拉望岛背后落下，尼尔森开始沿着平行于海岸的方向慢慢游动，看着日本卫兵继续顺着狭窄的沙滩追击他并不时地扣响扳机。这样的情况一直持续到夜幕完全降临。

尼尔森到达普林塞萨港海岸线的一端，这里的陆地缩到了东北角。他觉得自己别无选择，只能趁着夜色游过海湾。尼尔森打着水，让日本卫兵误以为他在朝着岸边移动，然后调转头，开始尽可能悄无声息地朝着远处的依望流放地游去。

头顶上的星星闪闪发光，与黑暗的夜空形成鲜明对比。尼尔森选择其中一颗又大又亮的星星作为指南针后就继续泅渡海湾。他因腿部的伤疼而费力地游着，但是仍在不慌不忙稳步前进。他一边游一边想象着远处海滨上正流淌着依望河的甘甜河水。

尼尔森游了很长一段时间后，开始停下来进行短暂的休息。此时，一只巨大的海洋生物在他身边朝逆时针方向游动，距离海里的这个美国人只有一臂之远。

尼尔森起初害怕那是一只跟踪他的鲨鱼，但是他很快就注意到水面上不时冒出一个圆球状的鼻子。尼尔森这才意识到那是一只海牛，当地人称之为海中奶牛。这只海牛似乎对尼尔森十分好奇，一直待在他附近，整个晚上都围着他慢慢转圈子。

尼尔森继续在星星的指引下前进，他以为那就是北极星。但是游了几个小时后，尼尔森注意到星星的位置发生了变化，它不可能是北极星。现在，他的指路明星似乎正引导着他游向广阔的苏禄海。尼尔森在水中停留了一会儿，观察了一下周围的情况。远处，他可以隐约辨别出依望海岸上面那模糊的群山轮廓。他已经在错误的路线上游了很长一段时间。尼尔森重新调整方向，这次他把依望流放地上面的模糊的山脉作为新的目标。

尼尔森受伤的身体一直不停地抽痛，但是他依然缓慢而坚定地朝着远处的海岸游去。

“我们就要被淹死在这个洞里了，”埃德温·佩特里此时正和其他四名逃俘——鲍格、帕切科、马丁和巴塔，紧紧地依偎在海边的洞穴里。在潮汐的推动下，洞穴里的海水几乎已经涨到他的嘴边。另外两名幸存者莱昂斯和哈姆瑞克正藏身在相邻一个较小的洞穴中，现在大洞里的人无法过去找他们。

螃蟹爬到这5名美国人身上，用钳子夹住他们裸露的皮肤。随着水位的不断升高，几名俘虏也跟着漂了起来。此时，帕切科注意到洞穴顶部有一处岩石裂缝。他挣扎着起身，从裂缝中钻了出去，安静地趴在岩石上方，搜寻着海滩上日本卫兵的身影。过了好一会儿，在下方海水泛滥的岩穴里等待的佩特里变得焦躁起来。海里的螃蟹一直钳夹着他的手臂和胸部，似乎在享用一顿丰盛的大餐，而帕切科那边却一点动静也没有。现在，他也从狭窄的岩石缝隙中挤到外面去，但令他失望的是，哪里也看不到帕切科。

几分钟后，帕切科从黑暗中蹿了出来，与正等着他的佩特里会合。“他们走了！”帕切科说，“我又回到原来那个洞穴，但是那里也找不到他们。”莱昂斯和哈姆瑞克显然已经爬出洞穴去寻找其他藏身之所了。而对于剩下的五名俘虏来说，他们现在别无选择，只能将希望寄托于大海。如果他们能够游过普林塞萨港湾，或许还可以向关押在依望流放地的囚犯们寻求帮助。此时，日军登陆艇的引擎声渐渐接近，上面的卫兵仔细搜索着海滩，寻找逃跑的美国人。帕切科等5个人紧张地藏在洞里，直到引擎的声音离海岸而去才动身出发。

鲍格小心翼翼地爬出洞穴，进入广阔的水域，马丁、帕切科还有佩特里紧跟其后，最后一个离开的是巴塔。几名俘虏希望能够一起游过海湾，但他们的计划很快就落空了。离开岸边没多远，佩特里就发现腿上受了枪伤的鲍格在水中苦苦地挣扎。

“我做不到，伙计们！”鲍格呼喊道，“我要回去了。”

佩特里的左脚踝也被一颗子弹打碎了。他对自己能否游上这么远的距离同样抱有疑虑，但是他不打算放弃。于是，剩下的4个人继续前进，他们之间的距离也随着各自游泳速度的不同而逐渐拉大。游泳技术差强人意的巴塔在水中奋力挣扎。“我做不到！”他愤怒地喊道，“我还以为你们这群家伙会帮帮我！”

巴塔沮丧地跟在鲍格后面游回海岸，而马丁很快也掉头往回游。帕切科的左腿和手臂被子弹打中，现在还在流着血，但他始终与佩特里并肩齐游。两名受伤的俘虏继续顽强地前进，一心想要活下去。佩特里知道日本卫兵还在沿着海岸巡逻，准备杀死他们发现的所有美国俘虏，他可不打算回头送死。回去的三人将不得不为自己另谋出路。

经过几番思量，鲍格在划回岸边时又改变了主意。他抓住一根漂浮着的原木，希望利用木头帮助自己浮在水面上，然后他就再次游向广阔的海湾。鲍格在黑暗之中与巴塔和马丁说了几句话，成功说服他们一起泅海。马丁身高体壮，本是一名游泳好手，但是如今的他已经非常虚弱，只能勉强跟上。巴塔也设法继续前进。等到他们游到离岸一英里多的地方时，马丁开始渐渐落后，而鲍格依然在慢慢前进，他一只手紧紧抱住原木，另一只手不停地划水。巴塔也很快落到了后面，鲍格发现水中只剩下自己一人。平静的海湾上不时有鲨鱼鳍划过，鲍格不知道自己何时会遭到攻击。

到目前为止共有9人从巴拉望大屠杀中幸存，他们在黑暗之中泅渡普林塞萨港海湾。尼尔森、巴丘斯和史密斯是只身出发，而鲍格、帕切科、马丁、佩特里和巴塔开始时还在一起，但他们现在基本上都分开了。厄尼·科布罗斯则是第九名渡海逃生的人。

之前约翰·沃伦被日本人的炮艇射杀时，科布罗斯逃过一劫。他曾试图重新返回悬崖上方，但是没有成功，因此转身钻进海边的一个洞穴里，等待夜晚的到来。洞穴中的海水逐渐涨到他的颈部，科布罗斯在盐水里面待了几个小时，体温也随之下降。很快他就意识到，要想活命，自己就必须有所行动。

“见鬼去吧，”科布罗斯想，“真是够了。”

他溜出洞穴，决定在尝试渡海前先做些热身运动。科布罗斯沿着黑暗的沙滩向东走了 2 至 3 英里，沿路还拾起一根竹竿，预计它在游泳时或许会提供一些助力。他拖着竹竿继续走，这时不远处突然传来枪声，紧接着就有日本卫兵出现。他们正手举火把沿着海岸搜索。科布罗斯连忙俯下身，带着竹杆迅速爬进水中，开始游离这片狭窄的海滩。

他朝着依望流放地东南部的海岸游了几个小时。科布罗斯高中时的游泳经验，还有他作为一名芝加哥青年对于大海的热爱，全部在此刻派上了用场。凌晨时分，他已经游了几英里的水程，但还是败给了饥饿和紧绷的神经。虚弱的身体最终让他筋疲力尽，再也游不动了。科布罗斯全程都是独身一人，而且据他所知，他是唯一一个游到这么远的人。但是他累坏了。

“我完了，”他想。

16

荒野求生：寻找巴拉望游击队

埃德温·佩特里和贝托·帕切科已经在海水里游了6个小时，日本兵用燃烧的火把和成桶航空燃油所制造的巴拉望惨案也已经过去了12个小时。现在是1944年12月15日凌晨，两名美国人还活着。尽管身负枪伤，但与开始时一起出发的其他3名美国人相比，他们的状况显然要好得多。

鲍格、马丁和巴塔早已落到后面，消失在视野之外。乔·巴塔目前可能是这三人之中最为蹩脚的游泳者，但他并不是一个轻言放弃的人。巴塔自幼命运多舛，但他总能找到方法安然渡过难关。1918年，巴塔只有3岁。当时一场大流感夺去了他父亲的生命。他的母亲带着自己的儿子们从犹他州搬到内布拉斯加州。她在那里工作，并将孩子们放到寄宿学校，两年后她也因病而亡。乔关于母亲最后一点的记忆是她坐在他的床边说："乔，你可以的。"

乔和他的兄弟被送到自己的叔叔婶婶家，但是后者并没有能力长期收留他们。不久后兄弟俩又被送去爱德华·弗拉纳根神父的孤儿院。那个被称作"儿童城"的地方位于内布拉斯加州奥马哈附近。乔爱开玩笑，经常调皮捣蛋惹怒管理孤儿院的天主教修女，也因此不时陷入麻烦之中。有一次为了惩罚乔，修女们在隆冬时分将他关到屋外过夜。第二天早上，他因为严重冻伤住院，医生甚至开始考虑为他做截肢手术。所以乔·巴塔在15岁那年偷偷溜出孤儿院也就没什么可奇怪的了。

巴塔一边流浪，一边四处打零工。在他17岁的时候，他被圣地亚哥的一户寄养家庭收留，同时在当地的一家杀鸡场干活。彼时，巴塔的兄弟已经加入海军，并担任航空机械师。巴塔也决定参加海军，因为他觉得进入部队能够让自己有机会出人头地。1934年秋，巴塔跟随自己兄弟的脚步报名参军。

现在距离他在那些参军文件上签字之日恰好过去了10年零1个月又2天。巴塔独自一人浸泡在海水中，做好了必死的准备。游到一半的时候，他累得晕了过去。但不知怎地，巴塔幸运地仰浮在海面上，并未溺水坠亡。就在他迷迷糊糊地随波逐流之际，突然想起自己的母亲，想起她曾经对自己说“你可以的”。巴塔发誓，他再次听到了母亲的声音，她说：“使劲游，乔，使劲！”

巴塔就这样昏昏沉沉地在海中漂浮了一段时间。当他终于恢复意识时，发现自己正仰面朝上地从海湾口漂向苏禄海。他此时距离岸边只有50码远，巴塔重新燃起希望，调整方向向海滩游去，并成功在太平洋的晨光来临前登上陆地。

巴塔拖着沉重的身体爬上海岸，疲惫不堪地躺在沙滩上。他不知道下一步该怎么办，此时此刻，他只为自己还活着而满怀感激。

厄尼·科布罗斯已经丢掉竹杆。游了几个小时之后，他的手臂现在像灌了铅一样沉。身边已经没有什么可用的东西，所以他再也游不动了。科布罗斯决定放弃游泳，准备就此沉入海底。这样溺死在深海中至少比在10-A号集中营受尽折磨而死要好。

他不再踢腾水面，任由自己的腿慢慢下沉。然而，他的脚居然碰到了结实的地面，这让他万分吃惊。他成功了！

科布罗斯迈着发颤的双腿，踉踉跄跄地穿过浅水上了岸，最终体力不支地瘫倒在沙滩上。此时正值黎明时分，朦胧的晨光映衬出远处山脉柔和的曲线，锯齿状的海岸在丛林的掩映下向外延展。科布罗斯观察着四周的环境，估计自己现在大约在依望东南 10 英里处。

在这之前，道格·鲍格尽管腿上中弹，但还是在黎明前完成了他的泅渡海湾之旅。他登陆的地方离科布罗斯很快就会上岸的地点不远。鲍格赤身裸体地躺在海浪之中，身上那条破破烂烂的短裤早已不知遗失到何处。鲍格精疲力竭，在浅水滩上躺了 1 个小时才爬起身来出发。他估计自己横穿了大约5英里的海湾水程。等到身上重新恢复力气之后，鲍格立即钻入一片红树林沼泽之中。他没有食物，没有水，没有衣服，也不知道自己正去往何处。

贝托·帕切科因为手臂和大腿上的枪伤而剧痛难忍，他和埃德温·佩特里一起游了几个小时，直到感觉自己随时可能力竭而亡。大约 3 年前，帕切科为避免成为日本人的俘虏，也曾试图从巴丹半岛游往克雷吉多岛。那个晚上，一艘海军捕鲸船半路将他捞起，并载着他行驶完剩下的里程到达克雷吉多岛。然而，现在却没有任何美国海员会对他伸出救援之手。

但是帕切科不知道的是，伙伴们确实在寻找他们。依望流放地的菲律宾居民们察觉到了天黑之前海湾那边发生的惨案，他们都保持着高度警惕。罪犯流放地的负责人，同时也是巴拉望地下游击队的指挥官卢菲奥·G. 邦戴德已经派出若干手下乘螃蟹船去海湾搜寻逃出来的美国俘虏。1944 年 12 月 15 日黎明前，三名依望流放地的居民萨亚迪·摩洛、萨利普·哈泰·摩洛和萨利姆达·摩洛驾驶着螃蟹船发现了水中的游泳者。他们划船靠近那些朝着海滩游去的人，从一段安全的距离辨认出他们是美国人。

帕切科和佩特里在凌晨 4 点前到达依望流放地附近的海岸。此时天还未亮，一切都笼罩在黑暗之中，而他们已经在水里待了将近 7 个

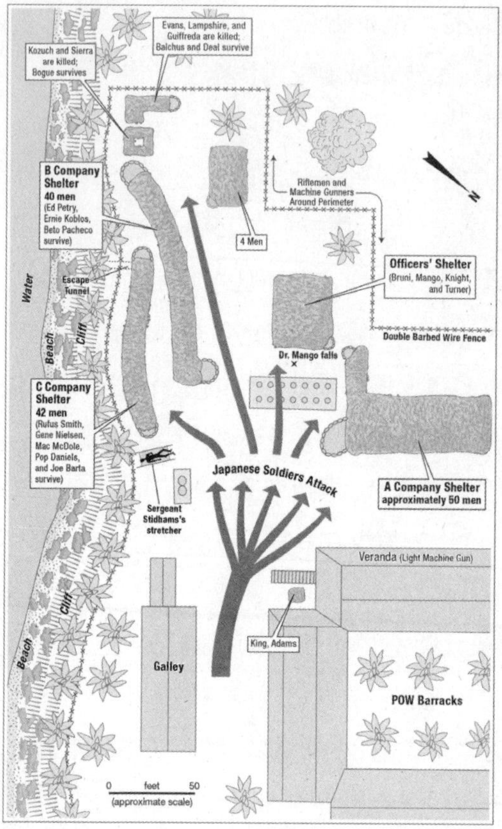

1944年12月14日，10-A号集中营大屠杀（比例尺约为1：600）

Beach　海岸

Cliff　悬崖

Water　海水

Double Barbed Wire Fence

双层带刺铁丝网

Escape Tunnel　逃跑隧道

Galley　厨房

POW Barracks　战俘营房

Veranda (Light Machine Gun)

游廊（轻机枪）

A Company Shelter approximately 50 men

近50人在A号避难所

B Company Shelter 40 men (Ed Petry, Ernie Koblos, Beto Pacheco survive)

避难所B共有40人（埃德温·佩特里、厄尼·科布罗斯、贝托·帕切科幸存）

C Company Shelter 42 men (Rufus Smith, Gene Nielsen, Mac McDole, Pop Daniels, and Joe Barta survive)

避难所C共有42人（鲁弗斯·史密斯、吉恩·尼尔森、马克·麦克多尔、波普·丹尼尔斯和乔·巴塔幸存）

Evans, Lampshire, and Guiffreda are killed; Balchus and Deal survive

埃文斯、兰普希尔和朱菲达被害；巴丘斯和迪尔幸存

King, Adams　金、亚当斯

Kozuch and Sierra are killed; Bogue survives

科祖希和塞拉被害；鲍格幸存

Officers' Shelter (Bruni, Mango, Knight, and Turner)

军官避难所（布鲁尼、曼戈、奈特和特纳）

4 Men　4个人

Japanese Soldiers Attack

日本士兵在此处攻击战俘

Dr. Mango falls　曼戈医生被害

Riflemen and Machine Gunners Around Perimeter

驻守在外围的步枪兵和机枪手

Sergeant Stidham's Stretcher

斯蒂德哈姆中士的担架

小时。两人身上不着寸缕，仅有的衣物早已被踢落。就在帕切科用尽所有力气之时，他感到自己的脚触碰到了陆地，他对佩特里说：“站起来,看看什么感觉。”佩特里尝试着起身,却因为受伤的脚踝而痛苦倒地。最终，两人挣扎着爬上岸，筋疲力尽地瘫倒在海滩上，一动也不动。

后来，他们向北穿过齐腰的白茅草寻求帮助。天还未亮，帕切科和佩特里摸黑来到一户人家，惊动了院子里的狗。此时一个男人走出屋子，对着狗说了两句他加禄语。两名美国人争相冲到屋子门前，向他解释自己的处境。房子的主人不会说英语，而且似乎非常害怕这两个赤身裸体的人，因为他们被晒黑了而且还是中等身材，这让他们看起来像日本人。他的呼声引来了其他 6 名菲律宾人，他们手里提着明晃晃的博洛大刀从附近赶来。

佩特里大惊失色，连忙指向自己胸前巨大的美国鹰头和五角星的刺青。帕切科混合着英语和西班牙语同这些居民对话，直到让人相信他们并无恶意。他讲述了前一天下午在普林塞萨港遭遇的恐怖屠杀，并描述他们是如何一直藏到天黑的。流放地的居民们给他们拿来食物还有干净的衣服，并迅速将他们转移到大约 1.25 英里之外森林中的一间茅草屋，让他们先在那里休息几个小时。

在两名逃亡者迷迷糊糊入睡以前，依望流放地的乔斯 · 米兰达处理了他们身上大大小小的伤口，甚至挖出了嵌入帕切科腿中的子弹。天亮后不久，人们告知帕切科和佩特里必须立即动身，因为日本卫兵随时可能找上门来，这里不能久待。同时，当地居民还警告他们只有到达布鲁克角附近的游击队哨所才会安全。于是，米兰达成为向导，带着他们一起上路。

佩特里和帕切科距离真正的自由还有很长一段路要走，但是目前，他们至少脱离了日本人的魔掌。

斯米梯冒出普林塞萨港湾的水面，趴在旧渔栅上休息了一会儿，然后再次出发。好奇的鼠海豚朋友们依然一路追随着他。过了一会儿，斯米梯发现几艘日本巡逻艇正在海湾巡查，它们毫无疑问是在搜捕幸存者。其中一艘巡逻艇调转船身，朝着他的方向驶来，黄色的灯光在他头顶上来回晃动。这时候那艘船距离他还不到50码远，于是斯米梯深吸一口气，潜入海水深处，并尽可能地在水下多待一段时间。当他再次冒出水面时，那艘船正隆隆地缓慢驶过。斯米梯一直等到日本人的巡逻艇走远后，才重新在散发着诡异磷光的海水中游起来，于鼠海豚群的尾随下继续前进。

斯米梯就这样漫无边际地游着，感觉好像永远也到不了尽头。当他终于翻身休息，四处张望地平线时，他依稀能够看到前方远山上的树影。斯米梯心里重新燃起希望，他翻过身，再次开始向前游。当他觉得自己再也游不动时决定看看海水到底有多深。斯米梯屏住呼吸，脚先往下探，结果立刻触到底部，此时的海水只到他的腋下。

跟着他游了几个小时的鼠海豚们为他保驾护航，使他免受鲨鱼的袭击，现在它们又重新返回海里了。斯米梯试图走上岸，但是他双腿发软，一头栽进海水里，而且还在挣扎时不小心吞下一大口浑浊的海水。他一边干呕一边抽搐着站起身，蹒跚着向前走去，接着再爬上岸。斯米梯肌肉酸痛，背部更是疼得坐不起来。在黑暗之中，他扑通一声扑倒在沙滩上，闭上了双眼。一群黑压压的蚊子围绕在他周围，但是斯米梯已经累得无力动弹，只能任由饥饿的蚊虫在身上叮咬。

没有一个菲律宾人直接见证巴拉望的这次大屠杀。但是，乔斯·米兰达从依望流放地听到了机关枪的声音，也看到远处普林塞萨港燃烧的烈火。此外，依望监狱副主管佩德罗·帕杰也将很快看到日本兵解决掉俘虏后的庆祝场面。

集中营的空气里到处弥漫着黑烟和死亡的气息，小岛上尉将手下的人召集起来，对他们的工作大加赞赏。

防空壕已经被泥土填埋，变成了大尸坑。到了第二天早上，小岛的人还会继续追捕幸存的美国俘虏，但是现在他们要为自己庆功。

1944 年 12 月 14 日傍晚，帕杰对伊那加宛（Inagawan）流放地进行视察。那里距离日本宪兵队的新伊拉宛总部大约 25 英里。虽然帕杰长期以来被美国战俘视作亲日派，但他实际上是巴拉望地下秘密组织的一分子，而且还是与岛上庞大的游击队网联系的一个关键通信点。他在依望流放地生活了十几年。战争开始时，那里大约容纳了 1 700 名囚犯和 45 名监督警卫及雇员。日本人占领菲律宾时，总统曼努埃尔·奎松就赋予了帕杰特殊的权责，即利用手下的囚犯从事各种破坏和情报活动。

帕杰从 1942 年起就开始组织他的巴拉望地下力量，并在 1943 年后期将其进一步打造成特战队。依望流放地的其他受雇官员也是菲律宾军队的后备军官。他们和帕杰掌管着一支战斗连队、一支情报小队、一个军需单位、一支运输队伍和一个大刀营，里面的每名战士都是从帕杰流放地挑选出来的最为忠实可靠的囚犯。帕杰的犯人里大约有 200 人是来自巴丹的老兵，他们原先关押在黎刹省文珍俞巴市的中央监狱，但是因为那里太过拥挤而于 1943 年末被运往依望流放地。

由于帕杰能够与普林塞萨港日本宪兵队和平相处，所以他成功地为自己的监狱以及巴拉望地下力量秘密保留了武器和弹药。他手下的间谍人员一直监视着两用机场的建造进展，并记载下 1943 年末第一架战斗机和轰炸机的着陆情况。他们还密切关注着战俘集中营附近水上飞机基地的动静。1944 年，帕杰本人亲自参观了新机场，他计算出地面上的和隐藏在附近丛林中的战机数量，并记录下水上飞机基地最多可以容纳 8 架飞机这一信息。

帕杰与 10-A 号集中营被屠杀的美国俘虏也存有一些个人感情。1943 年，日本人允许曼戈医生在依望流放地的医疗室里为马克·麦克多尔进行阑尾切除手术时，帕杰见到了这个救死扶伤的人，而且亲眼见证了他对患者的爱护与奉献。

从 1944 年 9 月起，美国轰炸机在帕杰的流放地上空发放了有关善待美国战俘的警示传单。帕杰尽职地将这些传单送交给日本宪兵队总部以表现自己的忠心，但是同时他的地下组织也秘密地在集中营里安插了两名间谍人员，一位是翻译，而另一位则担任司机。

帕杰在 12 月 15 日上午离开伊那加宛流放地回到自己位于依望的办公室，此时他还不知道 10-A 号集中营所发生的一切，也不知道一些幸存者已经潜入海湾，希望能够抵达由他管辖的罪犯流放地。他同样不知道的是，还有 4 名美国人仍然躲在普林塞萨港集中营的悬崖下，藏身于岩石和丛林中。

莫·迪尔身中两枪，被刺刀戳了无数下。行凶者认定他必死无疑并将其抛下悬崖，但此时他仍活着。迪尔滚入茂盛的灌木丛中，在那里躺了一个晚上，期间几度昏死过去。迪尔的右臂被日本人的刺刀刺穿，几乎废掉，身体其余部位也是伤痕累累。尽管迪尔疼痛难忍、血流不止，但随着黎明的到来，他还是渐渐恢复了意识。

此时的迪尔身体脱水，不仅饥饿难耐而且大量失血，他慢慢地抬起身子向前爬。迪尔一点一点地挪动着，小心翼翼地穿过灌木丛，爬到悬崖顶部。他决定设法绕过集中营，进入普林塞萨港的镇上。一场暴雨及时从天而降，为他掩盖住爬行时发出的声音。途中，迪尔曾碰到一支仍在继续搜捕幸存者的日本巡逻队，他将自己隐藏到灌木丛中，一动不动地趴在那里。日本兵从距离迪尔不到 100 英尺的地方走过，在狂风暴雨中，他们并未注意到这名受伤的美国人。

经过几百码痛苦的爬行后，迪尔到达当地的天主教教堂。他爬进去，找到一件牧师的长袍来遮掩身上数不清的伤口。迪尔很小心，没有在教堂里逗留太长时间。这场暴雨为他的转移创造了完美条件，因此他继续爬出城外直到密林边缘。然后，迪尔忍痛站起身，摇摇晃晃地钻进绿油油的茂盛丛林，朝着普林塞萨港外的方向走去。

波普·丹尼尔斯在黎明前醒来，饥渴交迫，痛疼难忍。数小时之前，他和比尔·威廉姆斯在海滨遇到迪尔和巴丘斯，但是四人后来决定分开行动。丹尼尔斯和威廉姆斯选择沿着海滩移动，结果撞上日本卫兵，紧接着就是一阵猛烈的机枪扫射。两人都受了伤，其中丹尼尔斯被打到腿部。他一瘸一拐地钻进灌木丛，藏了起来，而日本兵则继续追赶威廉姆斯。之后，丹尼尔斯再也没有见过那名海军士兵。

他的生存本能告诉他要继续前进，因此当大雨倾盆而下时，丹尼尔斯从海岸慢慢挪向普林塞萨港集中营以北的丛林。他独自一人爬进巴拉望岛地形复杂的区域，除了要面对 4 000 平方英里的丛林和山脉，还要面对无法预测的未来。

吉恩·尼尔森游了 9 个多小时才双脚触到沙地。虽然身中 3 枪，但他依然活了下来。在黑暗之中，尼尔森很快就意识到自己实际上并没有到达主海岸，而是误打误撞地登上了海湾之中的一个小岛，它距离依望流放地的海岸大约还有 100 码。他试图站起来走完后面的路程，但是因为身体实在太过虚弱，他没法起身。尼尔森抵达的这片陆地不过弹丸大小，海水涨潮时很可能将其淹没，但是现在却暂时为他提供了休憩之所。

沙洲上方覆盖着茂密的灌木丛，尼尔森手脚并用地爬进去，然后瘫倒在地。他蜷缩在植被下方，迷迷糊糊地进入了梦乡。没过多久，就有一种奇怪的嗡嗡声传来，而且由远及近越来越大。尼尔森被吵醒了。虽然天还未亮，但是他透过灌木丛看到不远处有一艘日本巡逻艇正在缓缓地穿过海湾。船上的一些士兵在水面上四处张望，显然是在寻找幸存的美国俘虏。巡逻艇此时距离小岛还不到 200 码远的距离，尼尔森静悄悄地躺在灌木丛里，等着舰艇从旁边驶过。日本兵的船一离开，尼尔森就决定抓紧时间去寻找更为安全的藏身之地。他慢慢地爬出沙洲，挣扎着去往岸边。

尼尔森钻进一片红树林，跌跌撞撞地穿行其中，寻找之前来到依望时曾看到的河流。他赤着脚，蹒跚地穿过发臭的水面，裸露的身体招致成群的蚊虫前来叮咬，但是尼尔森太累了，甚至没有力气驱赶它们。急需休息的他爬到红树林的一大片根系那里，胳膊紧紧地缠绕在盘曲的树根上形成支撑。尼尔森在那儿小憩了一会儿，并将身体完全淹没在沼泽中，只有鼻子露出水面，以此让自己裸露的皮肤能够从不怀好意的蚊虫那里获得片刻喘息。

尼尔森在那天晚上遇到很多奇怪的动物。它们的眼睛在星光下反射出诡异的荧光，就好像对面水边有一个猎人在晚上点亮了聚光灯一样。尼尔森辨认不出到底都有些什么动物，只能看到它们的眼睛忽闪忽灭，散发出不同光芒，有的血红，有的惨绿，还有的荧黄。每对发光的眼睛相隔不过 1/4 英寸，但是有一对眼睛的间隔比较大，相距大约 6 英寸，它们无声无息地从沼泽水面冒了出来。尼尔森伸出双手，用尽全力拍打积水，试图吓跑这个不速之客。后者用自己粗大的尾巴抨击水面，然后消失了。尼尔森陷入了后怕中，因为那可能是一条鳄鱼。

虽然又饿又累，尼尔森仍然努力寻找可以饮用的水源。他发现了一名菲律宾渔民，但是因为不确定当地人会如何对待他而没敢现身。直到晨曦时分，尼尔森才淌过沼泽，并在公鸡的啼叫声中发现一户人家。他钻出沼泽，慢慢走进一片大约 600 码长、300 码宽的田地。田地周围矗立着高大的椰子树。尼尔森试图爬上其中一棵去采摘椰子，但是因为受伤的左腿失去知觉而不得不放弃。最后，他在地上找到了一颗较老的椰子，并用折断的树枝捣碎椰壳。当椰子终于被敲开时，尼尔森连忙将其中饱满的乳白色椰汁灌入嘴中。这是他在将近 24 小时中摄取到的第一份营养物质。

尼尔森继续跌跌撞撞地往前走去，但是他很快就发现自己变得精神恍惚，陷入到幻觉之中。他看到日本兵躺在树荫下，于是惊慌地绕过他们逃跑。尼尔森很快就意识到那些卫兵只是自己的错觉，但是幻象仍然层出不穷，折磨着他疲惫的大脑。他曾经一度以为自己看到了莫·迪尔。尼尔森知道迪尔不在这里，但是他的身影却不停地浮现在丛林中。为了摆脱幻觉，尼尔森抓紧前行，闯进一片 5 英尺高的林草中，并被锋利的草叶割伤了皮肤。

然后，尼尔森发现一位年轻的菲律宾人正顺着小径穿过田地。他躲了起来，看着这位年轻人从旁经过。他移动到小径附近，不一会儿就看到那个人又从原路走了回来。这名菲律宾人的腰间别着一把博洛刀，尼尔森决定在他接近时跳出去，夺下刀并审问他。尼尔森蹲在小径旁边茂密的草丛中等待着，但是最终改变了主意。当菲律宾人经过时，尼尔森轻轻地呼喊道："嘿，伙计！过来！我们聊聊。"

年轻的菲律宾人停下脚步，不敢继续往前走。尼尔森仍然藏身在草丛中，同样因为害怕而不敢率先有所行动，但是他努力说服那个菲律宾人靠近一些。"别害怕，"尼尔森说，"没问题的，我们是朋友。我不会伤害你的。"

那个人终于开口说话。当尼尔森听到他说英语时也松了一口气。这名菲律宾人解释道，他是被菲律宾政府关到依望流放地的一名囚犯。他的名字叫萨亚迪·摩洛。

"你能给我弄点水喝吗？"尼尔森问道。

"好！"萨亚迪示意这个赤裸的美国人跟上自己。在小径上方不远处的一条小溪旁，尼尔森喝上了自大屠杀发生后的第一口清水。他又开口讨要食物，萨亚迪飞快地跑开，并拿回了两个长约 4 英寸、粗约 3/4 英寸的植物小根茎。尼尔森狼吞虎咽地吃了起来，觉得这种当地的蔬菜味道尝起来很像红薯。

尼尔森吞下最后一口食物后，萨亚迪突然大声说道："你还有朋友。"尼尔森不明白他的意思。他问萨亚迪能否找到铅笔和纸张，以便自己书写一份声明。萨亚迪点了点头，告诉他待在小路附近，然后再次跑开。

等他回来时，尼尔森请他代写一封交给美国军方的信，其中包括他的姓名、军衔和编号。在信中，他详细说明美国战俘被害的过程，称自己应该是唯一的幸存者，而且已经伤病交加，恐怕很难逃脱日本巡逻队的追捕。尼尔森告诉萨亚迪，他想要政府还有其他人——他的家人甚至别的美国人——知道发生了什么。

口述完信件的内容后，尼尔森稍微松了口气。他怀疑自己活不了太久，但是他迫切希望自己能够为这 150 名美国战俘的悲惨遭遇给美军保留一些证据。尼尔森二人再次沿着小径往下走，此时，萨亚迪重复道："你有朋友。"

"什么意思？"尼尔森问。

"你有朋友。"

尼尔森感到迷惑不解，难道萨亚迪是指菲律宾的游击队在前方另外一个村庄的某处等着他们？因此，他又问道："这么说是什么意思？"

萨亚迪用手指着一条路说："从这边走，你还有几个朋友。"

他带着尼尔森从侧路穿过丛林，直到进入一片空地。有 3 个人正等在那里，其中两个是美国人，就躺在一个菲律宾人附近的草垫上。尼尔森认出他们是埃德温 · 佩特里和贝托 · 帕切科。

有那么一瞬间，尼尔森还以为自己又出现了幻觉。他慢慢走近，不敢相信自己的眼睛，直到佩特里和帕切科坐起来迎接他。尼尔森大喜过望。他的两名美国同伴解释说，他们正在休息，等着夜幕降临以确保他们足够安全后，再由菲律宾朋友乔斯 · 米兰达带领他们继续前进。尼尔森得知，萨亚迪在佩特里和帕切科出现于依望附近后被派去为他们取床褥。他们二人还有米兰达留在森林，而萨亚迪则朝着自己位于卡玛贡站的宿舍走去，并在此时经过尼尔森附近。

不可思议的好运让尼尔森松了一口气，他倒在佩特里和帕切科旁边的草垫上，很快就睡着了。

就在乔 · 巴塔挣扎着起身时，清晨的第一缕阳光已经照在了苏禄海上。他原来的目的地是到达依望流放地，但他在夜间昏迷后就随着海水越漂越远，逐渐偏离了正确的路线，现在他根本不知道自己确切的位置。巴塔认为继续留在海岸线地带并不安全，因为日本巡逻队肯定会消灭他们碰到的每一个美国人。

巴塔不情愿地钻进树丛，身上没有任何可以遮挡的衣物。他并没有明确的目标，但是茂密的植被至少给他提供了一些安全感。巴塔走了2个小时，直到感觉附近还有其他人存在才小心地停了下来。透过前方的缝隙，他能看到6个穿着卡其布军装的日本士兵在持械巡逻。他蹲伏在灌木丛中，注意到附近的一个火炮掩体。

日本士兵看起来不像发现了他，于是巴塔悄悄地爬开。他慢慢登上一座小山丘，然而却在山顶上发现另一个日本士兵正在下面的森林中穿行，巴塔立马僵在原地。但是过了一会儿，他又一次悄悄溜走，朝着另一座山爬去。

巴塔刚穿过山顶就与另一个日本兵正面碰上。四目相接，两人同时吃了一惊。对方还没反应过来，巴塔已夺路而逃。他像野人一样，飞速穿过茂密的绿色丛林，任由荆棘撕扯他的皮肤，也顾不上赤裸的双脚被扎破时的钻心疼痛。追赶他的日本士兵大声呼叫他的一个同伴，显然就是巴塔之前险些碰上的那个单兵。

巴塔在丛林中不停地奔跑，直到感觉自己喘不过气来，才弯腰藏到一旁，细听周围的动静。他能听到身后两个日本士兵紧追不舍的脚步声，他们离他越来越近。巴塔跳起来，继续逃命。巴塔每次停下来都能听到后面有人追赶。这场绝命逃杀一直持续到下午，但是追捕巴塔的日本兵并未放弃。

到了下午晚些时候，巴塔的身上已是伤痕累累，他的力气也在飞快地耗尽。此时，他发现前方不远处有一片乱糟糟的竹藤丛。巴塔扭动着身子钻入竹丛，而日本兵则恰好从他旁边跑过。巴塔继续努力往里钻，并在接下来的几个小时里一动不动地趴在那里，希望能借此恢复些体力。

黄昏临近时，巴塔无奈地发现自己迷失在这片竹丛中，每个方向似乎都无路可走。最后，巴塔决定试着往上爬，从足够高的地方找到一条合适的路线进入更为开阔的丛林。他爬上一棵小树，站到高处的树枝上。巴塔开始环顾四周，而此时脚下的树枝却啪地一声断裂，将他摔到地上。

巴塔身上没有衣服可以保护自己的皮肤不被粗糙的树干擦伤，也无法避开身体下方参差不齐的残枝。断裂的枝干刺入他的胯部，撕开了他的阴囊，把他的睾丸暴露在外。巴塔痛苦地翻滚在地，鲜血从撕裂的伤口中喷涌而出。

斯米梯在一条狭窄的海滩上醒来，他擦掉脸上和眼睛里的沙子，在黎明快要降临的曙光里眯起了眼。斯米梯知道自己已经睡了几个小时。能休息这么长时间是上天的恩赐，但是太阳很快就要升起，他现在需要找到地方藏身，而不是就这么暴露地躺在开阔的海滩上。斯米梯浑身酸痛，几乎爬不起来，但是他知道自己必须接着出发。成群的蚊子正在他身上享用大餐，因此他爬到一片红树林沼泽的边缘处，将自己的脸和身子都涂上厚厚的泥巴。

斯米梯休息了一会儿，才试着起身行走，却发现自己走起路来摇摇晃晃好像醉汉一样。锯齿状的珊瑚岩让他几次绊倒，擦破大片皮肤。斯米梯爬起身，继续前进。当他进入沼泽深处时，他每走一步都会陷入黑色的淤泥中。斯米梯被鲨鱼咬过的胳膊还阵阵抽疼，但是他现在又开始担心会有鳄鱼出现。最终，他钻入一棵树中，一直休息到天亮。

斯米梯再次上路，摇摇晃晃地在丛林中穿行了几个小时，希望能够到依望流放地南部边界，那里的菲律宾囚犯肯定会收留他。有时候他会陷到脚下厚厚的淤泥中，必须抓住林中密密麻麻缠绕而下的藤蔓将自己拉出来。有些藤蔓上面长满了锋利的尖刺，像铁丝网一样割伤了他的手和手腕。最终，斯米梯在罪犯流放地的边界处发现了一所简陋的木屋，那是菲律宾的尼帕小屋，就建在他泅渡海湾时作为参照物的山坡上，他还需要走很长一段距离才能抵达那里。斯米梯吃力地爬上山朝小屋走去，但是等到他好不容易抵达后，却发现屋里一个人也没有。从高处向下望，斯米梯能够看到六七个人在底下的山谷干活。斯米梯误打误撞地闯进依望罪犯流放地的比奴安站，并发现了 7 名正在种植根茎类作物的流放地住民。

菲律宾人养的狗发现了斯米梯，开始大声吠叫。斯米梯试图安抚它们，但是犬吠声还是引起远处在山下干活的菲律宾人的注意，其中一人开始顺着小路往山顶的棚屋走来。斯米梯藏到小路一旁，看着这个身穿橙色连衣裤的菲律宾人爬上山坡。他等到这个人经过自己身边时，蹭地从灌木丛中蹿出，在菲律宾人没反应过来之前抓住了他和他的博洛刀。斯米梯低声说自己是一名逃亡的美国俘虏，并补充说："不想死的话就别乱来！否则，我会杀了你！"

年轻的海军陆战队士兵详细地向这位菲律宾农民讲述了巴拉望岛上发生的大屠杀以及自己泅海逃生的经过。

"好吧，伙计，"菲律宾人说，"我们会收留你的，我们是你的朋友。"

他将斯米梯带进简陋的棚屋，并为这个瘦骨嶙峋的逃亡者准备食物。斯米梯身上触目惊心的伤口让菲律宾人感到担忧，他说："我得下山为你找一个医生治伤。"

"好吧，你想找谁都行，"斯米梯说，"但是，如果他们到了这里敢乱来，我会先杀了你。"

那个人招呼跟他一起干活的人过来。当他们出现在小屋时，斯米梯做好了最坏的准备。这群农民之中包括负责比奴安站运转的伊西德罗·达卡奈。他们交谈了一会儿，直到达卡奈发现远处有几个骑马的人出现。他走出小屋，挥动手臂召唤他们，这让斯米梯感到更加不安。

达卡奈成功引起三名骑手的注意，他们掉转马头，朝着小屋赶来。当斯米梯看到进屋的三个人时，一颗心顿时沉了下去。他认出其中一人正是"叛贼"佩德罗·帕杰。

斯米梯之前曾在 10-A 号集中营见过帕杰，并亲眼看到此人与日本卫兵谈笑风声，甚至有时还会朝美国人吐口水。现在，这个叛徒的后腰正别着一把点 45 口径的手枪。当他靠近斯米梯时，斯米梯一个箭步冲上去，想夺下他的手枪。令人惊讶的是，帕杰拔出手枪，直接扔给了斯米梯。

“我知道你在想什么，”他说，“但是我不是在为日本人卖命，我只是在为游击队收集情报。”

斯米梯放下心来。食物此时也已准备妥当，这是他这么久以来尝过的最好的饭菜了，他一边吃，一边仔细听着帕杰解释自己的情况。帕杰告诉斯米梯他一直在暗中协助巴拉望游击队并且负责依望流放地地区的秘密抗日活动。达卡奈叫他的时候，他正准备和他的情报人员塞莱里诺·波亚托斯中尉和另一个名叫西蒙的博士一同前往伊那加文。

帕杰派出通信兵为斯米梯提供更多的帮助。没过多久，依望的医务官佐伊罗·布尼耶医生就赶来为斯米梯处理伤口。斯米梯身上被丛林藤条刮出一道道细长的伤痕，双脚也因为在锋利的珊瑚岩上奔跑而变得血肉模糊，而在海里碰到的鲨鱼更是让他的左前臂被严重咬伤。布尼耶医生和波亚托斯利用身边唯一的药物——一瓶碘酒为斯米梯清理伤口，并且帮他换上干净的病号服。他们一同等着下午过去，而斯米梯也试图休息了一会儿。此时，另外一名稍后抵达的通信兵带来了令他激动的消息：还有一名美国逃跑者在数英里之外被救起。布尼耶奉命与报信的人一同前往查看，确定那名美国人的状况。

作为一名美国白人，在光天化日下活动实在太过危险，因此斯米梯一直在小屋内待到 12 月 15 日日落以后。趁着夜色，他与波亚托斯还有莫德斯托·帕迪拉中士一起离开，后者披荆斩棘，拿着一把巨大的砍刀在前方开路。波亚托斯和帕迪拉向斯米梯解释说他们必须赶上 25 英里的夜路，才能穿过日本人最后的哨所。菲律宾人希望将这名美国人安全送出他们的区域，因为流放地里已经有日本士兵在到处巡逻，对囚犯进行审讯。其中一些当地人更是因为涉嫌收留逃跑的美国俘虏而被捕。

他们飞快地赶了几英里路，期间没有任何休息的时间。虽然疲惫不堪，而且还要忍受赤脚行走在崎岖道路上的痛苦，斯米梯仍然尽力跟上两个菲律宾人。12 月 16 日凌晨时分，他们已经逐渐接近目的地。斯米梯走在最后面，试图保持乐观，但是内心深处仍然不免担忧被这些菲律宾朋友送入日本巡逻队的虎口。

佩德罗·帕杰能够理解斯米梯会误认他为叛徒，这恰好证明他在掩护巴拉望地下力量方面做得有多么成功。但是他很愤怒，不明白日本人为什么一定要杀死这些毫无反抗之力的战俘。在离开比奴安站后，他立刻骑马前往位于伊拉宛的日本宪兵队，想要表达自己对这件事情的抗议。在与出口太一交谈时，帕杰一直试图保持冷静。他先聊起自己最近在伊那加宛流放地视察时的发现，然后又打听美军战机日益增多的空袭，并问道既然关押战俘的集中营及其毗邻的机场成为美军轰炸的主要目标，那么日本军方将计划如何处理美国战俘。出口太一随口敷衍说不用担心，美国人已经被带往更为安全的地方。

帕杰明明知道真相，却什么都不能说，只能礼貌地告退去忙自己的事。而如今这件“自己的事”，实际上就是他的一个强烈愿望——尽自己一切力量让他的地下网络对任何还可能活着的美国人伸出援手，帮助他们逃到安全地带。

12 月 15 日凌晨时分，威利·巴丘斯终于抵达陆地。他休息了一会儿，然后蹒跚着在红树林之间穿行，直到再也走不动为止。上午 10 点左右，他还在休息时，突然发现有两个人正穿过沼泽地。巴丘斯吓坏了，担心自己再次落入日本人之手，但他实在太过虚弱，根本无法抵抗。两名陌生人越走越近，其中一人用英语冲他叫喊。是菲律宾人！

两人自我介绍说他们一个叫胡安·德·格拉西亚，一个叫阿波罗尼奥·德·拉斯·阿拉斯，都是依望流放地的住民，奉该区域地下组织领导者帕杰上尉之命寻找巴拉望大屠杀中幸存的美国人。

在格拉西亚和阿拉斯的帮助下，巴丘斯穿过泥泞的沼泽抵达他们的营地，并在管事人员马齐米诺・利瓦格的照料下度过下午的时间。之后，一个向导小组将他带往马利瑙站，在那里巴丘斯终于获得了食物、衣服和医疗救助。

菲律宾人告诉巴丘斯必须继续出发才能到达游击队的安全地带。那天晚上他被护送出站，与波亚托斯还有帕迪拉会合。彼时，这两人正趁着夜色在丛林中匆忙赶路，寻找幸存的美国逃亡者。12 月 16 日凌晨，巴丘斯与他们二人碰面，之后他们又召唤队伍里的另一名成员上前。于是，另一名又高又瘦的美国人出现在黑暗之中。

斯米梯见到巴丘斯就像见到失散已久的兄弟。两人还没怎么来得及享受重聚的喜悦，就听到地下成员说起附近还发现了另外一名美国人。波亚托斯决定让队伍暂时留在原地，并派出通信兵进入丛林确认这一情报的可靠性。

与吉恩・尼尔森一样，在发热、脱水和营养不良等因素的同时围攻下，厄尼・科布罗斯很快就发现自己被幻觉包围：一只公鸡在打鸣，还有两位美丽的菲律宾姑娘出现在丛林中。他向她们招手，然后又跌跌撞撞地追随在她们身后，直到她们消失在雨林中。不一会儿，日本士兵的身影就开始出现在他眼前。

“我一定是疯了！”他想，“这不是真的。”

强迫自己的头脑恢复清醒后，科布罗斯重新返回他被海水冲上来的地方。他沿着海岸线走了一天，试图寻找食物和淡水。当夜幕降临时，科布罗斯爬到一棵树上，以免遭到丛林中的动物袭击或被敌军的巡逻队发现。第二天，他继续漫无目地的四处游荡，直到重新进入沼泽并找到一处睡觉的地方。当科布罗斯醒来时，他发现自己又开始发热了，于是再次回到海边，钻进一片椰子林休息。

科布罗斯知道自己要设法去往依望流放地，但是红树林沼泽看起来无法穿越。最终，科布罗斯还是认为游到流放地附近要容易些，并接着在丛林中寻找较为方便的入水点。

科布罗斯正在沼泽边缘附近的一棵树上休息，此时突然传来的一阵击水声吓了他一跳。一只本地的螃蟹船正缓缓划过沼泽，向他驶来。科布罗斯滑下树，准备逃走，但是当螃蟹船靠近，四张菲律宾人的脸逐渐映入眼帘的时候,科布罗斯这才松了一口气。他们用英语向他喊话，称他们是流放地的居民，并解释说他们奉命沿着海岸线巡逻，寻找任何从巴拉望大屠杀中逃生的美国人。

这些菲律宾人带着科布罗斯回到他们的住处，帮他处理伤口，并允许他留下休息，度过危险的白日时光。太阳一落山，科布罗斯就在两名向导帕特诺·戈麦斯和奥林皮奥·巴伦苏埃拉的陪同下上路。他们奉命带领科布罗斯穿过丛林，去往马利瑙站，那里还有其他美国人在等候。科布罗斯和斯米梯还有巴丘斯在马利瑙站重聚，三名美国人还没来得及庆祝，就注意到他们的向导正在与另一名刚刚抵达的通信兵交谈。那名通信兵走了很长一段路来通知他们，远处还有另外三名美国人被救起。

佩德罗·帕杰捎话让科布罗斯、斯米梯和巴丘斯继续向南移动，与其他三名幸存者会合。中士卡塔里诺·桑托斯与他们一起出发，并将带领他们穿越丛林去往伊那瓦甘罪犯流放地，直到能与依望地下反抗运动的情报人员波亚托斯中尉重新碰头为止。后者已经先行出发，去确认是否还有其他美国俘虏被人找到。

他们现在还没有完全脱离危险。要想到达伊那瓦甘，他们必须先溜过一个日本哨所，而且要在晚上秘密行动。

贝托·帕切科被人低声叫着摇醒。他睁开眼，看到乔斯·米兰达站在跟前。身边的佩特里和尼尔森也相继醒来，他们已经在依望附近的丛林中休息了几个小时。帕切科等人得知，米兰达先前派人请示他的领导帕杰上尉,而后者已经传话回来。他命令他的两个手下萨亚迪·摩洛和贾拉迪·摩洛在当晚护送三名美国人抵达马利瑙站，地下情报人员会在那里接应。

尼尔森腿上中弹的地方仍然在火辣辣地作痛，他向菲律宾人询问是否有药物能够治疗枪伤。其中一人听闻后离开，不久带着五分之一瓶的大米威士忌返回，并用它替尼尔森清洗看起来越发严重的伤口。

在黑暗的掩护下，三名美国人和萨亚迪还有贾拉迪一起在丛林中穿行。尼尔森费力地迈着自己跛掉的左腿，他发现自己必须用力将受伤的腿绷直，否则根本无法行走。但是这样一来，就意味着他每走一步都得将身体重量集中到右脚的脚后跟上。赤脚行走在粗糙的碎石路上更是让尼尔森受尽煎熬。他试图去踩最光滑的石头，但是每迈一步都会留下一个血脚印，深红色的血污让尼尔森很快意识到自己正在留下一串危险的痕迹。

同伴们的状况同样不容乐观。佩特里和帕切科也因为枪伤和磨破的双脚而在地上留下模糊的血迹，这有可能给潜在的追踪者留下记号。三名美国人默默地忍受着，一瘸一拐地顺着林中小径走了一整晚。菲律宾向导们允许他们短暂休息，但是仍然会让他们不停地赶路。他们就这样稳步前进，直到脚下的路豁然开朗通向马利瑙站的村庄。波亚托斯中尉在那里接应了他们，并向这些美国人保证他们会受到很好的照料，而且他的人也非常乐意继续带领他们去往位于布鲁克角的主力游击队总部。

菲律宾人为三名美国人拿来了合身的便服，以及丰盛的食物和水。布尼耶医生专程从依望赶来照料他们，为他们诊治伤病。在马利瑙站休息时，佩特里等人收到消息，不远处还有另外三名美国人获救。佩特里、帕切科和尼尔森到达村庄时，另一组美国人正准备再次启程。斯米梯、科布罗斯和巴丘斯快步迈上前来，带着开心的笑容，与另外三名同伴握手，欢迎他们的到来。

波亚托斯迫切希望他的客人赶紧出发，但还是勉强同意让新来的美国人先暂时休息一下。很快，波亚托斯就告诉美国人他们必须继续赶路，以免被搜捕他们的日本人追上。他和莫德斯托·帕迪拉中士将护送他们到达日本人领地以外的“游击区”。现在,6名美国人吃饱喝足，穿上了体面的衣服，甚至连身上的伤也得到了适当的护理。就此懈怠休息很可能意味着重新落入日本人之手，然后必死无疑。他们必须要继续前进。

17

马克·麦克多尔的奥德赛之旅

集中营垃圾堆散发的恶臭将马克·麦克多尔熏醒。他一直迷迷糊糊地处于半睡半醒之间，因为恐惧、疼痛还有周围肮脏的污秽而无法真正入睡。

马克在前一天下午钻入垃圾堆中藏身，并在那里度过了漫长的黑夜，期间大部分时间没有合眼。看不见的虫蚁在他身上蠕动爬行，不停叮咬，折磨得他几乎发疯。马克赤裸的身体上堆满了发霉的食物、椰子壳以及各种各样腐烂到不同程度的营地残馀。

1944 年 12 月 15 日太阳升起时，重新被捕的恐惧也再次袭来。虽然孤身一人，但马克好歹还活着，此时他的脑袋里有各种想法但是拿不定主意。他知道自己不能一直埋在垃圾堆里，但是也不能在白天爬出去，否则很快就会被杀死。破晓的曙光逐渐照亮了普林塞萨港集中营下方的海岸线，马克戳出一个小孔向外看。日本卫兵正在沿着海滩巡逻，继续他们的追捕行动。马克知道这说明至少还有一个俘虏没被找到。

其中一个日本兵转身朝向垃圾场，随意地穿行其间。他一边用脚踢着垃圾，一边向缝隙中窥视。有那么几秒钟的时间，他直接站到了马克的上方，而且似乎正好盯着马克的脸瞧，距离近到即使身处于垃圾堆中，马克也能闻到他身上那股恶心的体臭味。马克闭上眼，做好了最坏的打算。

马克默默地祈祷，自从成为战俘以后，他就经常这样做，请求上帝的指引和保护。

他时刻准备着被一把冰冷的钢刀刺穿胸膛。但当他重新睁开眼睛，透过小孔向外看时，却发现那个日本士兵走开了。然后，他听到海滩上响起一阵枪声，而那个日本士兵也和其他人一起离开垃圾场朝着枪声传来的方向跑去。

自从前一天溜下悬崖后，马克第一次跳了起来。他顾不上自己的双脚被粗糙的珊瑚岩划破，沿着海边朝着枪声响起的反方向跑去。海岸线上浮动着同伴们肿胀的尸身。

马克注意到自己脚下正生成一条血迹，因此他进入海里，沿着浅水滩继续跑，直到被绊倒，脸朝下摔倒在地。马克喘着粗气趴在地上，却突然发现一条类似小隧道的通道延伸到珊瑚岩的边缘。马克潜到水下，躲进一个狭小的洞穴中。

洞穴里面的空间仅能容得下两个人，他必须将脚浸在水中坐到岩石上面的凸起处。

马克意识到这是一个污水道出口，每当有海浪拍打到多礁的海岸时，总会有一小股水溅到他身上。

洞里面很黑，但是至少目前来说还算安全。岩石上的小螃蟹四处乱走，很快开始爬上他的身体，但是马克宁愿忍受这些甲壳类动物的骚扰，也不愿跑到上面去冒险。

马克整个白天都躲在洞穴中。过去 24 小时里，他亲身经历了一场惨绝人寰的大屠杀，而此时他所见到的一切都在脑海里不停地回映。隐蔽的洞穴有助于他护理身上的擦伤和烧伤，让他努力忽视自己灼热的喉咙和干瘪的肚皮。

当想到自己目睹的恐怖虐杀时，马克感到一阵阵反胃，但是他的肠胃里已经没有什么东西可以呕吐了。他头朝后仰，倚靠在洞穴的岩壁上。

马克一直潜伏到太阳开始落山，因为自己还活着而感谢上苍。他现在只需要一个有利的脱身时机。随着天色渐渐转黑，马克注意到日本卫兵开始撤离海滩，向集中营走去，他知道自己的机会来了。

他钻出污水道出口，冲入海中，开始游起来。就马克目前所知，他是巴拉望集中营唯一一个幸存的美国人。他知道渡过普林塞萨港需要游上几英里的水程，但是他觉得如果能够到达海湾那边的罪犯流放地，自己的生存概率会更大一些。

马克没游多远就改变了主意。一场暴风雨不期而至，呼啸的狂风夹杂着倾盆而下的雨水在海上掀起大朵大朵泛着白沫的巨浪。如果继续游泳，肯定会被淹死。马克咒骂着自己的运气，重新游回刚刚离开的海岸。他再次爬到污水道的出口处，等着风浪变小。

就在马克蜷缩着想要打个盹时，一阵击水声将他惊醒，有人正踩着水朝这里走来。

马克从岩石间的洞口向外张望，结果看到一双伤痕累累、青肿瘀紫的腿，在这个岛上这样的腿只会属于一个国家的人。

"嘿，美国人！"马克小声呼唤道。

那人弯下腰，朝阴影中的礁岩里面看，并问道："你到底在哪？"

马克从洞中探出头，认出来人正是左臂几乎被日本人一枪打断的下士戴恩·哈姆瑞克。哈姆瑞克解释说，前一天晚上，他的五名同伴离开藏身的洞穴游泳逃走，而自己因为受伤太重只能留在后面，并且一整天都在躲避日本人的巡逻搜捕。

马克能够看出哈姆瑞克严重失血。当他检查哈姆瑞克的伤势时，发现受伤的地方已经开始溃烂，他知道，如果没有及时的医疗救治，哈姆瑞克活不了多久。马克用海水替他冲洗手臂，而哈姆瑞克一边忍着疼痛，一边继续自己的叙述。

他飞快地说出记忆中已经游走的人的名字。马克希望从中听到他的朋友斯米梯的名字，但是哈姆瑞克没有见过他。马克担心自己的朋友已经遇害，但他仍然试图保持乐观。他现在有了伙伴，而且还欣慰地获知至少有一些美国人已经游向远处的海岸。或许，外边还有其他人活着。

他们待在窄小的污水道口中过夜，不停地驱赶着恼人的螃蟹。期间，哈姆瑞克似乎越见虚弱。而马克只能蜷缩在黑暗中，默默祈祷着海面能够平静下来。

温暖的海水围绕着马克的脚踝打转，挑逗着他干裂的嘴唇和疼痛的喉咙，但是马克知道喝下海水有多危险。潮水慢慢将集中营的污秽带入海中，人类排泄物的恶臭更是让马克觉得度日如年。随着 12 月 16 日太阳升起，而后清晨的时光慢慢过去，马克和哈姆瑞克又挨饿度过一天。而在他们的藏身处之外，日本卫兵再次在海滩上徘徊，搜索着可能躲藏在岩石间的美国人。这让他们冲向丛林或邻近海湾的希望彻底破灭。

哈姆瑞克的气力似乎随着白天的流逝在消退，受伤的手臂给他带来了难以忍受的痛苦，也让他渐渐不再说话。午后没多久，马克就听到空中传来美军轰炸机的嗡鸣声。“疯狂的哈里又来了，”他想。马克不敢探出头去看，但是耳中听到的炸弹爆炸次数却告诉他，“哈里”这次并不孤单。一些爆炸似乎比以往更加靠近集中营，其中一次威力尤为惊人。

当日落黄昏之时，马克已经完全做好再次泅渡过海的准备。相比远处陌生的巴拉望丛林中所潜伏的种种危险，他认为这是最佳的逃命选择。哈姆瑞克此时非常虚弱，但是马克计划帮他一起渡海。虽然支撑住自己的身体已是十分勉强，可马克不打算留下自己的同伴等死。

他们一入海，哈姆瑞克就变得非常抗拒。他的身体表现得极其不协调，受伤的胳膊更是在游泳时成为拖累，起不到一点作用。马克努力想让他漂浮起来，但却发现哈姆瑞克在打他。他在水中四处扑腾，乱踢乱动，让马克的努力功亏一篑。最终，马克不得不放弃，但是哈姆瑞克却仍然缠着他不放手，并将两人都置于险地。马克最后用力将他打昏，并将他拖回污水道的出口洞穴。

马克知道自己足够强壮，能够游过海湾，但是他所受过的教育不允许自己弃战友不顾，独自偷生。“我真要留在这里和他一起等死吗？”马克心想。

他瘫坐在地，背倚着洞穴壁在海湾附近度过了第三个夜晚。期间，他再次用海水小心地替哈姆瑞克清洗受伤的手臂，并注意到中弹的地方重新有血流出。溃烂的伤口似乎已经蔓延，让哈姆瑞克在马克迷迷糊糊睡去之时变得更为虚弱。

第二天早上，海水轻柔地拍着马克的双脚，将他从沉睡中唤醒。

马克此时非常虚弱。饥饿还有脱水正一点点耗尽他的意志和气力。他和哈姆瑞克只能依靠啜饮洞穴顶部滴下的污水维生。他吃上的最后一口饭还是在屠杀前的两次空袭警报之间，距离现在至少已经过去了65个小时。马克看着哈姆瑞克，知道自己不得不面对残酷的现实，他这位重伤的朋友根本没有可能泅渡过海。

但是，他仍然鼓励哈姆瑞克，对他说他们必须再次尝试。哈姆瑞克凄凉地瞥了马克一眼，呻吟道：“我做不到，马克。你走吧，离开这里，离开这个地狱，不要管我！”

马克不忍心这样做。他努力安慰着哈姆瑞克，恳求其再坚持一下，不要留下他一个人独自承受苦难。到了下午的时候，哈姆瑞克的情况进一步恶化。因为失血过多和感染扩散，他的身体渐渐支撑不住，反应开始迟钝，说话的声音也越来越小。马克知道哈姆瑞克快不行了。他把哈姆瑞克搂近自己，在他耳边低声安抚，直到哈姆瑞克失去意识。马克把他抱在怀里轻轻地摇晃，大颗泪珠顺着脸颊滚落，不仅仅是为了戴恩·哈姆瑞克，还为了那些所有惨死在他眼前的朋友们。

不久后，哈姆瑞克在马克怀中咽下最后一口气，马克没有松手，仍然将他继续搂在怀里摇动。等到悲痛的心情渐渐平复后，马克将哈姆瑞克抱出岩穴，在落日的余晖下将他埋葬。珊瑚岩的海滩上有一处小洼地，马克将哈姆瑞克的尸身放进去，并用椰子壳、树叶等杂物将其掩埋。他在这个临时坟墓旁边制作了一个粗糙的标记，然后又爬回污水道洞口等待夜幕降临。

天空中的星星一露出头，马克就钻出洞穴游入海中。前两次泅渡海湾的尝试均以失败告终，马克知道这很可能是他最后的机会。他不知道自己在没有食物和淡水的情况下还能坚持多久，因此只能以平稳的速度游离 10-A 号集中营。

当马克进入更深的水域时，他抬头仰望天空，寻找合适的指引。最亮的星星被马克认定为南十字星，并当作泅渡的向导，希望数英里以外的依望流放地能让他看到一些获救的曙光。

马克是巴拉望大屠杀最后一位试图泅渡过海的美国幸存者。

18

劫后余生的 11 人

埃德温·佩特里拖着沉重的步伐，机械般地坚定前进。他不顾夜间闷热的空气还有顺着脸颊流下的汗水，磕磕绊绊地穿过多刺的藤蔓，忍受着它们撕扯自己早已伤痕累累的身体。1944 年 12 月 17 日黎明前的几个小时里，6 名美国逃俘和他们的 2 名菲律宾向导正风尘仆仆穿行于巴拉望岛崎岖的地势之间。这一路上，他们跋山涉水，穿过峡谷，期间滚滑摔倒时有发生，赤裸的双脚更是饱受折磨。

逃离 10-A 号集中营后，佩特里、斯米梯、贝托·帕切科、吉恩·尼尔森、威利·巴丘斯和厄尼·科布罗斯已经撑过了 3 个晚上。波亚托斯中尉和帕迪拉中士像牧羊人一样催促着他们前进，从普林塞萨港南端去往相对较为安全的游击队地带。趁着夜色的掩护，他们必须抓紧时间赶路，以免被到处逡巡的日本巡逻队发现。当受伤的美国人因为疲惫而瘫倒在地时，波亚托斯和帕迪拉会扶起他们继续前进，并提醒他们现在每个人都危在旦夕。

为了到达安全地带，他们这队人还需在天亮之前穿过伊那加宛村庄的最后一个日本哨所。伊那加宛是一个小型村落，地处丛林边缘，位于马利瑙站南边的小径附近，距离大海仅有数百码远。斯米梯确定日本卫兵现在已经统计出死在集中营和海滩地区的美国俘虏不到150人。他们的巡逻队肯定正在彻底搜查普林塞萨港附近的区域，追杀幸存者，而且斯米梯还很清楚日本人扩大搜捕范围只是一个时间问题。游击队向导确实有理由让他们继续赶路。

12月17日，当清晨第一缕曙光穿过郁郁葱葱的绿色丛林时，他们已经到达日本哨所的附近。斯米梯发现这个哨所不过是一个老旧废弃的校舍。据游击队的情报显示，平时有27至32名日本士兵驻守在这里。当他们靠近时，菲律宾人叮嘱6名美国人悄悄地从丛林下面爬过去，而他们两人则溜到校舍附近，盯着日本卫兵，并准备好在必要的时候分散一下日本人的注意力。

斯米梯、尼尔森、佩特里、帕切科、巴丘斯和科布罗斯匍匐着钻过灌木丛，爬过校舍的院子。在他们安全离开日本人的哨所后，两名菲律宾向导立即加入到他们之中。8个人在大路上走了很短一段距离，转而向西钻入丛林之中。大路北端直通普林塞萨港，白天没有任何可以隐蔽的地方。

波亚托斯等人在丛林中只赶了一小段路，就碰到纳萨里奥·马约尔上尉的游击队员，他们正等着接应6名美国人。吉恩·尼尔森觉得自己坚持不了多久。他磕磕绊绊地行走于林中的树木之间，脚下每一步都疼痛难忍，而且还要拽着树枝防止自己跌倒。同行的其他人越走越快，他渐渐地落在了后面。

“我走不动了，”他最后说道，“你们先走吧，我要休息一下，看看能不能恢复体力。”

他的菲律宾向导相信这些美国人确实到了极限。“现在就休息吧，”波亚托斯说，“我们会照顾你的。”

他们将草席铺到丛林的地上，然后几个人瘫倒到上面休息，一名菲律宾向导则跑开去寻找食物。过了一会儿，他带着几个小鸡蛋返回，尼尔森茫然地盯着这些鸡蛋，不知道该如何下口。其中一个菲律宾人将一枚鸡蛋抓在手上，向美国人演示如何在壳上戳一个小洞，然后吸吮内部的蛋液。其他人纷纷效仿，囫囵吞下这些新鲜的蛋白质。

所有人都累坏了，他们一直酣睡到午后，然后被叫醒再次上路出发。尼尔森和帕切科都承受着枪伤之痛，无法快速行动跟上队伍。波亚托斯派帕迪拉去寻找更好的交通工具，然后他就牵回了一对水牛供这些逃生的俘虏使用。巴拉望游击队的通信网络高效得让斯米梯震惊。“我不知道他们是怎么做到的，”他想，“但是他们好像知道每个人的位置，知道我们有多少人，也知道我们需要什么。”

波亚托斯和帕迪拉返回依望，报告这些美国人的状况。马约尔上尉手下的一名游击队员巴勃罗·奎里奥普下士熟悉南边通往游击队 D 连总部的路，他将护送这些巴拉望幸存者继续前往布鲁克角。尼尔森的一条腿失去了知觉，显然大部分时间要骑在水牛上。中了两枪的帕切科也骑着另一头水牛赶了大半段路，但是中途会跟其他疲倦的同伴们轮流换乘。尼尔森发现得用力击打牛背才能让它一直走下去。他一停手，水牛就会拒绝前行。尼尔森受伤的腿让他的骑行并不舒服，但是总比走路强。

下午晚些时候，7 个人来到丛林中一条小河附近。奎里奥普帮助 4 名美国人步行过河，尼尔森和科布罗斯则骑在牛背上。就在笨重的水牛踩着光滑的岩石过河时，科布罗斯突然从牛背上栽下来，重重地摔到浅水处的岩石上，将自己手臂上的一根骨头摔折了。之前在普林塞萨港集中营服苦役时，科布罗斯的这条手臂就折断过。

科布罗斯痛苦地在地上翻滚，于是队伍暂时停止行进。奎里奥普四处寻找临时夹板，想要帮助科布罗斯固定断臂，直到他能够得到更好的治疗。奎里奥普找来几个小木板，并收集到一些竹条，而科布罗斯的同伴们也替他将断掉的臂骨重新复位。奎里奥普用香蕉叶作绷带，按在科布罗斯受伤的地方。待断臂复位后，奎利奥普又小心地将木板附于科布罗斯的前臂背侧作为简易夹板使用，并用竹条缠绕固定。最后，奎利奥普再用几条细铁丝将固定住的断臂系紧吊起。

这样的处理远远达不到正式医疗救治的要求，但科布罗斯别无选择。他和同伴们需要在天黑前抓紧时间赶路。奎里奥普的队伍看起来惨不忍睹，一个人摔断手臂，一个人的胳膊被鲨鱼咬伤，另外 3 个人身上还带着不同程度的枪伤。但是他仍然带领队伍再次出发，当傍晚来临时，其中两个人再次骑上巨大的水牛沿着海岸线前进。尼尔森在中途发现自己的坐骑似乎想要喝水，它突然掉头，直冲着大海奔去，尼尔森不停地拍打着牛身，想要让它转身。水牛停下喝了一会儿水，然后继续向海洋深处走去。不久之后，它就没入海中，只留两个鼻孔在水上。尼尔森无计可施，只能沮丧着滑下牛背，游回海边。

随着夜幕降临，菲律宾向导带着 6 名疲惫不堪的美国人进入不远处的丛林，寻找合适的地方休息。

12 月 17 日晚上，马克·麦克多尔花了大部分时间与普林塞萨港 4 英里的水程做斗争。游了几个小时后，马克感到四肢发麻，但他仍然强忍着不适继续前进。当他觉得自己游不动时，就会停下来漂浮在水面上休息一会儿，然后再次出发。在天亮前不久，马克的双脚终于触到沙地。马克没走几步，就瘫倒在海滩上，半晌爬不起身。

当一只椰子被海水冲到身旁时，马克终于勉强打起精神。在颇费了些力气后，他设法在一块岩石上敲碎椰子，并喝下甘甜的椰汁，但是长时间暴露在风浪中让他的嘴唇和双手出现严重的浮肿，根本无法吃下椰肉。

喝完椰汁后，马克躺在沙滩上休息了一会儿，试图积攒力气继续出发。最后由于担心日本士兵随时都有可能出现，他终于起身，笨拙地沿着海岸线跑。马克钻进茂密的丛林，枝叶和藤蔓无情地擦伤他裸露在外的皮肤，而脚下则是一片泥泞的沼泽地，部分地方深至膝盖。最后，他再也走不动了，只能在一棵大树附近休息。马克认为自己是巴拉望大屠杀唯一的幸存者，如果他也被捕，那么就没有人能够揭发日本人的暴行。他再次默默地祈祷，最后，马克确信自己根本无法通过丛林。“我最好回到那个水湾，”他想。

马克艰难地向前行进，直到抵达山脉附近一个大约半英里宽的水湾。他能够看到远处有一个村庄，并认为那是依望流放地的一部分。马克权衡利弊，觉得再做一次短距离的泅渡要好过忍受丛林中荆棘扎身的痛苦，因此他再次入水，但是大约游了一半，就感觉自己难以继续。就在他准备放弃时，马克注意到一个菲律宾的竹制渔栅在附近摆动，于是用尽最后一丝力气钻进渔栅中间，然后晕了过去。

道格·鲍格于12月14日晚泅渡普林塞萨港海湾，并在第二天一早登陆上岸。他身无寸缕，又累又饿，严重缺水，而且因为赤脚在珊瑚岩上奔跑，脚底被扎得血肉模糊，右腿的枪伤更是让他整条腿又痛又肿。休息了一个小时后，鲍格只身钻入险恶的红树林沼泽地去寻求帮助。

他跌跌撞撞地走了两天，穿行于崎岖的地形之间，希望能够到达依望流放地。这段时间里只能依靠浅水洼里蓄积的雨水还有他在海边发现的泥螺存活。丛林中的藤蔓撕扯着鲍格早已是伤痕累累的皮肤，而一群蜜蜂更是将他赶进附近的海湾。他被蜜蜂蛰咬了数十处，不得不依靠海水帮忙逼出蜂毒。几天之后，他的伤口出现溃烂，还有蛆虫在皮肉间蠕动。

等到12月17日早晨，鲍格的脚肿胀得如同水球一样，以至于脚趾头都碰不到地面。当他误打误撞地进入菲律宾罪犯流放地并发现一个人正在沙滩上干活时，他已经想要躺下来放弃了。鲍格现在全然不在乎这个陌生人的国籍了。“我才不管他是不是日本人呢，”他想。

沙滩上的人向这边走来，鲍格大声叫住他。那是一个菲律宾人，他小心翼翼地接近这个一丝不挂的美国人。鲍格向他讲起几天前在巴拉望发生的大屠杀，以及自己渡海逃生的经过。菲律宾人向鲍格保证自己会帮助他，而且还表示他会在村子里受到很好的照顾。这个人带着鲍格顺着小路穿过丛林，来到当地的一片村舍。几个人帮鲍格找来一些可以穿的衣服并替他检查伤口。

鲍格告诉他们，自己和其他战俘一起逃出，并在泅渡海湾时失散，但他仍然希望可以找到自己的同伴。听了鲍格说的话后，几名菲律宾人将这个骨瘦如柴的美国人留给其他人照顾，自己则前往海湾，划着独木舟搜索附近的水域。还有一人被派去给佩德罗·帕杰送信，告诉他鲍格的情况。在获得一些食物和水后，鲍格终于迷迷糊糊地在一间小屋里睡着了。

马克·麦克多尔睡了一夜，伴随着岸边涌起的一波波海浪在菲律宾渔栅上起伏。12 月 18 日，村庄的喧嚣声将他吵醒。远处，海湾附近的小屋里有灯光亮起，不久后，诱人的早餐香味就隔着水面扑来。马克听到沙滩上有人说话，并看着他们爬进小船来验收自己的渔栅收获了什么。

他一动不动地趴在那里，张望着。几只小船似乎对着他的方向划来，然后又在半路停下。船上的人好像从水中捞起什么东西，也许是另外一个美国人。菲律宾人划回岸边，消失在村庄那头。马克就在那里躺着，累得再也游不动了。

菲律宾人再次登上他们的小船，继续检查渔栅。马克半沉半浮地趴在网箱上，但是他尽力探起身，很快就让渔民发现了自己，他们快速向他划来。

“嘿，伙计，你是战俘吗？”其中一个人喊道。

马克努力挤出了一个笑容，“我曾经是，但如今再也不是了！”

这群渔民与救起鲍格的人是同一帮人。在他们的帮助下，马克登上小船，并被载回岸边。

菲律宾渔民将他带入一间竹屋，让他洗澡，清理疮疡，并给了他一条裤子穿。然后，他们又给他拿来他吃过的最为美味的米饭、面包和番木瓜。

马克躺在小屋里休息。过了不久，一个菲律宾渔民进入小屋，并问他是否认识一名叫道格·鲍格的美军中士。马克立即从床上起身说："我当然认识！"

"他就在你旁边的小屋里，"渔民说道，"但是他受了很重的伤。"

在菲律宾人的搀扶下，马克来到旁边的小屋，和鲍格一起享受重逢的喜悦。两名美军战士此时都过于虚弱，除了说话什么都做不了，鲍格更是卧床不起。

菲律宾人通知了佐伊罗·布尼耶医生。这位医生现在已然成为一位大忙人，先后治疗过斯米梯和其他加入到斯米梯逃生队伍里的人。布尼耶闻讯后很快赶来，并立即准备替马克和鲍格检查伤势。他找不到鲍格腿上的子弹，但是为他清理了伤口并做了包扎。鲍格的双脚已经撕裂，布尼耶医生帮忙按住他，让马克挖出钻进他脚中的蛆虫。在替鲍格清洗并包扎完脚上的伤口后，布尼耶才允许二人继续休息。

两名幸存的美国人聊了很久，他们说起大屠杀，还有各自的逃生历程。鲍格讲述了他躲藏在海边洞穴时的情景，还有那天晚上他是如何和另外 4 名俘虏，即马丁、巴塔、佩特里和帕切科一起游渡海湾的。鲍格还提起曾经看到过的其他人，但是让马克感到难过的是，他没有从中听到斯米梯的名字。

他们的谈话一直持续到马克合上双眼，昏昏沉沉地睡去。这是三年来，他第一次在没有戒备的情况下入睡，但是他睡得并不安稳，几次尖叫着从噩梦中惊醒。

科布罗斯、尼尔森、斯米梯、巴丘斯、佩特里和帕切科此时正在普林塞萨港南端，朝着布鲁克角相对较为安全的马约尔游击队总部缓慢行进。科布罗斯仍然小心照料着自己手臂上的新伤，可是摔伤他的水牛却似乎很享受闲逛的乐趣，他们每走一段路都会被水牛耽搁。巴勃罗·奎里奥普派出的通信兵先行一步，帮助他们寻找新的交通工具以沿着巴拉望海岸前进。没过多久，就有其他菲律宾人划着几只螃蟹船来到岸边接应他们一行人。

他们开始顺着海岸线划船行进，途中一架日本侦查机从他们头顶经过。菲律宾人要求美国人保持冷静，躺到螃蟹船底部的草垫上，而他们则挥手向低空掠过的飞行员致敬。于是，日本人的飞机继续航行，没有骚扰他们。

12 月 18 日下午晚些时候，菲律宾人将他们的螃蟹船朝着岸边一处林木茂盛之地划去。他们划进丛林，并沿着河流逆流行驶了很短的一段距离，抵达一个居民区，那里居住着一户中国人家。他们为这些逃亡者准备了热乎乎的食物，并允许他们留在家里过夜。

第二天一早，斯米梯等人继续踏上他们漫长的求生之路，乘船沿着巴拉望岛海岸向布鲁克角驶去。途中有风刮起，海面一度变得波澜起伏。

当两名年轻的菲律宾向导开始晕船时，曾经的战俘从他们手中接过船桨。他们将船划到岸边，谢过年轻的向导，并让他们先走了。奎里奥普现在成为这些美国人唯一的向导，他们划着原始的独木舟重新回到海中，继续迎风破浪向南挺进。

7 人又乘船划行了几英里，直到一阵强风吹过海岸，阻碍他们前进。奎里奥普最终将螃蟹船停靠在岸边，登上陆地钻进岸边的丛林中，寻找可以作为船帆的东西。他找到一条大毯子，其余的人则一起动手将这条毯子改造成临时的船帆，系到领头船只底部的杆子上。毯子鼓满海风，很快就推动紧紧绑在一起的小木船向着布鲁克角平稳行进。

就在同一天，另外 3 名幸存的美国人还在巴拉望岛的丛林中独自徘徊，寻求帮助。

尽管双腿受了重伤，波普·丹尼尔斯仍然整个晚上都保持缓慢而稳定的节奏爬行前进。他艰难地在普林塞萨港之外的丛林中穿行，结果整整三天都迷失在丛林中，期间几乎没有吃到任何东西。最后，他无意中来到埃米利奥·纳塔利科和多东·富尔特斯的家，他们收留了他，给他食物，并替他处理伤口。

丹尼尔斯将和他的新朋友一起待上几个星期，直到身体恢复、能够重新走路为止。他从普林塞萨港北部撤离到有菲律宾游击队驻扎的巴孔甘镇，在那里他接受到了更多的医疗救助并躲避着日本巡逻队的搜捕。同时，当地的游击队也在计划如何将他从巴拉望送走。

浑身是伤而且已经溃烂感染的莫·迪尔此时也在挣扎着前进。他能活下来绝对是一个奇迹。从集中营逃跑时，他挨了一枪，到了第二天早上试图躲过日本巡逻队的搜捕时，又被他们用刺刀多次刺伤。然后，认为他必死无疑的日本人为了继续寻找其他俘虏，将他扔下悬崖。

此后，迪尔在一场暴风雨的掩护下爬过普林塞萨港。他以蜗牛的速度移动着，但是一直坚持前进，并成功躲过附近巡逻的日本士兵。等他离开天主教堂钻进丛林后，迪尔对于时间的概念已经不那么清晰了。白天的时间，他基本上在睡觉，以免被敌人发现。到了晚上，他就拖着满身的伤，晕晕乎乎地赤着脚在巴拉望的荒野中四处游荡，期间多次绊倒摔伤，给自己增加了许多擦伤瘀痕。在灌木丛里挣扎着穿行了三天三夜后，迪尔因为失血过多而神志不清。他的伤口已经感染，上面爬满了蛆虫，但是他依然通过食用椰子等丛林水果让自己勉强撑了下来。12 月 18 日晚，迪尔已经做好了死亡的准备。恍惚之间，他仿佛发现远处有灯光亮起。此时的迪尔已经顾不上考虑灯光源自菲律宾人还是日本人了。他蹒跚着朝房子走去，很快就听到里面有人在用菲律宾方言讲话。屋子里的人走出来，发现迪尔，将他带进家门，并试图替他处理伤口。迪尔与这家人在一起待了几天，而他获救的消息也通过游击队网络传播开来。

12 月 26 日，迪尔还活着的消息传到了特里尼·门多萨那里。她听闻这名逃脱的美国战俘需要援助和衣物。自从 10 月下旬帮助贾斯汀·米勒等遭遇空难的 B-24 机组人员逃过追捕后，特里尼·门多萨夫人整个

11 月都留在自家的种植园中。她的朋友曾建议她离开，因为日本人很可能已经知道她做过什么了，但是特里尼并没有被吓倒。

1944 年 12 月 16 日，也就是大屠杀后的两天，这位“红手帕夫人”还居住在巴拉望机场附近。当日本巡逻队开始清剿该地区幸存的美国人时，她才向北移动了几英里。当得知有幸存者获救后，特里尼找来自己亡夫生前的衣服，亲自和马约尔游击队的成员一起去探望他。特里尼第一眼看到这个憔悴的年轻人就震惊不已，他瘦得只剩下皮包骨，而且浑身上下都是血淋淋的伤口。

她和她的妹妹伊丽莎白·克拉克发现，这个美国士兵一开始似乎非常困惑和慌乱，几乎不怎么开口说话。但是最后，迪尔终于能够向她详细讲述巴拉望大屠杀还有自己逃脱的细节。特里尼问起数月之前从集中营给她传递情报的 4 个美国朋友。迪尔告诉她，邱吉尔·沃恩、汤姆·帕多克、休伯特·霍夫和弗兰克·勒罗伊早在大屠杀以前的九月份就被运出集中营。

迪尔被转移到门泰什村，一位游击队医生也很快赶去那里为他治疗枪伤和烧伤。迪尔现在有了生还的希望，但是他的逃亡旅程还远远没有结束。

乔·巴塔也还活着，但是状况非常糟糕。12 月 15 日傍晚从竹林中的树上摔下后，他一直痛苦地躺到深夜。巴塔下体被撕裂，过度失血使他变得更加虚弱；但他知道必须强迫自己去寻找食物和水，因此他艰难地走出竹丛，一点一点地在灌木丛中穿行。巴塔唯一的水源来自野兽食用的脏水沟。在接下来的三天时间里，他设法从丛林的树上摘下二十多颗浆果充饥。

因为迷失方向，巴塔又在丛林中耽搁了两天时间，期间险些与日本士兵再次正面撞上。但是当他拨开一些枝叶时，巴塔很幸运地发现一个日本卫兵就在附近，于是悄无声息地溜走了。等到 12 月 20 日下午，巴塔回到苏禄海海边。此时他的腹股沟已经严重肿胀，几乎无法行走，因此巴塔决定坚持到达海岸线，重新想办法前往依望流放地。他发现依靠手臂的力量在水中游泳更为省力。海水蜇疼他裸露的伤口，但是巴塔希望至少这样可以帮他清理感染的部位。接下来的几天里，他一直沿着海岸泅水，从一个地方游到另一个地方，暂时将自己赤裸的双脚从锋利的珊瑚岩还有丛林荆棘中解放出来。

12月23日晚上，巴塔发现一片椰子林。他爬上其中一棵树，摘下3个椰子充饥。在树林里睡了一夜后，巴塔于天亮之前重新返回普林塞萨港海湾泅水，并感觉自己总算渐渐接近依望了。

上午7点左右，正当巴塔在水中苦苦挣扎时，忽然发现水面有动静。一艘小船正在朝他划来。看到船上全是面带笑容的菲律宾人后，巴塔大大地松了一口气，并在他们的帮助下登上船。这些菲律人奉命沿着海湾搜寻任何可能幸存的美国人，他们碰到巴塔的位置在依望流放地以南、靠近圣卢西亚从属流放地的海域。圣卢西亚主要是重病患者的收留区，其中许多人已经感染上肺结核，需要与健康的农场工人隔离。救起巴塔的人将他送进圣卢西亚流放地，并派人通知身在依望的佩德罗·帕杰。因为担心日本巡逻队会在流放地四处走动，菲律宾人认为巴塔最好还是藏进一口枯井中。他们给他提供了食物和衣服，然后帮他爬进黑暗的井洞，让他在那里度过圣诞节前夕的大部分时间。下午4点左右，游击队员将巴塔从井中拉出，并带领他前往鲍格和马克最近养伤的马利瑙站。在那里，波亚托斯中尉加入到了护送巴塔的队伍中，但是他担心这个美国通信兵的伤势太过严重，无法安全转移。可是巴塔坚称自己好多了，可以继续赶路，于是波亚托斯为他找来一匹马，以免他在行走过程中再次受伤。巴塔的下体破裂使得这次骑行尤为痛苦，即使穿上衣服也无济于事，因此他用一条毯子裹着身体骑在马上。波亚托斯带领巴塔前往伊那加宛的村庄，并于圣诞节一早抵达那里。

在当地囚犯还有管理人员的帮助下，巴塔在伊那加宛藏了一天。下午晚些时候，他再次将自己裹进毯子，骑上马背，让波亚托斯带领他前往途中的下一个据点阿博兰。骑在马背上的每一个小时都让巴塔如坐针毡，但是他满怀感激，自己还能活下来。

19

逃离布鲁克角

1944 年 12 月 20 日，当佩德罗 · 帕杰出现在马克 · 麦克多尔的茅草小屋门口时，这个疲惫的美国人绝望而无奈地摇了摇头：他是个叛徒，正是他向日本人举报自己散布战争结束的传言，也是他让自己受到日本宪兵队的毒打。在和他的菲律宾新朋友们度过了自由的一天后，马克认为帕杰正准备把他和鲍格交给日本人。

“好吧，我猜一切都结束了，”马克叹息道。

“什么意思？”帕杰反问道。

马克要求知道还有多长时间日本士兵会来将自己带走。帕杰闻言大笑，向马克保证他们是朋友。他解释说自己在美国战俘集中营只是装装样子，目的是为了骗取日本士兵的信任，而且他一直替巴拉望游击队收集情报，并传送给美军。他曾经计算过日本飞机的数量，记录下岛上的弹药储藏所，并将数据送回依望，然后通过无线电传递给美军。更让马克惊讶的是，帕杰担任了依望罪犯流放地的副主管，专门负责当地的地下抵抗活动。

12 月 14 日战俘大屠杀发生前后，帕杰一直与巴拉望两个日本宪兵队分站保持接触。在这场可怕的血案发生后没多久，他参加了一场在伊拉宛举办的婚宴。等到日本人都喝得差不多的时候，帕杰便假装随意地问宪兵队是否确信不会有任何美国人从屠杀中逃生。一个醉醺醺的日本士兵做了个手势，拿手指在脖子处横着划了一道，得意扬扬地表示没有幸存者。日本宪兵队确定所有的美国战俘已经被斩尽杀绝。帕杰很高兴目前还没有日本士兵发现他的人在救助幸存者。

帕杰以及与他一起抵达马利瑙站的波亚托斯中尉向两名美国人保证，他们会得到很好的照顾。他们解释说现在是时候出发了，因为日本士兵正前往依望村庄搜捕幸存的美国人。帕杰已经将他们在流放地获救的消息通知给澳大利亚方面。他为鲍格和马克带来了新衣服，并告诉他们立即和波亚托斯还有三名不会说英语的菲律宾侦察兵动身上路。他告诫两名逃亡者在赶路时要保持安静，因为他们将会经过日军哨所附近。

因为腿部受伤，菲律宾人给鲍格找来一匹马，方便他前行，而马克则骑上一头脾气暴躁的水牛。一行人准备妥当后随即出发，波亚托斯走在前面，替鲍格牵着马，防止它将鲍格摔下来。这样一来，他们就无法加快速度，只能缓慢地从普林塞萨港区域向丛林深处行进。晚上的时候，他们近距离惊险地与日本巡逻队擦身而过，有时双方甚至相距不到300码，但是菲律宾人每次都能带领他们神不知鬼不觉地从危险区域悄悄溜过。

圣诞节的前一天，他们一行人翻过山顶，在将近日落时抵达一个菲律宾村庄。

马克看到他的向导停了下来，并惊讶地听到他们以几乎流利的英语歌唱《愿上帝保佑美国》。他得知这一庆祝仪式标志着他们正式跨越某条无形的界线，进入被当地人称为游击队地带的区域。

“我的朋友们，”波亚托斯宣布道，“现在，你们位于自由的菲律宾！”

泪水顺着马克的脸颊流下，但他并没有因此感到羞愧。他飞快地看了一眼鲍格，发现后者同样激动得热泪盈眶。

当天晚上，两名美国人在村子里受到阿博兰当地区长曼努埃尔·帕兰卡的欢迎。帕兰卡又进而将马克和鲍格引见给达沃罪犯流放地的工程师瓦伦丁·F. 巴克萨。波亚托斯则立即掉头北上，回去向帕杰复命，报告自己已经将两名美国人交给了巴克萨，而后者将带领他们向南穿过阿博兰前往布鲁克角。在村子里吃饱、休息一夜后，美国战俘将在第二天继续出发，踏上自己的逃亡旅程。

两名幸存者当时还不知道，他们的菲律宾朋友又发现一名逃亡者。12 月 18 日下午 5 点 30 分左右，森蒂纳尼·摩洛带领一支巡逻队在普林塞萨港海湾上四处搜寻。他手下的人全部乔装成渔民，但是他们真正的任务是救助任何他们遇到的美国人。森蒂纳尼等人在中途发现一具漂浮着的美国人尸体，但是尸身上没有任何可供识别的标记。他们发现的人很可能是唐·马丁，他在和鲍格等人一起泅渡过海时没有幸免于难。

森蒂纳尼和他的人拖着尸体从依望流放地的卡玛冈上岸，帕杰闻讯过来查看尸体。他发现这名美国逃亡者胸口被机枪子弹击中，另外，胸部上方两侧还有两处刀伤。帕杰及时将自己的发现汇报给日本宪兵队，并在几个小时后得到通知称他可以埋掉这具美国人的尸体。帕杰命令手下将这个死去的美国战俘安葬在依望流放地的公墓里。

纳萨里奥·马约尔的名号在巴拉望游击队网络中举足轻重。当这位游击队首领用一口流利的英语热情接待 6 名被送到他家的美国人时，他无疑给后者留下了深刻的印象。马约尔身高约 5 英尺 9 英寸，体格健壮，颧骨又高又宽，前额开阔，一头浓密的黑发梳向脑后并从中间一分为二。

巴勃罗·奎里奥普下士奉命带着逃亡者继续沿巴拉望海岸向南前行，直到抵达布鲁克角的马约尔游击队总部。赶在马克和鲍格之前，斯米梯、吉恩·尼尔森、厄尼·科布罗斯、埃德温·佩特里、贝托·帕切科和威利·巴丘斯最终于 12 月 22 日下午抵达他们的目的地。结束整整一周的逃亡奔波后，他们将小船拖上布鲁克角海岸，走了几百码路去往马约尔的丛林驻地。

马约尔一家早就抛弃了他们真正的宅院，居住在山间一所废弃的露天房屋里。他手下的游击队战士运气很好，他们除了配备步枪和手榴弹以外，还拥有双向无线电通信设施，能与摩罗泰的美军总部取得联系，虽然后者位于数百英里以外的西里伯斯岛上。

看到这些衣衫褴褛的美国人，马约尔的孩子们吃惊地睁大双眼。他 7 岁的女儿玛丽·安妮永远不会忘记这些人当时的模样。常年的风吹日晒让他们的皮肤变成了黑褐色，上面起了许多水疱。他们的头发很长，胡须也没有修剪，身上只穿着由其他菲律宾人提供的旧衣服。玛丽·安妮一直以为美国人都很强壮结实，但是眼前这几个可怜的逃亡者骨瘦如柴，体重恐怕还不到一百磅。

马约尔的妻子玛丽没有受过正式的医疗训练，但是她尽力照料 6 名受伤的美国人，为他们清理和包扎伤口。罗伯特·马约尔，他们 14 岁的长子，对于斯米梯比一般菲律宾人高多少很感兴趣。斯米梯伤重体弱却仍然展现出他幽默的一面，努力用自己带着鼻音的得州腔逗孩子们开心。玛丽·安妮喜欢斯米梯，因为他虽然历经苦难，却仍然愿意和孩子们打成一片。

6 名美国人临时居住在马约尔家里，这里不是四星级酒店，但是与他们曾经习惯的战俘生活相比已是天壤之别。他们得到照顾和食物，而且终于能够好好地休息一下。

美国人也很高兴被引见给他们的老熟人托马斯·劳登。就在 6 名逃亡者到来之前没多久，这位参加过美国 - 西班牙战争的退伍老兵刚刚步行抵达他女婿位于布鲁克角的家。

他们得知在大屠杀前不久的一天晚上，劳登拄着一根拐杖逃出普林塞萨港。他从日本卫兵的眼皮子底下溜出来，悄悄离开城镇。尽管已是 73 岁的高龄，劳登硬是独自一人穿过崎岖的巴拉望地区，翻山越岭抵达弗洛雷斯博士位于卡鲁雷（Caruray）西海岸的住所。马约尔上尉很快收到劳登逃跑的情报，并立即动身前往卡鲁雷去接他的岳父，带他回家与被羁押期间久未谋面的亲人团聚。

斯米梯认识劳登。俘虏们离开营地去干活，以及晚上收工被押回集中营时，他们经常看到这位老者站在普林塞萨港的街道上。当美国人拖着步伐从他身边走过时，劳登的脸上从来没有流露出任何情感，但斯米梯觉得这位白发苍苍的老人比大多数当地人看起来更像美国人。

马约尔游击队的成员传来口信说还有两名美国人获救，他们现在正向南赶往马约尔游击队营地。马约尔让手下人利用无线电将信息传递给澳大利亚的麦克阿瑟将军，然后等待进一步指示来安排这些幸存者离开菲律宾。

佩德罗·帕杰只能撒谎。

出口太一的日本宪兵队在普林塞萨港地区展开调查，试图弄清美国人逃跑的传言是否属实。出口太一收到消息称依望的副主管还有他的手下已经找到了从大屠杀幸存下来的俘虏。帕杰奉命就此事向伊拉宛的日本宪兵队做出解释，出口太一在一名翻译的陪同下对他进行审讯。

帕杰坚持自己对于俘虏的事一无所知，并表示从 12 月 14 日起他手下的人就没有见过活着的美国人。出口太一继续对他施压。过去十天里，巴拉望地下部队将 9 名幸存的美国人从普林塞萨港区送往布鲁克角，帕杰很难否认这一切。但是，他突然想起他的侦察兵在依望海岸附近找到的那具尸首。

“我们确实发现了一个美国人，”他说，“但他已经死了。”他描述了手下的人是如何将那具尸体拖上卡玛冈海岸，而他又是如何及时将此事汇报给宪兵队的。

“所以你们才会收到报告说我们在流放地发现一个美国人。”

出口太一承认流放地的人员确实在发现逃俘尸首之后主动上报。

于是，他允许帕杰安全离开宪兵队，回到依望流放地。

帕杰知道自己差点没能活着走出出口太一的办公室。

1944 年圣诞夜，马克和鲍格终于再次见到乔·巴塔。他骑着马走到他们的小屋前，一条毯子包裹着他瘦骨嶙峋的身体。当他被搀扶下马时，巴塔呻吟着对马克说，“我伤得真的很重。”

那天下午，马克和鲍格抵达阿博兰村，另一只游击队正在那里等着继续带领他们上路。两人在茅草屋铺床睡觉，休息一下，但是后来他们被一架低空航行的飞机引擎声惊醒。马克认为那很可能是一架日本飞机，在沿着海岸线搜寻巴拉望集中营大屠杀的幸存者。

当晚 10 点左右，马克突然听到外面传来一阵骚动以及兴奋的说话声。他溜出自己的小屋想要一探究竟。巴塔在波亚托斯中尉的带领下来到阿博兰，后者将马克和鲍格送抵这里后，就急急忙忙返回马利瑙站去接巴塔。巴塔的阴囊破裂，这让他在马背上饱受折磨。马克掀起毯子，发现巴塔的下体撕裂，睾丸暴露在外，血淋淋的伤口处有蛆虫在蠕动。巴塔解释说他在 12 月 14 日晚渡海时和鲍格等人失散。他还讲述了自己为躲过日本巡逻队的搜捕，是如何从树上摔下受到重伤的。被菲律宾人发现以前，巴塔在丛林里整整游荡了 10 天，而他遍体鳞伤的身子鲜明地展示了这十天的遭遇。

游击队的侦察兵搀扶着巴塔进入一间小屋，马克用菲律宾人提供的紫药水为巴塔清洗伤口，并用肥皂清洁感染的部位，然后从腐肉中挑出蛆虫。马克最后数了一下，他一共取出了 52 条虫子。然后，他又设法去除剩余的泥灰和污垢，并用干燥的落叶替巴塔盖住伤口，这一招也是他从菲律宾人那里学来的。

马克替巴塔处理完伤口后，一名游击队侦察兵走进小屋，告诉他们几天前还有其他几个巴拉望大屠杀的幸存者从村子经过。鲍格和马克询问他们是否还记得其中一些人的姓名，侦察兵闻言掏出一张纸片，念出埃德温·佩特里、威利·巴丘斯、厄尼·科布罗斯、吉恩·尼尔森、贝托·帕切科和威廉·史密斯（斯米梯）的名字。

马克咧嘴大笑:“上帝保佑，斯米梯还活着。”

在布鲁克角养伤期间，6名美国人数次受到他们的新朋友纳萨里奥·马约尔的设宴款待。当地人家在节庆日准备了丰盛的饭菜，让他们有机会恢复部分减轻的体重。圣诞节前夕，普拉西多中士制作了甜甜圈，所有人都在牧师的主持下度过平安夜。12月29日，他们参加了一场天主教婚礼，婚宴上特意宰杀了一头牛，让大家开怀畅饮。斯米梯享用了美味的食物，但却发现自己虚弱的肠胃让他无法痛饮美酒。

这些美国人仍然面临着巴拉望岛日本巡逻队的追杀，但是食物和各种庆典有助于减轻危险带给他们的压力。马约尔和普拉西多继续与麦克阿瑟的澳大利亚总部联系。1945年1月1日，他们收到令人鼓舞的消息，美国方面正在采取措施帮助第一批幸存者撤离。

第二天晚上，马约尔的游击队收到指示要他们在海滩上搭建大型篝火堆，为PBY卡塔利娜水上飞机做指引。如果机组人员发现远处的信号篝火点燃，他们就会在黎明前着陆，接走6名美国幸存者。斯米梯等人得知此事后情绪高涨。第二天晚上,马约尔的人在堆建篝火堆时，他们急切地在丛林边缘处等候。很快，他们就听到引擎的嗡鸣声。出现在头顶上的飞机缓慢地在附近徘徊，盘旋着查看这片笼罩在黑暗之中的区域。

过了一会儿，这架PBY及护航机就飞走了。在接下来的两天时间里，白天晚上都有其他美国飞机在这片区域出没，而等待救援的美国人也随之心情大起大落。作为信号的篝火堆每天晚上都按照指示燃起，大家不禁开始猜测是哪里出了问题。难道是发现附近有日本人的部队，还是因为海上环境太过恶劣不适宜安全着陆?

卡洛斯·普拉西多的无线通信装置在1月5日重新响起，澳大利亚方面发来新的指示，让6名美国人做好第二天离开的准备，届时会有另外一架水上飞机于中午抵达，尝试在白天将他们接走。游击队员们则需要在海滩上准备信号篝火，并要在风向和海况允许的条件下，帮助撤离者登上飞机。

1945年1月6日天亮后，一行人再次开始等待救援，现在距离巴拉望大屠杀已经过了3个星期。随着上午的时间悄悄过去，科布罗斯、佩特里、尼尔森、巴丘斯、帕切科和斯米梯一直注意聆听空中的动静，乐观情绪也逐渐开始冷却。跟他们一起等待救援的还有老托马斯·劳登。马约尔决定将自己的岳父与这些美国人一起送走，为美军方面提供有关巴拉望岛上游击队网络的情报。劳登如果再次落到日本人手里就会必死无疑。

午后过了很长一段时间，他们才听到由远及近的熟悉的引擎嗡鸣声。那是一架来自陆军航空队第18队的大型PBY水上飞机，由机长克拉伦斯·L.“索莱”·索兰德驾驶。当天早晨5点5分，索兰德驾驶着他的水上飞机从摩罗泰岛出发，并于上午11点10分到达苏禄群岛上空与一架护卫它的B-24轰炸/侦察机汇合，然后这两架飞机一起飞往布鲁克角。等到12点50分时，索兰德发现海滩上有7个人在发送信号。几分钟后，水上飞机开始降落，并在海岸附近的水面上滑行。一名机组人员爬到机翼上方，大声呼喊。然而他的声音很快就淹没在巨大的引擎噪声中，于是，尼尔森和帕切科下海游到飞机附近。在决定停靠到浅水区之前，索兰德先询问了一下附近海岸的底部是否遍布岩石。在得到只有沙子的大声回复后，飞机终于慢慢靠岸。

在机组人员的热心帮助下，6名逃亡者和托马斯·劳登登上飞机。索兰德则待在岸边，从马约尔的游击队员那里获取有关巴拉望岛上日本军队部署的情报，同时还了解到另外三名被救起的美国人就在附近不远的地方。索兰德承诺自己会帮忙组织救援，安排他们尽快获得帮助。期间，他的护航机B-24一直在上空盘旋，始终保持着戒备状态。

下午1点35分，PBY水上飞机开始起飞，并沿着海岸搜寻3名据说就在附近的逃亡者。但是他们一无所获，只能前往摩罗泰，并于晚上 8 点 5 分顺利抵达。在路上，有人送了尼尔森一双 12 码的鞋子，这是三年来他的脚穿上的第一双合适的鞋子。

当幸存者到达摩罗泰上空时，他们看到下方数百架轰炸机和歼击机散布在庞大的空军基地上。眼前的情形让这些逃亡者回想起当年巴丹半岛和克雷吉多岛上那些势单力薄但英勇无比的空军部队，并禁不住将二者进行比较。1942 年，他们被迫成为日本人的俘虏，在此后这么多年里，美国当年摇摇欲坠的军事力量已进化为世界上最强悍的战斗部队。这些曾经的战俘们了解到，随着美国重新夺回菲律宾的战役打响，摩罗泰基地只是美国在太平洋地区建立的众多新机场之一。

他们在别人的搀扶下上了岸，并被送往第 155 综合医院进行检查和治疗。一群军医拥上前来，将他们团团围住。在小个子的菲律宾人和日本人之间生活了那么多年后，医院里无数高大强壮的美国医护者让斯米梯一时感到难以适应。出于安全考虑，他和他的同伴们被安置在病房一端，远离其他患者。

医生们替尼尔森和帕切科处理了枪伤，还替厄尼·科布罗斯诊治了严重摔伤的左臂。在接下来的几天里，他们将为科布罗斯准备手术，将断裂的骨头重新接合在一起。令科布罗斯感到失望的是，手臂上的伤和手术毁掉了他手臂上的龙文身，但是他很高兴医生至少能够把断开的龙重新接好。

抵达基地后的第二天早晨，斯米梯在美军基地闲逛。他发现两名日本战俘被关押在栅栏围起来的地方，住在一顶帐篷中。这些日本战俘的居住地配有无线电和良好的食物，与他作为战俘时受到的待遇形成鲜明对比，这让他很不是滋味。他想要靠近这些俘虏并与他们交谈，但却遭到两名持枪士兵的阻拦。他们郑重地告诉他，军方禁止他人与战俘接触。

高级军官在当天下午抵达基地，开始对 7 名巴拉望逃亡者进行询问。一位上将承诺他们会得到很好的照料，而且他会尽自己所能为他们提供任何需要的东西。当每个人述说自己的经历时，陆军参谋部二部（G-2）的情报人员仔细地记录下普林塞萨港集中营发生的一切。巴拉望大屠杀的消息令人不安。因为既然日本人已经下令彻底消灭关押在那里的美国俘虏，那么现在还困在菲律宾群岛的其他数千名战俘很可能会面临同样的命运。

这一消息火速上报给麦克阿瑟将军，后者正在为重夺菲律宾的另一次军事打击做准备。两天后，即 1945 年 1 月 9 日，吕宋岛战役从林加延湾爆发。美国在此次战役中共投入了 164 艘运输船只、3 000 艘登陆舰艇，以及约 28 万人的美军部队。美国人不费吹灰之力地从距离马尼拉北部仅有 100 英里的地方上岸。就像几个月前登陆莱特岛那样，麦克阿瑟将军穿着卡其色制服，戴着他标志性的雷朋太阳镜，一边涉水上岸，一边在镜头前永久地留下了这一幕。

从巴拉望逃亡者那里获得有关情报以后，麦克阿瑟的部队很快做出决定，准备在日本人动手前对马尼拉附近其他集中营里的战俘进行营救。1945 年 1 月 30 日，在马尼拉东北 60 公里以外的甲万那端，美军陆战队、阿拉莫尖兵和菲律宾游击队发动第一次突袭，解救出 513 名美军和盟军俘虏。2 月 3 日日落之后，麦克阿瑟将军派出第 6 军第 1 骑兵师，即 700 人的坦克部队和一个 105 毫米榴弹炮营，轰开了圣托马斯集中营的大门，营救出 200 多名俘虏。第二天，在 10 个街区以外的比利彼得监狱，第 1 骑兵师又救出里面的 800 名战俘。

在胜利的鼓舞下，麦克阿瑟将军的部队再接再厉，开始计划另一次突击，准备解放关押在吕宋集中营的另外 2 000 名战俘。吕宋集中营位于洛斯巴诺斯，在比利彼得监狱以南 40 英里处，深入日军控制区的腹地。2 月 23 日，由美军空降部队和菲律宾游击队联合组成的特遣队展开突袭行动，包括侦察排、伞兵营和两栖运输车在内的救援队伍成功突破了集中营大门。突袭洛斯巴诺斯集中营这一伟大的战斗被誉为现代军事历史上最成功的救援行动之一，共有 2 147 名盟军和平民被俘者重获自由。

最先逃出巴拉望集中营的6名幸存者帮助美军挽救了3 600多名战俘的性命。但是他们在普林塞萨港的5名同伴仍在虔诚地祈祷，希望自己能够获救。

在穿过阿博兰地区时，马克·麦克多尔、乔·巴塔和道格·鲍格的行程遭到长时间延误。巴塔的伤势拖慢了他们的进度，同时，马克也被一场疟疾击倒。高烧破坏了他吸收食物的能力，使他的身体更加虚弱。马克本就骨瘦如柴，如今又掉了两磅，体重只剩下118磅，活像一个行走的骷髅。在菲律宾人的帮助下，三名逃生的美国人继续向南移动，直到1945年1月7日到达布鲁克角马约尔的游击队营地。那一日正是第一批巴拉望大屠杀幸存者被美军成功救走的第二天。

鲍格、巴塔和马克来到马约尔位于半山腰的露天宅院养伤，并被人介绍给马约尔和他的家人认识。马克此时仍然忍受着疟疾的折磨，但他永远不会忘记小玛丽·安妮·马约尔，这个孩子真诚地关心着他的健康。一天，当他发着高烧躺在竹棚里时，刚好抬头看到这个小女孩在盯着他瞧。

“你想要喝水吗？”她问。

“是的，”他扯着嘶哑的嗓子说道。

小玛丽·安妮给他带来水，睁大眼睛看着这个瘦骨嶙峋的人，他身上没有被太阳晒黑的地方都还保留着让她诧异的白色。她的母亲帮助这些美国人缓解了疟疾的痛苦，并替乔·巴塔清理了伤口中的蠕虫。在布鲁克角的日子一天天过去，三位美国人开始渐渐恢复体力，摆脱疾病，而且他们的体重也因为摄入更多的固体食物而逐渐增加。

马克很快就养足精神，并向马约尔上尉表示自己不愿意在等待救援的过程中度过整个战争时期。他提出可以乘船去往巴拉巴克岛。巴拉巴克岛位于巴拉望岛西南方向，距巴拉望岛最南端约19英里。马克认为他们可以一路航行到那座岛屿以北约38英里处的婆罗洲，然后再前往澳大利亚。但是马约尔宣布他收到了麦克阿瑟将军的部队从澳大利亚发来的无线电电报，因此马克的计划不得不取消了。他们几人被要求留在原地，等待救援队伍的到来。

几天以后，一艘潜艇为游击队送来了 M-1 式卡宾枪所需的点 30 口径弹药，恢复元气的马克也帮忙搬运装着弹药的板条箱。当他放下一个木箱时，注意到木箱侧面盖着艾奥瓦州得梅因市军械制造厂的图章。此刻马克哽咽了，因为这家工厂距离他在厄本代尔的家只有 8 英里。马克后来得知，从战争早期开始，他的母亲就一直在这家工厂工作。

鲍格、马克和巴塔将在布鲁克角的山间度过 3 个星期。与前一批幸存者一样，他们需要花费时间配合澳大利亚方面派来的救援飞机。普拉西多中士和他的海岸监视员继续研究细节，做好充分的准备。之后他们收到消息称一架 PBY 水上飞机将于第二天也就是 1945 年 1 月 21 日抵达他们的营地。

第二天早上，3 名等待救援的美国人进入海滩区域，此时距离普林塞萨港大屠杀已经过去了漫长的 5 个星期。马约尔的人准备好信号篝火堆，等候在附近。

大约上午 9 点的时候，他们听到一架卡塔利娜 PBY-5 的引擎声从空中传来，而且正朝着海岸的方向接近。几名菲律宾人爬上椰子树，点燃烟熏炉，向飞行员发出信号，告知对方警报解除。第 54 巡逻轰炸机中队的海军飞行员肯尼斯・费利克斯・布里塞特中尉驾驶着飞机掠过波涛起伏的海面。1 月 21 日，前来救援的飞机停在布鲁克角附近的海面上，只见被它激起的一阵阵泛着白色泡沫的浪花直冲天空。与此同时还有十几架海军战斗机盘旋在 PBY 的上空。

PBY 慢慢升空，飞机上的航空兵微笑着接待了鲍格、马克和巴塔，并给他们拿来三年里的第一份苏打水和糖果。布里塞特中尉暂时将飞机停降在棉兰老岛加油，然后继续前往位于莱特岛的塔克洛班美军基地。在那里，3 名美国人被送上丹吉尔号医护船进行检查和治疗。马克等人登上甲板，并在别人的帮助下来到下方舱室的铺位，他们注意到其间有许多丹吉尔号的水兵好奇地盯着他们看。这些美国士兵不知道受虐挨饿的战俘看起来有多么可怕。

而在西半球的那边，9名巴拉望大屠杀幸存者的一些家属正陆续得知他们获救的消息。

1944年1月19日，艾奥瓦州厄本代尔市的麦克多尔家响起了一阵敲门声，德莎·麦克多尔打开门，来者是一位西联电报送信人。这是让任何一位母亲都会感到胆战心惊的时刻。但当她开始阅读简短的电报时，她的恐惧消失了。虽然这条消息在当时还处于保密状态，但麦克多尔一家被告知，他们的儿子——美国海军陆战队成员格伦·W.麦克多尔“已经逃出关押他的日本集中营。他现在受到很好的照料，但可能无法与家人联系。”

德莎很快将消息通知家人，还将孩子们从学校接回来，一起分享这份喜悦。她解释说，格伦已经从日本人手里逃了出来，现在还没有完全自由，而大家必须对此事保密。在接下来的几个星期里，她将会收到马克的亲笔书信，里面写到他已经被美军救起，很快就会回家。

20

漫漫还乡路

斯米梯很庆幸自己还活着，但是他很快发现自己与外面的自由世界格格不入。摩罗泰岛上的生活开始让他厌烦，他迫不及待地想要回到家乡。

基地有充足的食物供应，甚至偶尔还会有啤酒，但是斯米梯的神经仍然处于紧绷状态，这在一天排队吃饭时就可见端倪。斯米梯注意到一个馅饼，一把夺了过去，用叉子叉着，贪婪地吃起来。另一名士兵大声嚷嚷道某人吞掉了所有的馅饼。斯米梯听着这个人在旁边的抱怨，最后爆发了怒火。

“你想要这个该死的馅饼吗？”他厉声说道。

那名士兵毫不客气地回应道：“是的，我想要一些！”

“好吧，那么我告诉你，”斯米梯反击道，“我整个都给你！”

他一边说，一边站起来，把馅饼狠狠地砸在那名士兵的脸上。一场混战随之爆发，直到哨兵将他们拉开。为了避免此类事件再次发生，军官不再让这些身心受到重创的前战俘与应征入伍的士兵一起在食堂排队用餐，而是命令他们使用军官专用餐厅。

斯米梯等人在第155综合医院得到了很好的治疗。他们的体重逐渐增加，营养也得到补充，曾经覆盖在身体上的大部分伤口和皮疹因此很快得到愈合。他们一遍又一遍地叙述巴拉望大屠杀的各个细节和他们的逃亡经历，以配合G-2情报人员的调查。他们还坐在一起讨论用35毫米胶片制作一部电影，讲述他们在克雷吉多岛和巴拉望岛上遭受的迫害，以便种种暴行和苦役作为历史纪录片留存。

斯米梯、厄尼·科布罗斯、吉恩·尼尔森、埃德温·佩特里、威利·巴丘斯和贝托·帕切科在摩罗泰一共待了13天，最终于1945年1月19日飞往新几内亚的霍兰迪亚。

霍兰迪亚第51综合医院的指挥官给他们带来希望，因为后者说他们很快就能回家。但他们还是受到多轮询问，被军方要求告知大屠杀受害者的姓名。这些幸存者逐渐被分到不同的病房。佩特里中弹的踝关节出现热带溃疡，因此最先被送了出去，之后斯米梯的疟疾发作，也换了病房。尼尔森被转移到另一个病房，以便医生对他腿上的枪伤进行手术，而科布罗斯在治疗受伤的手臂时，也与帕切科分开。

随之而来的是更多的文书工作和更长时间的拖延。3月2日，几名幸存者终于登上一艘军灰色的部队运输船——A.E.安德森上将号美国军舰。船上挤满了上千名轮休放假的士兵。此外，最近获救的272名前甲万那端集中营战俘也将与帮忙拯救他们的6名巴拉望大屠杀幸存者同行。随后几天里，日本广播电台女播音员东京玫瑰的声音总让船上的乘客焦躁不安，她声称安德森号最终将被埋伏在途中的日本潜艇击沉。

归程的延误和敌人的威胁让斯米梯压力倍增。他觉得在经历这么多年的战俘生活以及九死一生的逃亡生涯后，军方应该尽快安排他和他的伙伴们与家人团聚。但是，他们在基地之间辗转停留了两个月之久，最后却不得不登上一艘过于拥挤的船只，花费漫长的时间横渡太平洋，而且这艘军队运输船为了防备空袭还特意抹去了番号。斯米梯唯一满意的地方在于，船只驶离菲律宾的每一英里都使他更接近自己在得克萨斯州东部的家。

一位情报官员（最左边）在摩罗泰岛与前6名获救的巴拉望大屠杀幸存者会谈。从左起第二位往右依次为：吉恩·尼尔森、埃德温·佩特里、贝托·帕切科、厄尼·科布罗斯、威利·巴丘斯和威廉·“斯米梯”·史密斯。（美国国家档案馆）

马克·麦克多尔、乔·巴塔和道格·鲍格在丹吉尔号上休养了两天时间。1月23日，他们得到通知，海军中将丹尼尔·爱德华·巴比希望与他们见面。于是，马克三人被带到莱特岛托罗萨第7舰队总部，与这位指挥官面对面进行交流。虽然这几天在海军部队好饭好菜的招待下，这些前战俘们的体重已经有所回升，但是巴比中将第一眼看到他们时，仍然被他们骨瘦如柴的样子所震惊，他说：“你们看起来就像是从地狱里爬出来一样。”

巴比给3名幸存者每人递去一罐啤酒，告诉他们放轻松，然后好好聊聊自己的经历。在接下来的一个小时里，马克等人从1942年初被俘开始讲起，详细描述了巴拉望岛上的苦役生活以及最后逃脱巴拉望大屠杀的种种细节。巴比中将显然被他们的故事所打动。在提交给莱特岛情报官员的一份声明中，鲍格用一句话概括了他们经历的所有苦难：“用一个词形容战争，那是地狱，但是没有一个词可以形容成为日本人俘虏的悲惨遭遇。”

巴比承诺第二天早上将他们送往华盛顿特区。1月24日，马克、巴塔和鲍格被批准优先登机回国以接受更详细的询问，另外一些人则改签航班为他们腾位置。在离开的时候，他们得到命令不得向任何人透露自己所经历的一切，因为海军方面担心他们的遭遇和逃亡故事一旦传扬出去，很可能会危及其他仍然困在菲律宾的战俘的性命。

3名幸存者首先飞往夏威夷，他们在那里等待下一班航班时做了另一轮报告。就在他们的飞机正在加油时，一名陆军少校走进机舱，坐到这些巴拉望幸存者的旁边，并且很快和他们攀谈起来。马克发现这位少将简直令人厌烦。他一路上喋喋不休，向幸存者发来连珠炮似的提问。聊到一半时，他说："我听说这架飞机上乘坐着一些逃出来的俘虏。"

鲍格说："是的，我们也听说了。"

少校就着这个话题说下去，大声讨论俘虏们可能坐在哪里。马克说他猜他们应该躺在飞机后舱的担架上。这位少校继续询问各式各样的问题，直到几小时后飞机于圣迭戈降落，他才终于坦白自己是奉命来测试3名幸存者的保密能力的。他表示他们做得非常好，军方可以放心地让他们继续飞往华盛顿。

当三人走下飞机后，马克俯身亲吻大地，发誓自己永远不会再离开美国了。"终于自由了！"他想。马克、巴塔和鲍格继而搭上另一架前往华盛顿的飞机。途中飞机先是在奥马哈降落补充燃料，之后受恶劣的天气影响被迫于芝加哥着陆。三人最终乘坐火车抵达华盛顿，与情报人员待了一周时间，后者将他们的共同经历编辑整理成第23号逃亡脱险（E & E）报告，并于1945年2月23日正式提交。

在此期间，三人都吃得很好，体重也逐日回升，之后他们坐上了一列横穿全国的火车。当火车驶入艾奥瓦州的埃姆斯市时，与两名巴拉望伙伴同行的马克首先抵达家乡。

这一天是2月6日，也是马克的24岁生日。他希望能步行回到附近厄本代尔的家，给家人一个惊喜，但是他要回家的消息已经不胫而走。

火车慢慢驶进埃姆斯站时，巴塔高声喊道："马克，根据你对你家人的描述，我敢打赌，那些朝车窗里看的人就是他们！"

马克往外望去，看到了他的姐妹。他从座位上一跃而起，冲下火车台阶。此时他的母亲德莎和他的兄弟姐妹科琳、玛格丽特、马克斯以及小弟弟乔都聚集在他面前。马克的高中拳击老友勒罗伊·塞克斯顿也在这里，他娶了科琳为妻，成为马克的姐夫，所以现在也是他们家的一员了。他们纷纷泪流满面地拥抱在一起，马克更是泣不成声。在返回厄本代尔的车里，马克得知自己的父亲大卫·麦克多尔正好在巴拉望大屠杀发生的前一年，也就是 1943 年 12 月 14 日去世。

巴塔和鲍格从艾奥瓦州继续前往加利福尼亚。几周后，也就是 3 月 4 日，道格·鲍格与他的父母在洛杉矶团聚。后面的日子里，他将享受到许多美味的家常料理，但是他的第一个要求就是要吃母亲做的法国吐司面包。第二天，鲍格接受了《洛杉矶考察家报》的独家采访。在采访中，他讲述了巴拉望大屠杀以及战俘在当地菲律宾人的帮助下逃跑的一些细节。过了一个星期，鲍格与战争期间一直在等他归来的女友贝蒂·韦尔林喜结连理。婚礼结束后，夫妻二人前往盐湖城度蜜月，而鲍格也努力不让自己想起那段悲惨的战俘经历。

乔·巴塔抵达加利福尼亚后被他的姑妈米妮带回家休养。巴塔逃离巴拉望时只有 98 磅重，但是在恢复稳定的饮食后，他的体重很快就回升了 22 磅。

3 名幸存者首先回到美国安置下来，而他们的两名同伴此时仍然藏身在巴拉望岛的丛林内，躲避日军的追杀。

波普·丹尼尔斯在埃米利奥·纳塔利科和多东·富尔特斯的家中休养了几个星期。这位陆军航空队的幸存者得到当地人的精心照料，直到腿上伤口彻底愈合，能够下地走路为止。

在之后的一个星期里，菲律宾游击队慢慢将丹尼尔斯北移到他们在巴肯甘的据点，他在那里再次得到了休息和恢复。

莫·迪尔挨了很多刀，而且还中了弹，但多亏特里尼·门多萨的照料，他也逐渐从重伤中恢复。马约尔上尉的游击队将他带到北方，接受当地一名医生的治疗。莫·迪尔在一月份的时候又重新出发，从巴布延赶到巴拉望岛北端，并于2月8日抵达泰泰市的巴图兰区。迪尔被引见给军士长尤狄奎奥·卡拜斯。早在1944年8月，卡拜斯和他手下的海岸监视员在海狼号潜艇的运送下，携带他们的通信设备登陆菲律宾。卡拜斯当天就通过潜艇送来的无线电电报机向澳大利亚传递消息，通知盟军方面有一名从大屠杀中幸存下来的美军士兵安全到达他们那里，希望盟军可以尽快安排救援，而在此之前他们将一直保证他的安全。

美军就在这段时间准备全面进攻巴拉望岛。迪尔到达巴图兰两天后，第一批美军进击者于1945年2月10日抵达迪尔最近停留过的巴布延。7名战士乘坐着两艘美国海军鱼雷快艇上岸，与当地游击队协调配合，为美军登陆做好充分准备。在菲律宾难民雷鸣般的欢呼声中，这支先遣队与巴勃罗·穆耶库少校以及巴拉望游击网络的其他成员正式会面。

穆耶库提供了有关普林塞萨港附近敌军力量的情报，包括日军的位置和兵力。他估计有1 285名日本士兵驻扎在此地。鱼雷快艇携带着来自马约尔上尉游击队的几名战士返回民都洛岛美军基地，协助美军第8军第41师解放部队制定作战计划。普拉西多中士的海岸监视员队伍在接下来的两个星期里都非常忙碌，一直与第8军总部和巴拉望特遣队驻地保持联络。

2月13日，军士长卡拜斯通过无线电联系麦克阿瑟将军在澳大利亚的总部，表示迪尔下士仍然“留在我们巴图兰的调度站”。卡拜斯建议将伊卡丹巴努安岛西北湾作为救援飞机的降落地点，那里位于巴图兰东北方和圣克鲁斯角正东方向大约3英里处。麦克阿瑟将军总部发来无线电消息称，翌日他将派遣一架PBY水上飞机到推荐地点接应幸存者，游击队成员需在海滩上点燃 3 堆相距 50 码的篝火作为信号。

澳大利亚方面又向卡拜斯他们回话表示救援行动将重新安排到 2 月 15 日进行，然而当天救援飞机抵达后，只是在指定地点上方徘徊了两圈就飞走了。卡拜斯向麦克阿瑟将军总部发送无线电消息，请求他们再次尝试营救莫·迪尔。接着他又在 2 月 17 日加发电报，称他的游击队员已经备好船只帮忙接应物资。2 月 18 日，卡拜斯开始懊恼起来，为了等待救援飞机，他的人还有他们的船只已经消耗了 3 天时间。

麦克阿瑟将军总部回复称由于风浪较大，之前营救莫·迪尔的行动已经取消。但是他们说："2 月 20 日中午 11 点半左右将再安排一次救援尝试。"这一次，一切都按照计划顺利进行。第 17 巡逻轰炸机中队的 G.D. 马尔福德中尉驾驶着救援飞机从吕宋岛基地出发，奉命执行空中照相侦察、向游击队运送物资，以及带走被困的飞行员、游击队员和战斗伤员等任务。

2 月 20 日，马尔福德的巡逻轰炸机于巴图兰附近降落，为巴拉望游击队带来了 1 500 磅的物资。同时，机组人员也将莫·迪尔救起。迪尔在菲律宾休养了一段时间后，于 3 月初被转移到新几内亚进行康复治疗。而他在加利福尼亚州尤巴市的父母最终也接到军方通知，得知他是少数几个逃离战俘营大屠杀的美国人之一。

自从 1944 年 7 月收到儿子所在集中营寄出来的明信片后，珀尔·迪尔夫人就再也没有收到过任何有关莫·迪尔的消息。她的儿子是典型的乐观派，在红十字会提供的那次只能写 50 字电报的通信机会中也努力保持自己的幽默感。"也为我庆祝庆祝假期吧，"迪尔在一张卡片上写道："我正在努力锻炼，大吃特吃。"在另一张卡片中，他对自己的父母说，"拜托给我一盒公爵牌香烟和一条李维斯裤子吧！"

现在，珀尔·迪尔手里正拿着一张西联电报，上面写着她的儿子已经被美军救出，"而且十分安全"。莫·迪尔的兄弟们，驻扎在北卡罗来纳州的下士弗洛伊德·迪尔和海军士兵杰拉尔德·迪尔，也都从战争中活了下来。迪尔夫人与她的女儿达琳·迪尔·毕肖普一起庆祝这一喜讯，当地报纸记录下她们当时激动兴奋的举止。3月3日，莫·迪尔通过美联社新闻专线发表声明，简要地叙述了日本人是如何利用机枪和汽油杀害美国俘虏的。

3月22日，莫·迪尔接受了5个小时的手术，治疗右臂的部分刀伤。3天以后，他觉得自己差不多可以给家人写信了，就费力地用左手打字，并在信中表示他“刚刚开始恢复。吃了3年的米饭和稀汤后，连部队老套的伙食尝起来也美味无比。我总算拿到了30美元的部分薪资，这是从1941年12月以来领到的第一笔钱。当然，这里的钱不一样，是澳镑[①]”。

4月29日，珀尔·迪尔再次收到西联电报，称她的儿子很快将被送回美国。5月1日，巴拉望大屠杀第10名获救的幸存者莫·迪尔乘坐飞机返回旧金山，并在那里接受进一步治疗。

1945年2月28日，一支八千多人的美军解放部队开始登陆巴拉望岛。在哈罗德·H.汉尼准将的指挥下，美军第8特遣部队第41步兵师的186步兵团从卡尼加兰海滩上岸，中途没有遭遇任何阻拦。而那里刚好可以看到当初美国战俘在普林塞萨港附近建造的飞机场。

美军登陆前发动了连续两天猛烈的空袭，过去3年里一直占领巴拉望的日军早在那时起就已经从附近区域撤离。铃木宗作中将的第35军剩余部队已经逃到西北部的山岭中，普林塞萨港则在一夜之间成为巨大的美国军营。先是日军，而后又是美军，这个城市在他们的空袭中化作一片废墟。

美军进岛之后，巴拉望大屠杀的第11个也是最后一个幸存者终于重获自由。过去47天里，波普·丹尼尔斯一直受到地下游击队网的悉心照料。美军收复普林塞萨港时，丹尼尔斯被转交给美方。他被转移到第4补充站，并于3月6日在民都洛岛接受第41作战情报中心的

① 1910年开始发行，1966年结束流通。

询问。第二天，他同母异父的兄弟亨利·布拉洛克在得克萨斯州接到一封电报，称丹尼尔斯已经获救并且正在治疗中。3 月 22 日，丹尼尔斯收到了亨利热情洋溢的回信："亲爱的汤姆，得知你还平安，我们非常高兴,但愿能够尽快见面。"丹尼尔斯连升两级,从二等兵晋升到下士，并于 5 月 14 日开始了返回美国的海上之旅。

日军的两个师在巴拉望的山岭间展开顽固的抵抗，结果其中 900 多人被消灭。许多活下来的人开始投降，包括在巴拉望大屠杀期间充当步枪手的二等兵沙河富三郎。在他的队伍撤进深山一个星期后，他和一位朋友在寻找食物时被 8 名美军士兵逮捕。曾经以殴打美国人为乐并且喜欢用刺刀割伤他们的沙河现在也将面临战俘生活。在接受了一个星期的审讯后，沙河被转移到莱特岛。

巴拉望岛上的扫尾工作还将持续数周之久。海岸监视员卡洛斯·普拉西多及其五人小队于 4 月 7 日接到命令返回澳大利亚。在 4 月 19 日乘坐鱼雷快艇离开之前，布鲁克角的菲律宾人为他们举办了庆功会。他们在菲律宾期间有效传递了日军部队和航运动向的情报，协助盟军救援日鲈号潜艇的幸存者，帮助数人从岛上离开（包括巴拉望的逃亡者查尔斯·沃特金斯），并协调了 9 名巴拉望大屠杀幸存者的逃生转移。"我们都希望能够尽自己的微薄之力为菲律宾的抵抗运动做出一定的贡献，"普拉西多写道，"就当时提供给我们的设备来说，我们已经尽到了最大的努力。"

在收复巴拉望期间，特里尼·门多萨可谓身心交瘁，她失去的不仅仅是自己的丈夫。岛上的战争爆发时，日本人夺走了她大部分家产，包括婴儿成长手册、照片以及她丈夫记录了 27 年的日记。她发现日军为了建一个小型机场将自家的香蕉种植园铲平。特里尼与她的母亲，还有她的兄弟姐妹，不得不与日本人奋力争取足够的场地，以便在他们自己的土地上为家人搭建帐篷。美军登陆巴拉望岛后 10 个月里，门多萨一家没有住宅，没有收入，连特里尼的房子都变成菲律宾学生的临时高中。

1945年3月15日至23日，美军在巴拉望登陆后不久就在战俘关押地展开搜查。士兵们恢复了有关美国军事人员的零散记录，并在集中营区域挖掘出79具被害战俘的遗体。另一具美国战俘的遗骸也从依望流放地中寻获，这具尸体很可能是唐·马丁的。

在普林塞萨港集中营挖开的一处洞穴中，26具尸骸被堆成四五米高，每具尸体的头骨上都显示有弹孔或者被一些钝器砸过的痕迹。美军士兵们一共发现9个防空壕，其中两个相互连通，位于悬崖边附近。最小的壕沟里面有一条沿着沟侧建造的长台，搜寻者在上面找到几件私人物品，包括弗瑞德·布鲁尼上尉的文件。而较大的壕沟中，大多数尸体被前来搜索的人员发现聚集在远离入口的地方。

士兵们挖掘出各种私人用品，包括军籍号码牌、刻着使用人姓名的水壶，以及美国战俘专属的配给罐。在寻获的日本人物品中有一本第131机场大队军官留下的日记。他在1944年12月15日也就是大屠杀第二天的那页写道："虽然他们是战俘，但死得实在是太惨了。在维修仓库干活的战俘真的很努力。从今天起，我再也不会听到'早上好，军士长'这种熟悉的问候了。"

1945年3月3日，麦克阿瑟将军宣布了巴拉望大屠杀的消息。在专门召开的新闻发布会上，他讲述了美国战俘如何被浇上汽油，点火焚烧，以及后来试图逃命时又如何遭到枪击和刺杀的悲惨遭遇。此次事件被描述为一起"大规模屠杀"。

日本人击沉安德森号的恐吓并没有成真。这艘运输船最终于1945年3月22日驶进旧金山，此时距离船上6名巴拉望乘客的获救已经过去了两个半月。安德森号停靠在梅森堡，斯米梯等人很快换乘小船前往麦克道威尔堡。西联电报给他们的家人发去他们还活着的喜讯。

一天晚上，这些巴拉望幸存者们在旧金山享用了一顿专门招待他们的牛排晚餐。当乐队询问是否需要点歌时，厄尼·科布罗斯一句"我点《不要困住我》”的俏皮话将所有人逗乐了。吃饭时，他的同伴们更是笑得前仰后合。晚饭上有一道菜是用纸包裹的烤土豆，几年没看到烤土豆的科布罗斯迫不及待地拿过自己眼前的一份，连皮带瓤吞了下去。之后他抱怨说，自己受不了这个土豆皮的味道和口感。他的同伴们哈哈大笑，科布罗斯实际上连纸都吃了下去，他实在是太着急了。

不久后，科布罗斯回到自己的家乡芝加哥，并于4月15日在加德纳综合医院接受更详细的检查。尼尔森、佩特里、斯米梯、帕切科和巴丘斯在旧金山收到剪裁合体的新制服，然后乘坐飞机前往华盛顿特区。在那里，他们住进一流的酒店客房，享受丰盛的晚餐，还在旅行车上展开了个人首都观光之旅。

5名幸存者还被引见给美国五角大楼陆军参谋长乔治·C. 马歇尔将军。他向他们展示了当前的战势地图，并为没有尽早收复菲律宾而道歉，同时也请幸存者讲述自己的不幸遭遇。然后，马歇尔将军为这些前战俘们戴上了铜星章。

帕切科和凯蒂于1945年团聚。
（凯西·帕切科·马丁内斯供图）

在华盛顿汇报完情况后，贝托·帕切科于1945年4月5日星期五抵达厄尔巴索。他被告知从他获救起，美军就开始进军巴拉望，而现在谈论任何有关他逃跑的事都可能对战争造成不利的影响。

帕切科并不在意能否跟别人叙述自己在菲律宾经历的苦难，他的心早已飞到了别的地方。

整整四年时间里，帕切科无时无刻不在想念可爱的凯蒂·瓦勒斯，那个他远赴菲律宾之前在布利斯堡服役时约会过的女孩。尽管帕切科没有得到她父亲的允许，但是他答应凯蒂在一年内完成兵役，回到她的身边。可谁也想不到他会在太平洋战区被俘并经历那么多年的战俘生活。

帕切科不知道凯蒂现在过得好不好，也不知道她是否还住在厄尔巴索或者仍然单身，但他心里依然抱着一丝希望。在很久之前，他还收到过她寄来的两封信。

帕切科赶忙来到凯蒂在他奔赴菲律宾之前的那两个月里居住的地方。当一个陌生人应声开门时，帕切科的心沉了下去。他很快开始向邻居打听凯蒂一家的下落。

“试试这儿，”他们说，“他们搬到了东奥弗兰路 911 号。”

帕切科找到凯蒂的新家地址，焦急地拍着大门，另外一个陌生人接待了他。帕切科作了简短的自我介绍，说他正在寻找凯蒂·瓦勒斯。

“等一会儿，”那人对他说。

短短的几秒钟漫长得好像过去了几年，然后她出现了。凯蒂，那个他在 1941 年初爱上的女孩，此时就站在他的面前。然而她并没有像他期待的那样露出温暖的笑容，反而茫然地看着他。“她只是瞧着我，就像在看一个会走的死人，”帕切科后来回忆说。

但凯蒂终于接受了这一令人难以置信的奇迹。

“阿尔贝托！”她高兴地大叫，紧紧地抱住了他，多年的苦难在那一刻烟消云散。

这么多年来，凯蒂一直不知道自己能否再次见到贝托·帕切科，她连他的一封信都没有收到过。但是，她会在星期三专门虔诚地为他做连续 9 天的祷告，内心深处总感觉他还活着。帕切科不打算再次失去凯蒂，他向她求婚并赢得了她的同意。第二天早上他们一起提交了婚姻登记申请书。

帕切科回到他在新墨西哥州戴明市的家看望自己的父母，和他们一起分享自己将要结婚的喜讯。两个星期以后，也就是 4 月 22 日，凯蒂和阿尔贝托·帕切科举行了婚礼，他们将在洛杉矶度蜜月。此时，帕切科仍然处于90天的军休假期中，补发的4 000美元薪资帮助这对新婚夫妇缓解了拮据状况并开始了新的生活。

斯米梯在医院里休养了几个星期。在整理军事报告和领取薪水期间，他与自己在得克萨斯州休斯斯普林斯的家人及朋友愉快团聚。军方告知他可以选择任何想要的职位完成兵役，但是斯米梯却要求从海军陆战队退伍。

“你不能这样做，”他的指挥官说，“但是你想去美国哪里都可以。”

“好吧，如果你不打算放我走，那就把我送回菲律宾吧，”斯米梯要求道。

对方告诉斯米梯这个选项不算数，于是他最终选择去得克萨斯州沃思堡郊外的鹰山湖基地服役。

斯米梯在那里从事一些比较轻松的工作，一直干到1945年9月29日退役，当时战争才刚刚结束不久。他回到乡下老家，并在那里花了3年时间与间歇发作的疟疾斗争。

斯米梯开始和一名叫莎拉·贝丝·罗斯的姑娘约会。贝丝与斯米

1945年，斯米梯（左）和一名记者分享他的被俘和求生经历。（妮塔·史密斯·亚历山大供图）

梯的姐姐住在德克萨肯纳，战争期间她们在红河兵工厂工作。斯米梯和贝丝于 1945 年 12 月 1 日结婚。

蜜月期间，夫妇二人专程去了一趟亚拉巴马州的加斯顿，因为斯米梯想要拜访他的朋友 C.C.“格瑞斯”· 史密斯在那里的家人。格瑞斯的父亲在斯米梯回国后不久就联系上他，打听自己儿子的命运。斯米梯在加斯顿详细叙述了巴拉望大屠杀开始前格瑞斯不幸被日本军刀斩杀的经过。在这之后，两个史密斯家庭很多年都保持着联系。

最后一个返回美国的普林塞萨港前战俘是西德尼 · 赖特少尉。1942 年 8 月，他和另外 5 个人一起逃出 10-A 号集中营。那时，他还是一名海军陆战队的二等兵。但是 1944 年期间，赖特自愿成为一名美军游击队员，与费尔蒂希上校在菲律宾的部队一起战斗。

美军登陆莱特岛后，赖特撤离到棉兰老岛，在那里养好了自己的双肺炎，然后于 1945 年 7 月飞回旧金山。3 个月后，赖特与夏洛特 · 马斯韦尔结婚，并在美军部队里工作了很长一段时间，直到退役返回厄尔巴索为止。

大多数巴拉望幸存者都得到继续留在军队任职的机会，但除了鲍格以外，很少有人接受。

威利 · 巴丘斯更愿意继续自己的生活。他回到宾夕法尼亚州的谢南多厄河谷居住，迎娶海伦 · M. 维希涅夫斯基为妻，并且很少提起以前在巴拉望的岁月。

莫 · 迪尔返回加利福尼亚州，与战前就认识的同乡朋友阿尔塔 · 琼 · 哈蒙斯结为夫妇。迪尔回来的时候，阿尔塔还是一名冷饮推销员，当她得知迪尔从战争中活下来时，立即解除了自己与另一个男人的婚约。1946 年 4 月 8 日，迪尔作为中士从军队退役，获得了两个铜星勋章以及紫心勋章等军方荣誉奖章。

埃德温 · 佩特里在获救之前曾一度瘦到 72 磅，但是他返回加利福尼亚之后，开始迅速恢复体重。在那里，他和一名叫普里西拉 · 珍 · 司布真 · 林德的寡妇结了婚，后者带着三个较大的孩子和一个年幼的儿子。

吉恩·尼尔森回到他在犹他州南洛根的老家，并在回来的那天遇到了自己未来的妻子格温·艾伦。这对夫妇于1946年3月7日在洛根摩门教的教堂里举行婚礼，并在之后的岁月里养育了4个孩子。

1947年2月28日，波普·丹尼尔斯作为维修营军士从第1040陆军航空基地部队退役，回到得克萨斯州。几年之后，他显然想起了巴拉望大屠杀期间，马克·麦克多尔曾经帮助自己钻出C号避难所的逃生通道。于是丹尼尔斯给马克寄去一张明信片，上面言简意赅地写道："谢谢你那一推。波普。"

1945年11月25日，日本正式投降后两个月，马克·麦克多尔也退出海军陆战队现役部队。他成为后备军人，并在厄本代尔定居，开始进入美国商学院学习。然而巴拉望岛上发生的一切他从未忘记。不久之后，马克与住在得梅因的幸存同伴沃尔特·迪托取得联系。迪托和鲍勃·梅曾经因为计划逃离巴拉望岛而遭到日本人的毒打，在普林塞萨港集中营里熬过持续时间最长的折磨后，他们两人被运回马尼拉。

马克和迪托越走越近。一天晚上，他们两人出去喝啤酒，碰见了迪托的一位邻居约翰尼·穆迪。后者询问迪托能否顺路载他和他的妹妹一起回家，迪托表示自己很乐意帮忙。约翰尼·穆迪十八岁的妹妹贝蒂是马克见过最漂亮的姑娘，他们很快开始约会。1946年8月10日，马克与贝蒂结婚，并在艾奥瓦州阿德尔市举行了简单的婚礼。

马克战后生活的另一件大事发生在结婚的一年之后，那时他实现了自己孩提时的梦想，成为一名艾奥瓦州的公路安全巡逻员。马克受到州政府的雇佣并接受了他们提供的训练。完成训练之后，马克被分配到克莱斯顿站工作，并在那里收到了一封来自华盛顿的战争罪调查分部的信。

巴拉望战争罪的审判将在日本举行，马克被问及能否出庭作证时，他答应了下来并获得了休假许可。后面的几个月对马克来说将是全新的挑战，但是这也将为他和其他许多人提供一个机会，为巴拉望大屠杀寻求正义判决。

21

审判与悼念

第一名因为参与巴拉望大屠杀被捕的日本士兵是冈本清正（Kiyomasa Okamoto）。美国调查人员追踪到他在日本的家，并于1947年6月11日将他带走审讯。冈本接受了8个小时的讯问后被释放。

然而，他已经没有办法活着看到审判了。

冈本隶属于吉原翔中尉第131机场大队驻防中队第3小分队，该单位曾杀害数十名普林塞萨港战俘。

在长时间地供述了1944年12月14日的屠杀事件之后，冈本在纸上写下了几句客气的话，这张纸后来从他身上找到。他感谢审讯者的善待，并补充说："我不能说出事实真相，请原谅我的懦弱。"那天傍晚，冈本跳到一辆正在行驶的火车前，自杀身亡。

二战结束后不久，美国及其盟国就成立了远东国际军事法庭。军事调查员花了两年多时间寻找和察访前美国战俘。战争期间，数千名被关押在菲律宾和日本本土集中营的战俘遭到日本人的野蛮虐待和杀害，而他们的陈述将成为未来审判中指控日本战犯的关键性证据。

然而事实证明，对巴拉望大屠杀战犯的围捕行动进展得异常坎坷。

一些行凶者早在1945年3月初美军登岛时就已在战事中阵亡。而在美军击垮日军、解放战俘集中营时，无数日本人的屠杀记录被破坏或焚毁。这一点也使许多幸存的行凶者无迹可寻。

然而冈本八小时的证词导致另一名巴拉望大屠杀参与者落网，即同是吉原手下的一等兵长野少二郎（Shoniro Nagano）。长野声称自己在大屠杀当天被派出普林塞萨港集中营执行其他任务。之后也有人在被捕以及接受审讯时给出同样的说辞。但是，第三名嫌疑人，即1947年6月30日被捕的沙河富三郎承认自己参与了屠杀事件。在这场骇人听闻的大屠杀发生两年半后，战争罪调查人员终于收集到可靠的资料以便将行凶者绳之以法。

日本政府声称1945年期间只有两名第131机场大队的成员被遣返回国，其他人全部在战事中失踪或丧生。美国调查机构的工作陷入困境，而且他们很快发现有证据表明，前日本军官正在干涉他们的调查，并未如实提供所有已知的证据。总调查员理查德·E. 鲁迪希尔中校派出两名中尉彻底搜寻该营的其他幸存者。

他们确认，第131机场大队的大部分日本士兵确实在盟军登陆之后丧生于巴拉望的战斗中，而其他日本幸存者则在战后藏身到巴拉望岛和婆罗洲山区。他们发现该营只有6名已知人员被遣返回日本。

调查人员还尝试追查在不同时期管理普林塞萨港集中营的一些高级官员。从1942年8月至1943年3月最初担任集中营指挥官的岸本上尉下落不明。1943年3月至1944年7月负责掌管巴拉望集中营的指挥官木下中尉于1945年在吕宋岛阵亡。

一手制造巴拉望大屠杀的小岛上尉被调查人员宣布失踪。残忍的集中营厨子西谷万一被人发现生活在广岛地区，承受着疾病的折磨。“蛮牛”富冈金一曾在马尼拉被捕并关押了一段时间，但是他后来设法从监狱逃脱了。

检控程序的下一步涉及部分受害者对日本被告人的身份确认。1948年，马克·麦克多尔飞往日本横须贺并在那里遇到道格·鲍格。

海军陆战队已将鲍格提升至军士长，并将他分配到攻占日本的美国驻军当中。鲍格现在在横须贺海军基地担任宪兵司令，同时也是巴拉望大屠杀的重要人证。

鲍格和马克被召去确认关押在东京巢鸭监狱的嫌犯，那里距离东京的皇宫约6英里远。马克发现自己很难向官员们再次讲述巴拉望大屠杀的经过，在这个关押着迫害过自己和朋友的罪犯的地方，他甚至很难保持冷静。

一天，马克和鲍格在东京第一酒店就座。这幢建筑物于大战后期从B-29轰炸机的燃烧弹打击中幸存下来，现在已被道格拉斯·麦克阿瑟将军改造成战后执行总部。日本嫌犯被带到两名前战俘面前，并被要求先向左、再向前转动头部，以便让证人在他们走出电梯后进行身份辨认。

第一个被带进来的人是西谷万一——大肆虐待美国俘虏的巴拉望集中营厨师长。一看到他的脸，马克就感到血气翻腾。当他从旁协助美军进行审讯时，更是气得浑身颤抖，出了一身汗。西谷否认一切罪行。当警卫刚要把这个厨子带回牢房时，鲍格在警卫把他拉开之前，快步走上去，朝着西谷的脸揍了一拳。

当被问及为什么对这个犯人动手时，鲍格说："要是你，你会吊死他！"

第二个被带出来的人是出口太一。在这个曾经恶毒辱骂和折磨美国战俘的人面前，马克再一次试图遏制自己的怒气。出口太一在整个提问过程中都表现得面无表情。他双眼直视前方，对每一个问题都予以"没有"的否定回答。

被带上来的其他日本人也一一否认了自己的罪行。唯一流露出些许情绪的是久田，那个在巴拉望岛上被称为"笑脸哥"的日本卫兵。当他看到马克时，久田低下了头，而当马克被带上前时，久田跪倒在地，爬着来到马克面前。"哦，麦基·多尔[①]，我以为你死了，"久田呜咽着说。

①日本人在叫马克·麦克多尔这个名字时的不标准发音。

调查人员开始询问这名前卫兵，但他拒绝合作，什么都不承认。马克厉声朝他喊话，提醒久田，他曾是最宽容的守卫，允许俘虏们偷吃食物。“我从来没有见过你对我们任何一个人动手，但如果你不说出你知道的一切，我会告诉他们你是那里最坏的混蛋！”马克说，“明白吗？”

但是，久田无论如何都不肯承认大屠杀的指控，最后被带回巢鸭监狱。一个星期之后，马克在东京第一酒店的自助餐厅吃午餐时，一位宪兵告诉他，巢鸭监狱的一名囚犯想和他说话。

马克进入囚犯的牢房，发现久田病容憔悴，而且因为强烈的负罪感吃不下饭。他同意说出实情，马克随即叫来卫兵。久田随后被带回第一酒店，在那里，他向检察官供认了自己所知道的一切：针对美国战俘的殴打、断食以及酷刑。最后，久田被押回牢房前在供认书上签下了自己的姓名和日期。

审讯持续了几个星期，在横滨和东京举行的审判还没开庭，马克就准备离开了。离开之前，马克请求军方检察官对提供关键性证据的久田宽大处理。他们最终同意放他自由，并允许马克亲自和这个最仁慈的前巴拉望日本卫兵分享这一消息。

这一次，久田看起来更加憔悴，但是法庭让他重获自由与家人团聚的消息使他深受感动。隔着牢房栏杆，他紧紧地抓住马克的手，哭得像个孩子。久田解释说他有一个妻子，还有两个女儿，他做着喷绘图形标志的工作养活她们。“等我回家，”他说，“我就告诉我的女儿们，是美国战俘麦基·多尔救了我的命。真的谢谢你！”

佩德罗·帕杰被菲律宾政府以叛国罪起诉，这位疑似变节者实际上一直在暗中组织依望罪犯流放地的地下反抗活动。帕杰手下的几名雇员曾经因为在黑市上交易美国物资而被他逮捕，其中一人诬告帕杰与日本人合作，导致帕杰被政府拘留，并在莱特岛上的一个集中营里关了大约 8 个月，直到 1946 年 11 月 5 日才重获自由。在对帕杰展开的审判中，马克·麦克多尔和斯米梯的口供帮他撤销了针对他的不实指控。马克离开东京，满心希望他这 3 个月的证词有助于法庭将 33 名被指控的日本官兵定罪并判处死刑，为那些枉死的冤魂偿命。

1948 年 8 月 2 日，持续数周之久的审判在横滨展开。道格·鲍格、乔·巴塔和埃德温·佩特里出庭作证，叙述他们在巴拉望岛的遭遇以及最后的逃亡经历。检察官出示了日本军方在 1944 年 5 月向所有集中营指挥官下达的书面命令，上面明确指出如果盟军的登陆将对集中营构成威胁，导致美国战俘可能被解救出来，则必须果断采取行动阻止任何俘虏获救。但是 33 名日本嫌疑犯中只有 16 人受到实际审判，最终结果宽大得令人难以置信。

针对寺田济一中将的审判在东京举行。寺田曾是内格罗斯岛上第 2 航空师的军事指挥官，但他声称自己从未收到过任何书面命令让他管理巴拉望军营。寺田认为巴拉望的管辖权由马尼拉第 4 航空师总部掌握，而且否认自己曾在 1944 年 12 月 13 日下令屠杀战俘。最终，检方对他提起 13 项指控，法庭判定其中 9 项罪行成立。1948 年 11 月 8 日，寺田中将被判处终身监禁，将在东京的巢鸭监狱服刑。

曾经入侵菲律宾群岛的日本第 14 军指挥官本间中将没有逃脱死刑的惩罚，于 1946 年 4 月 3 日在洛斯巴诺斯市遭到枪决，罪名是下令军队执行了“巴丹死亡行军”和其他暴行事件。山下奉文中将被指控在菲律宾群岛、泰国和马来半岛犯下多起战争罪，并于 1946 年 2 月 23 日在马尼拉被处以绞刑。

在巴拉望大屠杀嫌犯中，出口太一被指控犯下 6 桩罪行，其中包括殴打和杀害战俘塞尔顿·怀特和厄尔·万斯·威尔逊，对沃尔特·迪托和罗伯特·梅实施了 3 个月的殴打、虐待和囚禁，下令手下的人将另外两名战俘殴打至死，以及参与了 1944 年 12 月 14 日的大屠杀。出口太一对于所有的指控概不认罪，但证据确凿，不容他抵赖。1945 年 11 月 8 日，出口太一被判处绞刑，由麦克阿瑟将军确认最终处决令。

相较之下，上等兵沙河富三郎显然要合作得多。在巢鸭监狱羁押期间，他对巴拉望岛上犯下的种种暴行做出书面供认，包括他个人在

12 月 14 日杀害了 139 名受害者中的至少 3 人这一犯罪事实。沙河被判处 5 年监禁，但是，除去之前的被押时间，他的刑期只剩下三年半。

巴拉望集中营的厨师长西谷万一因殴打俘虏被判入狱 5 年。第 4 航空军第 4 飞行师团指挥官三上喜三中将因参与大屠杀获刑 12 年。第 4 航空军第 11 航空分部的负责人伏见守（Mamoru Fushimi）中佐获刑 10 年。另外四人分别被判 2 年到 5 年不等的有期徒刑，但涉嫌参与巴拉望大屠杀中的 16 人中还有 6 人被无罪释放。

出口太一的死刑判决宣布后不久，麦克阿瑟将军签发了一份命令将他的罪刑减免为 30 年监禁。但是，无论是出口太一还是寺田都不会服满刑期。1958 年，所有的日本战犯都获得大赦，并被美国人从东京巢鸭监狱释放，重获自由。

11 名巴拉望大屠杀幸存者无力改变法庭对日本战争罪行的审判结果。就像他们那一代的许多退伍老兵一样，他们只能继续自己的生活。

道格·鲍格试图将巴拉望的记忆留在过去。虽然在晚年的时候，他很乐意讲述自己参与朝鲜战争的经历，但他不愿再提起那段被俘的日子，即使是面对自己的妻子、孩子时也是如此。鲍格从 10-A 号集中营逃出期间杀死三名日本卫兵，为此他获得了功勋勋章。

在 1948 年盟军对日本战争罪进行了审判之后，他被分配到海军陆战队第 6 师，于中国天津服役，直到 1949 年中国共产党在毛泽东的带领下击败蒋介石的国民党后他才撤离回国。1951 年，鲍格与海军陆战队第 1 师第 11 陆战团一起被派遣到朝鲜，并在那里奉命带队作战。他参与了攻占仁川、保卫汉城（现称首尔）以及长津湖战役等军事行动。后来，鲍格又去日本服役，并因为卓越的领导能力备受尊敬，最终于 1959 年以少校军衔退役。

鲍格和妻子贝蒂一起搬到圣迭戈，并在接下来的 20 年里为圣迭戈 - 亚利桑那东部铁路工作。退休以后，鲍格在加利福尼亚州的隆波克定居,成为一名民航飞行员和经过认证的飞行教官。2004年3月7日,道格·鲍格在家中去世，离开了59岁的妻子和3个女儿，享年85岁。根据鲍格的临终遗愿，海军陆战队的战友们在莫菲特基地为他举行了葬礼，并将他的骨灰撒向大海。

埃德温·佩特里在1946年8月30日以文书军士的身份从军队光荣退役，并回到加利福尼亚州的圣塔莫尼卡市生活。他的妻子普里西拉在前一段婚姻中生养的孩子成为他的继子，而这对夫妇后来也增添了两个自己的孩子——罗伯特和达琳。埃德温先被雇用为卡车司机，后又作为维修人员在瑞塞达社区的美国邮政局工作了18年。1987年5月7日，佩特里与世长辞，享年66岁，被安葬在洛杉矶国家公墓之中。

阿尔贝托·“贝托”·帕切科和妻子凯蒂在战后开着他们的敞篷运动跑车来到加利福尼亚，并在蒙特利公园市定居。天性善良、言辞温和的帕切科努力克服曾经的受虐给他带来的心理阴影。他甚至要重新学会看着别人的眼睛，因为他在过去和日本卫兵之间的对视经常会导致他的脸被步枪托或拳头猛击。他和凯蒂抚养了5个女儿，期间帕切科从事过各种各样的工作，包括在加利福尼亚的阿拉米达陶瓷公司和西方照明公司就职。他仍然偶尔会受到疟疾的侵袭，但是闲暇时间也会享受狩猎、海边野餐和社区联盟棒球赛的乐趣。帕切科并不想让自己困在巴拉望岛可怕的回忆之中，但他却一直与乔·巴塔保持联系，每年都会和他互道节日问候。帕切科的孩子们从她们父亲那里学到强烈的爱国主义精神。他每次在道奇队的球赛中演唱国歌时都会肃然起立，泪眼模糊地低下头。贝托·帕切科于1997年去世，安葬在位于圣贝纳迪诺县维克多维尔的沙漠景观纪念公园中。

厄尼·科布罗斯于1945年8月3日和艾琳·布兰奇·奥尔德结婚，并于20世纪50年代初期从芝加哥迁往旧金山地区。科布罗斯和妻子在加利福尼亚州的特雷西市定居，后于俄勒冈州克拉马斯福尔市退休养老。他们的儿子杰克和威廉为科布罗斯一家增添了7个孙子女和9个重孙子女。科布罗斯本人曾在美国国家点火机构和美国联合航空公

厄尼·科布罗斯和妻子艾琳、儿子杰克在1948年左右的合照。（杰克和费利斯·科布罗斯供图）

司就职，并于1972年从阿拉米达海军航空站退休，1992年因为手术并发症逝世。

约瑟夫·“乔”·巴塔于1945年9月25日和珍·沃恩·库普曼结婚。巴塔与珍在圣迭戈相遇，她在那里为海军工作。当这个瘦骨嶙峋的前战俘被带进来时，珍正在发送电报。不久后，巴塔被分配到华盛顿班布里奇岛附近的沃德堡，并和珍一起在那里居住到他从海军退役为止。回归平民生活以后，巴塔在美国邮政局工作，同时还在西雅图社区大学学习木工。巴塔的孩子们发现自己的父亲是一个善良温和的人，并没有病态地纠缠于他在被俘期间经历的种种恐怖折磨。他与1944年时一起从普林塞萨港游向安全地带的道格·鲍格保持着联系。乔·巴塔于2003年9月27辞世，享年88岁，安葬于孟菲斯市的西田纳西老兵公墓之中。

巴塔和他的妻子珍。（琳达·乔·耶尔供图）

他的孙子约瑟夫·P.巴塔后来与一位出生在菲律宾、叫克里斯蒂娜·菲尔梅的姑娘订婚。他震惊地发现自己未婚妻的父母还有祖父母都居住在巴拉望岛，而且在乔·巴塔从巴拉望大屠杀中幸存、极力逃脱日本人追杀的时候，他们还曾见过他的祖父。

莫·迪尔与妻子阿尔塔和女儿莎伦在1947年的合照。（莎伦·迪尔·斯皮尔斯供图）

埃尔莫·“莫”·迪尔（莫·迪尔）与妻子阿尔塔在加利福尼亚州奥克兰市定居。迪尔开始在那里学习钟表制造技术。他的右手神经严重受损失去知觉，只能练习着用左手组装钟表内部的细小零件。迪尔在萨克拉门托北部一家珠宝店工作一段时间后开始经营自己的生意。迪尔和阿尔塔一共生养了3个女儿——珍妮特、莎伦和丹尼丝。夫妇二人在晚年时开着他们的移动房车到处旅行。莫·迪尔因为二战期间的英勇表现获得两枚铜星勋章和紫心勋章，后来他于2004年2月10日在萨克拉门托逝世。

托马斯·“波普”·丹尼尔斯在1947年2月退役后，重新回到得克萨斯州泰特斯县的乡下老家。马克·麦克多尔曾试图与丹尼尔斯联系，却发现他的朋友似乎更乐意享受隐居生活，不愿被人打扰。丹尼尔斯守着战争时期拿命换来的钱度日，此后没有再出去工作，也没有结婚或留下孩子继承自己的姓氏。

丹尼尔斯居住在糖山社区附近一所简朴的小屋里。他的住所只有一间居室，外带一个厨房，与住在休斯斯普林斯的斯米梯一家的直线距离还不到30英里。在后来的岁月里，丹尼尔斯将姓氏改为“森特”，随他亲生父亲的姓，但是他已经找不回战前的自己了。他在自己的屋里睡不踏实，天气暖和的时候他宁愿睡到树林里的小床上。丹尼尔斯在住宅周围竖起一道铁丝网围栏，将邻居们远远隔开。1963年1月20日左右，丹尼尔斯死于心脏病发作，享年59岁，数天后遗体才被人发现。当时他就坐在一张椅子里，膝盖上还放着一把步枪。丹尼尔斯被安葬在狄席尔斯公墓一块朴素的花岗岩墓碑下，上面写着：“第二次世界大战陆军航空兵基地单位下士1040号”。

吉恩·尼尔森于犹他州的南洛根市定居，在那里他和妻子格温将4个孩子抚养成人，他们分别是莎林、布鲁斯、珍妮特和洛娜。1950年，尼尔森从犹他州州立大学毕业，获得商业管理和经济学学位，并进入美国邮政局工作，后来主要在希尔空军基地负责物资管理。尼尔森于1978年退休，一有机会就享受钓鱼、划船、野营、狩猎和旅行等生活乐趣。

尼尔森大约退役35年后被医生发现腿上似乎长有一个血块。外科医生替他开刀后，发现那不是血块，而是一颗已经钙化的点26口径的日本步枪子弹，那是他在脱险后菲律宾人替他治疗时没有找到的子弹。尼尔森一直积极参与各种二战老兵重聚活动，而且乐意和不同的历史学家分享他的故事。尼尔森最终于2011年2月3日去世，享年95岁。

格伦·马克·麦克多尔担任了29年的艾奥瓦州公路巡查员，只有在1950年朝鲜战争期间中断过一阵子，当时他被召回部队服役。海军陆战队派他在加利福尼亚州彭德尔顿营区从事机密报告处理工作，他和妻子贝蒂一起住在那里并于次年回归平民生活。1960年12月，马克·麦克多尔晋升为中尉，被安排到艾奥瓦州斯托姆莱克市一间巡逻

20世纪70年代，巴拉望"生存小组"重聚（从左到右依次为）：马克·麦克多尔、罗伊·亨德森、斯米梯、克莱伦斯·克拉夫和埃文·邦恩。（凯西·麦克多尔·帕金供图）

办公室担任领导。他将在那里结束自己的职业生涯，并和贝蒂一起抚养他们的女儿格伦达和凯西长大成人。1976 年，马克·麦克多尔从艾奥瓦公路安全巡逻部退休，但是之后又在波尔克县治安办公室干了 12 年。

1985 年，马克·麦克多尔最终凭借二战时期的表现获得铜星英勇勋章。他被请到艾奥瓦州州府，由州长特里·布兰斯塔德为他佩戴勋章，肯定和嘉奖他在克雷吉多岛上的英勇作战以及他在巴拉望岛上经受的考验。马克继续过着活跃的生活，经常参加教会活动，并加入各种退伍军人和社会组织。他积极参与海军陆战第 4 团的二战老兵年度重聚活动，并向无数的退伍军人组织、学校、教会和社会团体发表演说。马克喜欢钓鱼和打猎，而且每天都会在他艾奥瓦州安克尼市的家门前升起美国国旗。他不忌讳谈论自己在巴拉望的遭遇，但是多年来一直受到噩梦的困扰。

威廉·“斯米梯”·史密斯完成兵役后和妻子贝丝在得克萨斯州休斯斯普林斯附近定居。斯米梯的伤残抚恤金每月只有 157 美元，因此他在病情反复发作期间不得不依靠一些力所能及的零工维持生活。史

老友马克（左）和斯米梯（右）退休后重聚。（凯西·麦克多尔·帕金供图）

密斯夫妇一共养育了 4 个孩子，分别是格伦、唐、妮塔和凯西，后来又增添了 10 个孙子和孙女。斯米梯在农场附近一家新开的美国钢铁厂谋得一份安全检查员的工作，并在那里干到 1972 年。彼时他的健康状况进一步恶化，达到完全残疾的程度。

斯米梯参加过几次菲律宾战俘重聚活动，尤其享受和马克·麦克多尔一起度过的时光。1965 年 4 月，斯米梯自豪地和罗伊·亨德森等其他前战俘一起返回菲律宾，拜访那些曾经帮助他们逃生的人。与马克和尼尔森一样，斯米梯也愿意和历史学家等对巴拉望大屠杀感兴趣的人分享自己的遭遇。他在得克萨斯州东部度过晚年，在农场里养了几头牛，直到 1994 年 4 月 14 日去世。

威廉·“威利”·巴丘斯回到宾夕法尼亚州的谢南多厄河谷生活，他很少提起巴拉望，一心想把曾经的苦难抛诸脑后。他与海伦·M. 维希涅夫斯基结婚，并育有一子一女，后来又添了 6 个孙子女和 7 个重孙子女。巴丘斯喜爱钓鱼，经常享受宾夕法尼亚州和加利福尼亚州的户外活动。至于工作方面，他先是在宾夕法尼亚州的煤矿开卡车，后来操作重型建筑机械直到退休。2013 年 12 月 11 日，巴丘斯在加利福尼亚州的尤巴市去世，享年 92 岁。他的儿子乔·巴丘斯和他住在一起，陪伴他走过人生的最后 8 年。

巴丘斯是 11 名巴拉望大屠杀幸存者中最后一位离世的。在生命的最后几年里，他所居住的地方距离莫·迪尔一家只有 35 英里远，但是他们对此并不知情。

这些二战期间被囚禁在普林塞萨港 10-A 号集中营的美国人从来没有忘记菲律宾人民给予他们的帮助。

对于一些巴拉望人来说，他们在游击队运动中所做出的努力是以巨大的个人牺牲为代价的。战俘们所熟知的“红手帕夫人”**特里尼·门多萨**直到 1945 年 2 月美军进军巴拉望后不久才得知丈夫伊希尼·门多萨奥已被害。直到那时，一个被捕的日本士兵才坦白，这位游击队领导人已于一年前被处决。

1947 年，特里尼·门多萨的姐姐埃斯佩兰萨·克拉克·马塞洛发现，亲戚家的工人身上系着一条带有艾奥瓦大学皮带扣的编织腰带。二战爆发前，埃斯佩兰萨曾把这个皮带扣作为礼物送给门多萨医生。当被问及这件物品的来历时，这个叫蒂莫德的人将 1944 年 1 月他和其他几人在卡尼加兰海滩附近看到门多萨被枪决的事如实说出。后来，蒂莫德就拿走了日本人留在埋尸处作为标记的腰带，并一直保留着它。

1947 年 8 月，在蒂莫德的带领下，人们开始寻找门多萨医生的墓穴。特里尼的表弟、门多萨医生的儿子约翰、小伊希尼奥和大卫，以及几名工人都加入搜寻之列。经过两天仔细搜索，他们终于发现了门多萨的遗体，并将其重新挖出埋进自家的椰子种植园里。伊希尼奥·门多萨被安葬在他的岳父约翰·T. 克拉克还有死于二战期间的姻亲兄弟阿尔弗雷德·帕兰卡·克拉克的坟旁。

几年以后，省长阿尔弗雷多·M. 阿布格向特里尼·门多萨提议将门多萨的骸骨迁移到更为显眼的地方。这位前任省长的遗体在省城陈放一天供人瞻仰后，于 1950 年 7 月 27 日再次下葬。人们将他安葬在黎刹大道附近，那里就是现在的门多萨公园。

菲律宾解放后，门多萨遗孀也再度婚嫁，与一名美国军人缔结连理，成为特利尼达·哈特曼（特里尼·门多萨）。特利尼达·哈特曼于 1977 年 4 月出席了在马尼拉举行的巴丹半岛和克雷吉多岛战败 35 周年的纪念活动。就在那个月，前战俘**休伯特·霍夫**也携妻来到巴拉望故地重游。霍夫于 1945 年 10 月 7 日和韦尔拉·波林·斯科特结婚，并在 1949 年以中尉军衔从海军退役。此后他先是在艾奥瓦电力公司工作，然后又从事大型建筑工程的工作直至退休。霍夫此次重新参观了以前的普林塞萨港集中营，并与哈特曼夫人和其他菲律宾朋友重聚。

多年以后，马克·麦克多尔也与当年救过自己的人愉快重聚。**纳萨里奥·马约尔上尉**最小的女儿**玛丽·安妮·马约尔**在 1944 年 12 月底和 1945 年初曾帮忙照料过年轻的马克以及那些和他一起逃出巴拉望大屠杀的同伴。玛丽·安妮后来嫁给了瓦伦蒂诺·安切塔博士，并于 1960 年移居美国，在威斯康星州的阿尔格玛安家，成为一名护士。战争结束以后，她一直没有见过当年的那些巴拉望逃亡者，也没有听到过他们的消息。

1988 年 12 月 15 日，玛丽·安妮看到一篇有关华盛顿特区举行的普林塞萨港集中营大屠杀追悼会的报道。当读到格伦·麦克多尔住在得梅因时，她很快找到马克家的电话。她在电话答录机上留下信息，但是磁带容量不够，马克只知道一位住在威斯康星州、名叫玛丽·安妮的女士曾找过他。因此，他公开呼吁玛丽·安妮再和他联系。很快，玛丽再次拨通了他家的电话。

一位年轻的女士曾经帮助过 11 位美国人从残酷的大屠杀中活下来的故事很快吸引了媒体的关注。1989 年 1 月 9 日，安切塔一家和麦克

马克·麦克多尔与马约尔一家在玛丽·安妮位于威斯康星州阿尔格玛的家中享受愉快的重聚时光（从左到右坐于前排者依次为：瓦伦·安切塔、玛丽·安妮·安切塔、纳萨里奥·马约尔、马克·麦克多尔、贝蒂·麦克多尔和罗伯特·马约尔；从左到右站于后排者依次为：凯西·麦克多尔、好友希瑟·桑德森和格伦达·麦克多尔）。（凯西·麦克多尔·帕金供图）

多尔一家被安排在《ABC 早安美国》的纽约演播室重聚。在数以百万计的观众面前，马克和玛丽·安妮向全国人民讲述了巴拉望大屠杀的故事。

演播结束后，两人紧接着给玛丽·安妮 88 岁的父亲纳萨里奥·马约尔打电话，与他一起分享了这个令人兴奋的消息。由于纳萨里奥·马约尔从巴拉望搬到威斯康星州与自己的女儿一起生活，而玛丽·安妮的大哥**罗伯特·马约尔**后来也到芝加哥地区定居，所以安切塔和麦克多尔两家在接下来的几年里还会进行更多会面。1993 年，纳萨里奥·马约尔在去马尼拉探望他妹妹时逝世，享年 93 岁。

今天，因为一些人的不懈努力，巴拉望大屠杀将永远被菲律宾人民和美国人民所铭记。

巴拉望岛战俘唐·施雷特曾经因为试图逃离普林塞萨港集中营而受到严重虐待，后被送回比利彼得监狱。他在那里度过了战争的剩余日子，直到 1945 年获救时他身患各种疾病，包括坏血病、脚气病、痢疾和糙皮病。

施雷特后来成为一名商业艺术家，将宣传巴拉望大屠杀视为己任，希望人们能够记住当年的受害者。1989 年，他完成了 77 幅系列绘画，以抽象和印象派风格描绘巴拉望大屠杀惨案。他的作品在圣迭戈展出，其中大部分画作后来在圣达菲被永久展示。

施雷特数次回到巴拉望游览，并促成了当年惨案现场纪念碑的建立。1999 年 9 月，普林塞萨港市政府在军营遗址城市公园建立起一座永久性纪念碑，就在圣母无染原罪堂附近。施雷特资助了草拟纪念碑设计方案的建筑师。

巴拉望大屠杀纪念碑带有一个小牌匾，上面显示着少数幸存者的姓名（施雷特的名字也被误纳入其中），但他的新铜像却被放到纪念碑顶端。那是一个瘦骨嶙峋的男性形象，因为脚下升起的火焰而陷入痛苦的扭曲之中。这座雕像位于普林塞萨港公园，目前那里正准备为巴拉望大屠杀建造新的纪念碑。

普林塞萨港的游客还可以参观巴拉望岛二战特营纪念馆。于2011年12月开放的这座博物馆在当年游击队领袖门多萨医生的儿子伊希尼奥·C.“巴迪”·门多萨的大力帮助下建成，以纪念珍珠港袭击事件以及菲律宾遭日军入侵70周年。巴拉望岛二战特种大队纪念馆展示了门多萨收藏的战争纪念品，记载了巴拉望大屠杀受害者的命运，并向第二次世界大战期间由“巴拉望千人勇士”组成的游击队致敬。

惨死在普林塞萨港集中营大屠杀下的139名战俘中有123人的骸骨被移出巴拉望岛，并于1952年2月14日重新安葬在密苏里州圣路易斯附近的杰斐逊兵营国家墓园第85区的一处集体墓穴中，而其他16名被害者的遗体则未能找到。2003年10月4日，在马克·麦克多尔、吉恩·尼尔森、丹·克罗利和乔·“弗瑞斯”·杜邦等巴拉望战俘集中营退伍老兵的见证下，圣路易斯公墓竖起一座新的墓碑。

在包括退伍老兵、受害者亲朋在内的大约一百人面前，尼尔森和马克·麦克多尔谈论起之前在集中营的生活以及那场惨无人道的大屠杀。两名幸存者当场为新墓碑敬献花圈，之后巴拉望受害者的名单被高声诵读出来。

第二年，也就是2004年，由鲍勃·威尔班克斯执笔纂写、记述马克·麦克多尔战时经历的《最后的逃生者》(*Last Man Out*)一书正式出版发行。马克·麦克多尔的故事还有巴拉望大屠杀惨案也登上了奥利弗·诺斯的电视系列纪录片栏目《战争史话》(*War Stories*)。2009年9月3日，马克·麦克多尔于艾奥瓦州阿莱曼逝世。在他去世一个星期后，曾在巴拉望岛上救过他一命的军医卡尔·曼戈中尉最终被追授银星奖章。马克·麦克多尔晚年奉献出大量的时间讲述巴拉望的过往，希望当年惨死的被害者不会被人们遗忘。

他们不会被遗忘，他们永远都是美国的英雄。

致 谢 | AS GOOD AS DEAD

数年前在撰写另一部战俘题材的小说《假定失踪》(*Presumed Lost*)时，我就对巴拉望的故事产生了兴趣。但是事实证明，为这个故事搜集新鲜素材绝非一己之力所能及。许多人为我在黑暗的二战历史篇章中发掘鲜为人知的故事提供了帮助，对此我表示衷心感谢。

我首先要感谢曾经关押在普林塞萨港10-A号集中营的战俘家属们。他们通过分享故事、信件、日记、照片和剪报，让我能够更多地了解他们的父亲、兄弟和叔伯。这些人包括妮塔·史密斯·亚历山大、凯西·麦克多尔·帕金斯、格伦达·麦克多尔·约翰逊、凯西·帕切科·马丁内斯、大卫·马丁内斯、洛娜·尼尔森·莫里、弗洛伦蒂诺·帕切科、朱厄妮塔·帕切科、乔·巴丘斯、莫琳·巴塔、约瑟夫·P. 巴塔、杰克和费利斯·科布罗斯、珍妮特·塞沃林、珍妮特·多尔曼、杰奎琳·埃利奥特、琳达·耶尔、戴维·赖特、莎伦·斯皮尔斯、林亨·斯托特、埃塔·胡克、乔治安娜·伯莱奇、詹妮弗·梅克斯纳、米尔顿·贝尔、雷蒙德·斯蒂尔威尔和阿尔伯特·曼戈。

我还要感谢玛丽·安妮·安切塔·马约尔、罗伯特·马约尔、乔安妮·瑞伊·拉米雷斯、詹妮弗·安切塔、伊希尼奥·“巴迪”·门多萨和巴特·达夫。因为他们，我才能够了解到大屠杀前后巴拉望岛的菲律宾人民在美国战俘救援中发挥的关键性作用。

许多关于巴拉望10-A号集中营的细节描写来源于起诉大屠杀罪犯的战争罪审判文件、目击证人证词以及军事资料。詹姆斯·斯科特是与我做过多年军事研究交流的朋友和同仁作家，他也慷慨分享了自己之前收集的一些巴拉望资料。

为查询其他所需的许多国家档案资料，独立研究员苏珊·斯特兰奇付出了宝贵的劳动。她以自己不可思议的能力从缺少索引的书箱中发掘出那些长期被人遗忘的文件。如果没有她的帮助，一些关于这部作品的比较珍贵的资料根本没有机会找到。

在圣路易斯国家人事文件中心发生于1973年的大火中，幸存者托马斯·“波普”·丹尼尔斯的资料与其他1 600多万军职人员的资料一起被毁。在此我必须感谢研究员杰克琳·奥斯特洛夫斯基。因为她在那个中心的不懈努力，我们才能克服重重困难获得丹尼尔斯的相关信息。来自得克萨斯州泰特斯县帕姆山历史保护协会的珍妮特·约翰逊-麦考伊提供了更多有关丹尼尔斯战后生活的资料。同时还要感谢华盛顿的研究员蒂姆·弗兰克；在巴拉望回忆录查询方面给予我们巨大帮助的美国国会图书馆退伍军人历史科的梅根·哈里斯；菲律宾美国商会的莱斯利·安·莫里；进行了大量家谱查询从而让我与许多巴拉望大屠杀幸存者家属取得联系的吉姆·莫里斯；二战历史圆桌会议的成员唐·帕顿上校；还有协助我查找逃亡与脱险报告以及巴拉望幸存者其他相关文件的麦克阿瑟纪念堂的詹姆斯·佐贝尔。

我衷心感谢我的妻子和孩子们给予我的支持，是他们陪伴我度过了许多查阅文献的漫漫长夜。我的经纪人吉姆·多诺万对作品的编辑提供了协助并给予了重要的批评建议。在他的帮助下，故事才叙述得更加富有节奏性和目的性。

我在卡利伯（Caliber）出版社的编辑布伦特·霍华德从一开始就

确信这个故事有必要被记录下来，而且他也提出了许多切实可行的宝贵意见，使得稿件的写作内容始终能够切中要害。

我最后想感谢的是在第二次世界大战期间曾关押于菲律宾各地战俘集中营的美国和菲律宾军人们。他们中的许多人再也回不到家中，而那些回去的人也受到了无法彻底愈合的精神创伤。这个国家没有人会忘记他们的牺牲，包括那些不幸在 1944 年 12 月巴拉望大屠杀遇害的人们。谨以此书纪念这些英勇的老兵。

1944 年 12 月 14 日巴拉望大屠杀遇难者名单

BRANCH 兵种	NAME 姓名	RANK 军衔	HOMETOWN/NEXT OF KIN HOME 家乡或者近亲住址
USMC	Adams, Jewett Franklin	T/Sgt	San Diego, CA
USMC	Adkins, Robert Arthur	Corp	Portland, OR
Army	Anderson, Robert Sterling	Pvt	Harper, WA
Army	Araujo, Henry Hernandez	Sgt	Denver, CO
Army	Arispe, Heraclio Solie	Pfc	Corpus Christi, TX
USMC	Arnoldy, Arthur Anton	Corp	Tipton, KS
Army	Bailey, Homer Ray	Pfc	Ardmore, OK
Army	Baker, Herbert	Pvt	Roxbury, MA
Army	Bancroft, Everett Richard Jr.	Pfc	Canon City, CO
Navy	Barnes, Carl Ellis	WT2c	Bakersfield, CA
Navy	Barnes, Darrell Leroy	AOM3c	Bayonne, NJ
Army	Bartle, Charles Warren	Sgt	Evansville, IN
Army	Beason, Benjamin Franklin	T/Sgt	Canyon, TX
Navy	Blackburn, Wilbur Burdett	TM2c	Wichita, KS
Army	Bouchey, Mason "J"	Pfc	Saginaw, MI
Army	Brown, William Theodore	Pfc	Antioch, CA
Army	Bruni, Fred Tobias	Capt	Janesville, WI
Navy	Buchanan, Vernon Edward	F1c	Turner, KS
Army	Burnett, Douglas	Cpl	La Grande, OR
USMC	Caldwell, Sammy Lee	Pfc	San Angelo, TX
Army	Carter, Casey	Pvt	Paris, TX
Army	Childers, Roy Raymond	Pvt	Loami, IL
Army	Choate, James Louis	Pvt	Madisonville, KY
Navy	Cook, Harry W.	Aerog1c	San Roque, Cavite, PI
Army	Crandell, Earl Jesse	Pvt	Holdenville, OK
Army	Cravens, William Thomas	Pvt	Port Royal, KY
Army	Cullins, Franklin Ashley	Pvt	Monette, AR
Army	Czajkowski, John	Pvt	Nichols, WI
Army	Diaz, John Francisco	Pfc	Osage, IA
Army	Dutton, Glen Albert	Cpl	Clovis, NM

BRANCH 兵种	NAME 姓名	RANK 军衔	HOMETOWN/NEXT OF KIN HOME 家乡或者近亲住址
Army	Elix, Clayton Emmett	Pfc	Pueblo, CO
Army	Evans, Erving August	Cpl	Huron, SD
Army	Eyre, George Robert	Pfc	Marion, OH
Army	Fletcher, Houston Everett	Pfc	Oklahoma City, OK
USMC	Fryar, William Ferson	Pfc	Apollo, PA
Army	Gee, Jessie Roy	Cpl	Yuba City, CA
Navy	Gillespie, Bill Edward	S1c	Dallas, TX
Army	Giuffreda, Mike Paul	Pvt	San Jose, CA
USMC	Glacken, Joe Charles Jr.	Pfc	St. Louis, MO
Army	Glover, Sammy	Pfc	Daisetta, TX
Army	Goodykoontz, Richard Eugene	Pvt	Marion, IN
USMC	Grahnert, James Dewey	Cpl	Vancouver, WA
Navy	Hale, Waldo Stedem	S1c	Saybrook, IL
USMC	Hammock, William Lester	Sgt	Dermott, AK
Army	Hamric, Dane Hampton	Cpl	Widen, WV
USMC	Hansen, Kenneth Russell	Pfc	San Luis Obispo, CA
Army	Harbin, Lenton Roger	S/Sgt	Shreveport, LA
Navy	Harris, John Soloman	TM2c	Monticello, GA
Army	Hawkins, Douglas Forrest	Pvt	Coeburn, VA
USMC	Henderson, Clifford Marlin	Pfc	Levi, WV
Army	Henderson, Joseph Patrick	Pvt	Los Angeles, CA
Army	Hicks, Roy Joseph	Pfc	Rantoul, IL
Army	Hinkle, Miner Columbus	Pvt	Ada, OK
Army	Hubbard, Hugh Boyd	Pvt	Yarnell, AZ
Army	Hubbard, Robert Lee	Cpl	Yarnell, AZ
USMC	Hughes, John "F" Jr.	P/Sgt	Gate City, VA
Army	Huston, Thomas Virgle	Pvt	Modesto, CA
Army	Hutchinson, Fred Wallace	Pfc	Los Angeles, CA
Army	Jacobson, Charles Donald	Pfc	Denver, CO
USMC	Johnson, Aubrey Peyton	Pfc	West Monroe, LA
USMC	Joyner, Earl Ezell	Pfc	Goshen Springs, MS
Army	Kazlauskas, Joseph Richard	Pvt	Lowell, MA
USMC	Kernes, Richard Wilfred	Pfc	Madrid, IA
Army	King, Harold Wayne	Pvt	Topeka, KS
Navy	Knight, Henry Carlisle	Lt Cdr	Long Beach, CA
Army	Koerner, Richard Aloysius	S/Sgt	Ellis, KS
USMC	Kozuch, Stephen Thaddeus	Pfc	Chicago, IL
Navy	La Mountain, Arthur Lawrence	S1c	Millers Falls, MA
Army	Lampshire, Leo Nick	Sgt	Lansdowne, PA
Army	Lewis, Kenneth Leaman	Pfc	Taunton, MA
Army	Lindsay, Forest Edison	Pfc	Vale, NC
USMC	Lindsey, Kenneth Clyde	Pfc	Gillette, WY
Army	Lyons, John Aloysius	Pvt	Staples, MN

BRANCH 兵种	NAME 姓名	RANK 军衔	HOMETOWN/NEXT OF KIN HOME 家乡或者近亲住址
Army	Mango, Carl Louis	1Lt	Erie, PA
Army	Manzi, George Vicente	S/Sgt	Bridgeport, CT
USMC	Martyn, Donald Joseph	Pfc	North Hollywood, CA
Army	Mascarenas, Jose Thomas	Pvt	Penasco, NM
Army	McAnany, Richard Emmett	Tec4	Ecorse, MI
Army	McElveen, William Muton	Pvt	New Orleans, LA
Navy	McNally, Theodore	CMM	Kansas City, MO
Army	Million, Joe Baxter	S/Sgt	Harrodsburg, KY
Army	Moffatt, Fred Vincent	Pvt	Moline, IL
Army	Moore, Roger Garland	Sgt	Monroe, LA
USMC	Morris, "E" "C"	Pfc	Jacksboro, TX
USMC	Morris, Orland Otis	Cpl	Warren, ID
AAF	Mullins, Raymond Vincent	S/Sgt	Punta Gorda, FL
Army	Newell, Frank Robert	Pvt	North Tonawanda, NY
Army	Noel, Harry	Pvt	Chicago, IL
Army	Novak, Ernest Julian	Pvt	Watsonville, CA
Army	Otero, Trinidad Fidel	Pvt	Willard, NM
Army	Pitts, James "A"	Pfc	Winter Garden, FL
USMC	Price, Dillard	Pfc	Magnolia, AK
Army	Rankin, Homer Franklin	Cpl	Freeport, KS
USMC	Ray, Daniel Woodrow	Pfc	Austin, TX
Army	Rea, Chester Bentley	Pfc	Ithaca, NY
Army	Rector, Vernon William	Pfc	Phoenix, AZ
Army	Rhoades, Arthur Wayne	Pvt	Fort Wayne, IN
USMC	Rigas, Peter Tom	Pfc	Chicago, IL
Navy	Roe, James Howard	S2c	Stroud, OK
Army	Rudd, James Rollie	Pvt	Cutuno, KY
Army	Saiz, Santiago Sannedra	Pvt	Peralta, NM
Army	Sanchez, John	Pfc	Kansas City, MO
Army	Scally, Henry Fredrick	1Sgt	Silver City, NM
Army	Schubert, Charles Augustus	T/Sgt	Albuquerque, NM
USMC	Schultz, Edward Joseph	Cpl	Pittsville, WI
USMC	Seagraves, Raymond Lewis	Pfc	Lewisville, TX
USMC	Shalley, Charles Earl	Sgt	Glendale, AZ
Army	Sierra, Gabriel Jr.	Pvt	Randsburg, CA
USMC	Simpson, Jesse Herschel	Pfc	Fayetteville, AK
Army	Sirfus, Charlie	Pvt	Des Moines, IA
USMC	Skaggs, Owen Neil	Pfc	Gilroy, CA
USMC	Skidmore, William Burleigh	Pfc	Bloomfield, NJ
Navy	Smith, Charles Carlyle Jr.	SM2c	Guntersville, AL
Navy	Smith, Julio Forest	MM2c	Indianapolis, IN
Army	Smith, Kenneth Otto	Pfc	Hoisington, KS
AAC	Snyder, Cecil James	Pfc	Coalport, PA

BRANCH 兵种	NAME 姓名	RANK 军衔	HOMETOWN/ 家乡或者近亲住址
Army	Spindler, Carroll Frank	Sgt	Edwardsville, IL
Army	Stanley, Dervert Eugene	Pvt	Dallas, TX
Army	Stanley, John Marvin	Pvt	Lakeview, TX
Army	Stevenson, Robert Louis	Pvt	Muskegon, MI
Army	Stidham, James Houston	Sgt	Hardshell, KY
Army	Street, Charles Hiram	Cpl	Santa Cruz, CA
Army	Stutts, Harding Elwood	Pfc	Pinetta, FL
Army	Sweany, Leslie Irwin	Pfc	Hamilton, MO
Army	Swinney, Homer Everett	Pfc	St. Louis, MO
Army	Teel, Glen Eugene	Pfc	Columbia Junction, IA
Army	Terry, Jolly "E"	Pvt	Cache, OK
Army	Thomas, Delbert Raymond	Pfc	Canadian, TX
Army	Turner, Glenn "C"	WO	San Antonio, TX
Army	Uballe, Joseph John	Cpl	Boone, IA
Army	Vitatoe, Ted Edgar	Pvt	Rockwood, TN
USMC	Waddell, George McClelland	Pfc	Kansas City, MO
Army	Walker, Carl "M"	S/Sgt	Elizabeth City, NC
USMC	Walker, George Murray	Cpl	Columbia, SC
USMC	Warren, John Otis	Pfc	De Kalb, MS
Army	Whitecotton, Horace	Pfc	Mesa, AZ
USMC	Williams, John Grant	Pfc	Wichita, KS
USMC	Williams, Maurice Scott Jr.	Sgt	Kansas City, MO
Army	Yeast, Willard Rue	Pvt	Harrodsburg, KY

主要来源：涉及到巴拉望战争罪行的各种文件都罗列出了遇害者名单，但大多数并不完整。这份清单是根据最后一份巴拉望狱服记录（国家档案记录组 407，条目 1063，第 46 箱，650-2-3 号文件）做出的。这份狱服记录在 1944 年 9 月中旬之后完成，并于 1945 年在普林塞萨港的营地被人找到。它正好包括了 150 个名字，且 11 名幸存者旁边都用铅笔做了记号。最右栏的"家乡"表示囚犯近亲的住家所在地。引号中的字母代表中间名的首字母。

注释

1. 附录 1 出现的兵种：

AAC 陆军航空兵团　AAF 陆军航空军　Army 陆军
Navy 海军　USMC 美国海军陆战队

2. 附录 1 出现的军衔：

1Lt 中尉　1 Sgt 一级军士长　Aerog1c 高空气象观察上士　Capt 上尉
CMM 轮机军士长　Corp 海军看护　Cpl 下士　F1c 一等消防兵
Lt Cdr 海军少校　MM2c 轮机中士　P/Sgt 海军陆战队士官长　Pfc 陆军一等兵；
Pvt 列兵　S1c 一等水兵　S2c 二等水兵　S/Sgt 参谋军士；
Sgt 陆军中士　SM2c 信号兵中士　T/Sgt 技术军士　Tec4 四级技术员；
TM2c 鱼雷中士　WO（海岸警卫队）准尉　WT2c 司炉中士。

附录 2 | AS GOOD AS DEAD

1944 年 12 月 14 日巴拉望大屠杀幸存者名单

BRANCH 兵种	NAME 姓名	RANK 军衔	HOMETOWN 家乡	UNIT AT TIME OF CAPTURE 被捕时所属部队
陆军	威廉·巴丘斯	下士	宾夕法尼亚州马奥尼城	海岸炮兵部队第 60 海岸炮兵团 I 组
海军	费恩·约瑟夫·巴塔	无线电一等兵	加利福尼亚州圣迭戈	美国海军
海军陆战队	道格·鲍格	中士	加利福尼亚州洛杉矶	海军陆战第 4 团第 1 营 A 连
陆军航空部队	托马斯·廷斯利·丹尼尔斯	列兵	得克萨斯州塔尔科	第 20 航空基地大队第 28 补给中队
陆军	埃尔莫·迪尔	下士	加利福尼亚州尤巴市	海岸炮兵部队第 59 海岸炮兵团 A 组
陆军	厄尼·科布罗斯	一等兵	伊利诺伊州芝加哥市	海岸炮兵部队第 59 海岸炮兵团 C 组
海军陆战队	格伦·W. 麦克多尔	下士	艾奥瓦州得梅因市	海军陆战第 4 团第 3 营 M 连
陆军	吉恩·尼尔森	一等兵	犹他州洛根市	海岸炮兵部队第 59 海岸炮兵团 B 组
陆军	阿尔贝托·帕切科	一等兵	加利福尼亚州德明市	海岸炮兵部队第 200 海岸炮兵团总指挥组
陆军航空部队	埃德温·佩特里	一等兵	加利福尼亚州威尼斯海滩	陆军航空兵团第 19 轰炸机大队第 7 补给中队
海军陆战队	威廉·史密斯（斯米梯）	下士	得克萨斯州休斯斯普林斯市	海军陆战第 4 团第 3 营 L 连

1942 年 8 月 1 日至 1944 年 9 月 14 日 关押在巴拉望 10-A 战俘营的美军战俘名单

资料来源：弗雷德·T. 布鲁尼上尉日记和名册（记录组 331，条目 1364，第 2028 箱，第 6 文件夹）；被送往马尼拉的人员和 1942 ~ 1945 年巴拉望监狱的逃亡者名单（记录组 407，条目 1064，第 97 箱，第 1 文件夹）；巴拉望监狱接收和转移过的战俘名单（记录组 307，条目 1064，第 97 箱，第 2 文件夹）。

* 表示 1944 年 10 月 24 日在“地狱航船”阿里山丸上死亡的战俘。

** 表示在鸭绿丸或其他转移战俘的“地狱航船”上死亡的人，时间在 1944 年 12 月 14 日至 1945 年 2 月 1 日之间。

BRANCH 兵种	NAME 姓名	RANK 军衔
Army	Adami, Grant “E”	Cpl
Navy	Adams, Joseph John	BM2c
Army	Adleman, Max	Pfc
Army	Allen, Arthur Milton	Pvt
Army	Amato, Salvatore Joseph	Pfc
Marines	Anderson, Arthur William	Cpl
Navy	Anderson, Gerald L.	S1c
Marines	Anderson, Ralph Wilmer	Pfc
Marines	Anderson, Victor Samuel	Cpl
Army	Angert, Alfred Andrew	Pfc
Army	Atkinson, John “C”	Pvt
Army	Atkinson, Morris L.	Sgt
Army	Aubuchon, Alvin James	Pfc
Marines	Babler, Edmond J.	Cpl
Marines	Bacon, Bobby Terrell	Pfc
Navy	Bailen, Louis	SF3c
Navy	Bajorek, Aloysius Stanley	F1c
Army	Baker, John Lacy	Pvt
Navy	Balen, Louis B.	SF3c
Army	Bales, Ernest Jr.	Pfc
Army	Ballou, Billy Eugene	Sgt
Army	Bardine, Anthony	Cpl

BRANCH 兵种	NAME 姓名	RANK 军衔
Navy	Barger, Herman Boris	BM2c
Marines	Barna, James George	Pfc
Army	Barnett, Robert Eddie	Pvt
Army	Beach, Amos	Pvt
Army	Bell, James Edward	Pfc
Marines	Bennett, James Oscar	Sgt
Army	Bernard, Lawrence Patrick	Pvt
Army	Berthiaume, Marshall Joseph	Pvt
Army	Betts, Edwin Caughy	Sgt
Marines	Bigelow, Elwin Earl	Sgt
Navy	Bingham, Cordell	Bmkr1c
Army	Blau, Sanford Jack	T/5
Marines	Boswell, John Ray	Cpl
Navy	Bostian, Lester Aran	S1c
Army	Boyd, Donald Lawrence*	Cpl
Army	Bragg, William Isaac	Pvt
Army	Brewer, Norman	Cpl
Army	Brodginski, Henry*	Pvt
Army	Brodsky, Philip	Sgt
Army	Brooks, Delbert Henry	M/Sgt
Army	Bruns, Howard Albert	Pvt
Navy	Bryan, Alton B.	GM2c
Navy	Buchenau, LaVerne Andrew	S1c
Navy	Budzaj, Zygmond	CGM
Navy	Bullard, Delmar Albert	Cox
Marines	Bunn, Evan Frank	Pfc
Army	Burchell, Etheyl Edman	Sgt
Army	Burk, Lloyd Steven	Pvt
Marines	Burlage, George Edward	Cpl
Army	Burson, Alton Conrad (Died 12/20/43)	Pvt
Marines	Carrington, James W.	Cpl
Army	Cashman, Russell G.*	Pvt
Navy	Carson, Elbert Earl	S1c
Army	Castle, James E.	Pvt
Army	Chaney, William M.	Pvt
Army	Chavez, Ernest Arthur	Sgt
Navy	Cheek, John Marvin	CTM
Navy	Chipman, Marvin Lee	F1c
Navy	Christensen, Arthur	CMS
Army	Cichocki, Henry Anthony	Pfc
Army	Clark, Jeppie	Pvt
Army	Clarke, Richard S.	Sgt
Army	Clegg, Clifford Eugene	Sgt

BRANCH 兵种	NAME 姓名	RANK 军衔
Marines	Cleere, Neal Clark	Cpl
Marines	Clemons, Aaron Lee	Pvt
Marines	Clough, Clarence Sylvester	Pfc
Army	Coleman, Floyd Sylvester	Sgt
Navy	Cook, Alonzo Edgar Jr.	BM1c
Navy	Cook, Thomas Jefferson Jr.	GM3c
Army	Cooper, Francis James	Pvt
Army	Corder, Eugene Stuart	Pfc
Marines	Coulson, Dale Duwane	Pfc
Marines	Craft, George Arnold	Cpl
Navy	Craig, Charles Frank	BM2c
Army	Crandall, Orrin Edwin	Sgt
Marines	Crocker, Harry Delmore	Pfc
Army	Crossman, Donald Wayne	Pfc
Army	Crowe, Malcolm Palmer	Sgt
Army	Crowley, Daniel William	Pvt
Marines	Curtis, Louis Newton	Pfc
Army	Damm, Richard	Sgt
Army	Darnell, James Harold	Pvt
Army	Daugherty, Coy Elmo	Sgt
Marines	Davis, George Dorrell (Escaped 8/10/42)	Pfc
Navy	Day, Robert M.	F2c
Marines	DeBlasio, John Joseph	Cpl
Navy	Deisinger, George Michael*	Cox
Army	De Mello, Ernest Correia	Pfc
Marines	Demouth, Lester Jacob*	Pfc
Marines	Densmore, Raymond Albert	Sgt
Army	Dertz, Frank Joseph Jr.	Pvt
Marines	DeSerio, John Donald	Pfc
Marines	Dimeo, Carmen Mario	Pfc
Navy	Dingess, Naaman	AMM1c
Marines	Ditto, Walter Albert	Pvt
Navy	Dobbs, Francis Eugene	AMM2c
Navy	Donohue, John Thomas**	BM2c
Navy	Dorsey, James Lovell	F2c
Marines	Dupont, Joseph Emile	Pfc
Army	Durham, Jesse W.	Pvt
Marines	Edwards, Joe T.	T/Sgt
Navy	Eichers, Joseph Armund	S1c
Army	Elkes, Frederick William*	Pfc
Navy	Elliott, Bruce Gordon (Escaped 8/10/42)	Cox
Navy	Elliott, Jesse "E"	Ptr2c
Army	Ellman, Julius Eugene	Pvt

BRANCH 兵种	NAME 姓名	RANK 军衔
Army	Enebrad, Eddie Fuller	Pfc
Navy	Epping, Kenneth Joseph	S1c
Army	Etzel, Elwood J.	Pvt
Marines	Farmer, Robert P.	Cpl
Marines	Ferriss, James Furr	Pfc
Marines	Flippen, Milton Cook Jr.	Pfc
Navy	Flynn, Jack Burton (Died 9/1/43)	BM1c
Army	Foster, Wade Thomas	Pvt
Navy	Fournet, George Joseph Sr.	S2c
Navy	Fox, William Earl	CWT
Navy	Freeman, Clarence Anderson	S2c
Marines	Gabler, Albert Jr.	Pfc
Army	Galligan, Francis Albert	Pfc
Army	Gann, Ivan Paul	Pfc
Army	Garr, Carl Edward	Pvt
Army	Gervais, Joseph F.	S/Sgt
Marines	Gibson, Donald Clay	P/Sgt
Army	Gilliam, Hubert Cleo	Pfc
Navy	Girard, William	F2c
Army	Glowacki, Peter Anthony	Pvt
Navy	Golden, Francis Xavier**	Lieut (j.g.)
Navy	Golightly, Robert Lee	F1c
Army	Gorcett, Clifford	Pfc
Army	Grady, Jerome Peter	Pfc
Navy	Graham, George	BM2c
Navy	Gray, John Douglas	MM1c
Marines	Green, Cecil	Pfc
Army	Green, Joseph Clinton	Pfc
Navy	Griffin, Mark James	BM2c
Marines	Griffiths, William Edward	Sgt
Marines	Guaren, Joseph	Pfc
Marines	Guiraud, Jean Auguste	Pfc
Army	Hagnes, S. S.	Pfc
Navy	Hambley, Louis Clark	SM1c
Army	Hammond, James Fleming	Pvt
Army	Hampton, Velton Curry	Pfc
Army	Hange, Donald Warren	Pvt
Navy	Hanson, Jess Willard	AMM3c
Army	Hanson, Richard Charles (Escaped 2/2/43, recaptured)	Pvt
Navy	Harper, Raymond Junior	Y1c
Army	Harris, Malvern Palmer**	Pfc
Army	Harvison, Ernie Carrol	Pfc
Navy	Hausman, Edwin John	CBM

BRANCH 兵种	NAME 姓名	RANK 军衔
Army	Hawkins, "B" "M"*	Pvt
Army	Hawkins, J. B.	Pfc
Army	Head, Herbert H. Jr.	Pfc
Marines	Heard, James Monroe	Cpl
Marines	Heatley, Charles Davis Jr.	Pfc
Marines	Henderson, Buddy (Escaped 8/10/42, killed)	Pvt
Army	Henderson, Francis Marion	Cpl
Navy	Henderson, Henry Clay Jr.	CMM
Marines	Henderson, Roy Laverne	Pfc
Army	Heuer, John	Pvt
Army	Hickman, Harry Samuel*	Capt
Army	Hinkle, Virgil L.**	Pvt
Army	Hite, James McDonald*	Sgt
Navy	Hodge, Allen Jones	Cox
Marines	Hodge, Robert Roland	Pfc
Navy	Hodges, Robert Morris (Escaped 8/10/42)	M1c
Navy	Hoefling, Delbert Leon	CM3c
Army	Hoffman, Edward Ingutz	Pfc
Army	Hogg, Harold Wendell	Pfc
Army	Holladay, Otha Leonard*	S/Sgt
Army	Holm, Holger Larsen	Pfc
Army	Hols, Gilbert Oscar	Pvt
Army	Holup, Gene John	Pvt
Marines	Hoop, James Leonard	Pfc
Army	Hoskins, Thomas Jefferson	Sgt
Navy	Hough, Hubert Dwight	Y1c
Navy	House, Jay Albert	BM2c
Army	Houston, Thomas Virgile	Pvt
Army	Howard, Olvin J.	Pvt
Army	Howard, Walter	S/Sgt
Army	Humes, Donald Thomas	Pfc
Navy	Hummell, William Allen	SF1c
Army	Hurelle, Walter Elmer	Pfc
Navy	Hutchinson, A. C.	WT1c
Navy	Ingrams, Osburn Furr	S1c
Army	Ison, Raymond	Pvt
Army	Jackson, Charlie Jr.	Sgt
Marines	Jackson, Frederick Lafayette	Cpl
Navy	Jacobs, Abe Jr.	S1c
Navy	Janson, John Ragner Jr.	Lt (j.g.)
Navy	Jaquin, Howard Frank**	MM1c
Army	Jenkins, Hugh William	Cpl
Marines	Jones, Douglas Charles	Pfc

BRANCH 兵种	NAME 姓名	RANK 军衔
Army	Jones, Jack	Pvt
Army	Jones, Robert David*	Pvt
Army	Kamendat, Charles	Pvt
Army	Kampf, Theodore	Pvt
Navy	Kellam, Robert William (Escaped 8/10/42)	Cox
Army	Keenan, Ralph William	Sgt
Navy	Kerr, John Charles	S2c
Marines	Kerr, William Andrew	Cpl
Army	Killion, Loyd Richard	Pvt
Army	Kimball, Coy Allen	Cpl
Navy	Kimball, Murry Bryan	MM1c
Army	Kinard, John	Pfc
Army	Kinard, Dorris Lavelle*	Pvt
AAC	Kincaid, Hoke Henderson	Sp3/c
Navy	King, Frank	Cox
Army	King, Joe Raymond	Pfc
Army	Kinnard, John	Pfc
Army	Kisner, Lloyd Chester	Pfc
Navy	Kneeland, Harold William	SM3c
Army	Kolekofski, Don Clair	Pfc
Army	Korczyk, Joseph John	Pfc
Army	Kroll, Leroy Henry	Pfc
Navy	Laidlaw, Robert John	MM2c
Army	LaCourse, Howard Edward	Pvt
Army	Lane, Jesse Palmer	Pvt
Army	Langbecker, Norbert Earl	Pvt
Army	Lash, Russell LeRoy*	Cpl
Army	Lawrence, Joe Billy	Pvt
Army	Leath, Roy	T/Sgt
Army	LeDeau, Edward	Pfc
Navy	Lee, John Wilson	S1c
Army	Leehan, Edwin Daniel	Pvt
Army	Lelito, Florek Philip	Pvt
Army	Leroy, Frank Harry	Sgt
Army	Lewellen, Walter Dee	Pfc
Navy	Little, JoPaul (Escaped 8/28/42)	AOM3c
Army	Lowe, Harold Seldon*	Pvt
Navy	Lowman, Ralph Seaton*	SC3c
Army	Ludwig, Fred Allen	Pvt
Army	Luper, Chester Evans	Pfc
Marines	Lutz, Frederick Clair*	Pfc
Army	MacAdoff, John	Sgt
Navy	Macknicki, Stanley Walter	MM2c

BRANCH 兵种	NAME 姓名	RANK 军衔
Navy	Malone, Luther Harry	BM1c
Army	Mann, James S.	Pvt
Army	Mansgill, Guy Sanderford	Pvt
Army	Marangiello, Anthony Joseph	S/Sgt
Army	Marashio, Vito Salvatore	S/Sgt
Army	Martinez, Clifford Andres	Pvt
Army	Martinsen, Frank Harold	Pfc
Navy	Mason, George Frank	RM3c
Marines	Mates, Arthur Franklin	Cpl
Marines	May, Robert Carl	Pfc
Navy	McAfoos, Charles Basil	SM2c
Army	McCann, John Joseph	Pvt
Army	McClellan, Richard Clair	Pvt
Navy	McDougall, Donald Bruce	SC1c
Marines	McFarlane, Jack Durwood	Pfc
Army	McFarley, Albert Eli	Pfc
Marines	McGuire, Albert Cockrill	Pfc
Army	McGuire, Francis Ignatious	Pvt
Army	McGuire, Omar Lee	Pvt
Navy	McKee, Harold Rex (Died January 2, 1944)	MM2c
Army	McKnight, Noble Edgar	Pvt
Army	McLouth, Estie Melvin	Pfc
Army	McNew, Earl Cecil	Pfc
Marines	McVay, William Arthur	Pfc
Navy	Menna, William Albert	Aerog3c
Army	Mickelson, Stephen Laverne	Pfc
Army	Middleton, E.	Pfc
Army	Miller, Donald Scott	T/Sgt
Marines	Minnick, Ray Jackson	Pfc
Army	Montgomery, Cloyd Weldon	Pfc
Marines	Moore, James W.*	Pfc
Army	Moore, Lee Wayne	Cpl
Army	Moore, Neuvell Puckett	Pfc
Marines	Morrill, George Judson	Pfc
Marines	Morris, Charles Douglas	Pfc
Army	Morrow, Melvin Louis	Pvt
Army	Mote, Robert Vergil	Pfc
Army	Motzko, Stephen Mickel	Pvt
Marines	Mount, Alfred Wheeler	Cpl
Army	Munson, Charles Edward	Pfc
Army	Murray, James William	Pvt
Marines	Musick, Lawson Arnold	Pfc
Marines	Myers, Keith Tibbetts	Pfc

BRANCH 兵种	NAME 姓名	RANK 军衔
Army	Nabor, Oscar Lee	Pvt
Marines	Negro, John	Cpl
Navy	Nelson, Clarence Hampton	EM3c
Navy	Nelson, Harold Roy	PhM2c
Army	Nelson, Roland Eugene	Pvt
Army	Nelson, Wayne Arthur	Cpl
Marines	Norris, Charles Douglas	Pfc
Navy	Oleska, John Jr.	SC2c
Navy	O'Malley, James Marcellus	CM1c
Army	Osborne, David Lyle	Pvt
Army	Overley, George R.	Pvt
Army	Owens, Alvin Louis	Pvt
Navy	Owens, Samuel Robert	TM1c
Marines	Packer, Richard Stanley**	Pfc
Army	Paddock, Thomas Eligha	Sgt
Navy	Parrish, Francis Marion	BM2c
Marines	Parsons, Franklin Randolph	Pfc
Marines	Paulson, Frederick Gustave	Cpl
Navy	Pawloski, Louis Stanley	BM2c
Navy	Payne, Harold Keysar*	Aerog3c
Navy	Pearman, Charles George	GM1c
Marines	Perri, Albert	Sgt
Navy	Peters, James Orval	S1c
Marines	Pike, Donovan Sanky	Cpl
Marines	Pine, Edward C.	Cpl
Marines	Pitts, Bernie Byron	Cpl
Marines	Pountain, James Edward	Pfc
Army	Powell, Harlan E.	Pfc
Navy	Powers, Theodore Howard	MM2c
Marines	Preslar, Lyndal Buford	Pfc
Navy	Pryor, Ray Sherman (Escaped 2/2/43)	MM1c
Army	Pulaski, Bernard Leroy	Pfc
Marines	Pulos, Ted Ernest	Cpt
Army	Ramos, Andres G.	Pvt
Army	Rash, Robert Louis	Pfc
Marines	Rawls, James Conley	Pfc
Army	Ray, Harry Francis	Pvt
Navy	Ray, John Patrick	WT1c
Army	Reed, Thomas C.*	Pvt
Army	Rankin, Homer Franklin	Corp
Army	Reaves, Fred "H"	Pvt
Army	Rector, Vernon William	Pfc
Army	Reynolds, John Bud**	Cpl

BRANCH 兵种	NAME 姓名	RANK 军衔
Navy	Reynolds, Victor Corey	Cox
Navy	Rhine, Lloyd Raymond	Aerog3c
Army	Rinehart, Willard Carlton	Pfc
Navy	Richards, Elmer Lee	S1c
Army	Richards, James Franklin	Pvt
Army	Richards, James P.	Pvt
Army	Richards, Thomas Franklin	Pvt
Army	Rogers, John Edwin Jr.	Pvt
Navy	Roach, Homer Eugene	Cox
Navy	Robinson, David Mason Jr.	TM1c
Army	Robinson, Jack W.	Sgt
Army	Rogers, John Edwin	Pvt
Army	Roszkowski, Joseph Walter	S/Sgt
Navy	Russell, Robert Enson	Ens
Army	Ryan, Mike	Pvt
Army	Sabbath, Jack Sylvester	Pvt
Marines	Sautter, Albert George	Pfc
Army	Savini, Frank James	Pvt
Army	Scaife, James William	Pfc
Army	Schloat, Don Thomson (Escaped 2/2/43, recaptured)	Pfc
Navy	Schrout, Sanford	WT1c
Army	Scranton, Jerry Robert	Sgt
Army	Sealy, Jerome Brian	Pvt
Navy	Seashols, Bob Stuart	SC1c
Army	Seward, Charles Morris*	Cpl
Army	Shaw, Donald Tervolis	Pfc
Army	Shellenbarger, Roy	Pfc
Army	Shirkey, Orville Richard	Pvt
Army	Siegel, Samuel Howard	Pfc
Marines	Skidmore, William Burleigh	Pfc
Marines	Skripsky, Gerald Lee	Sgt
Army	Skubinna, Norman Johnny	Pvt
Army	Slonecker, Gerald Clarence	Pvt
Army	Smith, George Joseph	Pvt
Navy	Smith, Norval Giles	CSM
Army	Smith, William Henry	Pfc
Army	Snare, Vernon Harry	Pfc
Marines	Snyder, Charles Francis	Pfc
Navy	Sosvielle, Clarence Henry	CQM
Army	Sporer, George	Sgt
Army	Stafford, Thomas Edward	Pvt
Marines	Stanley, Abram Francis Jr.	Pfc
Navy	Steigerwald, Warren Gerald	F1c

BRANCH 兵种	NAME 姓名	RANK 军衔
Marines	Stephenson, David Milton	Pfc
Army	Stephenson, Sam	Pvt
Army	Sterner, Owen Allen	Pvt
Army	Straubel, Erich Roy	Pvt
Army	Stroh, Anthony J.	Cpl
Army	Stowell, Gerald Dick	Pvt
Marines	Swift, William Dewey (Escaped 2/2/43)	Cpl
Army	Szwabo, Earl Martin	Pfc
Army	Tamulevich, Anthony Raymond	Pfc
Navy	Taylor, Henry Otto	CEM
Army	Taylor, James Sidney	Sgt
Marines	Taylor, John Flowers	Cpl
Marines	Taylor, Ray F.	Cpl
Army	Telendo, Mitchell John	Sgt
Navy	Teem, Linzie Coy**	CTM
Navy	Tennant, Walter Raymond	CWT
Army	Terry, Jolly "E"	Pvt
Marines	Tervolis, Donald Samuel	Cpl
Marines	Thomas, Donald Hampton	Pfc
Army	Thompson, James Clarence	Pvt
Army	Thompson, Trevold Adolph	Pfc
Marines	Treskon, Stephen J.	Pfc
Army	Truly, George Frederick Jr.	Pfc
Army	Tucker, Merle Eldon	Pfc
Army	Tuley, John A.	Cpl
Army	Turnipseed, John Lincoln*	Pvt
Army	Turrentine, Howard Franklin	Cpl
Navy	Turvey, Thomas	S1c
Army	Tyler, Lawrence Cox	Pvt
Army	Tytko, Zigmund Joseph	Pvt
Army	Urban, Elmer James	Pvt
Navy	Vaitkus, Bennedict Anthony	CM2c
Army	Valencia, Bernard Garcia	Cpl
Army	Van Hoenaker, Jerome Arthur*	Pfc
Army	Vann, Bennie Wesley	Cpl
Army	Van Wie, George Irvin	M/Sgt
Navy	Vaughan, Churchill Edison	SK1c
Army	Vigil, Eliseo Garcia	Pvt
Marines	Vinson, Benjamin Harris	Cpl
Army	Viterna, Joseph	Pfc
Navy	Waggoner, Doyle Winslow	AOM1c
Army	Wakefield, Gerald Lee	Sgt
Navy	Walaszek, Edward Thadeus	S1c

BRANCH 兵种	NAME 姓名	RANK 军衔
Army	Walker, Charles Richard	Sgt
Navy	Wallace, Albert Victor	WT2c
Army	Wannebo, Peter Ellsworth	Pvt
Navy	Ward, Jack Charles	Cox
Navy	Watkins, Charles Oscar (Escaped 8/28/42)	AMM3c
Army	Watson, William Jennings	Pfc
Marines	Webber, Harry Williams Jr.	Pfc
Army	Werner, Melven Vincent**	Pfc
Navy	Westcott, Paul Levern	BM2c
Navy	Weston, Charles H.	BM2c
Marines	White, Seldon T. (Escaped 6/23/43, killed)	Pfc
Army	Wilcox, Wilfred Henry	Pvt
Navy	Willard, Louis Arthur	F1c
Army	Williams, Floyd	Pvt
Navy	Williams, George Rudd	CQM
Army	Williams, Harold M.*	SSG
Army	Williams, L. H.	Pfc
Army	Willoughby, Morton Laverne	Pvt
Army	Wills, Alexander	Pfc
Navy	Wilson, Earl Vance (Escaped 6/23/43, killed)	MM1c
Army	Wilson, William Jr.*	Pfc
Army	Winfrey, Lowell Dever	Pvt
Navy	Winkler, James William	CMM
Army	Wood, Everett Lee	Pfc
Army	Woodall, Andrew Oscar	Pvt
Army	Woodson, James*	Pfc
Army	Wooley, Forrest Edward	Sgt
Marines	Working, Nelson Alois	Pfc
Marines	Wright, Sidney Thomas (Escaped 8/10/42)	Cpl
Navy	Yoder, John Edward	S1c
Army	Young, Jack Cleve*	S/Sgt
Army	Zidar, Joseph Fred	Pfc
Army	Zumar, William Anthony	Pvt

注释

1. 附录 3 出现的兵种：

Army 陆军 Navy 海军 Marines 海军陆战队

2. 附录 3 出现的军衔：

Aerog3c 高空气象观察下士	AMM1c 航空机师上士	AMM2c 航空机师中士
AMM3c 航空机师下士	AOM1c 航空机械上士	AOM3c 航空机械下士
BM1c 副水手长（上士）	BM2c 副水手长（中士）	Bmkr1c 锅炉维修上士
Capt 上尉	CBM 水手长	CEM 副电工长
CGM 枪炮长	CM1c 舰艇机修上士	CM2c 舰艇机修中士
CM3c 舰艇机修下士	CMM 轮机军士长	CMS 海军船匠
Corp 海军看护	Cox 舵手	Cpl 下士
CSM 信号兵长	CQM 军需士官长	CTM 鱼雷上士
CWT 司炉长	EM3c 舰艇电气技术下士	Ens 海军少尉
F1c 一等消防兵	F2c 二等消防兵	GM1c 枪炮上士
GM2c 枪炮中士	GM3c 枪炮下士	Lieut(j.g.) 海军中尉
M/Sgt 陆军军士长	M1c 船舶维修上士	MM1c 轮机上士
MM2c 轮机中士	P/Sgt 海军陆战队士官长	Pfc 陆军一等兵
PhM2c 舰上摄影中士	Ptr2c 舰上漆工（中士）	Pvt 列兵
RM3c 无线电上士	S1c 一等水兵	S2c 二等水兵
S/Sgt 参谋军士	SC1c 船上厨师长（上士）	SC2c 船上厨师长（中士）
SC3c 船上厨师长（下士）	SF3c 舰上管工（下士）	Sgt 陆军中士
SK1c 舱管上士	SM1c 信号兵上士	SM2c 信号兵中士
SM3c 信号兵下士	Sp3/c 教官（下士）	SSG 陆军上士
T/5 陆军五级技师	T/Sgt 技术军士	TM1c 鱼雷兵上士
WT1c 司炉上士	WT2c 司炉中士	Y1c 文书（上士）

中资海派出品

为精英阅读而努力

《奥斯维辛的药剂师》

[英] 帕特里夏·波斯纳 著
王祖宁 译

★ “死亡天使”门格勒的同事身上，隐藏了哪些更加惊人的德国往事？

★ 著名传记作家和历史学家、《战争风云》作者安德鲁·罗伯茨，以及著名畅销书作家和电影制作人、《纳粹猎人》作者达米安·刘易斯联袂推荐

★ 《科克斯书评》《旧金山书评》《达拉斯早间新闻》一致推荐

这是一个以纳粹大屠杀为背景、关于贪婪和谋杀的鲜为人知的真实故事，讲述了拜耳公司的药品推销员卡佩休斯，如何成为奥斯维辛的主任药剂师并助纣为虐，盗取死尸口中金牙并逍遥法外的恶劣行径。它还揭露了纳粹党与 I.G. 法本及其子公司拜耳签订的魔鬼契约，追踪了幸存者和正义检察官对法本与卡佩休斯的审判。

《广岛倒计时》

[英] 斯蒂芬·沃克 著
朱鸿飞 译

★ 戴顿文学和平奖获奖作品。

★ 中国第二次世界大战史学会会长胡德坤、上海交通大学日本研究中心副主任翟新共同推荐。

★ 热播美剧《真探》导演凯瑞·福永即将开拍以本书改编的电影，环球影业总裁级高管亲自把关。

★ 多家美国著名媒体盛赞本书可以比肩甚至超越了约翰·赫西的经典著作《广岛》。

在本书中，作者史蒂芬·沃克（哈佛大学历史学硕士、英国十大电视导演）以颇具画面感的文字引领读者亲历广岛核爆前的 21 天和核爆后的 18 个小时。

“iHappy书友会”会员申请表

姓　名（以身份证为准）：＿＿＿＿＿＿　性　别：＿＿＿＿＿＿

年　龄：＿＿＿＿＿＿　职　业：＿＿＿＿＿＿

手机号码：＿＿＿＿＿＿　E-mail：＿＿＿＿＿＿

邮寄地址：＿＿＿＿＿＿　邮政编码：＿＿＿＿＿＿

微信账号：＿＿＿＿＿＿（选填）

请严格按上述格式将相关信息发邮件至中资海派“iHappy书友会”会员服务部。

邮　箱：szmiss@126.com

微信联系方式：请扫描二维码或查找zzhpszpublishing关注“中资海派图书”

中资海派公众号　　中资海派淘宝店

优惠订购	订阅人		部　门	单位名称	
	地　址			邮　编	
	电　话			传　真	
	电子邮箱		公司网址		
	订购书目				
	付款方式	邮局汇款	深圳市中资海派文化传播有限公司 中国深圳银湖路中国脑库A栋四楼　邮编：518029		
		银行电汇或转账	户　名：深圳市中资海派文化传播有限公司 开户行：工商银行深圳八卦岭支行 账　号：4000 0273 1920 0685 669 交通银行卡户名：桂林　卡　号：622260 1310006 765820		
	附注	1. 请将订阅单连同汇款单影印件传真或邮寄，以凭办理。 2. 订阅单请用正楷填写清楚，以便以最快方式送达。 3. 咨询热线：0755-25970306 转 158、168　传　真：0755-25970309 转 825 E-mail: szmiss@126.com			

→利用本订购单订购一律享受九折特价优惠。

→团购 30 本以上享受八五折优惠。